U0097205

中國語言文字研究輯刊

八 編

許 錟 輝 主編

第14冊

《元曲選·音釋》音韻問題研究（上）

洪 梅 馨 著

花木蘭文化出版社

國家圖書館出版品預行編目資料

《元曲選・音釋》音韻問題研究（上）／洪梅馨 著 -- 初版 --
新北市：花木蘭文化出版社，2015〔民 104〕
目 2+300 面；21×29.7 公分
（中國語言文字研究輯刊 八編；第 14 冊）
ISBN 978-986-322-985-8（精裝）
1. 漢語 2. 聲韻學
802.08　　103026719

中國語言文字研究輯刊
八 編　第十四冊　ISBN：978-986-322-985-8

《元曲選・音釋》音韻問題研究（上）

作　者　洪梅馨
主　編　許錟輝
總 編 輯　杜潔祥
副總編輯　楊嘉樂
編　輯　許郁翎
出　版　花木蘭文化出版社
社　長　高小娟
聯絡地址　235 新北市中和區中安街七二號十三樓
　電話：02-2923-1455／傳真：02-2923-1452
網　址　http://www.huamulan.tw 信箱 hml 810518@gmail.com
印　刷　普羅文化出版廣告事業
初　版　2015 年 3 月
定　價　八編 17 冊（精裝） 台幣 42,000 元

《元曲選・音釋》音韻問題研究（上）

洪梅馨　著

作者簡介

洪梅馨，1985 年生，臺灣臺中人，天主教輔仁大學中國文學研究所碩士。

提　要

本文以臧懋循《元曲選．音釋》中，與音讀相關者爲研究範圍。少數與音讀無關之音釋條目，不在本文研究範圍之內。

臧懋循，明萬曆八年進士。其以爲元曲之妙，在不工而工，有「情詞穩稱」、「關目緊湊」與「音律諧叶」之難。故選雜劇百種，欲盡元曲之妙，又於雜劇每折之末，附音釋若干。其所附音釋，便是本文的研究對象。

前人研究以分析《音釋》中之入聲字爲多。或有欲建構《音釋》之語音系統者，而以系聯爲法，製同音字表；復以音程爲理，論其例外。亦有析其音注根據，以爲皆抄自《中州音韻》者。然《音釋》釋字除入聲外，尙有平、上、去三聲；而論其系統，則當回歸作品本身；究其根據，亦不全與《中州音韻》相合。

是故，本文站在現有研究成果之基礎上，針對前人在研究中所遭遇的問題，從元曲作品爲主要角度出發，進一步將音釋內容與作品的押韻、格律結合，期望藉此爲《音釋》之個別例外現象與入聲字等相關問題找到答案。

本文文分五章：首章緒論，詳述研究之動機與目的、前人研究之成果、研究範圍及步驟。次章論述《元曲選．音釋》之外圍問題，諸如標音方式、音注根據與被釋字在劇文中相應位置之確立。第三章針對平、上、去聲被釋字之特性與個別問題進行討論。第四章以入聲被釋字爲範圍，依其在劇文中位置分節，復以入派三聲、入讀原調爲別，進行統計分析與個別問題之探討。第五章以《音釋》之價值與缺失作結。文末〈音釋內容與劇文對照表〉，以爲全文持論之本，附錄之以供查考。

目次

第一章　緒　論

本論文的主題爲《元曲選・音釋》，以前人研究爲基礎，針對其音韻問題進行探討，並試圖從不同角度提出解釋。本章將對於研究之動機與目的、前人研究之成果、研究之範圍與步驟，分別詳盡說明。

第一節　研究動機與目的

前人研究《元曲選・音釋》，均希冀從不同的角度，探究其內容所呈現的規律與系統。由於各家研究的結論或有差異，引用文獻也未能全然扣緊《元曲選》內容，故而興起深入探討之意。

談到元曲音韻，則以《中原音韻》爲尊。故除甯忌浮認爲《音釋》均抄自《中州音韻》外，其餘大陸研究者，雖表示贊同，卻不約而同在研究中，仍以《中原音韻》作爲基礎。如：鍾惠堯以《中原音韻》入派三聲的規律爲前提，替《音釋》中的入聲字加以分類比對。陳東有以《中原音韻》爲劃分基礎，製成同音字表，企圖爲《音釋》建立一套聲韻母系統。郭瑩瑩則以《中原音韻》十九韻爲章節，歸納被釋字，再行分析統計。

但是，《中州音韻》於體制上，雖看似承襲《中原音韻》而增字加註，實際上卻與之有所不同。如：兩者雖均入派三聲，然於各小韻間卻互有出入。若《音釋》釋音均來自《中州音韻》，那麼用《中原音韻》的系統去分類分析，自然會有大量例外現象產生，而這些例外現象，僅能視爲《中原音韻》與《中州音韻》之相異處，並不能顯現出《音釋》的價值與主體性。由前人研究對《音釋》入聲字的分類，可知《音釋》中的入聲字，有入派三聲的，也有讀作入聲原調的。因此，《音釋》絕對不可能僅僅根據《中州音韻》來注音。故而這些例外現象，並非僅是《中原音韻》與《中州音韻》之相異處，必定包含更多其他的因素在內。

從研究的角度而言，除郭瑩瑩依金周生老師的研究爲基礎，以被釋字在元曲中的位置爲切入點外，其餘研究者均將「音釋」與「元曲選」切割，忽略了「音釋」與作品的結合。因此，鍾惠堯依據統計資料，雖能看出《音釋》入派三聲與《中原音韻》不侔之處，卻僅能以例外作結。陳東有雖能將《音釋》被釋字與《中原音韻》韻母歸屬的混同，以介音、主要元音的角度提出解釋，卻無法解釋爲何同一個被釋字，有時合於《中原音韻》，有時卻大相逕庭；甚至在聲母方面，也僅草草帶過，並未有詳細探討。

例外往往並非例外，只是我們無法爲它找到規則或原因，才將之作爲例外。《音釋》既爲《元曲選》注音，必與元曲作品有著密不可分的關聯。問題之本，首當建立於作品之上。詞有詞牌，曲有曲牌，塡詞作曲，必按其格律。郭瑩瑩雖以在元曲中的位置將被釋字與元曲作初步的連結，卻未詳細探究格律、押韻所造成的影響，故僅能於分析統計取得整體的統計，而無法對例外現象有所解釋。

臧懋循是精通曲詞音律之人，爲《元曲選》注音，必是出於作品之所需。站在《中原音韻》等韻書的角度，會發現《音釋》中有許多異韻互押或不尋常的例外音讀。這些很可能是由於元曲作品的押韻、格律所產生的個別例外現象。

因此，起於對既有研究基礎作深入探討的動機，本文研究目的在於針對前人在研究中所遭遇的問題，從元曲作品爲主要角度出發，進一步將音釋內容與作品的押韻、格律結合，期望藉此爲《音釋》中的個別例外現象與入聲字相關問題找到答案。

第二節　前人研究成果

《元曲選》自成書以來，研究者多著重於雜劇內容之比較與校訂。如鄭騫先生〈從元曲選說到元刊雜劇三十種〉、〈臧懋循改訂元雜劇評議〉等文即是。

近年來大陸地區對《元曲選》之研究頗多，除了內容校訂以外〔註1〕，大多是針對元人雜劇的體制〔註2〕，或元人雜劇中的語法形式、詞彙使用等所作的研究〔註3〕。眞正就「音釋」內容，而針對當時音系、聲韻等問題分析討論的，整體而言仍佔少數。以下以臺灣、大陸地區爲別，分述目前對《元曲選》之「音釋」內容研究成果。

一、臺灣地區

臺灣地區就「音釋」內容進行研究的，以金周生老師〈從臧晉叔《元曲選・音釋》標注某一古入聲字的兩種方法看其對元雜劇入聲字唱念法的處理方式〉、〈《元曲選・音釋》處理賓白韻語入聲押韻字方法之探討〉、〈元代北劇入聲字唱唸法研究〉、〈《元曲選・音釋》平聲字切語不定被切字之陰陽調說〉四篇期刊論文爲主：

（一）〈從臧晉叔《元曲選・音釋》標注某一古入聲字的兩種方法看其對元雜劇入聲字唱念法的處理方式〉

除了將《元曲選・音釋》中的標音方式分爲「直音法」、「反切法」、「譬況法」、「形況法」、「示調法」〔註4〕；選釋字標準分爲「罕見字」、「破讀字」、「外來語」、「常用字」之外〔註5〕，亦發現《元曲選・音釋》的標音乃經作者仔細整

〔註1〕　如：王學奇《元曲選校注》、鄭尚憲〈臧晉叔改訂「元曲選」考〉、顧學頡〈明人臧晉叔整理編選「元曲選」工作中的得失初探〉、鄧興鋒〈《元曲選》斷句之誤舉隅〉、〈《元曲選》點校之誤舉隅〉、李蕊〈「元曲選」性質芻議〉等即是。

〔註2〕　如：張迪《臧懋循「元曲選」的編撰及體制研究》，首都師範大學碩士論文，2008年。

〔註3〕　如：田益琳〈《元曲選》賓白中的祈使句類型〉、韓慧慧〈《元曲選》AABB結構研究〉等即是。

〔註4〕　直音法如「塞，音賽」；反切法如「穹，區容切」；譬況法如「輦，連上聲」；形況法如「擷，與趺同」；示調法如「和，去聲」。（金周生：〈從臧晉叔「元曲選・音釋」標注某一古入聲字的兩種方法看其對元雜劇入聲字唱唸法的處理方式〉，《輔仁學誌文學院之部》，第22期，1993年，頁166。）

〔註5〕　釋罕見字如「獯，音薰」；破讀字如「宿，羞上聲」；外來語如「可，音克」；常用字如「法，方雅切」。（金周生：〈從臧晉叔「元曲選・音釋」標注某一古

理、規劃，往往有規律可循。如：「常用字」注音往往用來釋入聲字，並且釋之以「非入聲」。

然而，有一類入聲字，臧懋循同時釋之以「入聲」與「非入聲」。金周生老師共列出 74 例，並依被釋字「入聲」與「非入聲」的讀法，將其出現在「賓白」、「曲句首、中、尾」、「曲韻字」、「詩詞句中字」及「詩詞韻字」的位置一一列表觀察分析。結果發現，這些入聲字是否入派三聲的關鍵，當在賓白或曲文的位置上。以唱曲而言，韻字一律入派三聲，非韻字則有唱入聲者、入派三聲者。賓白多以讀入聲原調處理。詩詞無論是否爲韻字，皆受文體平仄之拘束。

（二）〈《元曲選・音釋》處理賓白韻語入聲押韻字方法之探討〉

文章首先將《元曲選・音釋》的賓白部分分爲三大類：「非韻語難識字」、「韻語非韻腳字」、「韻語韻腳字」。並將研究範圍限定爲「韻語韻腳字」中的「入聲韻腳字」。

此外，列出元雜劇賓白韻文之種類〔註 6〕，並將「賓白韻語入聲韻字」按被釋字的釋音內容，臚列被釋字、釋音，以及與該韻字相押之前後韻字，分作「入派三聲之押韻字」和「入讀原調之押韻字」兩類。依此分類分別釋例，所得結論爲：「賓白韻語入聲韻字」的處理以入派三聲爲原則；入讀原調者僅有六處，大抵而言，是爲符合詩律押韻所作的處理。

（三）〈元代北劇入聲字唱唸法研究〉

本文是建立在〈《元曲選・音釋》處理賓白韻語入聲押韻字方法之探討〉一文的基礎之上。因元代北劇「曲文」與「賓白」具有不同唱唸法，故將入聲字分爲「賓白音」與「曲詞音」兩大部分，並分別就《中原音韻》之內容、明清各曲家之論述、《元曲選・音釋》以及現代學者研究之看法四方面，進行討論。所得結果爲：賓白入聲字除韻語押韻字外，多讀爲本調；曲詞入聲字

入聲字的兩種方法看其對元雜劇入聲字唱唸法的處理方式〉，《輔仁學誌文學院之部》，第 22 期，1993 年，頁 166。）

〔註 6〕 元雜劇賓白韻語種類包括：人物出場所唸之上場詩、退場前之下場詩、引用押韻之通俗韻語、斷案詞、訴詞、依詞牌自作之詞、引用古人或自作之詩等。（金周生：〈「元曲選・音釋」處理賓白韻語入聲押韻字方法之探討〉，《輔仁國文學報》，第 1 卷，1985 年，頁 366。）

除句末之字派入三聲外，其餘則視所配樂譜而決定讀原調或派入三聲。

（四）〈《元曲選・音釋》平聲字切語不定被切字之陰陽調說〉

以周德清《中原音韻》平聲分陰陽、臧懋循《元曲選・序》曰：「自非精審於字之陰陽，韻之平仄，鮮不劣調。〔註7〕」為緣起，針對《元曲選・音釋》的平聲字反切，研究在《元曲選・音釋》中，決定被切字陰陽之因素。

整體而言，切語上字與被切字陰陽相合者，約佔 81%，比例頗高。但金周生老師提出了不能因此而認定被切字的陰陽調是由切語上字決定的理由〔註8〕，並為《元曲選・音釋》造平聲切語的方法提出兩種可能的解釋：

1. 臧懋循認為當時平聲不分陰陽，且切語上字不表聲調。此一解釋頗不合理，原因在於：《元曲選・音釋》的釋音與《中原音韻》多有相合之處。《中原音韻》平聲已分陰陽，且臧懋循亦已注意到北曲平聲字有陰陽之分。因此，為《元曲選》作「音釋」時，絕無平聲不分陰陽之理。

2. 在平聲字分別陰陽之後，造切語仍只重切語下字與被切字的調類相同，未使其調值相同。此種解釋較前者合理，原因在於：就《元曲選・音釋》中的「直音」來看，陰平、陽平井然有別，而「譬況」、「示調」則不分陰陽。時代稍晚的《韻略匯通》，平聲陰陽亦各有分別，然其反切並未因此而有所改良。清・沈苑賓《韻學驪珠・凡例》發現，反切之法未隨平聲陰陽分別而改良，是故有切音不合之病。

二、大陸地區

大陸地區就「音釋」內容進行研究的，有甯忌浮、龍莊偉、陳東有、鍾惠堯、郭瑩瑩五人：

（一）甯忌浮

甯忌浮著有〈元曲選音釋與臧晉叔的戲曲批評〉、〈元曲選音釋索引（手稿）〉兩篇文章。並在其著作《漢語韻書史・明代卷・曲韻韻書》中特闢一節，討論《中州音韻》與《元曲選・音釋》的關係。

〔註7〕 明・臧懋循：《元曲選・音釋》，臺北：正文書局，民國88年9月，頁2。

〔註8〕 詳見金周生：〈「元曲選・音釋」平聲字切語不定被切字之陰陽調說〉，《輔仁學誌文學院之部》，第14期，1985年，頁380。

在《漢語韻書史》一書中，除了對《元曲選・音釋》作概略性的介紹之外，更著重於「音釋」內容的來源：這些「音釋」究竟是臧懋循自創的，抑或是有所根據？甯忌浮以李直夫「便宜行事虎頭牌」雜劇第三折的「音釋」爲例，並將之與《中州音韻》的內容作詳細對照。發現《元曲選》內的「音釋」，無論反切或是直音，在《中州音韻》裡都有跡可循。從而認爲臧懋循爲《元曲選》注音，完全是以《中州音韻》爲根據。

（二）龍莊偉

龍莊偉〈《元曲選・音釋》探微〉一文，乃於王學奇編訂《元曲選校注》時受邀撰寫，並收於《元曲選校注》一書的附錄之中。

〈《元曲選・音釋》探微〉可分爲三大部分。第一部分是對《元曲選・音釋》內的選釋字標準與釋音方法作分類。選釋字可分爲「入聲字」、「多音多義字」、「聯綿字」、「特殊詞語」、「異體字」、「其他類」〔註9〕。釋音法則分爲「反切法」與「直音法」。〔註10〕

第二部分，認爲《元曲選・音釋》的釋音必有所本。理由在於：「《音釋》所用的反切與《廣韻》、《韻會》、《洪武正韻》等正統韻書明顯不同，而且許多字被反復注釋，切腳用字整齊劃一」〔註11〕。並依甯忌浮之說法，認爲其音之所本，大致與《中州音韻》一致。對於不合於《中州音韻》的反切，則解釋爲「《音釋》雖然樹立了標準，但是注音人並沒有嚴格按標準注音，有時隨意用了自認爲與《中州音韻》切語類別相同的切語」〔註12〕。除此之外，選釋字的選取與注音方式，亦由注音人隨意決定，隨意處理，並無嚴格的標準。

第三部分，針對《元曲選・音釋》中某些字詞具有多種音值或注音方式的情形，舉「趔」、「迤逗」、「啁哳」爲例分析，從而認爲《元曲選・音釋》的內容並非由臧懋循一人所作，而是出於多人之手。

〔註9〕 龍莊偉將「不常用的冷僻字」與「與其聲符讀音差異較大的形聲字」歸於「其他類」。如：「碾，奴典切」、「輦，連上聲」。

〔註10〕 龍莊偉的「直音法」包含「某音某，如：塞音賽」、「某字某聲，如：輦，連上聲」、「標聲調，如：忘，去聲」和「說明文字，如：撅與掘同」四種方式。

〔註11〕 龍莊偉：〈「元曲選・音釋」探微〉，《文獻》，1992年3月，頁45。

〔註12〕 同上註，頁46。

（三）陳東有

陳東有所著《元曲選・音釋研究》一書，將《元曲選・音釋》中的被釋字，依照《中原音韻》的聲母、韻母，參照《廣韻》與《中州音韻》的反切，整理成按聲韻母排列之「同音字表」44 張。再依照此「同音字表」所呈現的問題，針對《元曲選・音釋》的語音系統進行探究。

陳東有在針對《元曲選・音釋》的聲母、韻母、聲調三大系統進行探究的這一部分，對聲母、聲調這兩部分處理得相當簡略，雖然將問題與結論提出，卻沒有深入的討論。在聲母系統這部分，僅僅提出濁音清化的結論與疑母的問題；聲調部分則提出在「音釋」的入聲字當中，有「三聲注清入」、「入聲注入聲」、「特注入聲」三個現象。至於韻母系統這一部分，則是詳盡地將《元曲選・音釋》中異韻互注的現象，一一提出分析，並探討可能造成如此現象的語音變化情況。

（四）鍾惠堯

鍾惠堯的研究有二：〈《元曲選・音釋》入聲字探析〉與〈《元曲選・音釋》清入考〉。前者爲其碩士論文，後者爲期刊論文，取其碩士論文之部分內容而成。

〈《元曲選・音釋》入聲字探析〉著重於《元曲選・音釋》入聲字在入派三聲後聲調發展的規律性。

在認同《中原音韻》入派三聲有「全濁聲母變陰平」、「次濁聲母變去聲」、「清聲母變上聲」的規律性前提下，將《元曲選・音釋》中的入聲字依聲母清濁歸類，觀察這些字在《元曲選》中的注音情況。並將之與《廣韻》、《集韻》的反切、《中原音韻》與現代漢語的聲調逐一比對分析，以探求其規律。

經由數據分析結果，認爲「〔-p〕、〔-t〕、〔-k〕三種韻尾，在《元曲選・音釋》中對立的局面已經消失」〔註 13〕，並且認爲：「臧氏在《音釋》中對各字的注音，無論是反切還是直音，基本上都呈現出整齊劃一的趨勢。但是，《音釋》與《中原音韻》的語音系統在主體上是相類似的。」〔註 14〕

〔註 13〕 鐘惠堯：《「元曲選・音釋」入聲字探析》，中南大學碩士論文，2007 年，頁 69。

〔註 14〕 同上註，頁 70。

（五）郭瑩瑩

其碩士論文〈《元曲選・音釋》入聲字研究〉是以金周生老師〈從臧晉叔「元曲選・音釋」標注某一古入聲字的兩種方法看其對元雜劇入聲字唱唸法的處理方式〉一文爲基礎，將《元曲選・音釋》中的所有入聲字作完整的分析。

分析方法爲：將入聲字依照釋音內容，分成「讀作入聲、讀作舒聲、讀作入聲與舒聲兩讀」三大類，並依照這些入聲字在劇中出現的位置、次數和標音類型進行觀察，分析它們在雜劇中與曲文的唱、念關係，以及入聲字在賓白的讀法是否與角色類別有關。此外，更將《元曲選・音釋》所注，而不見收於《中原音韻》的入聲字一一條列分析，探究其在《中原音韻》之韻目歸屬。

結論是當入聲字位於唱曲的位置時，絕大多數都是入派三聲。尤其是當入聲字位於曲文押韻字之時，更是如此。當入聲字處於賓白位置之時，絕大多數都是讀作入聲，只有少數爲配合押韻而入派三聲。這些入聲字的讀法，與末、旦、淨、丑的角色分類毫無關係。至於那些未被《中原音韻》收入的入聲字，經過分析歸類之後，則被認爲與《中原音韻》的韻母系統不相矛盾。

第三節　研究範圍

本文研究範圍，以臧懋循爲《元曲選》所作的「音釋」內容中，與音讀相關者爲主。與音讀無關者，如「輭、即軟字」、「嚞、與哲同」等，少數與字形、字義相關之條目，則不在本文討論範圍之內。

此外，依研究之需要，參照雜劇的賓白、曲文與《中原音韻》、《中州音韻》等相關韻書，以及曲譜格律相關書籍。所參考雜劇的賓白、曲文等內容，皆以臧懋循編訂之《元曲選》爲準，而不參考如《元刊雜劇三十種》等書所收之同劇內容。

《元曲選》目前所見版本主要有明刻本〔註15〕、四部備要仿宋排印本〔註16〕、

〔註15〕「明刻本」爲明代萬曆44年（1616）雕蟲館藏板（雕蟲館：臧懋循之室名），由臧懋循校刊梓行。按甲乙丙丁釐次，十集各分上、下，共20冊100卷，每頁9行，每行20字，序文末有「雕蟲館」與「臧懋循」之印。雜劇內文處，版心上題有雜劇簡題，內記有「雜劇」二字及其頁碼；其餘則依內容不同，於版心上題「元曲選」三字，內記頁碼與「序」、「論」、「目」、「圖」等字。

〔註16〕「四部備要仿宋排印本」收於《四部備要・集部》，由陸費逵總勘，高時顯、

標點排印本〔註17〕。前人研究之底本，多為四部備要本與標點排印本。然四部備要本據明刻本所校刊，某些內容往往有所改誤。如〈金錢記〉第一折音釋，明刻本作：

……撚、尼蹇切；庬、音忙；褎、博毛切；掐、強雅切；……〔註18〕

四部備要本與標點排印本作：

……撚、尼蹇切；庬、音忙；綻，雖訕切；掐、強雅切；……〔註19〕

明刻本音釋有「褎」無「綻」，四部備要本與標點排印本有「綻」無「褎」。但這樣的改動卻不易被發現，原因是在曲文的部分，也一併作了改動。明刻本的原文是：

〔金盞兒〕這嬌娃是誰家。尋褎彈、覓破綻、敢則無纖掐。……

〔註20〕

四部備要本與標點排印本則改為：

〔金盞兒〕這嬌娃是誰家。尋包彈、覓破綻、敢則無纖掐。……

〔註21〕

推究其因，應是在校刊過程中，發現刻本有誤。〔註22〕故將「褎」改為「包」。

吳汝霖輯校，丁輔之監造，並註有「中華書局據明刻本校刊」。每頁18行，每行26字。左面版心上題「元曲選」三字，下書「中華書局聚」，版心內則依內容不同，記有頁碼與「序」、「目錄」、「論」、「圖　雜劇簡題」、「雜劇　雜劇簡題」（如：〈漢宮秋〉則題為「圖　漢宮秋」、「雜劇　漢宮秋」），右面版心下書「珍倣宋版印」。

〔註17〕「標點排印本」採直排正體字，舊式句讀標點。其內容多與四部備要本相符。

〔註18〕明・臧懋循：《元曲選》（臺北市：藝文印書館，民62年），頁442。

〔註19〕明・臧懋循：《元曲選》（臺北市：臺灣中華書局，民60年），〈金錢記〉頁4。明・臧懋循：《元曲選・音釋》（臺北：正文書局，民88年），頁18。

〔註20〕明・臧懋循：《元曲選》（臺北市：藝文印書館，民62年），頁433。

〔註21〕明・臧懋循：《元曲選》（臺北市：臺灣中華書局，民60年），〈金錢記〉頁2。明・臧懋循：《元曲選・音釋》（臺北：正文書局，民88年），頁16。

〔註22〕按：刻本「褎」恐為「褒」之誤。

1.「褎」字《說文解字》：「袂也。從衣采聲，俗褎从由。」段注：「似又切」。為「袖」之異體。又《廣韻》：「余救切，服飾盛皃。」

也正因爲如此，原來的音釋「褒、博毛切」便無存在的必要，校刊者便依《中州音韻》改爲「綻，雖訕切」〔註23〕。

由此可知，明刻本雖時代最早，其中亦不免有誤。再如〈度柳翠〉第四折：

〔正末上偈云〕：十方同聚會，箇箇學無爲，此是選佛腸，心空及第歸。〔註24〕

第三句「此是選佛腸」，四部備要本與標點排印本皆作「此是選佛場」〔註25〕，與明刻本相異。偈語一般而言，不論平仄押韻，因此無法由平仄推知何者有誤。但若與同折後文的賓白「豈不是選佛場也」〔註26〕相對應，即可推知此偈語應作「選佛場」，明刻本誤作「選佛腸」。

又如〈誤入桃源〉第一折音釋「咏，音用」〔註27〕。四部備要本與標點排印本皆作「詠，音用」〔註28〕。而雜劇內文作：

〔滚綉毬〕眞乃是羅綺叢，錦綉中，……抵多少文字飲一觴一詠。〔註29〕

「詠」、「咏」爲異體字，故此處並非明刻本有誤。然明刻本之內文與音釋字型

2.「褒」字《説文解字・衣部》：「褒，衣博裾。」段注：「博毛切」。又《廣韻》：「進揚美也。……博毛切。」「褒」之異體有「裦」、「襃」等形。

3.「褒彈」又作「包彈」，有「缺點、差失」之義。亦可見於〈羅李郎〉第三折：「無褒彈、無破綻、沒瑕疵。」音釋：「褒、音包」。（見明・臧懋循：《元曲選》，臺北市，藝文印書館，民62年，頁6567。）

4.由上可推知，「裦」無「包」音，「褒」、「裦」形近而訛，明刻本「裦彈」應爲「褒彈」之誤。四部備要本將之改爲「包彈」亦有理可循。

〔註23〕明・王文璧：《中州音韻》：(《曲韻五書》，臺北：廣文書局，民68年)，頁40。

〔註24〕明・臧懋循：《元曲選》（臺北市：藝文印書館，民62年），頁5665。

〔註25〕明・臧懋循：《元曲選》（臺北市：臺灣中華書局，民60年），〈度柳翠〉頁10。明・臧懋循：《元曲選・音釋》（臺北：正文書局，民88年），頁1349。

〔註26〕明・臧懋循：《元曲選》（臺北市：藝文印書館，民62年），頁5665。

〔註27〕同上註，頁5701。

〔註28〕明・臧懋循：《元曲選》（臺北市：臺灣中華書局，民60年），〈誤入桃源〉頁5。

明・臧懋循：《元曲選・音釋》（臺北：正文書局，民88年），頁1359。

〔註29〕明・臧懋循：《元曲選》（臺北市：藝文印書館，民62年），頁5698。

不符，難免令人有所疑慮。若參之以四部備本與標點排印本，則更能使音釋與內文有明確的對應。

故而，在《元曲選》版本使用方面，本文以明刻本爲主。其中若有所不足或闕疑之處，則輔以四部備要本與標點排印本。

曲譜的部分，《北曲新譜・凡例》：

> 舊譜四種，各有得失。《太和正音》最爲簡要，但僅有例曲而毫無說明。《北詞廣正》論述較詳，而往往辨格不清，分體煩瑣，致令學者茫然無所適從。《九宮大成》成於樂工之手，拘守樂章，不通文理，強爲句讀，亂分正襯，四種之中，此爲最劣。吳氏《簡譜》，大體因襲《太和正音》，略有發明，但疏於參證，立論每嫌武斷。本譜之作，體例務求明確，解說不厭詳審，舊譜失誤，均加辨正。〔註30〕

因此，本論文所使用之曲譜格律，以鄭騫《北曲新譜》爲主要參考對象。若有不足之處，則參照《太和正音譜》等相關曲譜書籍爲輔。

第四節 研究步驟

本論文的研究步驟，依序分爲以下三大部分：

一、《元曲選・音釋》資料統整與校對

（一）確立被釋字在《元曲選》中的位置：初步藉由被釋字在《音釋》的排列，及其在《元曲選》中所呈現的順序性，從雜劇中找到與被釋字相應的內容。其次藉由被釋字的釋音、本身所呈現的特性等，與其在元劇中上下文所呈現可能音讀與意義，替雜劇中難以確定相應位置的被釋字作更進一步的歸類，確立被釋字與雜劇內容的對應關係。

如被釋字「三」在〈爭報恩〉第三折中，於其排列順序範圍內，初步可找到七處與被釋字對應之內容。《音釋》釋「三」作「去聲」，觀察其他被釋作「去聲」的「三」字，均出現於「三思」一詞；再將之對照初步找到的七處可能內容，方能確定所指當爲「三思臺」之「三」。

〔註30〕 鄭騫：《北曲新譜》（臺北市：藝文印書館，民97年），頁1。

（二）各版本間內容之校對：爲求研究對象之正確性，第二步驟則針對《音釋》及其在元劇中對應的內容，校對「明刻本」與「四部備要仿宋排印本」、「標點排印本」三種版本之間是否有所差異或漏誤。內容差異之處，若非確爲明刻本之脫漏訛誤，原則上以明刻本內容爲主。

如〈金錢記〉第一折，明刻本被釋字有「褻」無「綻」，四部備要本有「綻」無「褻」，本文則依明刻本，收「褻」刪「綻」。此外，明刻本之「褻」經考證結果，確爲「褒」字之訛，故本文亦將此「褻」改正爲「褒」。

（三）確立被釋字在《中原音韻》中的歸屬：關於被釋字的韻目、聲調歸屬，本文以《中原音韻》爲基準。查詢被釋字在《中原音韻》中所處之韻目、聲調，以利後續分析研究。若遇《中原音韻》未收之字，則暫依《中州音韻》、《廣韻》等其他韻書資料，爲其韻目、聲調歸類。

此外，《中原音韻》版本之使用，以元刊鐵琴銅劍樓藏本爲主，其漫滅之字，再參以明刊辛酉訥菴本，並對照李殿魁先生《校訂補正中原音韻及正語作詞起例》補其不足。

（四）被釋字分類：既已知被釋字之韻目、聲調歸屬，則依聲調性質，將被釋字分爲入聲、非入聲兩大類。入聲字之判定，首以《中原音韻》入作某聲之字爲準。如遇《中原音韻》未收之字，復以《廣韻》所收入聲字、《中州音韻》中入作某聲之字爲準。若遇以上韻書均未收，則依是否爲入聲字之異體字或被釋字之釋音、得聲偏旁作爲判定。

二、入聲被釋字的分析與研究

（一）分析對象之確立：針對已分類之入聲被釋字，就其釋音內容，按下列原則決定是否列入分析統計。

1. 內容與音讀無關者不計。如「𢇍，古絕字」，所釋爲異體字，故不列入統計。

2. 若入聲字爲破音字，取其入聲音者列入統計；取其非入聲音者，視同非入聲字，不列入統計。如「塞」字有入聲、去聲兩音，「閉塞」之「塞」，取其入聲讀音，故列入統計；「塞北」、「塞外」之「塞」，取其去聲讀音，故刪之不計。

（二）將被釋字分爲入派三聲、入讀原調二類：按被釋字之釋音內容，直音或反切下字屬平、上、去聲字者，分入入派三聲一類。直音或反切下字屬入聲字，或於釋音指明讀作「某入聲」者，均分入入讀原調一類。

如「纛」字，《音釋》作「東盧切」、「音毒」。作「東盧切」者，反切下字為平聲，故屬入派三聲一類；作「音毒」者，「毒」屬入聲，故分於入讀原調一類。由此例可知，即使是同一被釋字，亦可能因釋音之差異，分屬不同類別。

（三）被釋字於元劇中位置之分類：於上述入派三聲、入讀原調之類別中，進一步將被釋字於劇中之位置分為「唱曲韻腳字」、「唱曲非韻腳字」、「普通賓白」、「韻語賓白韻腳字」、「韻語賓白非韻腳字」五類。分類原則如下：

1. 唱曲之韻腳判別，以曲譜之押韻為主。韻腳處、可協韻而協韻處及藏韻處，一律以韻腳計。如遇可協韻，而未協韻者，則視作非韻腳，不計入韻腳。

如〈看錢奴〉第一折「又不曾將他去油鍋裏煠」，被釋字「煠」位於協韻與否均可之處，唯按律當協平聲韻，《音釋》釋作「之殺切」，入讀原調，故將其歸入非韻腳，而不計入韻腳。

2. 普通賓白：即「非韻語之賓白」。

3. 韻語賓白：舉凡賓白中的詩詞、斷詞、押韻之偈語等皆屬之。劇中通常在韻語賓白前會標明「詩云」、「詞云」、「斷云」等字，然亦有少數韻語並未標明。

（四）被釋字位置之分析與統計：針對被釋字在雜劇中的各種位置，出現數量的多寡、比例進行統計。從大方向掌握入聲字派三聲或讀原調與雜劇位置的關係。

（五）被釋字釋音內容分析：既已從大方向掌握整體入聲被釋字讀法與雜劇位置之關係，則欲更進一步，探究單一入聲被釋字於雜劇各位置之釋音差異。故整理並羅列被釋字在雜劇中各位置之釋音內容，針對其所呈現之現象加以探討。

（六）特殊音注問題探討：在入派三聲的部分，被釋字釋音與《中原音韻》有所出入者，參照被釋字在雜劇中的相應內容、韻語格律，以及《中原音韻》、《中州音韻》等韻書資料，個別提出討論。入讀原調的部分，原則上仍與《中原音韻》有一致性，故亦將與《中原音韻》內容有出入者提出討論，並參照其中古韻攝之歸屬與其在雜劇中相應之內容等資料，進行分析，探究其因。

三、非入聲被釋字的分析與研究

（一）分析對象以具特殊音注問題者爲主：非入聲字被釋字，指的是平、上、去聲之被釋字。這些被釋字無論是否爲韻語，或是否處於韻腳，均不像入聲字，有入派三聲和入讀原調的問題。因此，在非入聲字的研究上，則針對於釋音內容與《中原音韻》不符者（包含雖韻目相同，卻分屬不同小韻者），作個別問題的討論。

（二）分析方式：方法上，則延續入聲字個別問題討論的方式，參照被釋字在雜劇中的相應內容、韻語格律，以及其他韻書資料，探討釋音內容與《中原音韻》有所出入的可能原因。

第五節　寫作內容凡例

一、名詞內涵

（一）《元曲選・音釋》、《音釋》：指《元曲選》的整體「音釋」部分。

（二）音釋：指《音釋》中的個體，如「白、巴埋切」即是一條音釋。

（三）被釋字：指一條音釋中，被注音的字。如「白、巴埋切」、「力、音利」，「白」、「力」即是被釋字。

（四）釋音：指一條音釋中，用來替被釋字注音的內容。如「白、巴埋切」、「力、音利」，「巴埋切」、「音利」即是釋音。

二、表格簡稱

本文中表格爲求簡潔與美觀，於被釋字在《元曲選》中的相應位置簡稱「位置」。其餘位置之簡稱與內涵如下所示：

位置簡稱	內涵
曲・韻腳	唱曲的韻腳處
曲・非韻	唱曲的非韻腳處
普通賓白	普通賓白、非韻語的賓白
白・韻腳	韻語賓白的韻腳處
白・非韻	韻語賓白的非韻腳處
無	被釋字在雜劇中無法找到相應的內容、位置

三、曲譜格律符號

本文中用以表示曲譜格律之符號如下表：

符號	內涵	符號	內涵
。。	協韻之句	平	平聲
。	不協韻之句	上	上聲
·	協韻與否均可	去	去聲
△	句中藏韻	仄	仄聲
▽	藏韻與否均可	◇	宜平可上
※	增句處	◆	宜上可平
『』	增出之句	├	宜上可去
＋	平仄皆可	ㄙ	宜去可上

四、註　腳

（一）《元曲選》：除第一、二章論及各版本內容異同時詳注出版項外，其餘均引自明刻本（藝文印書館，民 62 年），註腳僅錄作者、書名、頁數，不再詳注出版項。

（二）其他參考資料：於論文第一次引用時詳注出版項，自第二次引用開始，僅錄作者、書名、頁數，不再詳注出版項。

第二章　《元曲選・音釋》概述

臧懋循，字晉叔，浙江長興人。明萬曆八年進士。博文強記，尤善顧曲，與茅維、吳稼竳、吳夢暘並稱四子。

臧懋循以爲元曲之妙，在於「不工而工」；詞變爲曲，雖源出於一，卻是「變益下，工益難」。故元曲除有「情詞穩稱之難」、「關目緊湊之難」外，更因「一曲中有突增數十句者，一句中有襯貼數十字者」、「自非精審於字之陰陽，韻之平仄，鮮不劣調」而有「音律諧叶之難」。因此，臧懋循「選雜劇百種。以盡元曲之妙」〔註1〕，又於雜劇每折之末，附音釋若干條。

本章將針對其所作音釋之標音法、音注根據，以及被釋字在《元曲選》劇文中位置之確立，分別進行論述。

第一節　《元曲選・音釋》的標音法

《元曲選》收錄元、明雜劇共一百齣。其中，元人雜劇九十四齣，明初雜劇六齣。除〈謝天香〉、〈朱砂擔〉、〈合同文字〉、〈岳陽樓〉、〈勘頭巾〉、〈梧桐葉〉、〈生金閣〉的楔子以及〈看錢奴〉第三折外，每齣雜劇的楔子以及每折之後，皆附有音釋若干，共計 7854 條。

〔註1〕　本段引文，均出於臧懋循《元曲選・序》。

今依標音形式之不同，分類如下〔註2〕：

一、反切法

如：「白、巴埋切」、「穹、區容切」、「伐、扶加切」、「敵，丁梨切」、「只、張恥切」、「北、邦每切」、「甲、江雅切」、「強、欺養切」、「日、人智切」、「列、郎夜切」、「煞、雙鮓切」等，共2404條。

金周生老師〈元曲選音釋平聲字切語不定被切字之陰陽調說〉中提到：

> 平聲字當時已如《中原音韻》可別為陰陽兩調，而被切字之調類仍由反切下字決定，切語上下字皆未能表示出被切字陰陽調值之差異。〔註3〕

由此可知，《元曲選・音釋》之反切，仍遵陳澧「上字定其清濁，下字定其平上入」〔註4〕之規律。即便平聲已有陰陽之分，反切下字亦無陰陽之別。

〔註2〕 各家對《元曲選・音釋》之標音方式分類定名並不統一。除反切法外，其餘分類疏密不一，或同實異名，或異名同實。如「直音」一類，甯忌浮先生所分，包含諸多形式，有「音某」者、「某聲」者、「與某同」者等等，凡反切以外之注音皆屬之；而陳東有、郭瑩瑩等人所分，則僅限於「音某」者。本文分類與其他研究者之分類對照，如下表：

<table>
<tr><th>本文</th><th>標音示例</th><th>金周生老師</th><th>甯忌浮</th><th>龍莊偉</th><th>郭瑩瑩</th><th>陳東有</th><th>鍾惠堯</th></tr>
<tr><td>反切法</td><td>敵，丁梨切</td><td>反切法</td><td>反切</td><td>反切法</td><td>反切法</td><td>反切</td><td>反切式</td></tr>
<tr><td>直音法</td><td>力，音利</td><td>直音法</td><td rowspan="5">直音</td><td rowspan="2">直音法</td><td>直音法</td><td>直音</td><td>直音式</td></tr>
<tr><td>紐四聲</td><td>攏，龍上聲</td><td>譬況法</td><td>標聲調</td><td>注聲調</td><td>注音兼注調式</td></tr>
<tr><td>與某同</td><td>嚞，與哲同</td><td>形況法</td><td>說明文字</td><td>其他</td><td>其他*</td><td>其他*</td></tr>
<tr><td>示調法</td><td>行，去聲</td><td>示調法</td><td>標聲調</td><td>標聲調</td><td>注聲調</td><td>注聲調式</td></tr>
<tr><td>其他</td><td>𢇍，古絕字
輭，即軟字</td><td>其他</td><td>／</td><td>釋異體字</td><td>釋異體字</td><td>其他*</td></tr>
</table>

（資料來源：金周生〈從臧晉叔「元曲選・音釋」標注某一古入聲字的兩種方法看其對元雜劇入聲字唱唸法的處理方式〉、甯忌浮《漢語韻書史・明代卷》、龍莊偉〈「元曲選・音釋」探微〉、郭瑩瑩《「元曲選・音釋」入聲字研究》、陳東有《元曲選・音釋研究》、鍾惠堯《「元曲選・音釋」入聲字探析》）

〔註3〕 金周生：〈元曲選音釋平聲字切語不定被切字之陰陽調說〉（《輔仁學誌文學院之部》第14期，1985年），頁11（總頁381）。

〔註4〕 清・陳澧《切韻考・序錄》：「切語之法，以二字為一字之言。上字與所切之字

如：「穹、區容切」、「降、奚江切」，反切下字「容」、「江」僅決定被切字調類爲平聲，被切字爲陰平或陽平，乃由反切上字「區」、「奚」決定。「區」屬「溪母、次清」，故「穹」讀爲陰平；「奚」屬「匣母，全濁」，故「降」讀爲陽平。

二、直音法

如：「丁、音爭」、「八、音巴」、「丰、音風」、「切、音且」、「尺、音耻」、「百、音擺」、「力、音利」、「幻、音患」、「屆、音戒」等，共3902條。

須另外說明的是，若以「A、音B」形式計算，僅有3901條。多出的一條見於〈盆兒鬼〉楔子：「客、音楷聲」〔註5〕，此爲「音楷」之誤〔註6〕，故將其歸入「直音法」一類。

三、紐四聲

如：「搧、扇平聲」、「咍、海平聲」、「推、退平聲」、「喘、川上聲」、「刎、文上聲」、「色、篩上聲」、「肉、柔去聲」、「刃、仁去聲」、「入、如去聲」等，共955條。

其中，若單就「A、B某聲」形式而言，僅954條〔註7〕。多出的一條，見於〈盆兒鬼〉第三折：「賊，則平切」〔註8〕。此條當爲「賊，則平聲」之誤〔註9〕。故將其歸入譬況一類。

雙聲，下字與所切之字疊韻。上字定其清濁，下字定其平上去入。」

〔註5〕明・臧懋循：《元曲選》（臺北市：藝文印書館，民62年），頁5819。

〔註6〕「客、音楷聲」這樣的形式，在《元曲選・音釋》中僅此一條。《音釋》雖有如「刃、仁去聲」的標音方式，但「某聲」是指「某字之某聲調」而言，故不能將「音楷聲」歸入此類。其次，《音釋》釋「客」共十八次，十七次作「音楷」，獨〈盆兒鬼〉楔子作「音楷聲」。這些被釋字在劇中作「貴客」、「做客」、「嬌客」、「金釵客」、「門下客」等詞，其「客」皆有「賓客」、「顧客」之義；除〈碧桃花〉第四折外，也全都處於韻腳字的地位。以此推之，「音楷聲」可視爲「音楷」之誤。

〔註7〕此處的954條，是以明刻本作爲底本計算。

〔註8〕明・臧懋循：《元曲選》（臺北市：藝文印書館，民62年），頁5876。

〔註9〕從押韻的角度來看，「則平切」屬庚青韻，但被釋字「賊」在曲中，押的卻是

四、示調法

如：「便、平聲」、「看、平聲」、「重、平聲」、「種、上聲」、「累、上聲」、「載、上聲」、「三、去聲」、「中、去聲」、「忘、去聲」等，共539條。

被釋字多爲破音字，因聲調而別義者。如「三思」、「三思臺」之「三」，當讀去聲，《元曲選・音釋》中「三、去聲」共六條，所釋皆爲「三思」與「三思臺」。反觀如〈氣英布〉第四折：「玲瓏三角叉」〔註10〕、「賞你三壜酒」〔註11〕、「賜士卒大酺三日者」〔註12〕、「與韓信三齊共頡頏」〔註13〕等常用的平聲讀法，則皆略而不注。

五、與某同

如：「嶮、與險同」、「璚、與瓊同」、「檐、與簷同」、「璽、與藺同」、「嚞、與哲同」、「罷、與疲同」、「揉、與撓同」等，共52條。

值得注意的是，「與某同」這樣的形式，就被釋字與釋音之間的關係而言，多爲異體字〔註14〕或字義相通，並非像「反切」、「直音」僅是單純注音。

六、其　他

此類僅有「㡭，古絕字」、「輭，即軟字」兩條。

就「被釋字」與「釋音」的關係來說，這兩條都是針對異體字作注釋，與「與某同」內涵相似，然而形式上卻與之有異，故另別爲一類。

此外，某些論文提到了「脚、聲皎」、「家、是姑」兩條音釋，亦將其歸入

齊微韻。此外，被釋字見於〈盆兒鬼〉第三折：「老而不死是爲賊」；同釋「老而不死是爲賊」之「賊」，〈薦福碑〉第四折音釋作「則平聲」，亦屬齊微韻。可見〈盆兒鬼〉第三折作「則平切」有誤，當作「則平聲」。（「賊」、「則」二字，在《廣韻》同屬入聲德韻，前者「昨則切」，後者「子德切」。《中原音韻》前者屬齊微韻，後者屬皆來韻。但在《中州音韻》中，兩者皆屬齊微韻。《中原雅音》亦將「則」歸入齊微韻。）

〔註10〕明・臧懋循：《元曲選》（臺北市：藝文印書館，民62年），頁5548。

〔註11〕同上註，頁5553。

〔註12〕同上註，頁5555。

〔註13〕同上註，頁5555。

〔註14〕異體字指形體相異，但音、義皆同的兩個字。

「其他」一類。但這兩條音釋，恐怕是「脚、音皎」、「家、音姑」之誤。

「脚、聲皎」標點排印本〈諫范叔〉第一折〔註 15〕。明刻本與四部備要本作「脚、音皎」〔註 16〕。由此可知，「聲皎」顯然是「音皎」之誤。

「家、是姑」見於四部備要本與標點排印本〈㑳梅香〉的楔子〔註 17〕。陳東有對此解釋爲：

> 「家是姑」專釋漢代的曹大家之「家」，見《㑳梅香騙翰林風月雜劇》楔子【幺篇】：更壓著漢宮裡尊賢曹大家。〔註 18〕

乍看之下，這似乎是個頗爲合理的解釋。但若細察之，則有待商榷。

第一，明刻本此條音釋作「家音姑」〔註 19〕。

第二，〈㑳梅香〉第一折：「魯共王壞孔子故宅」〔註 20〕。臧懋循從音讀角度釋之以「共、音公」，而非專以「共、是恭」釋之。

第三，此處「家」通「姑」。若就音讀而論，標音法有「音某」之例可用；就通同字而論，則有「與某同」之例可用。以「是某」專釋此例，實無必要。綜上所述可知，「家、是姑」無疑是「家、音姑」之誤。

第二節　《元曲選·音釋》標音內容的根據

一、前人對《元曲選·音釋》標音內容的看法

《元曲選·音釋》的 7854 條音釋中，重複注音的情況極爲頻繁，只有大約 2000 個被釋字。

如：被釋字「白」共出現三十六次，三十五次作「巴埋切」，一次作「排

〔註 15〕 明·臧懋循：《元曲選·音釋》（臺北：正文書局，民 88 年），頁 1206。

〔註 16〕 明·臧懋循：《元曲選》（臺北市：藝文印書館，民 62 年），頁 5116。
明·臧懋循：《元曲選》（臺北市：臺灣中華書局，民 60 年），〈諫范叔〉頁 5。

〔註 17〕 明·臧懋循：《元曲選》（臺北市：臺灣中華書局，民 60 年），〈㑳梅香〉頁 2。
明·臧懋循：《元曲選·音釋》（臺北：正文書局，民 88 年），頁 1148。

〔註 18〕 陳東有：《元曲選·音釋研究》（北京：中國社會科學出版社，2002 年），頁 2。

〔註 19〕 明·臧懋循：《元曲選》（臺北市：藝文印書館，民 62 年），頁 4880。

〔註 20〕 同上註，頁 4886。

上聲」〔註21〕；「的」共出現四十五次，皆作「音底」而無例外。許多被釋字重複出現，並呈現某種規律的現象。

這些反切、直音等內容似有所本，卻大多不見於平常所熟知的《廣韻》、《集韻》等韻書。提到曲韻韻書，當首推《中原音韻》。然而，《中原音韻》僅以空格將同音字隔開，並且「以易識字爲頭，止依頭一字呼吸，更不別立切腳」〔註22〕。因此，《音釋》內容的根據，便成爲一個問題。

民初陸費逵等人校刊《元曲選》，曾刪改〈金錢記〉第一折音釋。刪去有誤之「褒、博毛切」，增入「綻，雖訕切」〔註23〕。所增反切竟不依〈竹塢聽琴〉第三折之音釋「綻、士諫切」，反依《中州音韻》作「雖訕切」，似乎透露出當時陸費逵等人對於《音釋》內容的看法。

此外，甯忌浮在《漢語韻書史》中，舉〈虎頭牌〉第三折爲證：

> 李直夫〈便宜行事虎頭牌雜劇〉第三折，有音釋29條。本折曲詞宮調爲〔雙調〕，共11支曲，押齊微韻。有韻腳66字，其中14字爲被釋字。……這14條我們能在《中州音韻》齊微韻裡找到。……不是韻腳字的15條，除去「佟音同」、「噷音去聲」、「㥬音炒」三條，也都可以在《中州音韻》裡找到它們。〔註24〕

「佟」、「噷」、「㥬」三字《中州音韻》未收。因此，甯忌浮得出這樣的結論：

> 毫無異議，臧晉叔用《中州音韻》給元曲注音。〔註25〕
>
> 回過頭來說說《元曲選音釋》價值如何。它完全抄自《中州音韻》。〔註26〕

龍莊偉也說：

> 雖然有個別處《音釋》與《中州音韻》不合，但從總體上，我們可

〔註21〕詳見本論文第三章第五節。

〔註22〕元・周德清：《中原音韻》（臺北市：學海出版社，民85年），頁114。

〔註23〕刪改之相關內容，詳見本論文第一章第三節。

〔註24〕甯忌浮：《漢語韻書史・明代卷》（上海：上海人民出版社，2009年），頁421。

〔註25〕同上註，頁421。

〔註26〕同上註，頁422。

以肯定《音釋》的正音標準，就是王文璧《中州音韻》。〔註27〕

這段話是〈《元曲選・音釋》探微〉一文中，龍莊偉對甯忌浮的觀點表示贊同時所說的。但卻點出了：《音釋》的內容並非完全與《中州音韻》相同。

二、《元曲選・音釋》與《中州音韻》標音之差異

不可否認的是，《音釋》的確有許多內容都和《中州音韻》相同。然其與《中州音韻》相異之處，卻不能因此略而不談。今就兩者之標音法與標音內容，以及入聲系統差異進行探究。

（一）標音形式的差異

如本文第一節所述，《音釋》的標音法可分爲五大類：

「反切法」：如「白、巴埋切」。

「直音法」：如「幻、音患」。

「紐四聲」：如「攏、龍上聲」。

「示調法」：如「三、去聲」。

「與某同」：如「嚞，與哲同」。

但《中州音韻》的標音法，則只有三大類：

「反切法」：如「東、多龍切」、「中、之戎切」〔註28〕。

「叶四聲」：如「懵、叶蒙上聲」、「桶、叶通上聲」〔註29〕。

「叶聲法」：如「尺、叶耻」、「吸、叶喜」〔註30〕、「菊、音矩」〔註31〕。

「叶四聲」的形式，類似於《音釋》的「紐四聲」。但這種標音法並非《中州音韻》首創，在《廣韻》中就曾出現過：

〔註27〕龍莊偉：〈《元曲選・音釋》探微〉，頁46。

〔註28〕見《中州音韻》東鍾韻平聲。明・王文璧：《中州音韻》（《曲韻五書》，臺北：廣文書局，民86年），頁1。

〔註29〕見《中州音韻》東鍾韻上聲。明・王文璧：《中州音韻》，頁3。

〔註30〕見《中州音韻》齊微韻入作上聲。明・王文璧：《中州音韻》，頁19。

〔註31〕見《中州音韻》魚模韻入作上聲。明・王文璧：《中州音韻》，頁26。

拯：無韻切，音蒸上聲。〔註32〕

黲：音黯去聲。〔註33〕

「叶聲法」的形式，與「直音法」相似。不過，在《音釋》當中，無論被釋字原本聲調爲何，皆可用「直音法」注音；但在《中州音韻》中，卻只拿來作爲「入派三聲」時的標音法〔註34〕。

《音釋》中的「示調法」和「與某同」，在《中州音韻》中，並沒有相似的標音法。卻能在《中原音韻·正語作詞起例·畧舉釋疑字樣》中看到類似的：

寧馨兒：寧，去聲。〔註35〕

朝請：去聲。漢官名。春曰朝，秋曰請。〔註36〕

隱几：隱，去聲。

野燒：燒，去聲。

雨水冰：雨，去聲。

遠：去聲。遠害全身、遠市朝。〔註37〕

聞：去聲。聞於天。

臨：去聲。哭也。〔註38〕

俊：與儁通。〔註39〕

《音釋》之「示調法」，未必根據《中原音韻》。而「俊：與儁通」雖然沒有和「與某同」的形式完全相同，但「儁」可通「俊」，與其內涵相似。

由此，可知《音釋》與《中州音韻》在標音的形式結構上並非一致。也正因如此，標音內容必定有所落差。

〔註32〕 宋·陳彭年等：《廣韻》（臺北：洪葉文化事業有限公司，2001年），頁320。

〔註33〕 同上註，頁446。

〔註34〕 詳見丁玟聲：《王文璧《中州音韻》研究》（國立高雄師範學院國文研究所碩士論文，民78年），頁20~22。

〔註35〕 元·周德清：《中原音韻》（臺北市：學海出版社，民85年），頁153。

〔註36〕 同上註，頁154。

〔註37〕 「隱几」至「遠」：元·周德清：《中原音韻》，頁155。

〔註38〕 「聞」、「臨」：元·周德清：《中原音韻》，頁156。

〔註39〕 同註35，頁155。

（二）平聲標音的差異

《中州音韻》平聲韻的標音，除寒山韻「鼾：臥息，當作漢。」〔註 40〕之外，其餘皆用反切法標音。《音釋》則不然。今列舉《音釋》平聲韻，除反切法外之標音內容如下。

「與某同」共 2 條：「慛、與愆同」、「犇、與奔同」。

「紐四聲」扣除重複的被釋字，共 19 條：

被釋字	釋音	出現次數
齁	吼平聲	2
羶	扇平聲	3
咍	海平聲	5
揩	楷平聲	8
剜	碗平聲	12
漫	幔平聲	1
哏	狠平聲	19
氳	蘊平聲	1
樞	處平聲	1
掂	店平聲	5
腌	掩平聲	2
矬	坐平聲	1
緘	鑑平聲	2
推	退平聲	23
齎	祭平聲	1
虀	祭平聲	2
鍫	俏平聲	1
鍬	俏平聲	2
鏖	襖平聲	3

「示調法」扣除重複的被釋字，共 39 條：

被釋字	釋音	出現次數
也	平聲	1
令	平聲	4
更	平聲	1
那	平聲	1

〔註 40〕見《中州音韻》寒山韻平聲。明・王文璧：《中州音韻》，頁 38。

併	平聲	2
委	平聲	1
炒	平聲	1
者	平聲	1
便	平聲	5
看	平聲	9
要	平聲	1
重	平聲	32
浪	平聲	1
探	平聲	2
教	平聲	4
盛	平聲	4
眾	平聲	4
勝	平聲	5
揣	平聲	1
量	平聲	4
禁	平聲	11
號	平聲	4
過	平聲	19
厭	平聲	3
嘖	平聲	1
頗	平聲	1
鼻	平聲	1
噴	平聲	3
彈	平聲	1
調	平聲	8
論	平聲	4
操	平聲	1
擔	平聲	2
燕	平聲	1
醒	平聲	3
應	平聲	17
麗	平聲	1
譽	平聲	1
聽	平聲	6

「直音法」因數目過多，姑舉東鍾韻為例：

被釋字	釋　音	出現次數
丰	音風	4
邛	音窮	3
种	音冲	2
茸	音戎	6
逢	音蓬	1
琮	音叢	1
筇	音窮	2
蛩	音窮	11
傭	音容	1
	音庸	1
嵩	音松	1
椶	音宗	1
慵	音蟲	11
髼	音蓬	1
叢	音從	7
艟	音同	1
鏞	音容	1
醲	音濃	2
馮〔註41〕	音平	1
觥	音公	1
甍	音萌	2
	音蒙	1
嶸	音橫	8
繃	音崩	4
轟	音烘	13
	音薨	1

從上述各表可以看到，《音釋》在平聲韻的注音，並不只限於反切法，故標音內容自然與《中州音韻》的反切法有所差異。

此外，「眾」字在《元曲選・音釋》中出現四次，皆釋以「平聲」。

《中州音韻》「眾」字東鍾韻平聲、去聲二收，平聲與「中」爲同音字，下注釋義「多也」〔註42〕；去聲爲小韻字頭，注曰「叶中去聲，多也」〔註43〕。

〔註41〕自「馮」至「轟」爲「東鍾」、「庚青」二韻互見字。

〔註42〕明・王文璧：《中州音韻》，頁1。

時代較早的《廣韻》，「眾」字亦二收，平聲見於東韻，與「終」同音，下注「又之仲切」〔註44〕；去聲見於送韻：「多也，三人爲眾。又姓，左傳魯大夫眾中。之中切，又音終」〔註45〕。

無論從《廣韻》或《中州音韻》，都看不出讀平聲、去聲在意義上究竟有何差別。然而《中原音韻・正語作詞起例・畧舉釋疑字樣》卻有一條：

眾生：上音中，釋經。〔註46〕

雖然「中」字亦有平、去二讀。但「眾」字《中原音韻》東鍾韻未收平聲音，僅收去聲，與「中」的去聲音讀爲同音字；卻在〈正語作詞起例〉特別提出來說明，顯然有異於去聲音讀。

檢視《元曲選》內容，《音釋》所注「眾」字，皆出於「眾生」一詞：

被釋字	釋音	出處		劇文
眾	平聲	來生債	第一折	佛說大地眾生，皆有佛性。
		鐵拐李	楔子	未滿餅壺豈降災，眾生造業苦難捱。
		桃花女	第二折	常言道眾生好度人難度。
		度柳翠	楔子	濟度眾生。

《音釋》將「眾生」之「眾」釋爲「平聲」，其根據很可能就是《中原音韻》。

（三）譬況、直音、反切內容的差異

除了因標音形式而造成的平聲標音內容差異之外，即使是同一種標音形式，《音釋》與《中州音韻》仍有差異存在。

紐四聲如「懵」字：

被釋字	釋音	出處		劇文
懵	夢上聲	馬陵道	第一折	我如今捉獲你對咱粧懵懂。
	夢上聲	城南柳	第一折	這火凡夫都是些懵懂之徒。
	蒙上聲	揚州夢	第二折	又不是癡呆懵懂。
	蒙上聲	誶范叔	第一折	倒不如癡呆懵懂。
	蒙上聲	趙氏孤兒	第四折	連我這孩兒心下也還是懵懵懂懂的。

〔註43〕明・王文璧：《中州音韻》，頁4。

〔註44〕宋・陳彭年等：《廣韻》，頁25。

〔註45〕同上註，頁344。

〔註46〕元・周德清：《中原音韻》，頁155。

《中州音韻》「懵」作「叶蒙上聲」〔註47〕。《音釋》作「夢上聲」，又作「蒙上聲」，於《元曲選》皆「懵懂」之「懵」。《音釋》所釋之音，後者同於《中州音韻》，前者則否。「夢」雖是「蒙」相承之去聲，但畢竟與《中州音韻》的注音有所差異，只能算是間接關係，而非直接關係。

類似的情況，也同樣發生於直音法。如：「种」。《音釋》作「音冲」；《中州音韻》小韻字頭爲「充」，「冲」僅是「充」的同音字之一〔註48〕；《中原音韻》「种」、「冲」、「充」三字同音，且以「冲」爲小韻字頭〔註49〕。如此，《音釋》之標音，與《中原音韻》較有直接關聯，與《中州音韻》反而是間接關係。

又如：「轟」。《音釋》作「音烘」，又作「音薨」；《中州音韻》小韻字頭爲「烘」，與《音釋》其一相符，而「轟」、「薨」同爲「烘」之同音字〔註50〕；《中原音韻》以「烘」爲字頭，與「轟」、「薨」同音〔註51〕。倘若《音釋》完全根據《中州音韻》來注音，爲何不將所有「轟」字皆注作常用且爲小韻字頭的「烘」，而卻有些注「音烘」，有些卻注「音薨」呢？

再如：「力」。《音釋》作「郎帝切」，又作「音利」；《中州音韻》「力」、「利」皆作「郎帝切」，唯前者屬齊微韻入作去聲〔註52〕，後者屬齊微韻去聲〔註53〕。入派三聲之後，「力」、「利」兩字不但聲調相同，反切也相同。但《音釋》爲「力」字注音二十四次中，爲何以反切標音僅一次，卻捨近求遠，取原本聲調不同的「利」字來注音高達二十三次？

這樣看來，《音釋》某些部份的直音，並非《中州音韻》小韻建首之字，更是許多韻書中都能看到，或是平常就已熟知的同音字。因此，若要以《中州音韻》爲《音釋》之直音來源，則有待商榷。

在反切的部分，如：「溺」。《音釋》作「奴吊切」，又作「尼叫切」、「泥叫

〔註47〕明・王文璧：《中州音韻》，頁3。

〔註48〕同上註，頁2。

〔註49〕元・周德清：《中原音韻》，頁25。

〔註50〕同註47，頁2。

〔註51〕同註49，頁26。

〔註52〕同註47，頁20。

〔註53〕同註47，頁18。

切」、「銀計切」。

被釋字	釋音	出處		劇文
溺	奴吊切	兒女團圓	第二折	百忙裏溺我一身尿。
	尼叫切	救風塵	第一折	遮莫向狗溺處藏。
		岳陽樓	第一折	灌得肚兒脹。溺得膫兒疼。
		黑旋風	第四折	貓溺下尿來了。
		後庭花	第一折	誰貪酒溺腳跟。
	泥叫切	英氣布	第一折	便取其儒冠擲地。溺尿其中。
		羅李郎	第二折	兒呵你休做了貓兒向屋頭溺。
	銀計切	楚昭公	第四折	稚子繼沉溺。

「奴吊切」、「尼叫切」、「泥叫切」三者同音，屬蕭豪韻去聲，於《元曲選》皆是「撒尿」之義，通「尿」；「銀計切」屬齊微韻去聲，作「沉溺」之「溺」。《中州音韻》僅收蕭豪韻去聲，作「尼叫切」〔註 54〕；齊微韻未收。《廣韻》「溺」字作「奴歷切」，又作「而灼切」〔註 55〕；「尿」字作「小便也，或作溺。奴弔切」〔註 56〕。「奴弔切」不只見於《廣韻》，更見於大徐本《說文》、段注《說文》、《集韻》等。又「吊」、「弔」互為異體字。而《音釋》所作反切，僅「尼叫切」完全與《中州音韻》吻合，可知《音釋》並非僅依《中州音韻》來為被釋字注音。

又如：「月」。見於《音釋》九次，八次作「魚夜切」，一次作「魚靴切」。《中州音韻》作「魚夜切」，車遮韻入作去聲〔註 57〕；入作平聲未收。

被釋字	釋音	出處		劇文
月	魚夜切	牆頭馬上	第三折	成就了一天錦繡佳風月。
		兒女團圓	第三折	俺姐姐雖不曾道懷躭懷躭十月。
		馬陵道	第四折	弓彎秋月。
		范張雞黍	第二折	選法弊絮叨叨請俸日月。
		劉行首	第三折	水中撈月。

〔註 54〕明・王文璧：《中州音韻》，頁 52。

〔註 55〕宋・陳彭年等：《廣韻》，頁 502。

〔註 56〕同上註，頁 412。

〔註 57〕明・王文璧：《中州音韻》，頁 64。

		百花亭	第一折	四時中惟有春三月。
		還牢末	第二折	整折倒了我三箇月。
		望江亭	第三折	只他那冷清清楊柳岸伴殘月。
	魚靴切	救孝子	第二折	現如今雨淋漓正値着暑月分。

「月」字在《元曲選》中，作「魚夜切」者皆在元曲句尾，屬韻腳字。作「魚靴切」者處〔叨叨令〕，「現如今雨淋漓正値着暑月分」之句中。查其格律，當句應作「十平十仄平平去」〔註58〕；除去襯字，當作「淋漓正値暑月分」〔註59〕。「月分」之「月」按格律當讀平聲，故《音釋》將其音釋爲「魚靴切」，讀作平聲，而非去聲的「魚夜切」。

再如：本文先前討論過的「賊」字。《音釋》出現二十九次，作「則平聲」、「才上聲」、「池齋切」。《中州音韻》作「叶則平聲」，齊微韻入作平聲〔註60〕。

《音釋》作「則平聲」者，在《元曲選》中，除了〈忍字記〉第一折，位於〔賺煞〕曲中；以及〈趙氏孤兒〉第一折，位於〔點絳唇〕曲中之外，其餘見於〈鴛鴦被〉第四折、〈殺狗勸夫〉第二折、〈爭報恩〉第四折……等，皆是韻腳字，都與齊微韻字相押。如〈盆兒鬼〉第三折：

> 〔小桃紅〕你道俺老而不死是爲賊。俺若不死成何濟。俺巴到新年便整整的八十歲。柴和米是誰給。只有您後輩無先輩。呀，昨日個王弘道命虧。今日個李從善辭世。天那，則俺那一班兒白髮故人稀。〔註61〕

又如〈薦福碑〉第四折：

> 〔收江南〕呀，你今日討便宜翻做了落便宜。你待將漚麻坑索換我那鳳凰池。你道你父親年老更殘疾。他也不是個好的。常言道老而不死是爲賊。〔註62〕

〔註58〕鄭騫：《北曲新譜》（臺北市：藝文印書館，民97年），頁26。

〔註59〕其中，「値」於《中原音韻》雖是「入作平聲」，但於《廣韻》則屬去聲志韻；加以《音釋》於句中之字，並不完全限讀入派三聲，故可視爲仄聲。而「暑」雖是上聲字，但於句中，處於一、三、五平仄可不論的位置，故亦合於當句格律。

〔註60〕明・王文璧：《中州音韻》，頁15。

〔註61〕明・臧懋循：《元曲選》，頁5858。

〔註62〕同上註，頁5858。

上述兩段引文中，「賊」與「濟」、「歲」、「給」、「輩」、「虧」、「世」、「稀」、「宜」、「池」、「疾」、「的」都是韻腳字，皆屬齊微韻。

而《音釋》作「才上聲」、「池齋切」者，前者出現一次，後者出現二次，都和皆來韻字相押。「才上聲」見於〈黃粱夢〉第二折：

〔醋葫蘆〕又不是別人相唬嚇。廝展賴。是你男兒親自撞將來。你渾身是口難分解。赤緊的併賍拿賊。你看他死臨侵不敢把頭擡。〔註63〕

「赤緊的併賍拿賊」按格律爲「十平◇去」〔註64〕；除去襯字，此句當作「併賍拿賊」。「賊」於此處當讀去聲，元曲「仄聲獨用，上去互通」，前字「拿」屬平聲，故《音釋》將之釋爲「才上聲」。

「池齋切」見於〈合汗衫〉第三折：

〔么篇〕只爲那當年認了個不良賊。送的俺一家兒橫禍非災。俺孩兒聽了他胡言亂道巧差排。便待離家鄉做些買賣。只一去不回來。〔註65〕

以及〈㑳梅香〉第四折

〔滴滴金〕據他這般㑳[illegible]軒昂。決然生的清奇古怪。我這裏推剪燭傍銀臺。不是我見景生情。須是我便。併贓拿賊。我爲甚的喜笑咍咍。〔註66〕

上述三段引文中，「賊」與「嚇」、「賴」、「來」、「解」、「擡」、「災」、「排」、「賣」、「怪」、「臺」、「咍」都是韻腳字，皆屬皆來韻。

因此，與齊微韻相押，就給予齊微韻的注音；與皆來韻相押，就給予皆來韻的注音。從這裡，可以看出《音釋》的注音標準，主要還是依附在元曲的作品之上。

（四）入聲系統的差異

關於入聲的問題，可就《音釋》對「得」字的注音來討論。《音釋》作「亨

〔註63〕明・臧懋循：《元曲選》，頁3454。

〔註64〕鄭騫：《北曲新譜》，頁223。

〔註65〕同註63，頁897。

〔註66〕同註63，頁4969。

美切」、「烹美切」〔註67〕、「當美切」；《中州音韻》作「當忒切」〔註68〕。「忒」字《中州音韻》作「他美切」〔註69〕。甯忌浮說：

> 臧氏將「得、當忒切」改爲「得、當美切」，很好。〔註70〕

依照甯忌浮的意思，是臧懋循抄了《中州音韻》的切語，並將反切下字「忒」改爲常用字「美」。這似乎是個很合理的解釋，但卻忽略了很重要的一點，那就是《音釋》的入聲系統與《中州音韻》並不完全相同。

從《中州音韻》的系統來看，「得」、「忒」都是齊微韻入作上聲的字，「美」則屬齊微韻上聲。「得」用「忒」當反切下字，「忒」用「美」當反切下字，那麼「得」當然也可以改用「美」反切下字。如此的改變並無不妥。這是由於《中州音韻》的入聲字，完全派入平上去三聲的緣故。

但若從《音釋》的角度而言，則有極大的差異。首先，從「咄、敦入聲」、「詰、溪入聲」等注音，可以發現《音釋》將入聲字分爲「入派三聲」與「入讀原調」兩大類。其次，在《廣韻》當中，「忒」字作「他德切」，屬入聲德韻〔註71〕；「美」字作「無鄙切」，屬上聲旨韻〔註72〕。是故，在《音釋》的入聲系統中，若以「忒」爲反切下字，則「得」應讀入聲原調；若以「美」爲反切下字，則「得」讀爲入派上聲。

此外，如「搦」字。《音釋》分作兩大類，作「囊帶切」者，入派三聲；作「女角切」、「女卓切」、「音矗」若，入讀原調。《中州音韻》作「囊帶切」〔註73〕，與《音釋》入派三聲之音相符。「女角切」見於《廣韻》〔註74〕等韻書，「女卓切」則可見於《玉篇》〔註75〕。故知《音釋》入讀原調之音，其反

〔註67〕經查《音釋》中，「得」字作被釋字共二十一次，「當美切」十八次、「烹美切」僅二次、「亨美切」僅一次。且「得」自古皆作端母，無有作曉母、滂母者。故《音釋》作「亨美切」、「烹美切」者，恐誤。

〔註68〕明・王文璧：《中州音韻》，頁17。

〔註69〕同上註，頁17。

〔註70〕甯忌浮：《漢語韻書史・明代卷》，頁421。

〔註71〕宋・陳彭年等：《廣韻》，頁529。

〔註72〕同上註，頁247。

〔註73〕同註68，頁32。

〔註74〕「女角切」見於《廣韻》入聲覺韻。（見宋・陳彭年等：《廣韻》，頁467。）

〔註75〕梁・顧野王：《玉篇》（臺北：新興書局，民52年），頁113。

切勢必不同於《中州音韻》。

三、小　結

由於不知《中州音韻》的反切、叶聲內容是前有所本抑或自創〔註76〕，因此，我們可以作出兩種假設：《元曲選・音釋》與《中州音韻》在著作的過程中，曾參考過同一份音韻資料，或是《音釋》在某種程度上，參考了《中州音韻》的內容。不過，必須注意的是，《音釋》並非完全參考或抄自《中州音韻》，也不一定是將《中州音韻》作爲正音的標準。

周德清的《中原音韻》雖是從北曲作品用韻中歸納出來的〔註77〕，卻沒有立下切腳注音，收字也僅止於北曲作品之韻腳字，難免有不足之憾。《元曲選・音釋》既然要爲被釋字注音，從立有切腳、叶聲的《中州音韻》擷取所需的音切資料，亦無不可。但是，從上述所舉《音釋》標音和《中州音韻》相異的例子，以及入聲系統上的差異來看，《音釋》的審音標準與語音系統，當是建立在被釋字所屬的作品之上。臧懋循僅是根據被釋字的地位，選擇了可用的資料，並非專泥於《中州音韻》。

第三節　被釋字在《元曲選》中相應位置的確立

《音釋》的內容，並非直接在《元曲選》劇中的被釋字底下作小字注解，而是附在每折或楔子的最後，另外列出被釋字進行標音。但是，臧懋循並沒有說明這些被釋字究竟在劇中的哪個位置。此外，某些被釋字可能在一折之中出現數次，究竟哪一個才是臧懋循所要注音的字，往往因此造成困擾。事實上，只要對被釋字在元劇中所呈現的特性，以及被釋字本身的性質有所了解，要在《元曲選》劇中找到被釋字並不難。以下便就被釋字之特性爲序，分述在《元

〔註76〕丁玟聲認爲，這些反切「是王文璧自己新造的」。（見丁玟聲：《王文璧《中州音韻》研究》，國立高雄師範學院國文研究所碩士論文，民78年，頁8）。

〔註77〕陳新雄老師認爲：「北曲所用的韻既然是『自然之音』，當然就是實際的語音了。《中原音韻》的審音定字，實際上也是從它以前和當時的戲曲用和當時的戲曲用韻中歸納出來的，這不僅可從作者自己一再說明，他的書是根據了『前輩佳作』而得到證明，就是別人的批評，也多從此引起來的。」（見陳新雄老師：《新編中原音韻概要》，臺北，學海出版社，頁8。）

曲選》中找到被釋字的方法。

一、被釋字在《元曲選》中具順序性

臧懋循將被釋字另附於折後，被釋字的排列順序，與其在劇中所出現的順序，其實有著密切的關係。茲舉〈劉行首〉第一折爲例。

〈劉行首〉第一折，被釋字的排列如下：

嚞、與哲同。**躡**、音聶。　**瞅**、音揪。**邙**、音茫。**魅**、音媚。

墊、音店。　**盹**、頓上聲。**斝**、音賈。**森**、音參。**爇**、如月切。

〔註 78〕

而這些被釋字，在〈劉行首〉第一折中，可以依著內容的順序，依次被找到：

〔正末扮王重陽上云〕貧道姓王名嚞。道號重陽眞人。……〔油葫蘆〕袖拂清風足躡雲。行步穩。向人間來往兩三春。我這般窮身潑命誰瞅問。……〔天下樂〕……君不見霸主強。君不見漢主狠。他每都向北邙山內隱。〔云〕……貧道觀此山下。必有妖精鬼魅。……〔一半兒〕石上鹿皮鋪墊的穩。松下有白雲。我且做一半兒朦朧一半兒盹。〔做坐科〕〔旦扮鬼仙上云〕妾身是唐明皇時管玉斝夫人。……〔金盞兒〕……夢回明月歌聲近。他向那青森森樹底顯香魂。……〔外扮東岳神上詩云〕不孝謾燒千束紙。虧心枉爇萬罏香。神靈本是正直做。不受人間枉法贓。……〔註 79〕

被釋字在劇中，依次爲「姓王名嚞」、「足躡雲」、「誰瞅問」、「北邙山」、「妖精鬼魅」、「鋪墊的穩」、「一半兒盹」、「玉斝夫人」、「青森森」、「枉爇萬罏香」。

又如〈金安壽〉第一折，《音釋》處有一音釋作「白、巴埋切」。「白」字在第一折出現四次：

〔王母詩云〕閬苑仙家白錦袍。海中銀闕宴蟠桃。……〔註 80〕

〔八聲甘州〕……綠蟻光浮白玉鍾。爽氣透襟懷。滿面春風。〔註 81〕

〔註 78〕 明・臧懋循：《元曲選》，頁 5567。

〔註 79〕 同上註，頁 5557～5567。

〔註 80〕 同上註，頁 4611。

〔滿堂紅〕……天籟地籟聞人籟也波籟。……月明吹徹海山白。〔註82〕

〔青哥兒〕只這等朝朝暮暮樂無窮。煞強似你那白雲洞。〔註83〕

「白」的前一個音釋是「籟、音賴」。「籟」在劇中出現於〔滿堂紅〕曲中，因此，《音釋》所釋之「白」，便不可能是〔王母詩云〕與〔八聲甘州〕的內容。「白」的後一個音釋是「匏、音袍」，出現在〔滿堂紅〕曲後，〔青哥兒〕曲前之〔大德哥〕「七政匏爲定」〔註84〕。故由被釋字「籟」、「白」、「匏」的排序而言，被釋字「白」當是〔滿堂紅〕一曲之韻腳字。

因此，藉由音釋排列的順序性，可以確定被釋字在劇中所處位置的範圍。但有時候，與被釋字相同的字，可能重複出現在其劇中所屬範圍之內。此時，就必須利用其他方法去找出被釋字。

二、被釋字在《元曲選》中具重複性

這裡所說的重複性，指的不是與被釋字相同的字在一折中重複出現，也不是指一個字被重複注釋的次數。而是指被釋字被注釋時，往往會出現在同一個詞彙之中，或同一種意涵之下。如：「鍘」字，《音釋》出現十四次，有十二次均出現在「銅鍘」一詞，另外兩次也都具有「鍘刀」之意涵。又如「眾」字，出現四次，皆在「眾生」一詞。底下以〈爭報恩〉第三折爲例說明。

〈爭報恩〉第三折，部分《音釋》排列如下：

苫、失廉切。　三、去聲。　合、音何。　奪、音多。……〔註85〕

「三」字在劇中，位於被釋字「苫」、「合」之間的，共有七次。今將此七次內容節錄如下：

（賓白）第三炷香願普天下好男子休遭羅網之災。〔註86〕

〔註81〕明·臧懋循：《元曲選》，頁4613。

〔註82〕同上註，頁4615。

〔註83〕同上註，頁4619。

〔註84〕同上註，頁4615。

〔註85〕同上註，頁1048。

〔註86〕同上註，頁1038。

（賓白）則我是宋江手下第十三個頭領。〔註87〕

（賓白）如今把姐姐拖到官中。三推六問。屈打成招。〔註88〕

（賓白）則我這點鋼鎗可搭搠透他那三思臺。〔註89〕

（賓白）關勝哥大桿刀劈碎天靈蓋。徐寧哥點鋼鎗搠透三思臺。〔註90〕

〔鬬鵪鶉〕……乾着你六問三推。〔註91〕

上述七段引文中的「三」字，僅有一處是《音釋》所釋。本折之被釋字「三」，《音釋》作「去聲」。《音釋》釋「三」共六次，除本折所釋之外，其餘五次出現情形如下：

被釋字	釋音	出處		劇文
三	去聲	謝天香	第一折	不三思。
		隔江鬬智	第一折	我這裏勸哥哥要三思。
		抱粧盒	第三折	你暢好是不三思。
		羅李郎	第三折	咱家無三思。
		看錢奴	第二折	他他他則待搯破我三思臺。

五次均作「去聲」，皆釋「三思」一詞。與本折所釋相較，被釋字之所處，則當是賓白處「則我這點鋼鎗可搭搠透他那三思臺」或「徐寧哥點鋼鎗搠透三思臺」中「三思臺」之「三」。

此外，「三」字本身爲破讀字，上述引文中，「第三炷香」、「第十三個」、「三推」之「三」，《音釋》均未爲其注音，或許是因爲這些「三」作爲次數、序數，讀作平聲，實屬常用，故而不注。

三、被釋字本身所呈現的特性

臧懋循爲《元曲選》注音，乃是選字釋音，而非逐字標音。並且可以發現，某些字被注音的重複率極高。因此，這些被釋字必定有其特別的地方。

〔註87〕 明・臧懋循：《元曲選》，頁1039。

〔註88〕 同上註，頁1040。

〔註89〕 同上註，頁1041。

〔註90〕 同上註，頁1041。

〔註91〕 同上註，頁1043。

若利用這些被釋本身的性質與特點，對於在《元曲選》中找到被釋字，往往能事半功倍。依被釋字本身之性質加以分類，約可分為以下幾類：

（一）罕見字或異體字

如：「璺、音問」、「鞸、音疲」、「鬻、音育」、「嚞、與哲同」、「勣、與績同」、「犇、與奔同」。

（二）破讀字

如：「三、去聲」、「重、平聲」、「分、去聲」等。

此類多為因聲別義之字。如上文所述之「三」字，即屬此類。

或如：「說」字，《音釋》注十二次，注「書也切」一次、「書者切」一次、「書惹切」六次，均有「說話」之義；注「音稅」四次，皆為「遊說」之「說」。

又如：「塞」字，《音釋》釋十二次，一次作「思子切」，有「阻塞、塞住」之義；十三次作「音賽」，皆有「邊塞、塞外」之義。

再如：「咽」字，《音釋》注有十次，作「音煙」、「音烟」、「音燕」者，皆作「咽喉」之用；作「衣也切」者，皆作「哽咽」之用。

故見《音釋》「說」作「音說」者，於劇中見「遊說」即是；「塞」作「音賽」者，於劇中有「塞外、邊塞」義者恐是；「咽」作「衣也切」者，於劇中為「哽咽」者當是。

（三）連綿詞

如：「闧、音債」，釋「闒闧」或「掙闧」；「窈、音窈」、「窕、音調」，釋「窈窕」；「齷、音握」、「齪、側角切」，釋「齷齪」。這類連綿詞《音釋》中很多，其他如「迤逗」、「珷玞」、「參差」、「妯娌」等皆是。《音釋》通常會將之成組注音，如「窈窕」、「齷齪」之例即是。

（四）具固定或特殊讀音之字

如：「君子周而不比」之「比」，作「音幣」；「欸乃」之「欸」，作「音襖」。又如釋專名，如「龍且」之「且」，作「音疽」；「冒頓」之「冒」，作「音墨」。又如「可汗」之「可」，作「音克」；「魯共王」之「共」，作「音公」。

試舉一例，如：「家」字。於〈傷梅香〉楔子作最後一個音釋「家、音姑」。在〈傷梅香〉楔子中，「家」的前一個被釋字「俗」，乃唱曲「應對不塵俗」之「俗」，其後出現了兩次「家」字：

〔么篇〕更壓着漢宮裏尊賢曹大家。〔註92〕

〔詩云〕靜肅閨門志節眞。持家教女意殷勤。〔註93〕

於此例，若不知「曹大家」之「家」讀作「姑」，實難辨別《音釋》所釋之「家」爲何。然「持家」之「家」常用，讀作「音姑」極爲特別，非其當有之讀音，故可推知，《音釋》所釋當爲「曹大家」之「家」。

（五）常用字

此類可分爲兩大部分，一類爲入聲字，一類爲非入聲字。

1. 入聲字如「法、方雅切」、「白、巴埋切」、「力、音利」。有入派三聲，亦有入讀原調。其中，入派三聲者，多與韻語有關。故於《元曲選》中遇入聲字派入三聲者，往往位於唱曲處或詩詞韻腳處，尤以唱曲之韻腳處最多。

2. 非入聲字：「帆、去聲」、「炒、平聲」、「也、音耶」。此類所指，乃是除了破讀字、連綿詞、具特殊或固定讀音之字以外，《音釋》所釋之非入聲常用字。此類所釋之音，多異於常讀。如「也，音耶」，本當讀作上聲，《音釋》皆以句末語助詞，讀作平聲。又如「帆、去聲」、「炒、平聲」，此兩例與曲譜格律有關。「帆」見〈來生債〉第三折，其字本讀平聲，然格律處當作仄聲，故釋之爲「去聲」。「炒」見〈梧桐雨〉第四折，其字本讀上聲，然格律處當作平聲，故釋之爲「平聲」。〔註94〕

四、小　結

大部分的被釋字，在《元曲選》劇中，都可按《音釋》之排序，找到相應的位置。若於相應位置範圍之內，有與被釋字相同之字重複出現；或有少部分於劇中，未依《音釋》順序出現之被釋字，則可依上述之「重複性」與「被釋字本身之特性」，一一分析過濾，亦能在劇中找到《音釋》所釋之字。

今將未依《音釋》順序出現之被釋字表列於下：

〔註92〕明・臧懋循：《元曲選》，頁4878。

〔註93〕同上註，頁4879。

〔註94〕「也」、「帆」、「炒」於本文第三章，有詳細之討論。

出處		被釋字	劇文
度柳翠	第四折	教	一任教黃鶯紫燕忙。
金錢記	第四折	轡	挽轡玉驄驕。
陳州糶米	第四折	蠹	范學士豈容奸蠹。
鴛鴦被	第四折	嚇	賊徒唬嚇結良緣。
謝天香	第二折	殢	豈知他殢雨殢雲俏智量。
楚昭公	第一折	員	某姓伍名員。
	第三折	漲	江水泛漲。
硃砂擔	第三折	搪	沈點點鐵棍將那廝臂膊搪。
玉壺春	第三折	鼻	硬鼻凹寒森森掃下雪來。
謝金吾	第二折	鼐	現放着中書省鼎鼐調和。
伍員吹簫	第一折	踖	害的你腳心裏踖做了跰。
	第二折	瀨	不須動問名和姓。瀨水西頭第一家。
勘頭巾	第二折	鼻	元來是個牛鼻子。
黑旋風	第二折	結	那廝綠羅衫條是玉結。
倩女離魂	第一折	鑣	他一步步待迴鑣。
竹葉舟	楔　子	累	累次寄書相請、累蒙書召。
王粲登樓	第三折	蛩	寒蛩聲唧唧啾啾。
竹塢聽琴	第四折	祅	你只待掀倒秦樓。塡平洛浦摧翻祅廟。
東坡夢	第一折	偈	又叫做偈語。
柳毅傳書	第二折	熟	搭撒了熟銅。
	第三折	分	但抹着可更分了你身。
岳陽樓	第一折	盪	更壓着你洞庭春好酒新炊盪。
魯齋郎	第一折	倩	只被你巧笑倩禍機藏。
		吒	可可的與那個惡那吒打個撞見。
忍字記	第二折	刺	胡遮刺。
		砑	那堪獨扇門兒砑。
馮玉蘭	第四折	綢、繆	出妻子禮意綢繆。
還牢末	第四折	殺	他便待將咱殺壞。

又〈硃砂擔〉第四折，被釋字於劇中幾無順序可言，故將當折被釋字在劇中出現之內容，表列於下：

被釋字	釋音	劇文
識	傷以切	平日裏又不相識。
祇	音其	我忙合手頂禮神祇。

阿	音窩	將那廝直押送十八層地獄阿鼻。
鼻	音毗	將那廝直押送十八層地獄阿鼻。
隙	音豈	我和他又沒甚殺爺娘搶道路深讎隙。
跡	將洗切	見咱蹤跡。
懺	叉鑑切	我與他看經禮懺。
直	征移切	纔見的你百千年天性忠直。
喫	音恥	倒去熬粥湯送他吃。
潔	饑上聲	我癡心想望貞潔。
賊	則平聲	你這個潑賊。
的	音底	落可便下的。
塹	僉去聲	也少不得做個落塹拖坑的沒頭鬼。

此外，尚有零星音釋，無法於《元曲選》中找到相應之字。亦表列於下：

被釋字	釋 音	出 處		備 註
阿	何哥切	柳毅傳書	第一折	本齣皆無此字。
洒	商鮓切	趙禮讓肥	第一折	本齣皆無此字。
息	喪擠切	盆兒鬼	第三折	第一、二折：有「歇息」一詞。 第四折：有「息怒」一詞。獨第三折無。
悄	音俏	東堂老	第一折	按：疑爲「哨」之誤。 1. 按被釋字排序，恰在「倈」、「落」間。 2. 按〔寄生草〕格律，「哨」字處「宜去可上」，恰與音釋相合。 3. 本折字形相似者，如「消」、「綃」、「銷」等，除襯字之外，按其曲律，皆當作平聲。 4.〈東堂老〉自楔子至第四折，除本音釋處外，皆無「悄」字。 5.《中州音韻》「俏」、「哨」同音。
氤	音因	岳陽樓	第二折	本齣皆無此字。
訖	音豈	魔合羅	第四折	本齣皆無此字，僅有字形相似之「乞巧」一詞。
砮	青癡切	竇娥冤	第二折	本齣皆無此字。
蛩	音窮	瀟湘雨	第三折	獨第四折有「寒蛩唧唧。塞雁叨叨」與「只疑是冷颼颼寒砧搗杵。錯猜做空階下蛩絮西窗」。
傻	商鮓切	留鞋記	第二折	本齣皆無此字。
徯	音奚	倩女離魂	第四折	本齣皆無此字。

捽	音洒	小尉遲	第二折	本齣皆無此字。
輳	倉救切	竹塢聽琴	第四折	本齣皆無此字。
叢	音從	梧桐葉	第四折	本齣皆無此字。
嚇	音黑	救孝子	第二折	獨第三折有「我拔出刀子來止望諕嚇成姦」。

第三章　《元曲選・音釋》對平上去聲字之標音

《元曲選》共有音釋 7854 條，可依被釋字之聲調分為「平上去聲」與「入聲」兩大類。扣除與音讀無關的條目，平上去聲字共有 4461 條。此 4461 條音釋之標音現象與問題，即是本章所要探討的內容。

第一節　平上去聲字的標音現象

《音釋》中平上去聲字的標音現象，可從「被釋字特性」、「標音方法」、「與劇文相應之位置」三個角度來看。

一、從被釋字特性觀察

關於被釋字之特性，可從以下兩端來討論：

（一）被釋字本身是否為破讀字

《音釋》中的平上去聲被釋字，從音讀上可概分為「破讀字」與「非破讀字」兩大類。

屬於破讀字的，如：「大」見於《中原音韻》皆來、歌戈、家麻韻之去聲；「分」見於《中原音韻》真文韻之陰平聲與去聲；「兄」見於《中原音韻》東鍾、庚青韻之陰平聲；「衣」見於《中州音韻》齊微韻之平聲與去聲；「抓」則見於

《中原音韻》蕭豪、家麻韻之陰平聲，亦見於《中州音韻》蕭豪韻上聲、家麻韻平聲。

屬於非破讀字的，如：「刃」《中原音韻》、《中州音韻》皆僅見於眞文韻去聲；「摸」《中原音韻》只見於魚模韻陽平聲，《中州音韻》只見於魚模韻平聲；「喑」《中原音韻》只見於侵尋韻陰平聲，《中州音韻》只見於侵尋韻去聲。

只不過，是否爲「破讀字」或「非破讀字」，各時代或各韻書間之認定均不盡相同。如上文所提到之「衣」字，於《中原音韻》僅見於齊微韻陰平聲，於《中州音韻》則同時見於齊微韻之平聲與去聲；故站在《中原音韻》的角度，實屬非破讀字，站在《中州音韻》的立場，則屬破讀字。

又如「妄」字，《音釋》以示調法釋爲「去聲」，乍看之下，容易讓人以爲「妄」字仍有其他讀音。然而《中原音韻》、《中州音韻》皆僅見於江陽韻去聲，《廣韻》「妄」字下作「巫放切」，《集韻》「妄」字則有「武方」、「無放」二切。「妄」字究竟該歸於非破讀字，還是歸於破讀字？臧懋循作《音釋》時之認定爲何？均難以有明確之判定標準。

（二）被釋字在劇文中之上下文關係

根據被釋字在劇文中之上下文關係，約可分爲以下五類：

1. 罕見字：此類與劇文中之上下文關係較小，但就其在雜劇中與其他文字比較起來，仍然是注音的重點。此類如：「弢、音叨」、「芈、音米」、「璺、音問」、「鼙、音疲」、「鬻、音育」。

2. 連綿詞：《音釋》對於連綿詞，無論詞中是否包含入聲字，多呈現「成組注音」的現象。包含入聲字者，如「妯娌」，「妯」屬入聲字，「娌」則爲非入聲字，此詞在《音釋》中出現七次，《音釋》均「妯」、「娌」同時注釋。不含入聲字者，如「窈窕」，此詞在《音釋》中出現五次，《音釋》均「窈」、「窕」同時注釋。

3. 擬聲詞或語助詞：如〈漢宮秋〉第四折「畫簷間鐵馬响丁丁」；《音釋》以「丁丁」爲擬聲詞，釋作「音爭」。又如「也」字，在《音釋》出現三次，均作句末語助詞用，《音釋》不依《中原音韻》釋爲上聲，反作「平聲」，恰合於《中州音韻》「也」字作「語已辭」者，歸於「上作平聲」。

4. 因聲別義或釋專名：因聲別義者，如「長」字，用作「生長」、「成長」、

「年長」時，《音釋》釋爲「音掌」，讀爲上聲；用作「長語」，有「多餘」之義時，《音釋》釋爲「音丈」、「音仗」，讀爲去聲。釋專名者，如「冒」字、「頓」字，用在「冒頓」一詞，《音釋》釋爲「音墨」、「音突」；「單」字，用在「單于」一詞，《音釋》釋作「音蟬」、「音廛」。

5. 格律或押韻影響標音：因格律而影響標音者，如「掙」字，於《中原音韻》屬庚青韻去聲，《音釋》作「爭去聲」、「爭平聲」、「音爭」。其釋音差異不在因聲別義，而在於曲牌格律。「掙」字按格律，可作去聲者，《音釋》釋爲「爭去聲」；不當作去聲者，《音釋》釋爲「爭平聲」、「音爭」。因押韻而影響標音者，如「輔」字，於《中原音韻》屬魚模韻去聲，《音釋》作「音府」，讀爲上聲。究其因，亦不在因聲別義，而在於「輔」字處韻語賓白之韻腳處，當押上聲韻，故《音釋》釋爲上聲，而不作去聲。

6. 其他：此類屬一般常用字，通常是非破讀字，既非連綿詞、擬聲詞、語助詞或因聲別義，亦不因格律、押韻而影響其標音。如「刃」，《中原音韻》、《中州音韻》皆僅見於眞文韻去聲，《廣韻》、《集韻》等韻書亦僅收有一音。於《元曲選》中僅作「刀刃」之義，並無其他特殊意義；《音釋》釋爲「仁去聲」、「去聲」，較之上述五類，似乎並無特別之處。

二、從標音方法觀察

若依標音方法來分類，則 4461 條音釋中，反切法共 707 條，直音法共 2577 條，示調法共 538 條，譬況法共 639 條。故《音釋》中，平上去聲字標音方法之使用，以直音法最多，次爲反切法，其次是譬況法，而以示調法爲最少。

此外，《音釋》之標音方法，仍有一類「與某同」。前文曾提及，此類多用以釋異體字或字義通同者，故不在本文討論範圍之內。而此種標音法，被釋字爲平上去聲的，如「嚞、與哲同」，共有 21 條。

値得注意的是，《音釋》中之示調法共 539 條，僅一條爲入聲字，見於〈生金閣〉第三折「祝、去聲」；其餘 538 條皆是平上去聲字。由此看來，《音釋》中之示調法，主要用來爲平上去聲字注音。

這很可能是由於，入聲字雖可入派三聲，但除了聲調轉移之外，塞音韻尾亦隨之消失，故與一般平上去聲字有著聲調、韻尾上的差異。至於平上去聲字，雖有破讀的情形，但某些破讀並不伴隨著聲母或韻母內主要元音和韻尾的變化，只需有聲調上的轉移。此外，某些被釋字之特殊音注，是由於格律或押韻的關係，除少數對韻尾或主要元音有所影響外，多數仍只對聲調有影響。

就示調法僅標注聲調的形式而言，一字的字音除聲調之外，其聲母、介音、主要元音，甚至韻尾，原則上均須與被釋字本身一致。正因爲如此，示調法便不適用於爲入聲字注音，而適用於在音讀上「僅作聲調轉移」這一類的平上去聲字。

三、從與劇文相應之位置觀察

就平上去聲被釋字與劇文相應之位置來看，4461 條音釋中，位於唱曲韻腳處者有 1036 條，位於唱曲非韻腳處者有 2101 條，位於普通賓白處者共 1022 條，韻語賓白韻腳處者僅 58 條，韻語賓白非韻腳處者 234 條。

此外，另有 10 條，被釋字在劇文中，無法找到相應位置〔註 1〕。

較爲特別的是，位於唱曲韻腳處的被釋字中，往往有以句末語助詞爲韻腳的，如「也」、「者」、「麼」，無論其本調爲何，《音釋》一律派讀平聲。

第二節　特殊音注探討

本章以《中原音韻》爲基礎，將平、上、去聲中，《元曲選・釋音》與之不符者，提出作個別探討。

《音釋》釋音與《中原音韻》有所出入者，究其原因，可概分爲「韻語格律的影響」、「押韻韻目的差異」、「語助詞」、「擬聲詞」、「人名、專名」、「因聲別義」、「不合於《中原音韻》，卻合於《中州音韻》」、「參考《中原音韻》、《中州音韻》以外之韻書」、「釋音可能改自《中州音韻》」、「《音釋》釋音恐誤」、「開合口問題」、「釋音根據待考」、「含多重原因者」、「其他」，共十四類。以下便依此歸類，分別探討〔註 2〕：

〔註 1〕此 10 條之內容，詳參本文第二章第三節。

〔註 2〕各類之下，被釋字排列依《中原音韻》之平、上、去聲爲序。若提出討論的被釋字在《中原音韻》爲破讀字，則依《音釋》釋音之聲調歸類。若《中原音韻》

一、韻語格律的影響

（一）帆

見於《音釋》一次，作「去聲」。《中原音韻》屬寒山韻陽平聲；《中州音韻》作「扶班切」，寒山韻平聲〔註3〕。

被釋字「帆」見於〈來生債〉第三折，屬唱曲的句中字：

〔紫花兒序〕我愁的是更籌漏箭。我怕的是暮鼓晨鐘。我倦的是這紫陌黃埃。大剛來光陰迅速。怎教我不心意裁劃。早早的安排。待把我這一寸心田無罣礙。大道的事着你世人不解。則願的一帆西風。送上我那三島蓬萊。〔註4〕

「則願的一帆西風」按格律爲「十仄平平」〔註5〕；除去襯字，此句當作「一帆西風」。「帆」按律爲仄聲；又《集韻》、《洪武正韻》皆可見去聲音讀，《音釋》將之入去聲無誤。

（二）渰

見於《音釋》三次，作「衣監切」一次，作「音掩」一次，作「音淹」一次。《中原音韻》屬監咸韻陰平聲；《中州音韻》「淹」作「衣監切」，下注「亦作湆、渰」，監咸韻平聲〔註6〕。

被釋字「渰」在《元曲選》出現的情形如下：

被釋字	釋 音	出 處		位 置	劇 文
渰	衣監切	蕭淑蘭	第二折	曲・韻腳	藍橋驛平空水渰。
	音掩	揚州夢	第四折	曲・非韻	我向這酒葫蘆着渰不曾醒。
	音淹	魔合羅	第一折	曲・非韻	白茫茫水渰長途。

《音釋》作「衣監切」、「音淹」者，與《中原音韻》、《中州音韻》相合。釋爲「音掩」者，屬唱曲非韻腳字，見於〈揚州夢〉第四折：

〔雙調新水令〕我向這酒葫蘆着渰不曾醒。但說着花衚衕我可早願

未收，但《音釋》釋音仍須作探討者，則依《中州音韻》歸其調類。

〔註3〕明・王文璧：《中州音韻》，頁38。

〔註4〕明・臧懋循：《元曲選》，頁1592。

〔註5〕鄭騫：《北曲新譜》，頁250。

〔註6〕同註3，頁76。

> 隨鞭鐙。今日個酒香金字館。花重錦官城。不戀富貴崢嶸。則待談笑平生。不望白馬紅纓。伴着象板銀箏。似這淮南郡山水有名姓。〔註7〕

「我向這酒葫蘆着淹不曾醒」按格律為「十平十仄ㄙ平平」〔註8〕；除去襯字，此句當作「葫蘆着淹不曾醒」。「淹」按律為「平聲」，故《音釋》將之入上聲，作「音掩」。

（三）筲

見於《音釋》一次，作「音稍」。《中原音韻》屬蕭豪韻陰平聲；《中州音韻》作「尸嘲切」，蕭豪韻平聲〔註9〕。

被釋字「筲」在《元曲選》中屬唱曲的非韻腳字，見於〈金錢記〉第一折：

> 〔混江龍〕博得個名揚天下。纔能勾宴瓊林飲御酒插宮花。恰便似珷玞石待價。斗筲器矜誇。現如今洞庭湖撐翻了范蠡船。東陵門鋤荒了邵平瓜。想當日楚屈原假惺惺醉倒步兵廚。晉謝安黑嘍嘍盹睡在葫蘆架。沒福消軒車駟馬。大纛高牙。〔註10〕

「斗筲器矜誇」按格律為「十仄平平」〔註11〕；除去襯字，此句當作「斗筲矜誇」。「筲」按律為仄聲，故《音釋》將之入上聲，作「音稍」。

（四）醑

見於《音釋》六次，作「音胥」四次，作「音須」一次，作「須上聲」一次。《中原音韻》屬魚模韻陰平聲；《中州音韻》作「須取切」，魚模韻上聲，〔註12〕。

被釋字「醑」在《元曲選》出現的情形如下：

〔註7〕 明·臧懋循：《元曲選》，頁3530。

〔註8〕 鄭騫：《北曲新譜》，頁279。

〔註9〕 明·王文璧：《中州音韻》，頁47。

〔註10〕 同註7，頁429。

〔註11〕 同註8，頁78。

〔註12〕 同註9，頁24。

被釋字	釋音	出處		位置	劇文
醑	音胥	玉鏡臺	第四折	曲・韻腳	我着金杯飲醁醑。
		牆頭馬上	第四折	曲・韻腳	他那裏做小伏低勸芳醑。
		羅李郎	楔子	曲・韻腳	登御宴。飲芳醑。
		馮玉蘭	第二折	曲・韻腳	可着我翠袖慇勤捧醁醑。
	音胥	生金閣	第一折	曲・韻腳	金杯中泛醁醑。
	須上聲	陳摶高臥	第一折	曲・非韻	有興處飲醁醑千鍾醉。

《中原音韻》「醑」、「胥」、「須」同音，故《音釋》作「音胥」、「音須」者，與《中原音韻》相合。釋爲「須上聲」者，屬唱曲的非韻腳字，見於〈陳摶高臥〉第一折：

〔後庭花〕黃河一旦清。東方日已明。有興處飲醁醑千鍾醉。沒人處倒山呼萬歲聲。貧道呵索是失逢迎。遇着這開基眞命。拚今朝醉不醒。〔註13〕

「有興處飲醁醑千鍾醉」按格律爲「十仄平平ㄙ」〔註14〕；除去襯字，此句當作「醁醑千鍾醉」。「醑」按律爲仄聲，故《音釋》按《中州音韻》將之釋作上聲。

（五）熸

見於《音釋》一次，作「音覽」。《中原音韻》屬監咸韻陽平聲；《中州音韻》作「叶藍上聲」，監咸韻上聲，與「覽」同音〔註15〕。

被釋字「熸」在《元曲選》中屬唱曲韻腳字，見於〈蕭淑蘭〉第二折：

〔絡絲娘〕將韓王殿忽然火熸。藍橋驛平空水渰。人前面古怪剛直假撇欠。只怕您背地裏荒淫愚濫。〔註16〕

「將韓王殿忽然火熸」按格律爲「十十十，十平ㄙ◆」〔註17〕；除去襯字，此句當作「韓王殿忽然火熸」。「熸」按律爲「宜上可平」，故《音釋》依《中州音韻》將之作「音覽」。

〔註13〕明・臧懋循：《元曲選》，頁3208。

〔註14〕明・王文璧：《中州音韻》，頁90。

〔註15〕同註13，頁77。

〔註16〕同註13，頁6402。

〔註17〕鄭騫：《北曲新譜》，頁256。

（六）炒

見於《音釋》一次，作「平聲」。《中原音韻》屬蕭豪韻上聲；《中州音韻》作「叶抄上聲」，蕭豪韻上聲〔註18〕。

被釋字「炒」屬唱曲的韻腳字，見於〈梧桐雨〉第四折：

〔滾繡球〕長生殿那一宵。轉迴廊說誓約。不合對梧桐並肩斜靠。儘言詞絮絮叨叨。沈香亭那一朝。按霓裳舞六么。紅牙筯擊成腔調。亂宮商鬧鬧炒炒。是兀那當時歡會栽排下今日淒涼廝輳着暗地量度。〔註19〕

「亂宮商鬧鬧炒炒」按格律爲「十十十，十仄平平」〔註20〕。「炒」按律爲平聲，故《音釋》將之釋作平聲音讀。

（七）拗

見於《音釋》十一次，作「么去聲」一次，作「音要」九次，作「腰上聲」一次。《中原音韻》屬蕭豪韻去聲。《中州音韻》作「衣皎切」，與「要」同音，蕭豪韻上聲〔註21〕；作「么叫切」，蕭豪韻去聲〔註22〕。

被釋字「拗」在《元曲選》出現的情形如下：

被釋字	釋音	出處		位置	劇文
拗	么去聲	留鞋記	第四折	曲‧非韻	休拗折並頭蓮。
	音要	漢宮秋	第二折	普通賓白	一言之出。誰敢違拗。
		老生兒	第二折	曲‧韻腳	怎生由他恁撒拗。
		鐵拐李	第一折	曲‧韻腳	赤緊的官長又廉。曹司又拗。
		神奴兒	第一折	普通賓白	俺怎敢違拗。
		伍員吹簫	第三折	普通賓白	不敢違拗。
		趙禮讓肥	第二折	曲‧韻腳	這的是小生的違拗。
		東坡夢	第二折	曲‧非韻	你行者休違拗。
		隔江鬬智	第三折	曲‧韻腳	我怎肯將他來違拗。
		劉行首	第二折	曲‧韻腳	我着你做神仙倒撒拗。
	腰上聲	趙氏孤兒	第一折	曲‧非韻	但違拗的早一箇箇誅夷盡。

〔註18〕明‧王文璧：《中州音韻》，頁51。

〔註19〕明‧臧懋循：《元曲選》，頁1803。

〔註20〕鄭騫：《北曲新譜》，頁24。

〔註21〕同註18，頁50。

〔註22〕同註18，頁53。

《音釋》作「么去聲」、「音要」者，合於《中原音韻》、《中州音韻》。作「腰上聲」者，雖合於《中州音韻》，卻僅出現一次。觀察其在《元曲選》的內容，屬唱曲句中字，「但違拗的早一箇箇誅夷盡」按格律當作「十平十仄平平去」〔註23〕，「拗」字當作平聲，《音釋》釋作上聲音讀，或爲格律當作平聲，不得已以上聲代之故。

（八）負

見於《音釋》二次，作「付上聲」一次，作「音赴」一次。《中原音韻》屬魚模韻去聲；《中州音韻》作「叶夫去聲」，魚模韻去聲，與「赴」同音〔註24〕。

被釋字「負」在《元曲選》出現的情形如下：

被釋字	釋音	出處		位置	劇文
負	付上聲	冤家債主	第四折	白・韻腳	百般的破敗家財，都是大孩兒填還你那債負。
	音赴	岳陽樓	第四折	曲・韻腳	我若是欠人債負。

《音釋》作「音赴」者，與《中原音韻》、《中州音韻》相合。釋爲「付上聲」者，屬韻語賓白的韻腳字，見於〈冤家債主〉第四折：

聽下官從頭細數。犯天條合應受苦。

則爲你奉道看經。俺兩人結爲伴侶。

積儹下五箇花銀。爭奈你命中無福。

大孩兒他本姓趙。做賊人將銀偷去。

第二箇是五臺山僧。寄銀兩在你家收取。

他到來索討之時。你婆婆混賴不與。

撚指過三十餘春。生二子明彰報復。

大哥哥幹家做活。第二箇荒唐愚魯。

百般的破敗家財。都是大孩兒填還你那債負。

兩箇兒命掩黃泉。你那腳頭妻身歸地府。

他都是世海他人。怎做得妻財子祿。

〔註23〕鄭騫：《北曲新譜》，頁78。

〔註24〕明・王文璧：《中州音韻》，頁27。

今日箇親見了陰府閻君。纔使你張善友識破了冤家債主。〔註25〕

韻腳字「數」、「苦」、「侶」、「福」、「去」、「取」、「與」、「復」、「魯」、「府」、「祿」〔註26〕、「主」均押魚模韻上聲。「負」亦爲韻腳字，故《音釋》將之歸入上聲，作「付上聲」。

（九）掙

見於《音釋》六次，作「爭去聲」二次，作「爭平聲」一次，作「音爭」一次。《中原音韻》屬庚青韻去聲；《中州音韻》作「叶爭去聲」，庚清韻去聲。

被釋字「掙」在《元曲選》出現的情形如下：

被釋字	釋音	出處		位置	劇文
掙	爭去聲	燕青博魚	第三折	曲·韻腳	我這裏呵欠罷翻身打個囈掙。
		抱粧盒	第二折	曲·非韻	你若是分毫兒掙閫。
	爭平聲	英氣布	第二折	曲·韻腳	氣撲撲重添讒掙。
	音爭	梧桐雨	第一折	曲·韻腳	打個囈掙。
		神奴兒	第二折	曲·韻腳	他那裏越攛拗放懞掙。
		昊天塔	第四折	曲·韻腳	這廝待放懞掙。

《音釋》作「爭去聲」者，與《中原音韻》、《中州音韻》相合。釋爲「爭平聲」、「音爭」者，均因格律之故。依序，見於〈英氣布〉第二折：

〔牧羊關〕分明見劉沛公濯雙足。覷當陽君沒半星。直氣的喒不鄧鄧按不住雷霆。眼睜睜慢打回合。氣撲撲重添讒掙。不由喒不怒從心上起。惡向膽邊生。卻不道見客如爲客。輕人還自輕。〔註27〕

「氣撲撲重添讒掙」按格律爲「平平去◇」〔註28〕；除去襯字，此句當作「重添讒掙」。「掙」按律爲「平上不拘」，故《音釋》將之入平聲，作「爭平聲」。

〈梧桐雨〉第一折：

〔油葫蘆〕報接駕的宮娥且慢行。親自聽。上瑤階那步近前楹。悄悄蹙蹙款把紗窗映。撲撲簌簌風颭珠簾影。我恰待行。打個囈掙。

〔註25〕明·臧懋循：《元曲選》，頁4865。

〔註26〕屬《中原音韻》入作去，《音釋》亦釋爲上聲，作「路上聲」。

〔註27〕同註25，頁5517。

〔註28〕鄭騫：《北曲新譜》，頁124。

怪玉籠中鸚鵡知人性。不住的語偏明。〔註29〕

「打個嚥掙」按格律爲「十仄平」〔註30〕；除去襯字，此句當作「打嚥掙」。「掙」按律爲「平聲」，故《音釋》將之入平聲，作「音爭」。

〈神奴兒〉第二折：

〔罵玉郎〕我這裏連忙把手多多定。他那裏越𢤱㧞放懞掙。則管裏啼天哭地相刁蹬。哎。你個小醜生。世不曾。有這般自由性。〔註31〕

「他那裏越𢤱㧞放懞掙」按格律爲「十十仄，仄平平」〔註32〕；除去襯字，此句當作「越𢤱㧞放懞掙」。「掙」按律爲「平聲」，故《音釋》將之入平聲，作「音爭」。

〈昊天塔〉第四折：

〔川撥棹〕這廝待放懞掙。早撥起咱無明火不鄧鄧。損壞眾。生撲殺蒼蠅。誰待要鵲巢灌頂。來來來俺與你打幾合鬭輸贏。〔註33〕

「這廝待放懞掙」按格律爲「仄平平」〔註34〕；除去襯字，此句當作「放懞掙」。「掙」按律爲「平聲」，故《音釋》將之入平聲，作「音爭」。

（十）眾

見於《音釋》四次，詳見本文第二章第二節。

（十一）綣

見於《音釋》六次，作「音眷」五次，作「勸上聲」一次。《中原音韻》屬先天韻去聲；《中州音韻》作「居願切」，先天韻去聲〔註35〕。

被釋字「綣」在《元曲選》出現的情形如下：

〔註29〕明・臧懋循：《元曲選》，頁1761。

〔註30〕鄭騫：《北曲新譜》，頁81。

〔註31〕同註29，頁2597。

〔註32〕同註30，頁124。

〔註33〕同註29，頁3673。

〔註34〕同註30，頁124。

〔註35〕明・王文璧：《中州音韻》，頁45。

被釋字	釋音	出處		位置	劇文
綣	音眷	鐵拐李	第二折	曲‧韻腳	您娘別尋了繾綣。
		風光好	第二折	曲‧非韻	把美繾綣則怕貴人多忘。
		秋胡戲妻	第三折	曲‧非韻	剛只是一宵繾綣。
		金線池	第三折	曲‧非韻	一片家繾綣情。
		柳毅傳書	第一折	曲‧非韻	成繾綣。
	勸上聲	對玉梳	第四折	曲‧韻腳	兩情繾綣。

《中原音韻》、《中州音韻》均「綣」、「眷」同音，故《音釋》作「音眷」與之相合。釋爲「勸上聲」者，屬唱曲的韻腳字，見於〈對玉梳〉第四折：

〔幺篇〕相公不負心。賤妾能酬願。比目鴛鴦天生可羨。百歲懽娛。兩情繾綣。玉漏休殘。金杯莫淺。〔註36〕

「兩情繾綣」按格律爲「十平十◆」〔註37〕。「綣」按律爲「宜上可平」，故《音釋》將之入上聲，作「勸上聲」。

（十二）輔

見於《音釋》一次，作「音府」。《中原音韻》屬魚模韻去聲；《中州音韻》作「叶夫去聲」，魚模韻去聲〔註38〕。

被釋字「輔」在《元曲選》中屬韻語賓白韻腳字，見於〈瀟湘雨〉第四折：

只聽的高聲大語。開門看如狼似虎。

想必你不經出外。早難道慣曾爲旅。

你也去訪個因由。要打我好生冤屈。

不爭那帶長枷橫鐵鎖愁心淚眼的臭婆娘。

驚醒了他這馳驛馬掛金牌先斬後聞的老宰輔。〔註39〕

韻腳字「語」、「虎」、「旅」、「屈」〔註40〕均讀爲上聲。「輔」亦爲韻腳字，故《音釋》將之歸入上聲，作「音府」。

〔註36〕 明‧臧懋循：《元曲選》，頁5949。

〔註37〕 鄭騫：《北曲新譜》，頁291。

〔註38〕 明‧王文璧：《中州音韻》，頁27。

〔註39〕 同註36，頁1400。

〔註40〕 《中原音韻》魚模韻入作上聲。

（十三）遘

見於《音釋》一次，作「音垢」。《中原音韻》屬尤侯韻去聲；《中州音韻》作「叶溝去聲」，尤侯韻去聲〔註41〕。

被釋字「遘」在《元曲選》中屬唱曲韻腳字，見於〈漢宮秋〉第二折：

〔賀新郎〕俺又不曾徹青霄高蓋起摘星樓。不說他伊尹扶湯。則說那武王伐紂。有一朝身到黃泉後。若和他留侯留侯廝遘。你可也羞那不羞。您臥重裀食列鼎。乘肥馬衣輕裘。您須見舞春風嫩柳宮腰瘦。怎下的教他環珮影搖青塚月。琵琶聲斷黑江秋。〔註42〕

「若和他留侯留侯廝遘」按格律爲「仄⊥⊥，⊥平去◆」〔註43〕；除去襯字，此句當作「若和他留侯廝遘」。「遘」按律爲「宜上可平」，故《音釋》將之入上聲，作「音垢〔註44〕」。

（十四）頷

見於《音釋》三次，作「含去聲」二次，作「音含」一次。《中原音韻》屬監咸韻去聲；《中州音韻》作「叶含去聲」，監咸韻去聲〔註45〕。

被釋字「頷」在《元曲選》出現的情形如下：

被釋字	釋音	出處		位置	劇文
頷	含去聲	楚昭公	第三折	曲·非韻	教你去龍頷下探明珠。
		後庭花	第二折	曲·非韻	驪龍頷下取明珠。
	音含	小尉遲	第二折	曲·非韻	不由我這胡髯乍滿頷頦。

《音釋》作「音胥」、「音須」者，與《中原音韻》、《中州音韻》相合。釋爲「音含」者，屬唱曲的非韻腳字，見於〈小尉遲〉第二折：

〔中呂粉蝶兒〕惱的我不鄧鄧忿氣盈腮。可怎生另巍巍把咱單搊。不由我這胡髯乍滿頷頦。人一似虎出山。馬一似龍離海。憑着我鎗疾鞭快。領雄兵穰穰垓垓。披掛上卓袍烏鎧。〔註46〕

〔註41〕明·王文璧：《中州音韻》，頁73。

〔註42〕明·臧懋循：《元曲選》，頁396。

〔註43〕鄭騫：《北曲新譜》，頁127。

〔註44〕《中原音韻》尤侯韻上聲。

〔註45〕同註41 ，頁77。

〔註46〕同註42，頁2411。

「不由我這胡髯乍滿頷頦」按格律爲「十十平，十仄平平」〔註47〕；除去襯字，此句當作「這胡髯乍滿頷頦」。「頷」按律爲平聲，故《音釋》將之作平聲，釋爲「音含」。

二、押韻韻目的差異

（一）扃

見於《音釋》五次，作「居名切」四次，作「居翁切」一次。《中原音韻》屬庚青韻陰平聲；《中州音韻》作「居名切」，庚清韻平聲〔註48〕。

被釋字「扃」在《元曲選》出現的情形如下：

被釋字	釋音	出處		位置	劇文
扃	居名切	殺狗勸夫	第三折	曲・韻腳	稀剌剌草戶扃。
		梧桐雨	第一折	曲・韻腳	正是金闕西廂叩玉扃。
		硃砂擔	第一折	曲・韻腳	村犬吠柴扃。
		㑳梅香	第一折	曲・韻腳	聽呀的門扃。
	居翁切	誤入桃源	第二折	曲・韻腳	月滿蘭房夜未扃。

《音釋》作「居名切」者，與《中原音韻》、《中州音韻》相合。釋爲「居翁切」者，屬唱曲的韻腳字，見於〈誤入桃源〉第二折：

> 〔隨煞尾〕色籠葱光激灩山環水繞天台洞。勢周旋形曲折虎踞龍盤仙子宮。本意閒尋採藥翁。誰想桃源一徑通。謾嘆人生似轉蓬。猶恐相逢是夢中。月滿蘭房夜未扃。人在珠簾第幾重。結煞同心心已同。綰就合歡歡正濃。焚盡金爐寶篆空。燒罷銀臺燭影紅。身在天台花樹叢。夢入陽臺雲雨蹤。准備着鳳枕鴛衾玉人共。成就了年少風流志誠種。〔註49〕

韻腳字「洞」、「宮」、「翁」、「通」、「蓬」、「中」、「重」、「同」、「濃」、「空」、「紅」、「叢」、「蹤」、「共」、「種」均屬東鍾韻。「扃」亦爲韻腳字，故《音釋》將之歸入東鍾韻。

〔註47〕鄭騫：《北曲新譜》，頁143。

〔註48〕明・王文璧：《中州音韻》，頁65。

〔註49〕明・臧懋循：《元曲選》，頁5700。

（二）摸

見於《音釋》二次，作「音摩」一次，作「音磨」一次。《中原音韻》屬魚模韻陽平聲；《中州音韻》作「忙逋切」，魚模韻平聲〔註 50〕。

被釋字「摸」在《元曲選》出現的情形如下：

被釋字	釋音	出處		位置	劇文
摸	音摩	竹葉舟	第四折	曲·韻腳	則問你搗蒜似街頭拜怎摸。
	音磨	黃粱夢	第四折	曲·韻腳	那漢子去脖項上婆娑沒索的摸。

「摩」、「磨」屬歌戈韻陽平聲。《音釋》作「音摩」者，屬唱曲的韻腳字，見於〈竹葉舟〉第四折：

〔倘秀才〕則見他荊棘律忙忙走着。哎。你個癡呆漢休來趕我。則問你搗蒜似街頭拜怎摸。俺是個窮貧道。住山阿。怎將你儒生度脫。〔註 51〕

作「音摩」者，屬唱曲的韻腳字，見於〈黃粱夢〉第四折：

〔叨叨令〕我這裏穩丕丕土坑上迷颩沒騰的坐。那婆婆將粗剌剌陳米來喜收希和的播。那蹇驢兒柳陰下舒着足乞留惡濫的臥。那漢子去脖項上婆娑沒索的摸。你早則醒來了也麼哥。你早則醒來了也麼哥。可正是窗前彈指時光過。〔註 52〕

韻腳字「我」、「脫」、「坐」、「播」、「臥」、「哥」、「過」均屬歌戈韻。「摸」亦爲韻腳字，故《音釋》將之歸入歌戈韻。

（三）瓊

見於《音釋》五次，作「音窮」二次，作「渠盈切」三次。《中原音韻》屬庚青韻陽平聲；《中州音韻》作「渠營切」，東鍾韻上聲〔註 53〕；作「其容切」，東鍾韻平聲，與「窮」同音〔註 54〕。

被釋字「瓊」在《元曲選》出現的情形如下：

〔註 50〕 明·王文璧：《中州音韻》，頁 21。

〔註 51〕 明·臧懋循：《元曲選》，頁 4353。

〔註 52〕 同註 51，頁 3486。

〔註 53〕 同註 50，頁 67。

〔註 54〕 同註 50，頁 2。

被釋字	釋音	出處		位置	劇文
瓊	音窮	誤入桃源	第二折	曲・韻腳	莫不是駕青鸞天上飛瓊。
		張生煮海	第一折	曲・韻腳	勝似那天上許飛瓊。
	渠盈切	玉鏡臺	第二折	曲・韻腳	天上飛瓊。散下風流病。
		曲江池	第三折	曲・韻腳	寰宇內糝玉篩瓊。
		揚州夢	第四折	曲・韻腳	則疑是天上許飛瓊。

《音釋》作「渠盈切」者，與《中原音韻》、《中州音韻》相合〔註55〕。釋為「音窮」者，屬唱曲的韻腳字，見於〈誤入桃源〉第二折：

〔呆骨朵〕你便鐵石人也惹起凡心動。莫不是駕青鸞天上飛瓊。似這般花月神仙。晃動了文章鉅公。沒揣的撞到風流陣。引入花衚衕。擺列着金釵十二行。敢則夢上他巫山十二峰。〔註56〕

韻腳字「動」、「公」、「衕」、「峰」均屬東鍾韻。「瓊」亦為韻腳字，故《音釋》依《中州音韻》將之歸入東鍾韻。

以及〈張生煮海〉第一折：

〔金盞兒〕家住在碧雲空。綠波中。有披鱗帶角相隨從。深居富貴水晶宮。我便是海中龍氏女。勝似那天上許飛瓊。豈不知眾星皆拱北。無水不朝東。〔註57〕

韻腳字「空」、「中」、「從」、「宮」、「東」均屬東鍾韻。「瓊」亦為韻腳字，故《音釋》依《中州音韻》將之歸入東鍾韻。

三、語助詞

（一）麼

見於《音釋》四次，作「眉波切」二次，作「音魔」二次。《中原音韻》屬歌戈韻陰平、去聲；《中州音韻》作「麻波切」，與「魔」同音，歌戈韻平聲〔註58〕。

被釋字「麼」在《元曲選》出現的情形如下：

〔註55〕切語下字「盈」《中原音韻》、《中州音韻》與「營」同音。

〔註56〕明・臧懋循：《元曲選》，頁6992。

〔註57〕同上註，頁5696。

〔註58〕明・王文璧：《中州音韻》，頁55。

被釋字	釋音	出處		位置	劇文
麼	眉波切	謝金吾	第二折	曲‧韻腳	你慌來家做甚麼。
		酷寒亭	第三折	曲‧韻腳	到官司問甚麼。
	音魔	黃粱夢	第四折	曲‧韻腳	你則管裏纏我娘親待怎麼。
		對玉梳	第二折	曲‧韻腳	難退送的冤魂像個甚麼。

被釋字在《元曲選》中，皆作「怎麼」、「甚麼」之用，表示疑問語氣。《音釋》作「眉波切」、「音魔」，屬陽平，與《中原音韻》歸入陰平不合。若以《中州音韻》而言，「眉」、「麻」皆爲明母字，雖反切聲母用字不同，實屬同類，可視爲同音。

（二）也

見於《音釋》三次，作「平聲」一次，作「音耶」二次。《中原音韻》屬車遮韻上聲；《中州音韻》作「叶耶上聲」，車遮韻上聲〔註59〕；作「叶耶」，車遮韻上作平聲，「語已辭」。〔註60〕

被釋字「也」在《元曲選》出現的情形如下：

被釋字	釋音	出處		位置	劇文
也	平聲	兒女團圓	第三折	曲‧韻腳	哥也你那般抹淚揉眵可是因甚也。
	音耶	黑旋風	第二折	曲‧韻腳	你是個小主人家可不道管着一個甚也。
		范張雞黍	第二折	曲‧韻腳	范巨卿。信士也。

《音釋》作「平聲」、「音耶」〔註61〕皆不合於《中原音韻》、《中州音韻》，皆屬唱曲的韻腳字。釋爲「平聲」者，見於〈兒女團圓〉第三折：

> 〔金菊香〕我則見他自推自跌自傷嗟。哎，哥也你那般抹淚揉眵可是因甚也。我問道時無話說。哎，這樁事我敢猜者。哥也多應是師父行吃了些虧折。〔註62〕

「哥也你那般抹淚揉眵可是因甚也」按格律爲「十仄平平十仄◇」〔註63〕；除

〔註59〕明‧王文璧：《中州音韻》，頁63。

〔註60〕同上註，頁62。

〔註61〕「耶」《中原音韻》、《中州音韻》皆屬車遮韻上聲。

〔註62〕明‧臧懋循：《元曲選》，頁2226。

〔註63〕鄭騫：《北曲新譜》，頁221。

去襯字，此句當作「抹淚揉眵因甚也」。「也」按律爲「平上不拘」。

釋爲「音耶」者，見於〈黑旋風〉第二折：

〔醉扶歸〕則俺這拳起處如刀切。恨不得打塌這廝太陽穴。你將我這臂膊休𢫬住了者。只打這廝強奪人妻妾。你是個小主人家可不道管着一個甚也。我恨不得一把火刮刮匝匝燒了你這村房舍。〔註64〕

「你是個小主人家可不道管着一個甚也」按格律爲「十仄平平ㄙ◇」〔註65〕；「也」按律爲「平上不拘」。此外，〈范張雞黍〉第二折：

〔黃鍾尾〕俺弟兄比陳雷膠漆情尤切。比管鮑分金義更別。張元伯。性忠烈。范巨卿。信士也。……到黃昏。廝守者。據平生。心願徹。着後人向墓門前高聳聳立一統碑碣。將俺這死生交范張名姓寫。〔註66〕

「信士也。」按格律爲「十ㄙ◇」〔註67〕；「也」按律爲「平上不拘」。

此三處「也」，按格律均爲「平上不拘」，然其皆爲句末語助詞之性質，故臧懋循不按本調釋爲上聲音讀，而釋爲平聲讀音。

（三）者

見於《音釋》四次，作「平聲」二次，作「音遮」二次。《中原音韻》屬車遮韻上聲；《中州音韻》作「叶遮上聲」，車遮韻上聲〔註68〕；「叶遮」，車遮韻上作平聲〔註69〕。

被釋字「者」在《元曲選》出現的情形如下：

被釋字	釋 音	出 處		位 置	劇 文
者	平聲	兒女團圓	第三折	曲・韻腳	這樁事我敢猜者。
		望江亭	第三折	曲・韻腳	索用甚從人攔當者。
	音遮	黑旋風	第二折	曲・韻腳	怎當這佳人士女醉扶者。
		范張雞黍	第二折	曲・韻腳	到黃昏。廝守者。

〔註64〕明・臧懋循：《元曲選》，頁3107。

〔註65〕鄭騫：《北曲新譜》，頁97。

〔註66〕同註64，頁4149。

〔註67〕同註65，頁138。

〔註68〕明・王文璧：《中州音韻》，頁63。

〔註69〕同上註，頁62。

《音釋》作「平聲」、「音遮」與《中州音韻》相合。釋爲「平聲」者，屬唱曲的韻腳字，見於〈兒女團圓〉第三折：「這樁事我敢猜者」〔註70〕，按格律爲「十仄平平」〔註71〕；除去襯字，此句當作「我敢猜者」。「者」按律爲平聲。

又見於〈望江亭〉第三折：

〔調笑令〕若是賤妾。晚來些。相公船兒上黑齁齁的熟睡歇。則你那金牌勢劍身傍列。見官人遠離一射。索用甚從人攔當者。俺只待拖狗皮的拷斷他腰截。〔註72〕

「索用甚從人攔當者」按格律爲「十十仄平◇ㄙ◇」〔註73〕。「者」按律爲「平上不拘」。

《音釋》作「音遮」者，見〈黑旋風〉第二折：

〔油葫蘆〕三月春光景物別。好着我難棄捨。怎當這佳人士女醉扶者。你看那桃花杏花都開徹。更和那梨花初放如銀葉我這裏七留七林行。他那裏必丟不搭說。又被那夥喬男喬女將咱來拽。這田地上赤留兀剌那時節。〔註74〕

「怎當這佳人士女醉扶者」按格律爲「十平十仄仄平平」〔註75〕。「者」按律爲平聲。

〈范張雞黍〉第二折：「廝守者」〔註76〕，按格律爲「十ㄙ◇」〔註77〕；「者」按律爲「平上不拘」。

此四處「者」，無論是作爲語助詞，或者在格律之下，都可作平聲無誤。

〔註70〕詳細引文，見本節「也」字，〈兒女團圓〉第三折引文。

〔註71〕鄭騫：《北曲新譜》，頁221。

〔註72〕明・臧懋循：《元曲選》，頁6913。

〔註73〕同註71，頁252。

〔註74〕同註72，頁3104。

〔註75〕同註71，頁81。

〔註76〕詳細引文，見本節「也」字，〈兒女團圓〉第三折引文。

〔註77〕同註71，頁138。

四、擬聲詞

（一）丁

見於《音釋》二次，皆作「音爭」。《中原音韻》屬庚青韻陰平聲，與「釘、玎、「仃」同音〔註 78〕；《中州音韻》作「低零切」，與「釘、玎、叮」等字同音，庚清韻平聲〔註 79〕；作「之生切」，與「爭、箏」等字同音，庚清韻平聲〔註 80〕。

被釋字「丁」在《元曲選》出現的情形如下：

被釋字	釋 音	出 處		位 置	劇 文
丁	音爭	漢宮秋	第四折	曲・韻腳	畫簷間鐵馬响丁丁。
		救孝子	第二折	曲・非韻	冷丁丁的慌忙用水噴。

〈漢宮秋〉第四折「畫簷間鐵馬响丁丁」〔註 81〕之「丁丁」爲擬聲詞，故《音釋》作「音爭」無誤。然而〈救孝子〉第二折「冷丁丁的慌忙用水噴」〔註 82〕，「冷丁丁」爲「冰冷」之意，其音當作「釘」而不作「爭」，《音釋》恐誤。

（二）逄

見於《音釋》一次，作「音蓬」。《中原音韻》屬東鍾韻陽平聲；《中州音韻》作「扶崩切」，東鍾韻平聲〔註 83〕。

被釋字「逄」在《元曲選》見〈單鞭奪槊〉第三折「更催着戰鼓逄逄」。「逄逄」爲擬聲詞，故《音釋》釋之爲「音蓬」。

五、人名、專名

（一）員

見於《音釋》四次，作「音云」一次，作「音雲」二次，作「音運」一次。《中原音韻》屬眞文、先天韻陽平聲；《中州音韻》作「于均切」，眞文韻平聲，

〔註 78〕 元・周德清：《中原音韻》，頁 93。

〔註 79〕 明・王文璧：《中州音韻》，頁 65。

〔註 80〕 同上註，頁 65。

〔註 81〕 明・臧懋循：《元曲選》，頁 419。

〔註 82〕 同上註，頁 3386。

〔註 83〕 同註 79，頁 2。

與「雲」、「云」同音〔註84〕；作「于涓切」，先天韻平聲〔註85〕。

被釋字「員」在《元曲選》出現的情形如下：

被釋字	釋 音	出 處		位 置	劇 文
員	音云	誶范叔	第二折	曲・非韻	我便似伍員去楚心猶壯。
	音雲	楚昭公	第一折	普通賓白	某姓伍名員。字子胥。
		伍員吹簫	第一折	普通賓白	乃是伍員。
	音運	楚昭公	第四折	曲・非韻	伍員無敵。

《音釋》作「音云」、「音雲」者，與《中原音韻》、《中州音韻》相合。釋爲「音運」者，屬唱曲的非韻腳字，見於〈楚昭公〉第四折：

〔駐馬聽〕伍員無敵。入楚地鞭屍尚恨遲。包胥有智。借秦兵復國偏能疾。雖然他會臨潼八面虎狼威。怎如你倚蕭牆七日的英雄淚。我今日安居寶殿裏。猛想起渡江時不覺心如碎。〔註86〕

「伍員無敵」按格律爲「十仄平平」〔註87〕；「員」按律爲「仄聲」，故《音釋》將之入去聲，作「音運」。

（二）家

見於《音釋》一次，作「音姑」。《中原音韻》屬家麻韻陰平聲；《中州音韻》作「居牙切」，家麻韻平聲〔註88〕。

被釋字「家」，屬唱曲的韻腳字，見於〈㑳梅香〉楔子：「更壓着漢宮裏尊賢曹大家」。「曹大家」之「家」通「姑」，故《音釋》將之釋作「音姑」。

（三）且

見於《音釋》二次，皆作「音疽」。《中原音韻》屬車遮韻上聲。被釋字「且」在《元曲選》出現的情形如下：

被釋字	釋 音	出 處		位 置	劇 文
且	音疽	賺蒯通	第一折	曲・韻腳	夜斬龍且。
		英氣布	第一折	普通賓白	使大將龍且。當住彭越。

〔註84〕明・王文璧：《中州音韻》，頁34。

〔註85〕同上註，頁43。

〔註86〕明・臧懋循：《元曲選》，頁1519。

〔註87〕鄭騫：《北曲新譜》，頁281。

〔註88〕同註84，頁58。

兩處皆作「龍且」之「且」，當讀「音疽」無誤。

（四）共

見於《音釋》一次，作「音公」。《中原音韻》屬東鍾韻去聲。

被釋字「共」見於〈㑳梅香〉第一折賓白處：「魯共王壞孔子故宅。于壁中得詩書六經」〔註 89〕。「魯共王」之「共」通「恭」，故讀「音公」無誤。

（五）冒

見於《音釋》一次，作「音墨」。《中原音韻》屬蕭豪韻去聲；《中州音韻》作「忙報切」，蕭豪韻去聲〔註 90〕。

被釋字「冒」在《元曲選》見於〈漢宮秋〉楔子：「俺祖公公冒頓單于」。《音釋》作「音墨」，在釋「冒頓」專名。

（六）單

見於《音釋》二次，作「音廛」一次，作「音蟬」一次。《中原音韻》屬寒山韻陰平聲、先天韻去聲；《中州音韻》作「他然切」，先天韻平聲，與「廛」、「蟬」同音〔註 91〕；「繩戰切」，先天韻去聲〔註 92〕；「多闌切」，寒山韻平聲〔註 93〕。

被釋字在《元曲選》出現的情形如下：

被釋字	釋 音	出 處		位 置	劇 文
單	音廛	漢宮秋	楔子	普通賓白	某乃呼韓耶單于是也。
	音蟬	魯齋郎	第二折	曲‧非韻	來來來渾一似嫁單于出塞明妃。

《中原音韻》「單」先天韻無平聲音，《音釋》作「音廛」、「音蟬」者，與《中州音韻》相合。被釋字「單」均用作「單于」，故當作平聲讀音。

（七）頓

見於《音釋》一次，作「音突」。《中原音韻》屬眞文韻去聲；《中州音韻》

〔註 89〕明‧臧懋循：《元曲選》，頁 4886。

〔註 90〕明‧王文璧：《中州音韻》，頁 53。

〔註 91〕同上註，頁 43。

〔註 92〕同上註，頁 46。

〔註 93〕同上註，頁 38。

作「叶敦去聲」，眞文韻去聲〔註94〕。

被釋字「頓」在《元曲選》中屬普通賓白字，見於〈漢宮秋〉楔子：「俺祖公公冒頓單于」。「突」爲魚模韻入作上聲，《音釋》作「音突」，在釋「冒頓」之專名。

六、因聲別義

（一）咽

見於《音釋》十次，作「音烟」四次，作「音煙」二次，作「音燕」一次，作「衣也切」三次。《中原音韻》屬先天韻陰平聲；《中州音韻》作「衣堅切」，先天韻平聲，與「烟」、「燕」同音〔註95〕。

被釋字「咽」在《元曲選》出現的情形如下：

被釋字	釋音	出處		位置	劇文
咽	音烟	燕青博魚	第四折	曲・非韻	咽喉內熱涎潮。
		瀟湘雨	第四折	曲・韻腳	我我我叫破了喉咽。
		神奴兒	第三折	曲・非韻	他道嬸子也把咽喉緊緊的搯住
		蝴蝶夢	第三折	曲・韻腳	迷留沒亂救他叫破俺喉咽。
	音煙	岳陽樓	第三折	白・韻腳	念一回。唱一回。潤俺喉咽。
		揚州夢	第一折	曲・非韻	怎生下我咽喉。
	音燕	留鞋記	第四折	曲・韻腳	原來是手帕在喉咽。
	衣也切	黑旋風	第二折	曲・韻腳	我見他自推自攧自哽咽。
		范張雞黍	第二折	曲・韻腳	既然道有事關心能哽咽。
		劉行首	第三折	曲・韻腳	自哽咽。

「音烟」、「音煙」、「音燕」者，在《元曲選》中均作「咽喉」。作「衣也切」者，在《元曲選》中均作「哽咽」。故「咽」屬因聲別義。

（二）衣

見於《音釋》二次，皆作「去聲」。《中原音韻》屬齊微韻陰平聲；《中州音韻》作「於雞切」，齊微韻平聲〔註96〕；「應計切」，齊微韻去聲，「着衣也」

〔註94〕明・王文璧：《中州音韻》，頁37。

〔註95〕同上註，頁44。

〔註96〕同上註，頁13。

〔註 97〕。

被釋字「衣」在《元曲選》出現的情形如下：

被釋字	釋音	出處		位置	劇文
衣	去聲	秋胡戲妻	第三折	普通賓白	如今衣錦榮歸。
		誶范叔	第二折	曲．非韻	這便咱衣錦還鄉。

被釋字皆作「衣錦」之「衣」，屬動詞義，《音釋》以因聲別義之故，釋作「去聲」。

（三）漚

見於《音釋》七次，作「音歐」三次，作「音鷗」一次，作「歐去聲」二次，作「謳去聲」一次。《中原音韻》屬尤侯韻陰平聲；《中州音韻》作「阿勾切」，尤侯韻平聲，與「歐」、「鷗」同音〔註 98〕。

被釋字「漚」在《元曲選》出現的情形如下：

被釋字	釋音	出處		位置	劇文
漚	音歐	救風塵	第二折	曲．韻腳	他每一做一個水上浮漚。
		馬陵道	第二折	曲．韻腳	富貴如水上漚。
		竹葉舟	第三折	曲．韻腳	做的個水上浮漚。
	音鷗	硃砂擔	第二折	普通賓白	這浮漚兒便是證見。
	歐去聲	秋胡戲妻	第三折	曲．非韻	漚痳坑養不活比目魚。
		薦福碑	第四折	曲．非韻	你待將漚痳坑索換我那鳳凰池。
	謳去聲	薛仁貴	第一折	曲．非韻	怎如他漚痳坑扶立的擎天柱。

《音釋》作「音歐」、「音鷗」者，與《中原音韻》、《中州音韻》相合，均作「浮漚」之用。釋為「歐去聲」、「謳去聲」者，均作「漚痳坑」之用。故此字當是因聲別義。

（四）委

見於《音釋》一次，作「平聲」。《中原音韻》屬齊微韻上聲；《中州音韻》作「汪鬼切」，齊微韻上聲〔註 99〕。

〔註 97〕明．王文璧：《中州音韻》，頁 18。

〔註 98〕同上註，頁 70。

〔註 99〕同上註，頁 16。

被釋字「委」見於〈隔江鬬智〉第二折，屬唱曲的句中字：「一個個禮度委蛇」〔註 100〕。「委蛇」讀音，按《中原音韻・正語作詞起例》：「委蛇，音威移。」〔註 101〕故《音釋》當作「平聲」無誤。

（五）長

見於《音釋》三十五次，作「音丈」五次，作「音仗」一次，作「音掌」二十九次。《中原音韻》屬江陽韻陽平、上聲。《中州音韻》作「池傷切」，江陽韻平聲〔註 102〕；作「之賞切」，江陽韻上聲〔註 103〕。

被釋字「長」在《元曲選》出現的情形如下：

被釋字	釋音	出處		位置	劇文
長	音丈	東堂老	第三折	曲・非韻	你卻怎生背地裏閒言落可便長語。
		兒女團圓	楔子	普通賓白	長叫福童。次叫安童。
		魯齋郎	第三折	曲・非韻	不識羞閒言長語。
		魚樵記	第一折	曲・非韻	見人呵閒言長語三十句。
		范張雞黍	第一折	普通賓白	你這等閒言長語。
	音仗	爭報恩	第二折	曲・非韻	那妮子閒言長語。
	音掌	玉鏡臺	第一折	曲・韻腳	伊尹呵從稼穡中長。
		殺狗勸夫	第一折	普通賓白	你這一萬年不得長進的人。
		爭報恩	楔子	普通賓白	妾身比你卻長一歲。
		燕青博魚	第一折	普通賓白	我癡長你兩歲。
		來生債	第二折	曲・非韻	這壁廂淩逼着我家長。
		虎頭牌	第一折	曲・非韻	長養着百十槽衝鋒的慣戰馬。
		秋胡戲妻	第二折	曲・非韻	早來到土長根生舊鄉地。
		舉案齊眉	第一折	普通賓白	如今老相公見小姐成人長大。
		范張雞黍	第一折	曲・非韻	想高皇本亭長區區泗水濱。
		趙禮讓肥	第一折	曲・非韻	眼看得青雲兄長事無成。
		忍字記	楔子	普通賓白	長者，小生洛陽人氏。
		灰闌記	第一折	普通賓白	長成五歲了也。

〔註 100〕明・臧懋循：《元曲選》，頁 5375。

〔註 101〕元・周德清：《中原音韻》，頁 154。

〔註 102〕明・王文璧：《中州音韻》，頁 6。

〔註 103〕同上註，頁 7。

		冤家債主	第一折	普通賓白	火焰也似長將起來。
		㑳梅香	第二折	曲・非韻	請侍長快疾行。
		金線池	第一折	曲・非韻	十度願從良，長則九度不依允。
		留鞋記	第三折	曲・非韻	從小裏長在京華。
		英氣布	第一折	普通賓白	俺漢王自亭長出身。
		隔江鬬智	第一折	普通賓白	所生二子。長是孫策。次是孫權。
		度柳翠	第一折	曲・非韻	你娘看承你似地長出菩提樹。
		誤入桃源	第一折	普通賓白	長同志趣。
		百花亭	第三折	普通賓白	生長在京城古汴。
		抱粧盒	第一折	曲・非韻	入水長並頭蓮。
		趙氏孤兒	楔子	普通賓白	待他長立成人。
		看錢奴	第一折	普通賓白	地不長無名之草。
		柳毅傳書	第一折	普通賓白	莫非在鳷鵲殿中生長的麼。
		貨郎旦	第二折	曲・非韻	我扶侍義養兒使長多生受。
		碧桃花	楔子	普通賓白	年長一十八歲。
		張生煮海	第二折	曲・非韻	是是是草木長香噴噴長生藥材。
		生金閣	第一折	普通賓白	長的可喜。

《音釋》作「音掌」者，皆有「生長」、「成長」、「年長」之義，其音合於《中原音韻》、《中州音韻》。作「音仗」、「音丈」者，除〈兒女團圓〉楔子外，皆爲「長語」之「長」，有「多餘」之義，當讀去聲，故《音釋》釋作去聲音讀。〈兒女團圓〉楔子：「長叫福童」之「長」，其義爲「年長」，故當讀爲「音掌」，而非「音丈」，《音釋》此處恐誤。

（六）欸

見於《音釋》一次，作「音襖」。《中原音韻》、《中州音韻》未收。被釋字「欸」在《元曲選》中屬唱曲非韻腳字，見於〈倩女離魂〉第二折：「歌欸乃」。《音釋》作「音襖」，可見於《中原音韻・正語作詞起例・畧舉釋疑字樣》：「欸乃：音襖靄」〔註104〕。

（七）數

見於《音釋》四次，作「上聲」三次，作「音朔」一次。《中原音韻》屬魚

〔註104〕元・周德清：《中原音韻》，頁155。

模韻上聲、去聲；《中州音韻》作「叶疎上聲切」，屬魚模韻上聲〔註 105〕；「叶疎去聲切」，屬魚模韻去聲〔註 106〕。

被釋字「數」在《元曲選》出現的情形如下：

被釋字	釋 音	出 處		位 置	劇 文
數	上聲	瀟湘雨	第三折	曲・韻腳	嫩皮膚上棍棒數。
		來生債	第一折	曲・非韻	演武的不數那南山射虎。
		趙氏孤兒	第二折	普通賓白	如今斜倚柴門數雁行。
	音朔	金錢記	第一折	普通賓白	常孜孜於忠孝。不數數於功名。

《音釋》作「上聲」者，與《中原音韻》、《中州音韻》相合。作「音朔」者，所釋爲「不數數於功名」之「數」。故此字當是因聲別義。

（八）三

見於《音釋》六次，皆作「去聲」。《中原音韻》屬監咸韻陰平、去聲；《中州音韻亦見於監咸韻平聲、去聲。

被釋字「三」在《元曲選》出現的情形如下：

被釋字	釋 音	出 處		位 置	劇 文
三	去聲	謝天香	第一折	曲・非韻	不三思。
		爭報恩	第三折	普通賓白	則我這點鋼鎗可搭搠透他那三思臺。
		隔江鬬智	第一折	曲・非韻	我這裏勸哥哥要三思。
		抱粧盒	第三折	曲・非韻	你暢好是不三思。
		羅李郎	第三折	曲・非韻	咱家無三思。
		看錢奴	第二折	曲・非韻	他他他則待掐破我三思臺。

《音釋》釋作「去聲」，乃因聲別義之故。「三思」、「三思臺」〔註 107〕之「三」，有「屢次、再三」之義，當讀去聲。

（九）哨

見於《音釋》五次，作「妻笑切」一次，作「雙罩切」四次。《中原音韻》

〔註 105〕明・王文璧：《中州音韻》，頁 25。

〔註 106〕同上註，頁 28。

〔註 107〕「三思臺」引伸爲「胸膛、心窩」之義。

屬蕭豪韻去聲；《中州音韻》作「雙罩切」、「妻笑切」，蕭豪韻去聲〔註 108〕。

被釋字「哨」在《元曲選》出現的情形如下：

被釋字	釋音	出處		位置	劇文
哨	妻笑切	魔合羅	第二折	曲・非韻	我正是自養着家生哨。
	雙罩切	梧桐雨	第四折	曲・韻腳	順西風低把紗窗哨。
		兩世姻緣	第一折	曲・非韻	哨禽兒怎入鶯花傳。
		趙禮讓肥	第二折	曲・韻腳	颼颼的幾聲胡哨。
		謗范叔	第一折	曲・韻腳	起三陣五陣簷風哨。

「哨」字《中原音韻》無同音字，與「俏」不同小韻，故可推知，《音釋》作「雙罩切」者，與《中原音韻》、《中州音韻》相合；作「妻笑切」者，僅與《《中州音韻》相合。而作「妻笑切」者，用於「家生哨」；作「雙罩切」者，用於「風哨」、「幾聲胡哨」等。兩音之別，當在因聲別義。

（十）瞑

見於《音釋》一次，作「音面」。《中原音韻》屬庚青韻去聲；《中州音韻》作「忙偏切」，先天韻去聲，與「面」同音〔註 109〕；作「叶明去聲」，庚清韻去聲〔註 110〕。

被釋字「瞑」在《元曲選》中屬唱曲非韻腳字，見於〈還牢末〉第三折：「我這裏頭瞑眩」。

《音釋》作「音面」，與《中原音韻》不合。《中州音韻》先天韻「瞑」下注「瞑眩」；庚清韻「瞑」下注「閉目」。故《音釋》或許是據《中州音韻》而因聲別義。

七、不合於《中原音韻》，卻合於《中州音韻》

（一）抓

見於《音釋》十次，作「招上聲」一次，作「莊瓜切」八次，作「音爪」一次。《中原音韻》屬蕭豪、家麻韻陰平聲；《中州音韻》作「光華切」，家麻

〔註 108〕明・王文璧：《中州音韻》，頁 53。

〔註 109〕同上註，頁 46。

〔註 110〕同上註，頁 69。

韻平聲〔註 111〕；「叶朝上聲」，蕭豪韻上聲〔註 112〕。

被釋字「抓」在《元曲選》出現的情形如下：

被釋字	釋音	出處		位置	劇文
抓	招上聲	張天師	楔子	普通賓白	只抓個杌兒擡將來。
	莊瓜切	玉鏡臺	第三折	曲・非韻	今夜管洞房中抓了面皮。
		曲江池	第一折	曲・非韻	動不動便抓錢。
		玉壺春	第一折	曲・非韻	任抓揿。
		勘頭巾	第三折	普通賓白	抓破小拇指頭。
		兩世姻緣	第一折	曲・非韻	覷不的那抓揿。
		紅梨花	第三折	曲・非韻	將我這袖梢兒抓盡。
		㑳梅香	第三折	曲・非韻	頭一句先抓攬着梅香。
		盆兒鬼	第三折	曲・非韻	卻原來是棘鍼科抓住衣袂。
	音爪	英氣布	第一折	普通賓白	與喒將隨何抓進來。

從被釋字在《元曲選》的內容上來看，可知並非因聲別義。《音釋》作「音爪」、「招上聲」者，可視爲同音。「爪」字《中州音韻》與「抓」同音；「招」字《中原音韻》、《中州音韻》與「朝」同音〔註 113〕，「招上聲」同於「朝上聲」。故「音爪」、「招上聲」與《中州音韻》相合。

《音釋》注作「莊瓜切」，乃《中州音韻》「撾」字反切〔註 114〕，「撾」可通「抓」，於《中原音韻》兩者亦同音，故《音釋》以「撾」之反切釋「抓」可也。

（二）汾

見於《音釋》三次，作「音分」一次，作「音焚」二次。《中原音韻》屬眞文韻陰平聲；《中州音韻》作「扶奔切」，眞文韻平聲，與「焚」同音〔註 115〕。

被釋字「汾」在《元曲選》出現的情形如下：

〔註 111〕明・王文璧：《中州音韻》，頁 59。

〔註 112〕同上註，頁 51。

〔註 113〕同上註，頁 48。

〔註 114〕同上註，頁 58。

〔註 115〕同上註，頁 35。

被釋字	釋音	出處		位置	劇文
汾	音分	碧桃花	第三折	普通賓白	汾州西河人也。
	音焚	陳州糶米	楔子	普通賓白	祖貫汾州人氏。
		謝金吾	第二折	普通賓白	豳汾二州防禦使。

被釋字皆為「汾州」之「汾」，處於普通賓白的位置，故音讀與格律、押韻、字義無關。《音釋》作「音分」者，《中原音韻》「分」、「汾」同音；作「音焚」者與《中州音韻》相合。

（三）娛

見於《音釋》二次，均作「音余」。《中原音韻》屬魚模韻陽平聲；《中州音韻》作「移居切」，魚模韻平聲，與「余」同音〔註 116〕。

被釋字「娛」在《元曲選》出現的情形如下：

被釋字	釋音	出處		位置	劇文
娛	音余	玉壺春	第二折	普通賓白	夜夜歡娛。
		魯齋郎	第三折	曲・韻腳	還戀甚衾枕歡娛。

《中原音韻》「娛」、「余」分屬不同小韻，《音釋》以「余」釋「娛」，恐因《中州音韻》「娛」、「余」同音之故。

（四）浮

見於《音釋》二次，作「音巫」一次，作「音符」一次。《中原音韻》屬魚模韻陽平聲；《中州音韻》作「房逋切」，魚模韻平聲，與「符」同音〔註 117〕。

被釋字「浮」在《元曲選》出現的情形如下：

被釋字	釋音	出處		位置	劇文
浮	音巫	伍員吹簫	第二折	曲・韻腳	一片月光浮。
	音符	馮玉蘭	第二折	曲・韻腳	樹色全從水面浮。

從上表可知，「浮」字釋音差異，並非音聲別義。而《音釋》作「音符」者，與《中原音韻》、《中州音韻》相合。釋為「音巫」者，可從《中州音韻》「巫」字二收來探討。《中州音韻》「巫」字兩見於魚模韻平聲，一作「忘逋切」，與

〔註 116〕明・王文璧：《中州音韻》，頁 21。

〔註 117〕同上註，，頁 23。

「無」同音；一作「房逋切」，與「浮」、「符」同音。故《音釋》作「音巫」之「巫」，當是與「浮」、「符」同音之「巫」。

（五）鳧

見於《音釋》二次，作「音巫」一次，作「音符」一次。《中原音韻》屬魚模韻陽平聲；《中州音韻》作「房逋切」，魚模韻平聲，與「符」同音〔註118〕。

被釋字「鳧」在《元曲選》出現的情形如下：

被釋字	釋音	出處		位置	劇文
鳧	音巫	城南柳	第一折	曲·韻腳	全憑着足底一雙鳧。
	音符	王粲登樓	第三折	曲·非韻	眞乃是鶴長鳧短不能齊。

「鳧」字釋音差異，並非音聲別義。《音釋》作「音符」者，與《中原音韻》、《中州音韻》相合。作「音巫」者，《中州音韻》「巫」字二收，兩見於魚模韻平聲，一作「忘逋切」，與「無」同音；一作「房逋切」，與「浮」、「符」同音。故《音釋》作「音巫」之「巫」，當是與「鳧」、「符」同音之「巫」。

（六）莖

見於《音釋》三次，作「音刑」一次，作「音形」二次。《中原音韻》屬庚青韻陽平聲；《中州音韻》作「奚經切」，庚清韻平聲〔註119〕。

被釋字「莖」在《元曲選》出現的情形如下：

被釋字	釋音	出處		位置	劇文
莖	音刑	岳陽樓	第二折	曲·非韻	我着你看韓湘子開冬雪雙莖錦牡丹。
	音形	揚州夢	第二折	曲·非韻	這酒卻便似瀉金莖中玉露擎仙掌。
		金安壽	第三折	白·非韻	一足剛蹺一足輕。 數莖頭髮亂鬅鬙。

《中原音韻》「莖」不與「刑」、「形」同音，《音釋》釋音與其均不合。然《中州音韻》「莖」、「刑」、「形」三字同音，《音釋》與之相合。

〔註118〕明·王文璧：《中州音韻》，頁23。

〔註119〕同上註，頁66。

（七）痾

見於《音釋》一次，作「何哥切」。《中原音韻》屬歌戈韻陰平聲；《中州音韻》作「何哥切」，歌戈韻陰平聲，與「阿」同音〔註120〕。

被釋字「痾」在《元曲選》中屬唱曲非韻腳字，見於〈倩女離魂〉第三折：「早是俺抱沈痾添新病發昏迷」。《中原音韻》與《中州音韻》均「阿」、「痾」同音，《音釋》作「何哥切」，與《中州音韻》相合。

此二字據《中州音韻》反切，屬匣母字，讀作陽平；《廣韻》作「烏何切」，屬影母字，至《中原音韻》當屬零聲母，讀作陰平。故不合於《中原音韻》。

（八）褒

見於《音釋》四次，皆作「音包」。《中原音韻》屬蕭豪韻陰平聲；《中州音韻》作「巴毛切」，蕭豪韻平聲，與「包」同音〔註121〕。

被釋字「褒」在《元曲選》出現的情形如下：

被釋字	釋音	出處		位置	劇文
褒	音包	來生債	第一折	普通賓白	你可曾聞魯褒那錢神論麼。
		謝金吾	第二折	普通賓白	也不是我褒獎他。
		趙氏孤兒	第五折	白・非韻	老公孫立碑造墓。 彌明輩概與褒揚。
		羅李郎	第三折	曲・非韻	無褒彈無破綻沒瑕疵。

《中原音韻》「褒」、「包」不同音。《中州音韻》「褒」、「包」同音。故《音釋》作「音包」，與《中原音韻》不合，而與《中州音韻》相合。

（九）擐

見於《音釋》一次，作「音患」。《中原音韻》屬寒山韻陰平聲；《中州音韻》作「黃貫切」，寒山韻去聲，與「患」同音〔註122〕。

被釋字「擐」在《元曲選》中屬唱曲非韻腳字，見於〈連環計〉第一折：

〔笑和尚〕願太師暮登天子堂。李肅做先鋒將。呂布坐金頂蓮花帳。臣則是掌圖書佐廟廊。又不曾擐甲冑戰沙場。望太師着王允做一箇

〔註120〕明・王文璧：《中州音韻》，頁55。

〔註121〕同上註，頁48。

〔註122〕同上註，頁40。

頭廳相。〔註 123〕

「又不曾擐甲冑戰沙場」按格律為「十仄◇」〔註 124〕；「擐甲冑」當是襯字。故「擐」作「音患」並非格律所致，可能是《音釋》參考《中州音韻》的結果。

（十）艟

見於《音釋》一次，作「音同」。《中原音韻》屬東鍾韻陽平聲；《中州音韻》作「徒龍切」，東鍾韻平聲，與「同」同音〔註 125〕。

被釋字「艟」在《元曲選》中屬普通賓白字，見於〈黑旋風〉第一折：「屯數百隻戰艦艨艟」。《中原音韻》「艟」、「同」不同音，《音釋》作「音同」，與《中州音韻》相合。

（十一）龐

見於《音釋》一次，作「音忙」。《中原音韻》屬江陽韻陽平聲；《中州音韻》作「蒲忙切」，江陽韻平聲〔註 126〕；作「厖邦切」，江陽韻平聲，與「忙」同音〔註 127〕。

被釋字「龐」在《元曲選》中屬唱曲韻腳字，見於〈東坡夢〉第四折：「對月貌花龐」。《中原音韻》「龐」、「忙」聲母不同，《音釋》作「音忙」，與《中州音韻》相合。

（十二）忤

見於《音釋》四次，作「音五」一次，作「音悟」三次。《中原音韻》屬魚模韻上聲；《中州音韻》作「王故切」，魚模韻去聲，與「誤、悟」同音〔註 128〕。

被釋字「忤」在《元曲選》出現的情形如下：

〔註 123〕明・臧懋循：《元曲選》，頁 6482。

〔註 124〕鄭騫：《北曲新譜》，頁 31。

〔註 125〕明・王文璧：《中州音韻》，頁 2。

〔註 126〕同上註，頁 5。

〔註 127〕同上註，頁 5。

〔註 128〕同上註，頁 28。

被釋字	釋音	出處		位置	劇文
忤	音五	玉壺春	第四折	普通賓白	俺那忤逆種不認我了。
	音悟	合汗衫	第三折	普通賓白	生忿忤逆的賊也。
		神奴兒	第一折	曲・非韻	就這般生忿忤逆。
		魔合羅	第三折	曲・非韻	更和這忤逆男隨波逐浪。

《音釋》作「音五」者，位普通賓白，與《中原音韻》相合。

作「音悟」，位唱曲句中字者，見於〈神奴兒〉第一折：

〔賺煞尾〕你常存着見官的心。准備着告人的意。……卻不道湛湛青天不可欺你就那般瞞心昧己。就這般生忿忤逆。敢只爭來早與來遲。〔註129〕

「就這般生忿忤逆」按格律爲「十平◇去」〔註130〕；除去襯字，此句當作「生忿忤逆」。「忤」按律爲「平上不拘」。另〈魔合羅〉第三折：

〔商調集賢賓〕這些時曹司裏有些勾當。我這裏因僉押離了司房。我如今身躭受公私利害。筆尖注生死存亡。詳察這生分女作歹爲非。更和這忤逆男隨波逐浪。我可又奉官人委付將六案掌。有公事怎敢倉皇。則聽的鼕鼕傳擊鼓。偌偌報攛箱。〔註131〕

「更和這忤逆男隨波逐浪」按格律爲「十十十，十平◇去」〔註132〕；除去襯字，此句當作「忤逆男隨波逐浪」。「忤」按律爲「平仄不拘」。

由上可知，《音釋》將之作「音悟」，與《中州音韻》同，而非格律所致。

（十三）萏

見於《音釋》一次，作「音淡」。《中原音韻》屬監咸韻上聲；《中州音韻》作「徒濫切」，監咸韻去聲，與「淡」同音〔註133〕。

被釋字「萏」在《元曲選》中屬唱曲非韻腳字，見於〈牆頭馬上〉第一折：「菡萏花深鴛並宿」。《中原音韻》「萏」、「淡」聲調不同，《音釋》作「音

〔註129〕明・臧懋循：《元曲選》，頁2579。

〔註130〕鄭騫：《北曲新譜》，頁114。

〔註131〕同註129，頁5772。

〔註132〕同註130，頁217。

〔註133〕明・王文璧：《中州音韻》，頁77。

淡」，與《中州音韻》相合。

（十四）稽

見於《音釋》二次，皆作「音豈」。《中原音韻》屬齊微韻上聲；《中州音韻》作「丘已切」，齊微韻上聲，與「豈」同音〔註 134〕。

被釋字「稽」在《元曲選》出現的情形如下：

被釋字	釋音	出處		位置	劇文
稽	音豈	玉鏡臺	第一折	曲・非韻	詣門稽顙。
		金安壽	第一折	普通賓白	稽首。

《中原音韻》「稽」、「豈」不同音。故《音釋》作「音豈」，與《中原音韻》不合，而合於《中州音韻》。

（十五）鎬

見於《音釋》一次，作「音浩」。《中原音韻》屬蕭豪韻上聲；《中州音韻》作「杭告切」，蕭豪韻去聲，與「浩」同音〔註 135〕。

被釋字「鎬」在《元曲選》中屬普通賓白字，見於〈薦福碑〉第一折：「姓張名鎬」。《中原音韻》「鎬」、「浩」聲調不同，《音釋》作「音浩」，與《中州音韻》相合。

（十六）攏

見於《音釋》二次，作「音隴」一次，作「龍上聲」一次。《中原音韻》屬東鍾韻上聲；《中州音韻》作「盧董切」，東鍾韻上聲，與「隴」同音〔註 136〕。

被釋字「攏」在《元曲選》出現的情形如下：

被釋字	釋音	出處		位置	劇文
攏	音隴	馮玉蘭	第三折	普通賓白	把船攏岸罷。
	龍上聲	竹塢聽琴	楔子	普通賓白	攏起我這頭髮。

《中原音韻》「攏」、「隴」不同音，「龍」、「隴」爲相承之平、上聲。故《音釋》作「音隴」、「龍上聲」者，與《中原音韻》不合，但與《中州音韻》相合。

〔註 134〕明・王文璧：《中州音韻》，頁 15。

〔註 135〕同上註，頁 52。

〔註 136〕同上註，頁 3。

（十七）帔

見於《音釋》七次，作「音配」五次，作「音備」二次。《中原音韻》屬齊微韻去聲；《中州音韻》作「滂切切」，齊微韻去聲〔註 137〕。

被釋字「帔」在《元曲選》出現的情形如下：

被釋字	釋音	出處		位置	劇文
帔	音配	秋胡戲妻	第四折	曲・非韻	誰將這霞帔金冠望。
		倩女離魂	楔子	曲・非韻	我是箇繡帔香車楚楚娘。
		誤入桃源	第一折	曲・非韻	仙帔疊青霞。
		魔合羅	第四折	曲・韻腳	明晃晃鳳冠霞帔。
		望江亭	第三折	曲・非韻	霞帔兒怎掛者。
	音備	救風塵	第一折	曲・韻腳	安排下金冠霞帔。
		還牢末	第一折	普通賓白	納了官衫帔子。

「備」屬並母，「配」屬滂母。《中原音韻》「帔」、「備」同音，《中州音韻》「帔」、「配」同音。故《音釋》作「音備」者，與《中原音韻》合；作「音配」者，與《中州音韻》合。

（十八）茜

見於《音釋》四次，均作「阡去聲」。《中原音韻》屬廉纖韻去聲；《中州音韻》作「倉線切」，先天韻去聲〔註 138〕。

被釋字「茜」在《元曲選》出現的情形如下：

被釋字	釋音	出處		位置	劇文
茜	阡去聲	爭報恩	楔子	白・非韻	繡衲襖千重花艷。 茜紅巾萬縷霞生。
		燕青博魚	第四折	曲・非韻	還了俺這石榴色茜紅巾。
		黑旋風	第一折	普通賓白	你這般茜紅巾。
		陳摶高臥	第四折	曲・非韻	茜裙羅襪縷金裳。

「茜」《中原音韻》屬廉纖韻。《音釋》作「阡去聲」，「阡」屬先天韻。從上表之「位置」欄可知，被釋字均非韻字，故與押韻無關。《音釋》於「茜」字，乃按《中州音韻》注音。

〔註 137〕明・王文璧：《中州音韻》，頁 19。

〔註 138〕同上註，頁 46。

（十九）厠

見於《音釋》一次，作「音次」。《中原音韻》屬支思韻去聲；《中州音韻》作「倉四切」，支思韻去聲，與「次」同音〔註139〕。

被釋字「厠」在《元曲選》中，見〈老生兒〉第二折：「是東厠門上的」，屬普通賓白。《中原音韻》「厠」、「次」不同音。《中州音韻》兩字同音，《音釋》作「音次」與之相合。

（二十）揆

見於《音釋》一次，作「音跪」。《中原音韻》屬齊微韻去聲；《中州音韻》未收。

被釋字「揆」在《元曲選》中，見〈陳摶高臥〉第三折：「掌管台衡總百揆」，屬唱曲韻腳字。《中原音韻》「揆」、「跪」不同音，而與「蕢」、「簣」同音。《中州音韻》「蕢」、「簣」、「跪」三字同音，《音釋》作「音跪」與之相合。

（二十一）揝

見於《音釋》十五次，作「音昝」三次，作「簪上聲」十二次。《中原音韻》屬監咸韻去聲；《中州音韻》作「叶簪上聲」，監咸韻上聲〔註140〕，與「昝」同音；「茲監切」，監咸韻去聲〔註141〕。

被釋字「揝」在《元曲選》出現的情形如下：

被釋字	釋音	出處		位置	劇文
揝	音昝	灰闌記	第二折	曲・非韻	火匝匝把衣服緊揝着。
		小尉遲	第二折	曲・非韻	揝住揝住獅蠻帶。
		盆兒鬼	第二折	曲・非韻	怎知道被我來揝住衣服。
	簪上聲	合汗衫	第三折	普通賓白	我一隻手揝住頭。 一隻手揝住尾。
		秋胡戲妻	第四折	曲・非韻	揝住羅裳。
		謝金吾	第一折	曲・非韻	向前去手揝住腰間帶。
		黑旋風	第一折	普通賓白	一隻手揝住腳腕。
		黃粱夢	第三折	曲・非韻	緊揝住頭梢。

〔註139〕明・王文璧：《中州音韻》，頁11。

〔註140〕同上註，頁77。

〔註141〕同上註，頁77。

		昊天塔	第二折	曲·非韻	揝定袈裟。
		後庭花	第二折	曲·非韻	他把我頭稍頭稍揝住。
		紅梨花	第二折	曲·非韻	怎敢緊揝住他角帶鞓。
		金安壽	第三折	曲·非韻	一隻手揝住道服。
		李逵負荊	第二折	普通賓白	一隻手揝住腰帶。
		任風子	第二折	曲·非韻	一隻手揝住道服。
		任風子	第四折	曲·非韻	我敢揝住你那頭梢。

《中原音韻》「揝」僅收去聲音，《中州音韻》上聲、去聲兩收。《音釋》「音昝」、「簪上聲」，均與《中州音韻》上聲讀音相合。

（二十二）窖

見於《音釋》一次，作「音叫」。《中原音韻》屬蕭豪韻去聲；《中州音韻》作「江效切」，蕭豪韻去聲，與「叫」同音〔註142〕。

被釋字「窖」在《元曲選》中屬唱曲非韻腳字，見於〈酷寒亭〉第三折：「也強如提關列窖」。《中原音韻》「窖」、「叫」不同音，《音釋》作「音叫」，與《中州音韻》相合。

（二十三）會

見於《音釋》一次，作「音桂」。《中原音韻》屬齊微韻去聲；《中州音韻》作「光胃切」，齊微韻去聲，與「桂」同音〔註143〕。

被釋字「會」在《元曲選》中屬唱曲非韻腳字，見於〈漁樵記〉第一折：「老漢會稽郡人氏」。《中原音韻》「會」、「桂」不同音，《音釋》作「音桂」，與《中州音韻》相合。

（二十四）蛻

見於《音釋》一次，作「音稅」。《中原音韻》屬齊微韻去聲；《中州音韻》作「師贅切」，齊微韻去聲，與「稅」同音〔註144〕。

被釋字「蛻」在《元曲選》中屬唱曲非韻腳字，見於〈陳摶高臥〉第三折：「身安靜宇蟬初蛻」。《中原音韻》「蛻」、「稅」不同音，《音釋》作「音稅」，與

〔註142〕明·王文璧：《中州音韻》，頁53。

〔註143〕同上註，頁19。

〔註144〕同上註，頁19。

《中州音韻》相合。

（二十五）僽

見於《音釋》十三次，皆作「音驟」。《中原音韻》屬尤侯韻去聲；《中州音韻》作「床瘦切」，尤侯韻去聲，與「驟」同音〔註145〕。

被釋字「僽」在《元曲選》出現的情形如下：

被釋字	釋音	出處		位置	劇文
僽	音驟	漢宮秋	第二折	曲・韻腳	吾當僝僽。
		金錢記	第三折	曲・韻腳	害則害甘心兒爲他僝僽。
		馬陵道	第二折	曲・韻腳	我見他自推自跌自僝僽。
		范張雞黍	第三折	曲・韻腳	我這裏謝相識親友省僝僽。
		竹葉舟	第二折	曲・韻腳	幾家僝僽。
		寃家債主	第二折	曲・韻腳	落得箇自僝自僽。
		金線池	第二折	曲・韻腳	也免的自僝自僽。
		度柳翠	第二折	曲・非韻	僝僽的雲髻鬆。
		百花亭	第二折	曲・韻腳	卻攬下這一場不明白的僝僽。
		連環計	第一折	曲・韻腳	自尋些閑僝僽。
		羅李郎	第三折	曲・非韻	離鄉背井將你來僝僽死。
		貨郎旦	第二折	曲・韻腳	心上事自僝僽。
		謝天香	第四折	曲・韻腳	將咱僝僽。

《中原音韻》「僽」無同音字，與「驟」不同音。《中州音韻》「僽」、「驟」同音。故《音釋》作「音驟」者，與《中原音韻》不合，卻與《中州音韻》相合。

（二十六）斃

見於《音釋》一次，作「音弊」。《中原音韻》屬齊微韻去聲；《中州音韻》作「旁謎切」，齊微韻去聲，與「弊」同音〔註146〕。

被釋字「斃」在《元曲選》中屬韻語賓白韻腳字，見於〈伍員吹簫〉第四折：「楚平公聽信費無忌，任忠良一旦全家斃」。《中原音韻》「斃」、「弊」不同音，《音釋》作「音弊」，與《中州音韻》相合。

〔註145〕明・王文璧：《中州音韻》，頁73。

〔註146〕同上註，頁18。

（二十七）謎

見於《音釋》九次，作「音袂」一次，作「迷去聲」八次。《中原音韻》屬齊微韻去聲；《中州音韻》作「迷閉切」，齊微韻去聲，與「袂」同音〔註147〕。

被釋字「謎」在《元曲選》出現的情形如下：

被釋字	釋音	出處		位置	劇文
謎	音袂	碧桃花	第二折	曲·韻腳	我便是女楊修難猜啞謎。
	迷去聲	老生兒	第一折	曲·非韻	你不將我人也似覷倒着我謎也似猜。
		兒女團圓	第二折	曲·非韻	我則要你謎也似猜。
		馬陵道	第二折	曲·非韻	好着我猜不着謎頭。
		魯齋郎	第三折	曲·非韻	似這般啞謎兒教咱怎猜做。
		英氣布	第一折	曲·非韻	一謎裏信口開合。
		盆兒鬼	第四折	曲·非韻	現如今一謎裏尿胡下。
		任風子	第一折	曲·非韻	他喫不的一謎裏躧。
		馮玉蘭	第二折	曲·非韻	一謎的將俺犇呼。

《音釋》作「迷閉切」者，與《中原音韻》、《中州音韻》相合。釋爲「音袂」者，《中原音韻》「謎」、「袂」不同音，與之不合；僅與《中州音韻》相合。

（二十八）鐐

見於《音釋》一次，作「音遼」。《中原音韻》屬蕭豪韻去聲；《中州音韻》作「郎弔切」，蕭豪韻去聲〔註148〕；作「離刁切」，蕭豪韻平聲，與「遼」同音〔註149〕。

被釋字「鐐」在《元曲選》中屬普通賓白字，見於〈黑旋風〉第三折：「上了腳鐐手扭」。《中原音韻》「鐐」、「遼」聲調不同，《音釋》作「音遼」，與《中州音韻》相合。

（二十九）贐

見於《音釋》二次，作「音信」一次，作「音盡」一次。《中原音韻》屬眞文韻去聲；《中州音韻》作「藏信切」，眞文韻去聲，與「盡」同音〔註150〕。

〔註147〕明·王文璧：《中州音韻》，頁19。

〔註148〕同上註，頁52。

〔註149〕同上註，頁48。

〔註150〕同上註，頁36。

被釋字「賮」在《元曲選》出現的情形如下：

被釋字	釋音	出處		位置	劇文
賮	音信	柳毅傳書	第三折	曲・韻腳	送行者寧無賮。
	音盡	㑳梅香	第三折	普通賓白	厚賮他還鄉。

《中原音韻》「賮」與「信」同音，不與「盡」同音；《中州音韻》「賮」則與「盡」同音，不與「信」同音。故《音釋》作「音信」者，與《中原音韻》相合；作「音盡」者，與《中州音韻》相合。

八、參考《中原音韻》、《中州音韻》以外之韻書

（一）綻

見於《音釋》一次，作「士諫切」。《中原音韻》屬寒山韻去聲；《中州音韻》作「雖訕切」，寒山韻去聲〔註151〕。

被釋字「綻」在《元曲選》中，見〈竹塢聽琴〉第三折：「我再不綻口兒念着道德經」，屬唱曲非韻腳字。

《音釋》反切「士諫切」爲「棧」字《廣韻》反切。「綻」字《廣韻》「丈莧切」，屬澄母字，至《中原音韻》濁音清化，與知、照混同爲不送氣之舌尖面清塞擦音。「棧」《廣韻》爲疏母字，至《中原音韻》與「綻」同音，聲母變爲不送氣舌尖面清塞擦音。《中州音韻》反切「雖訕切」爲心母字，與《中原音韻》不合。故《音釋》恐因「棧」、「綻」同音，而誤將「棧」字《廣韻》反切與「綻」字同用。

（二）棧

見於《音釋》八次，作「士諫切」一次，作「音綻」一次。《中原音韻》屬寒山韻去聲；《中州音韻》作「雖訕切」，寒山韻去聲，與「綻」同音〔註152〕。

被釋字「棧」在《元曲選》出現的情形如下：

被釋字	釋音	出處		位置	劇文
棧	士諫切	楚昭公	第一折	曲・韻腳	小可如君騎羸馬連雲棧。
	音綻	賺蒯通	第四折	普通賓白	一不合明修棧道。暗度陳倉。

〔註151〕明・王文璧：《中州音韻》，頁40。

〔註152〕同上註，頁40。

		梧桐雨	第二折	曲・韻腳	替你愁那嵯峨峻嶺連雲棧。
		風光好	第一折	曲・韻腳	更嵾似軍騎羸馬連雲棧。
		岳陽樓	第二折	曲・韻腳	管甚麼張子房燒了連雲棧。
		昊天塔	第三折	曲・非韻	恰便似漢張良燒斷了連雲棧。
		英氣布	第一折	普通賓白	明修棧道。闇度陳倉。
		貨郎旦	第四折	曲・韻腳	恰便似子房燒了連雲棧。

《中原音韻》、《中州音韻》均「棧」、「綻」同音。《中州音韻》反切「雖訕切」爲心母字，與《中原音韻》不合。《音釋》反切「士諫切」與《廣韻》同。「棧」《廣韻》爲疏母字，至《中原音韻》與「綻」同音，聲母當隨「綻」字易爲不送氣之舌尖面清塞擦音。故《音釋》當以「綻」字《廣韻》「丈莧切」爲音，不應釋作「士諫切」。

（三）溺

詳見本論文第二章第二節。

（四）蹔

見於《音釋》一次，作「才敢切」。《中原音韻》屬監咸韻去聲；《中州音韻》未收。被釋字「獮」在《元曲選》中屬普通賓白字，見〈灰闌記〉第三折：曾見你半鼇蹔口兒」。《音釋》作「才敢切」者，切語下字「敢」於《中原音韻》屬監咸韻上聲，聲調不合；然此反切見於《廣韻・敢韻》，故《音釋》此字當據《廣韻》注音。

九、釋音可能改自《中州音韻》

（一）笊

見於《音釋》四次，作「音爪」二次，作「音罩」一次，作「嘲去聲」一次。《中原音韻》屬蕭豪韻去聲，與「罩」同音；《中州音韻》作「叶潮去聲」，蕭豪韻去聲，與「罩」同音〔註153〕。

被釋字「笊」在《元曲選》出現的情形如下：

〔註153〕明・王文璧：《中州音韻》，頁53。

被釋字	釋音	出處		位置	劇文
笊	音爪	後庭花	第一折	曲·非韻	誰有閒錢補笊籬。
		城南柳	第四折	曲·非韻	這個是提笊籬不認椒房。
	音罩	竹葉舟	第四折	曲·非韻	這一個貌娉婷笊籬手把。
	嘲去聲	秋胡戲妻	第二折	曲·非韻	妳妳也誰有那閒錢來補笊籬。

《音釋》作「音罩」者，合於《中原音韻》、《中州音韻》。作「音爪」者，屬唱曲句中字。雖「笊」、「爪」於《廣韻·巧韻》同音，皆作「側絞切」；然以曲譜格律觀之，「誰有閒錢補笊籬」之「笊」當作仄聲，「這個是提笊籬不認椒房」之「笊」當作平聲，皆非讀作上聲不可，故此處《音釋》恐有誤。

《音釋》作「嘲去聲」者，與《中州音韻》並不相同。「笊」在《廣韻》作「側絞切」、「側教切」，為莊母字，到《中原音韻》與知母字相混，而與「罩」同音。「潮」屬澄母字，「嘲」屬照母字，《中州音韻》保留了全濁聲母，故「潮」、「嘲」在去聲時，聲母仍不相同。故《音釋》將「潮去聲」代以「嘲去聲」，改之有理。

（二）渲

見於《音釋》八次，作「疎選切」六次，作「疎譔切」一次，作「疎眷切」一次。《中原音韻》屬寒山韻去聲；《中州音韻》未收。

被釋字「渲」在《元曲選》出現的情形如下：

被釋字	釋音	出處		位置	劇文
渲	疎選切	梧桐雨	第四折	曲·非韻	渲湖山漱石竅。
		金安壽	第三折	曲·非韻	立呵渲丹青仕女圖。
		東坡夢	第二折	曲·非韻	桃也只要你烘曉日渲朝霞。
		度柳翠	第二折	曲·非韻	偏來渲房裏宿。
		魔合羅	第一折	曲·非韻	更那堪吉丟古堆波浪渲城渠。
		柳毅傳書	第二折	曲·非韻	俺只見淹淹的血水渲做江湖。
	疎譔切	岳陽樓	第二折	曲·韻腳	把個茶博士終朝淘渲。
	疎眷切	倩女離魂	第二折	曲·非韻	高挑起染渲佳人丹青畫。

《中原音韻》「渲」、「灢」同音。《中州音韻》無「渲」有「灢」，作「疎選切」，寒山韻去聲〔註154〕。但反切下字「選」，《中原音韻》、《中州音韻》均屬先天韻

〔註154〕明·王文璧：《中州音韻》，頁40。

上、去聲，與被切字不符，此反切恐有誤。《音釋》反切下字另有「譔」、「眷」二字，「譔」《中原音韻》、《中州音韻》均屬寒山韻去聲；「眷」《中原音韻》、《中州音韻》均屬先天韻去聲。

《音釋》「疎譔切」由「疎選切」而改換下字，改之有理；然更改原因，恐非被釋字與反切下字韻目有所出入，而是因〈岳陽樓〉第二折押寒山韻，「渲」字於當折為唱曲韻腳字所致。

「疎選切」反切下字應取去聲音，然歸韻與被切字不一；而《音釋》又將「疎選切」反切下字改為同是先天韻之「眷」字，亦誤。

（三）罩

見於《音釋》十三次，作「招去聲」一次，作「嘲去聲」十二次。《中原音韻》屬蕭豪韻去聲；《中州音韻》作「叶潮去聲」，蕭豪韻去聲〔註155〕。

被釋字「罩」在《元曲選》出現的情形如下：

被釋字	釋音	出處		位置	劇文
罩	招去聲	張天師	第二折	普通賓白	雲生四野。霧罩八方。
	嘲去聲	梧桐雨	第二折	曲・非韻	端的個絳紗籠罩水晶寒。
		謝金吾	第二折	曲・非韻	不見了祥雲罩碧瓦丹甍。
		馬陵道	第一折	曲・非韻	早則見罩四野征雲慘慘。
		黃粱夢	第三折	曲・韻腳	淡煙籠罩。
		昊天塔	第四折	白・非韻	掃地恐傷螻蟻命。 為惜飛蛾紗罩燈。
		金安壽	第四折	曲・非韻	罩祥雲隔斷浮埃。
		冤家債主	楔子	白・非韻	掃地恐傷螻蟻命。 為惜飛蛾紗罩燈。
		㑳梅香	第一折	曲・非韻	芳草煙翠紗籠罩玻璃淨。
		劉行首	第二折	曲・非韻	白雲籠罩着。
		抱粧盒	第二折	普通賓白	則見紅光紫霧，罩定太子身上。
		李逵負荊	第一折	曲・非韻	煙罩定綠楊洲。
		柳毅傳書	第二折	曲・非韻	煙罩煙飛。

「潮」《廣韻》「直遙切」、《中州音韻》「持饒切」，均屬澄母字，濁音清化後於

〔註155〕明・王文璧：《中州音韻》，頁53。

《中原音韻》讀爲送氣舌尖面混合清塞擦音。「嘲」《廣韻》「陟交切」屬知母、《中州音韻》「之梢切」屬照母，至《中原音韻》「知」、「照」混同，讀爲不送氣舌尖面混合清塞擦音。「罩」《廣韻》「都教切」屬知母，至《中原音韻》讀爲不送氣舌尖面混合清塞擦音。故《音釋》將《中州音韻》「潮去聲」改作「嘲去聲」，改之有理。

「招」《廣韻》「止遙切」屬照母、《中州音韻》「知饒切」屬知母，至《中原音韻》「知」、「照」混同，讀爲不送氣舌尖面混合清塞擦音。故「招」、「罩」、「嘲」聲母相同。

《中原音韻》、《中州音韻》「招」、「潮」、「嘲」不同音。就《中原音韻》角度而言，「招」、「潮」聲母不同，聲調不同，但韻母相同；「招」、「嘲」聲母相同，聲調相同，但韻母不同。但就《中州音韻》而言，「招」、「潮」聲母不同，但聲調相同，韻母相同；「招」、「嘲」聲母相同，聲調相同，但韻母不同。「罩」字韻母與「嘲」相同。故《音釋》作「招去聲」，於聲母並無不妥，於韻母恐誤。

十、《音釋》釋音恐誤〔註156〕

（一）賺

見於《音釋》二十二次，作「音甚」一次，作「音湛」二十次，作「音蘸」一次。《中原音韻》屬監咸韻去聲；《中州音韻》作「痴濫切」，監咸韻去聲，與「湛」、「蘸」同音〔註157〕。

被釋字「賺」在《元曲選》出現的情形如下：

被釋字	釋音	出處		位置	劇文
賺	音甚	魔合羅	第四折	曲・非韻	啜賺出是和非。
	音湛	金錢記	第二折	曲・非韻	干賺的相如走偌遠。
		張天師	第一折	曲・非韻	拚着個賺劉晨笑入桃源洞。
		救風塵	第二折	普通賓白	賺得那廝寫了休書。
		來生債	第四折	曲・非韻	他把我賺回頭早海變桑田。
		合同文字	第三折	曲・非韻	赤緊的後婆婆先賺了我文書。

〔註156〕本類之被釋字排列，首按訛誤性質（如形近而訛或其他），次按聲調。

〔註157〕明・王文璧：《中州音韻》，頁77。

		凍蘇秦	第一折	曲・非韻	往前去賺入坑。
		風光好	第三折	普通賓白	秦弱蘭賺了他一篇樂章。
		謝金吾	楔　子	曲・非韻	但賺的離雄州。
		岳陽樓	第三折	曲・非韻	可不乾賺了我奔走紅塵九千里。
		勘頭巾	第二折	普通賓白	我把這廝賺入牢去。
		馬陵道	楔　子	普通賓白	則要你賺的我自然出這洞去。
		救孝子	第四折	普通賓白	賺他畫一個字。
		後庭花	第一折	曲・非韻	似這等潑差使誰敢道賺分文。
		酷寒亭	第四折	白・非韻	非是我甘心為盜。 故意來啜賺哥哥。
		傷梅香	第一折	曲・非韻	啜賺的你早晚行。
		城南柳	第四折	曲・非韻	只待學賺神女楚襄王。
		度柳翠	第二折	曲・非韻	纔賺的春風可便樹點頭。
		對玉梳	第四折	曲・非韻	可不乾賺了我俏蘇卿一世裏蹇。
		蕭淑蘭	第二折	曲・韻腳	將他來賺。
		望江亭	第二折	曲・非韻	我可便智賺了金牌着他去不得。
	音蘸	英氣布	第二折	普通賓白	要賺喒去獻功。

「湛」字《中原音韻》收入侵尋韻陽平聲、監咸韻陰平與去聲；於監咸韻去聲中，「賺」「湛」、「蘸」三字同音。故《音釋》作「音湛」、「音蘸」者，與《中原音韻》、《中州音韻》相合。

釋為「音甚」者，查明刻本，刻本此處「甚」字與他處「甚」字字型有所差異。蓋此處「甚」本當作「湛」，作「甚」乃偏旁脫誤所致。

（二）楞

見於《音釋》五次，作「虛登切」一次，作「盧登切」二次。《中原音韻》屬庚青韻陽平聲；《中州音韻》作「盧登切」，庚清韻平聲〔註158〕。

被釋字「楞」在《元曲選》出現的情形如下：

被釋字	釋音	出處		位置	劇文
楞	虛登切	鴛鴦被	第二折	曲・非韻	元來是忒楞楞騰宿鳥串茶蘼架。
	盧登切	燕青博魚	第一折	曲・非韻	會輪鎗偏不會支楞楞撥琵琶。
		倩女離魂	第四折	曲・非韻	將水面上鴛鴦忒楞楞騰分開交頸。
		青衫泪	第二折	曲・非韻	支楞的琴斷絃。
		單鞭奪槊	第三折	曲・非韻	支楞楞扯出霜鋒。

〔註158〕明・王文璧：《中州音韻》，頁66。

《中原音韻》「楞」與「稜」同音，當爲來母字。故《音釋》作「盧登切」者，與《中原音韻》、《中州音韻》相合。釋爲「虛登切」者，反切上字「虛」恐與「盧」形近而訛。

（三）禰

見於《音釋》一次，作「寧已切」。《中原音韻》屬齊微韻上聲；《中州音韻》作「寧已切」，齊微韻上聲〔註 159〕。

被釋字「禰」在《元曲選》中屬普通賓白字，見於〈金錢記〉第二折：「腹隱司馬之才，心似禰衡之傲」。《音釋》作「寧巳切」，反切下字「巳」爲支思韻，與「禰」爲齊微韻不合。「巳」與《中州音韻》切語下字「已」字型相近，當是形近而訛。

（四）悄

見於《音釋》一次，作「音俏」。《中原音韻》屬蕭豪韻去聲；《中州音韻》作「妻笑切」，蕭豪韻去聲，與「俏」、「哨」同音〔註 160〕。

此條音釋見〈東堂老〉第一折末，然〈東堂老〉自楔子至第四折內文均無「悄」字。唯「挑踢着美女家生哨」之「哨」與之同音，「家生哨」之「哨」可通「悄」。此外，本折字形與「悄」相似者，有「哨」、「消」、「綃」、「銷」，按被釋字排列順序，「哨」恰在「俫」、「落」之間。按「哨」所在之〔寄生草〕格律，當作「宜去可上」；「消」、「綃」、「銷」除襯字之外，按其曲律，皆當作平聲，唯「哨」與音釋相合。故被釋字「悄」恐爲「哨」之誤。

（五）懺

見於《音釋》四次，作「叉鑑切」一次，作「攙去聲」三次。《中原音韻》屬監咸韻去聲；《中州音韻》作「叶攙去聲」，監咸韻去聲〔註 161〕。

被釋字「懺」在《元曲選》出現的情形如下：

被釋字	釋音	出處		位置	劇文
懺	叉鑑切	硃砂擔	第四折	普通賓白	我與他看經禮懺。

〔註 159〕明・王文璧：《中州音韻》，頁 15。

〔註 160〕同上註，頁 53。

〔註 161〕同上註，頁 78。

	攙去聲	合汗衫	第四折	曲・非韻	梁武懺多看幾卷。
		老生兒	第二折	普通賓白	回心懺罪。
		東坡夢	第四折	普通賓白	蘇軾從今懺悔。

《音釋》作「攙去聲」者，與《中原音韻》、《中州音韻》相合。釋爲「又鑑切」者，「又」屬爲母字，「懺」屬初母字，兩者聲母不同。與「又」字形相似之「叉」爲初母字，恰與「懺」聲母相同，且《音釋》亦有以「叉」字作爲直音與切語上字者，如「簉、叉搜切」。故「又」恐與「叉」音形近而訛。

（六）剜

見於《音釋》十六次，作「烏官切」三次，作「碗去聲」一次，作「碗平聲」十二次。《中原音韻》屬桓歡韻陰平聲；《中州音韻》作「烏官切」，桓歡韻平聲〔註162〕。

被釋字「剜」在《元曲選》出現的情形如下：

被釋字	釋音	出處		位置	劇文
剜	烏官切	小尉遲	第一折	曲・非韻	恰便似刀剜我這心痛。
		冤家債主	楔子	普通賓白	將這牆上剜一箇大窟籠。
		貨郎旦	第二折	曲・非韻	公然的指尖兒把頰腮剜透。
	碗去聲	謝金吾	第三折	曲・非韻	痛殺殺腹若錐剜。
	碗平聲	陳州糶米	第一折	白・非韻	正是醫的眼前瘡。 剜卻心頭肉。
		救風塵	第一折	曲・非韻	那的是最容易剜眼睛嫌的。
		合同文字	第二折	白・非韻	怎不教我悲啼痛苦。 想起來似刀剜肺腑。
		伍員吹簫	第三折	曲・非韻	直着那廝摘膽剜心。
		昊天塔	第四折	普通賓白	剜出心肝。
		兩世姻緣	第二折	曲・非韻	錐剜也似額角疼。
		趙禮讓肥	第四折	曲・非韻	想着你那摘膽剜心處。
		劉行首	第三折	曲・非韻	逼得人剜牆鑽窟將金資覓。
		盆兒鬼	第二折	曲・非韻	將這廝剜着眼珠。
		對玉梳	第一折	曲・非韻	鑰鐵杓剜眼輪。
		還牢末	第四折	普通賓白	將他兩個剖腹剜心。
		任風子	第一折	曲・非韻	將我這摘膽剜心手段展。

〔註162〕明・王文璧：《中州音韻》，頁41。

《音釋》作「烏官切」、「碗平聲」者，與《中原音韻》、《中州音韻》相合。釋爲「碗去聲」者，屬唱曲的非韻腳字，見於〈謝金吾〉第三折：

〔紫花兒序〕諕的我急煎煎心如刀攪。痛殺殺腹若錐剜。撲簌簌淚似扒推。送長休飯着俺這女婿再休思想。永別酒和俺這女婿從此分離。誰敢把聖旨輕違。這殺場上不關親因何來到這裏。他兩三番把咱支對。你怎麼信口胡噴。搶白的我臉上無皮。〔註163〕

「痛殺殺腹若錐剜」按格律爲「十仄平平」〔註164〕；除去襯字，此句當作「腹若錐剜」。「剜」按律爲「平聲」，故《音釋》作「碗去聲」，恐爲「碗平聲」之誤。

（七）蹁

見於《音釋》三次，作「音偏」一次，作「音篇」一次，作「音駢」一次。《中原音韻》屬先天韻陰平聲；《中州音韻》作「批綿切」，先天韻平聲，與「偏」、「篇」同音〔註165〕。

被釋字「蹁」在《元曲選》出現的情形如下：

被釋字	釋音	出處		位置	劇文
蹁	音偏	對玉梳	第四折	曲・非韻	夜月舞蹁躚。
	音篇	紅梨花	第四折	曲・非韻	席上舞蹁躚。
	音駢	硃砂擔	第三折	曲・非韻	舞蹁躚兩袖風翻。

《音釋》作「音偏」、「音篇」者，與《中原音韻》、《中州音韻》相合。「駢」字《中原音韻》屬先天韻陽平聲，與「蹁」聲調不同；《中州音韻》作「毘眠切」，屬並母字，濁音清化後雖與「蹁」同讀作送氣雙唇清塞音，然其聲調亦當歸陽平。「蹁」於《中原音韻》雖屬陰平，但於《廣韻》作「部田切」，屬並母字，與「駢」同音。《音釋》或恐因《廣韻》而誤將「蹁」釋作「音駢」。

（八）繆

見於《音釋》四次，作「波彪切」一次，作「麻彪切」三次。《中原音韻》屬尤侯韻陽平、去聲；《中州音韻》作「麻彪切」，尤侯韻平聲〔註166〕。

〔註163〕明・臧懋循：《元曲選》，頁2764。

〔註164〕鄭騫：《北曲新譜》，頁250。

〔註165〕明・王文璧：《中州音韻》，頁44。

〔註166〕同上註，頁70。

被釋字「繆」在《元曲選》出現的情形如下：

被釋字	釋音	出處		位置	劇文
繆	波彪切	謝天香	第四折	曲·韻腳	揚言說要結綢繆。
	麻彪切	金錢記	第三折	曲·韻腳	錢也誰承望你無倒斷阻隔綢繆。
		玉壺春	第二折	普通賓白	他兩個過的綢繆。不離寸步。
		馮玉蘭	第四折	白·韻腳	巡江官相邀共飲。 出妻子禮意綢繆。

「繆」在《元曲選》均作「綢繆」之用。《音釋》作「麻彪切」者，與《中原音韻》、《中州音韻》相合。釋爲「波彪切」者，「繆」爲明母字，「波」爲幫母字，聲母不同。《音釋》作「波彪切」恐誤。

（九）咤

見於《音釋》二次，作「倉詐切」一次，作「瘡詐切」一次。《中原音韻》屬家麻韻去聲；《中州音韻》作「瘡詐切」，家麻韻去聲〔註 167〕。

被釋字「咤」在《元曲選》出現的情形如下：

被釋字	釋音	出處		位置	劇文
咤	倉詐切	岳陽樓	第二折	普通賓白	有喑啞叱咤之勇。 舉鼎拔山之力。
	瘡詐切	英氣布	第一折	普通賓白	喒想項王喑啞叱咤。

《音釋》作「瘡詐切」者，與《中原音韻》、《中州音韻》相合。

至於「倉詐切」，屬清母字。「咤」《廣韻》作「陟駕切」，屬知母字；至《中原音韻》與「詫」、「姹」同音，讀爲穿母。故《音釋》作「倉詐切」者，其聲母恐誤。

（十）詫

見於《音釋》五次，作「倉詐切」一次，作「瘡詐切」三次，作「瘡鮓切」三次。《中原音韻》屬家麻韻上聲、去聲；《中州音韻》作「瘡詐切」，家麻韻去聲〔註 168〕。

被釋字「詫」在《元曲選》出現的情形如下：

〔註 167〕明·王文璧：《中州音韻》，頁 60。

〔註 168〕同上註，頁 60。

被釋字	釋音	出處		位置	劇文
詫	倉詐切	合汗衫	第二折	普通賓白	怎麼有這一場詫事。
	瘡詐切	鐵拐李	第三折	曲・非韻	醜詫面皮。
		魯齋郎	楔子	曲・韻腳	赤緊的他官職大的忒稀詫。
		後庭花	第三折	曲・韻腳	你休喝掇休驚詫。
	瘡鮓切	盆兒鬼	第一折	曲・韻腳	只為這適間夢裏多希詫。

《音釋》作「瘡詐切」者，與《中原音韻》、《中州音韻》相合。作「瘡鮓切」者，屬家麻韻上聲，與《中原音韻》相合。作「倉詐切」者，屬清母字。「詫」《廣韻》作「陟駕切」，屬徹母字；至《中原音韻》與穿母混同。故《音釋》作「倉詐切」者，其聲母恐誤。

（十一）慧

見於《音釋》十四次，作「音位」一次，作「音惠」十一次，作「音會」十一次。《中原音韻》屬齊微韻去聲；《中州音韻》作「胡貴切」，齊微韻去聲，與「會」、「惠」同音〔註169〕。

被釋字「慧」在《元曲選》出現的情形如下：

被釋字	釋音	出處		位置	劇文
慧	音位	來生債	第一折	白・非韻	斷絕貪嗔癡妄想。 堅持戒定慧圓明。
	音惠	謝天香	第一折	曲・韻腳	都只為聰明智慧。
		神奴兒	第一折	普通賓白	好生不賢慧那。
		揚州夢	第三折	曲・非韻	賢慧心腸不狡猾。
		魯齋郎	第四折	曲・非韻	只說他包龍圖智慧多。
		兩世姻緣	第三折	普通賓白	善吹彈歌舞。更智慧聰明。
		忍字記	第三折	普通賓白	定慧和尚是也。
		金安壽	第四折	曲・非韻	他慧性到蓬萊。
		灰闌記	楔子	普通賓白	聰明智慧。
		魔合羅	第四折	曲・韻腳	教誨教誨的心聰慧。
		望江亭	第二折	普通賓白	更兼聰明智慧。
		張生煮海	第一折	普通賓白	我見秀才聰明智慧。
	音會	兒女團圓	第一折	曲・韻腳	常好是不賢慧。
		救孝子	第一折	普通賓白	這小的又賢慧。

〔註169〕明・王文璧：《中州音韻》，頁20。

《中原音韻》、《中州音韻》「慧」、「惠」、「會」皆同音。故《音釋》作「音惠」、「音會」者，與《中原音韻》、《中州音韻》相合。作「音位」者，聲母爲影母，至《中原音韻》讀爲零聲母，而「慧」、「惠」、「會」屬匣母，與之不同，《音釋》作「音位」，恐有誤。

（十二）澍

見於《音釋》一次，作「音樹」。《中原音韻》屬魚模韻去聲；《中州音韻》作「張恕切」，魚模韻去聲〔註170〕。

被釋字「澍」在《元曲選》中屬唱曲非韻腳字，見於〈還牢末〉第三折：「只指望旱苗逢澍雨」。

《中原音韻》「澍」、「樹」不同音。《中州音韻》「樹」作「徜注切」，屬禪母字，濁音清化後，當讀作舌尖面清擦音。「澍」作「張恕切」，屬知母字，當讀作不送氣舌尖面清塞擦音。故《音釋》作「音樹」，與《中原音韻》、《中州音韻》均不相合。

《廣韻》於去聲十遇韻「澍」字下注「又殊遇切」，屬疏母字，至《中原音韻》當讀作舌尖面清擦音。《音釋》所據若非於此，則其釋音恐誤。

（十三）撼

見於《音釋》九次，作「含上聲」二次，作「含去聲」七次。《中原音韻》屬監咸韻去聲；《中州音韻》作「叶含去聲」，監咸韻去聲〔註171〕。

被釋字「撼」在《元曲選》出現的情形如下：

被釋字	釋音	出處		位置	劇文
撼	含上聲	救風塵	第三折	普通賓白	把這婆娘搖撼的實着。
		梧桐葉	第二折	曲・非韻	撼庭竹。
	含去聲	薦福碑	第三折	曲・非韻	他那裏撼嶺巴山。
		黑旋風	第一折	曲・非韻	撼一撼赤力力山嶽崩。
		黃粱夢	楔子	白・非韻	賊寇無端逞兇頑。 殺聲振地撼天關。
		昊天塔	第二折	曲・非韻	我搖一搖撼兩撼廝琅琅震動琉璃瓦。

〔註170〕明・王文璧：《中州音韻》，頁27。

〔註171〕同上註，頁77。

		竹葉舟	第三折	曲・非韻	撼天關。
		灰闌記	第三折	曲・非韻	又加上些膿撼撼的棒瘡發。
		蕭淑蘭	第二折	曲・韻腳	莫怪我等閑特故來搖撼。

《音釋》作「含去聲」者，與《中原音韻》、《中州音韻》相合。

釋爲「含上聲」者，一次屬普通賓白字，見於〈救風塵〉第三折「把這婆娘搖撼的實着」；一次屬唱曲的非韻腳字，見於〈梧桐葉〉第二折「撼庭竹」。位唱曲的非韻腳字者，爲曲牌〔滾繡球〕之第二句，按格律爲「十仄◇」〔註 172〕，「撼」按律爲「平仄皆可」，故與曲牌格律無關。且「撼」《廣韻》「胡感切」，雖屬上聲，然其聲母濁音清化後，則當歸入去聲。《音釋》獨於此二處作上聲音讀，卻非因格律或因聲別義，不知其因爲何，恐誤。

（十四）蘸

見於《音釋》十四次，作「子鑑切」一次，作「知濫切」十一次，作「音站」一次，作「音湛」一次。《中原音韻》屬監咸韻去聲；《中州音韻》作「痴濫切」，監咸韻去聲，與「湛」、「站」同音〔註 173〕。

被釋字「蘸」在《元曲選》出現的情形如下：

被釋字	釋音	出處		位置	劇文
蘸	子鑑切	楚昭公	第四折	普通賓白	將頭血蘸他衣服之上。
	知濫切	玉鏡臺	第四折	曲・非韻	也索蘸筆揮毫。
		謝天香	第四折	曲・非韻	那裏敢深蘸着指頭搽。
		梧桐雨	第四折	曲・非韻	蘸楊柳灑風飄。
		謝金吾	第二折	白・非韻	則我身背火葫蘆。 肩擔蘸金斧。
		倩女離魂	第一折	曲・非韻	蘸中山玉兔毫。
		馬陵道	第四折	曲・非韻	我將這紫兔毫深蘸徹。
		揚州夢	第一折	曲・非韻	蘸金星端硯雲煙透。
		昊天塔	第二折	曲・非韻	憑着我這蘸金巨斧。
		酷寒亭	第二折	白・非韻	有時蘸水在秤頭秤。 定盤星上何曾有。
		柳毅傳書	第四折	曲・非韻	則落的浪蘸蛟綃。
		碧桃花	第三折	曲・非韻	那一個蘸鋼鞭腕上懸。

〔註 172〕鄭騫：《北曲新譜》，頁 24。

〔註 173〕明・王文璧：《中州音韻》，頁 77。

	音站	麗春堂	第二折	曲・非韻	你待濃蘸着霜毫敢抹誰。
	音湛	黑旋風	第一折	白・非韻	刀磨風刃快。斧蘸月痕圓。

《音釋》作「音湛」、「音站」者，與《中原音韻》、《中州音韻》相合。釋爲「知濫切」者，切語上字「知」屬知母字，於《中原音韻》當讀作不送氣舌尖面混合清塞擦音。

「蘸」於《中州音韻》作「痴濫切」，屬徹母字，當讀作送氣舌尖面混合清塞擦音。然其於《廣韻》作「莊陷切」，屬莊母字，於《中原音韻》當讀作不送氣舌尖面混合清塞擦音；同音字「站」於《廣韻》作「陟陷切」，屬知母字，至《中原音韻》與莊母字混同，亦讀作不送氣舌尖面混合清塞擦音。

故《音釋》作「知濫切」者，與《中原音韻》相合，與《中州音韻》不合。

釋爲「子鑑切」者，切語上字「子」屬精母字，與「蘸」聲母不合，且「蘸」於各韻書亦無作精母之音讀與反切，故《音釋》恐誤。

（十五）瓣

見於《音釋》五次，作「音扮」三次，作「旁慢切」一次，作「旁幔切」一次。《中原音韻》屬寒山韻去聲；《中州音韻》作「旁慢切」，寒山韻去聲〔註 174〕。

被釋字「瓣」在《元曲選》出現的情形如下：

被釋字	釋音	出處		位置	劇文
瓣	音扮	燕青博魚	第三折	曲・非韻	掇過這桃花瓣石枕冷。
		梧桐雨	第二折	曲・韻腳	秋蓮脫瓣。
		岳陽樓	第二折	曲・韻腳	我吐與你木瓜裏棗酥僉裏脂杏湯裏瓣。
	旁幔切	誤入桃源	第三折	曲・非韻	趁着這幾瓣桃花半溪水。
	旁慢切	李逵負荊	第一折	普通賓白	將那桃花瓣兒咱阿咱阿。

《音釋》作「音扮」、「旁慢切」者，與《中原音韻》、《中州音韻》相合。釋爲「旁幔切」者，「幔」於《中原音韻》、《中州音韻》均屬桓歡韻，與「瓣」屬寒山韻不合。然「慢」《中州音韻》兩收於寒山韻與桓歡韻，《音釋》將切語下字由「慢」改「幔」，恐誤。

〔註 174〕明・王文璧：《中州音韻》，頁 40。

（十六）譴

見於《音釋》三次，均作「音遣」。《中原音韻》屬先天韻去聲；《中州音韻》作「丘硯切」，先天韻去聲〔註175〕；作「湯璉切」，先天韻上聲，與「遣」同音〔註176〕。

被釋字「譴」在《元曲選》出現的情形如下：

被釋字	釋 音	出 處		位 置	劇 文
譴	音遣	張天師	第四折	白・非韻	據招狀桂花仙本當重譴。 姑念他居月殿從無匹配。
		合同文字	第四折	白・非韻	妻楊氏本當重譴。 姑准贖銅罰千斤。
		鐵拐李	第二折	曲・韻腳	做多少家罪譴。

《中原音韻》「譴」、「遣」聲調不同，故《音釋》作「音遣」者，與《中原音韻》不合，僅與《中州音韻》上聲音相合。此外，《中州音韻》反切「湯璉切」，其上字作透母；各本韻書「譴」均無作透母者，疑其有誤〔註177〕。

十一、開合口問題

（一）阿

見於《音釋》十九次，作「何哥切」十七次，作「烏戈切」一次，作「音窩」一次。《中原音韻》屬歌戈韻陰平聲；《中州音韻》作「何哥切」，歌戈韻平聲〔註178〕。

被釋字「阿」在《元曲選》出現的情形如下：

被釋字	釋 音	出 處		位 置	劇 文
阿	何哥切	殺狗勸夫	第一折	曲・非韻	爹爹妳妳阿。
		來生債	第四折	普通賓白	墮阿鼻老僧罪大。
		鐵拐李	第三折	曲・非韻	只俺個把官猾吏墮阿鼻。
		神奴兒	第一折	曲・非韻	打阿老。

〔註175〕明・王文璧：《中州音韻》，頁46。

〔註176〕同上註，頁45。

〔註177〕張竹梅《中州音韻研究》亦疑其切語上字有誤（張竹梅：《中州音韻研究》，北京：中華書局，2007年，頁79）。

〔註178〕同註175，頁55。

		魯齋郎	第四折	曲・韻腳	常則是日夜宿山阿。
		魚樵記	第二折	普通賓白	天阿。你也有那住的時節也呵。
		舉案齊眉	第一折	曲・非韻	父親阿你壞風俗。
		酷寒亭	第三折	曲・韻腳	且是會打悲阿。
		竹葉舟	第四折	曲・韻腳	俺是個窮貧道。住山阿。
		忍字記	第一折	曲・非韻	誰想你是箇瘦阿難結果收因好。
		冤家債主	楔子	普通賓白	天阿。我幾曾慣做那賊來。
		東坡夢	第一折	白・韻腳	眞箇此寺不同他寺宇， 此山非比別山阿。
		李逵負荊	第四折	普通賓白	可是一口太阿寶劍。
		連環計	第一折	曲・非韻	沒阿只你箇董太師掌大權。
		看錢奴	第一折	曲・非韻	據着那阿鼻地獄天來大。
		柳毅傳書	第一折	無	／
		生金閣	第一折	普通賓白	天阿，也是我一點好心。
	烏戈切	東堂老	第三折	曲・非韻	這業海打一千個家阿撲逃不去。
	音窩	硃砂擔	第四折	曲・非韻	將那廝直押送十八層地獄阿鼻。

《音釋》作「何哥切」，與《中州音韻》相合。作「烏戈切」、「音窩」者，於《中原音韻》、《中州音韻》皆不合。且如「阿鼻」之「阿」，共有四處，三處釋作「何哥切」，僅一處作「音窩」。《音釋》對於「阿」字何時讀作開口，何時讀作合口，恐無一定標準。

（二）撾

見於《音釋》十六次，作「音查」一次，作「莊瓜切」十五次。《中原音韻》屬家麻韻陰平聲；《中州音韻》作「莊瓜切」，家麻韻平聲〔註179〕。

被釋字「撾」在《元曲選》出現的情形如下：

被釋字	釋音	出處		位置	劇文
撾	音查	救孝子	第一折	曲・韻腳	一個學舞劍輪撾。
	莊瓜切	東堂老	第一折	曲・非韻	那一個出得他摑打撾揉。
		牆頭馬上	第三折	曲・非韻	將孩兒指尖兒都撾破也。
		老生兒	楔子	普通賓白	去那火裏撾這文書那。
		鐵拐李	第一折	普通賓白	天地間萬物。都撾的吃了。

〔註179〕明・王文璧：《中州音韻》，頁58。

		小尉遲	第三折	曲・非韻	賣弄會撾鼓奪旗。
		秋胡戲妻	第二折	曲・非韻	向前來我可便撾撓了你這面皮。
		神奴兒	第三折	曲・非韻	若無錢怎撾得你這登聞鼓。
		謝金吾	第一折	曲・非韻	遮莫待撾怨鼓撅皇城。
		昊天塔	第二折	曲・韻腳	面門上手去撾。
		盆兒鬼	第四折	曲・韻腳	俺則見狠公吏把荊杖撾。
		對玉梳	第一折	曲・非韻	撾揉皮肉。
		羅李郎	第三折	曲・非韻	撾怨鼓。
		看錢奴	第一折	曲・韻腳	則他油鍋內見錢也去撾。
		貨郎旦	第三折	曲・非韻	可知道今世裏令史每都撾鈔。
		生金閣	第二折	曲・非韻	水晶般指甲兒撾破面上。

《音釋》作「莊瓜切」者，與《中原音韻》、《中州音韻》相合。

釋爲「音查」者，「查」字《中州音韻》作「鋤加切」，屬開口音；《中原音韻》亦屬開口音。而被釋字「撾」則屬合口音。故《音釋》作「音查」，恐將開口音與合口音相混。

（三）洗

見於《音釋》二次，作「先上聲」一次，作「音選」一次。《中原音韻》屬齊微、先天韻上聲；《中州音韻》作「西剪切」，先天韻上聲〔註180〕。

被釋字「洗」在《元曲選》出現的情形如下：

被釋字	釋音	出處		位置	劇文
洗	先上聲	酷寒亭	第二折	普通賓白	我如今洗剝了。
	音選	瀟湘雨	第二折	普通賓白	洗剝了與我打着者。

無論是「先上聲」、「音選」，在《元曲選》中均作「洗剝」。由《中原音韻》與「洗」同音之「鮮、跣、蘚、獮」等字，以及《中州音韻》反切、與「洗」同音之「跣、蘚、獮」等字，均爲開口細音。《音釋》作「先上聲」屬開口細音，與《中原音韻》、《中州音韻》相合；作「音選」屬合口細音，恐因開口音與合口音相混而誤。

〔註180〕明・王文璧：《中州音韻》，頁45。

十二、原因待考

（一）迤

見於《音釋》十二次，作「音拖」二次，作「音移」十次。《中原音韻》屬齊微韻上聲；《中州音韻》作「困已切」，齊微韻上聲〔註 181〕。

被釋字「迤」在《元曲選》出現的情形如下：

被釋字	釋音	出處		位置	劇文
迤	音拖	竹葉舟	第二折	曲・非韻	你則爲功名兩字相迤逗。
		劉行首	第二折	曲・非韻	我我我迤逗的他心內焦。
	音移	漢宮秋	第二折	曲・非韻	爭忍教第一夜夢迤逗。
		金錢記	第三折	曲・非韻	心緒悠悠。不明白這場迤逗。
		玉鏡臺	第二折	曲・非韻	幾時迤逗的獨強性。
		謝天香	第四折	曲・非韻	莫不是將咱故意相迤逗。
		凍蘇秦	第四折	普通賓白	迤運而來。
		秋胡戲妻	第二折	普通賓白	他道誰迤逗俺渾家來。
		誤入桃源	第三折	曲・韻腳	過了這百千重山路逶迤。
		李逵負荊	第一折	曲・非韻	又被這酒旗兒將我來相迤逗。
		羅李郎	第三折	普通賓白	迤運行來。
		任風子	第三折	曲・非韻	乾迤逗的箇姜女送寒衣。

《音釋》作「音拖」、「音移」者，均屬平聲，不與《中原音韻》、《中州音韻》相合。然「迤」字釋音矛盾之處，在於「迤逗」一詞，既釋「音拖」，又「音移」，卻與因聲別義、格律等原因無關。龍莊偉《元曲選・音釋》探微一文，即舉此矛盾之例，認爲《音釋》並非臧懋循一人所作。

（二）騃

見於《音釋》三次，作「音諧」二次，作「魚開切」一次。《中原音韻》屬皆來韻陽平聲；《中州音韻》作「阿海切」，皆來韻上聲〔註 182〕。

被釋字「騃」在《元曲選》出現的情形如下：

〔註 181〕明・王文璧：《中州音韻》，頁 15。

〔註 182〕同上註，頁 30。

被釋字	釋音	出處		位置	劇文
騃	音諧	黃粱夢	第二折	曲・韻腳	覷孩兒瘦更騃。
		冤家債主	第一折	曲・韻腳	怎生出這癡騃。
	魚開切	陳州糶米	第四折	曲・韻腳	難道你王粉頭直恁騃。

「騃」屬疑母字，《音釋》作「魚開切」者，與《中原音韻》相合。釋為「音諧」者，「諧」屬匣母，與「騃」聲母相異，不知《音釋》所據為何。

（三）眯

見於《音釋》一次，作「米去聲」。《中原音韻》屬齊微韻上聲；《中州音韻》作「忙彼切」，齊微韻上聲〔註 183〕。

被釋字「眯」在《元曲選》中屬普通賓白字，見於〈東堂老〉第三折：「兀的不眯了老夫的眼也」。「眯」字於《中原音韻》、《中州音韻》均屬齊微韻上聲，《廣韻》作「莫禮切」，屬上聲薺韻。《音釋》派入去聲作「米去聲」，不知為何。

（四）矮

見於《音釋》二次，作「哀上聲」一次，作「挨上聲」一次。《中原音韻》屬皆來韻上聲；《中州音韻》作「叶挨上聲」，皆來韻上聲〔註 184〕。

被釋字「矮」在《元曲選》在《元曲選》出現的情形如下：

被釋字	釋音	出處		位置	劇文
矮	哀上聲	兒女團圓	第二折	曲・非韻	則他生的短矮也那蠢坌身材。
	挨上聲	竹塢聽琴	第二折	曲・非韻	淨坐在方牀矮榻。

《中原音韻》、《中州音韻》「哀」、「挨」不同音。就《中原音韻》韻母而言，「哀」為 ai，「挨」、「矮」為 iai，主要差異在介音之有無。故《音釋》作「挨上聲」者，與《中原音韻》、《中州音韻》相合。釋為「哀上聲」者，與《中原音韻》、《中州音韻》不合。其因待考。

（五）餉

見於《音釋》一次，作「賞去聲」。《中原音韻》屬江陽韻上聲；《中州音韻》

〔註 183〕明・王文璧：《中州音韻》，頁 15。

〔註 184〕同上註，頁 30。

作「聲賞切」，江陽韻上聲，與「賞」同音〔註 185〕。

被釋字「醻」在《元曲選》中屬唱曲韻腳字，見於〈還牢末〉第三折：

〔胡十八〕是那個扳我脊梁。是那個摸我胸膛。是那個把頭髮來揪。肐膊來搪。是那個喳喳的高叫在耳邊廂。原來是僧住和賽娘。他救到有半餉。也則爲父子每情切切。因此上兒女每意慌慌。〔註 186〕

「他救到有半餉」按格律爲「仄十」〔註 187〕；除去襯字，此句當作「半餉」。「餉」按律爲「平仄不拘」，《音釋》將之入去聲，作「賞去聲」，不知所據爲何。

（六）嚭

見於《音釋》一次，作「音丕」。《中原音韻》屬齊微韻上聲；《中州音韻》作「滂米切」，齊微韻上聲〔註 188〕。

被釋字「嚭」在《元曲選》中屬普通賓白字，見於〈楚昭公〉第一折：與我喚將伍子胥伯嚭來者」。《中州音韻》「丕」屬齊微韻平聲，與之聲調不同。《中原音韻》「嚭」、「丕」聲調亦不同。《音釋》作「音丕」，不知所據爲何。

（七）靨

見於《音釋》四次，作「於協切」二次，作「音掩」二次。《中原音韻》屬廉纖韻上聲〔註 189〕；《中州音韻》未收。

被釋字「靨」在《元曲選》出現的情形如下：

被釋字	釋音	出處		位置	劇文
靨	於協切	牆頭馬上	第二折	曲·非韻	我推粘翠靨遮宮額。
		黃粱夢	第二折	曲·非韻	笑靨兒攢破旱蓮腮。

〔註 185〕明·王文璧：《中州音韻》，頁 7。

〔註 186〕明·臧懋循：《元曲選》，頁 6737。

〔註 187〕鄭騫：《北曲新譜》，頁 329。

〔註 188〕同註 185，頁 16。

〔註 189〕「靨」字《廣韻》作「於葉切」，於《集韻》收上聲「於琰切」、入聲「益涉切」。本文研究步驟「入聲字統計」首據《中原音韻》收字收音，遇《中原音韻》未收之字，方據《廣韻》所收。今《中原音韻》收「靨」字，僅收上聲音，未收入聲音，「靨」字未列入統計。然由於《音釋》注其入聲讀音，故雖未列入統計，仍於本節作個別問題討論之。

	音掩	魚樵記	第二折	曲・非韻	只為射雉如皋笑靨開。
		蕭淑蘭	第一折	曲・韻腳	不由我肥斗兒上添笑靨。

《中原音韻》「掩」、「靨」同音，故《音釋》作「音掩」，與《中原音韻》相合。釋為「於協切」者，屬入聲音讀，反切見於《玉篇》[註 190]。

〈蕭淑蘭〉第一折屬唱曲韻腳，須入派三聲，故《音釋》釋作上聲音讀。其餘三次均屬唱曲非韻腳字，卻有注為上聲、有注為入聲者，不知《音釋》釋音標準何在。

（八）味

見於《音釋》一次，作「回去聲」。《中原音韻》屬齊微韻去聲；《中州音韻》作「忘閉切」，齊微韻去聲[註 191]。

被釋字「味」見於〈薛仁貴〉第二折，屬韻語賓白的韻腳字：「從小長在莊農內，一生只知村酒味」[註 192]，此處「味」有「滋味」之義。「味」屬微母字，「回」屬匣母。《音釋》釋作「回去聲」，「味」字並無此音，不知所據，其因待考。

十三、含多重原因者

（一）呆

見於《音釋》十次，作「音爺」七次，作「音諧」三次。《中原音韻》屬車遮韻陽平聲；《中州音韻》作「移遮切」，車遮韻平聲，與「爺」同音[註 193]。

被釋字「呆」在《元曲選》出現的情形如下：

被釋字	釋音	出處		位置	劇文
呆	音爺	兒女團圓	第三折	曲・非韻	可便諕的我來心似呆。
		牆頭馬上	第三折	曲・韻腳	心似醉意如呆。
		合同文字	第四折	曲・非韻	好着我半晌似呆癡。
		黑旋風	第三折	普通賓白	權打扮做個莊家呆後生。
		范張雞黍	第二折	曲・韻腳	垂釣的嚴子陵不是呆。

[註 190] 梁・顧野王：《玉篇》（元刊本）（臺北市：新興書局，民 52 年），頁 83。

[註 191] 明・王文璧：《中州音韻》，頁 19。

[註 192] 明・臧懋循：《元曲選》，頁 1660。

[註 193] 同註 191，頁 62。

		劉行首	第三折	曲・韻腳	休笑我妝鈍妝呆。
		百花亭	第一折	曲・韻腳	引的人似癡呆。
	音諧	合汗衫	第三折	曲・韻腳	我好呆。
		救風塵	第四折	白・非韻	呆周舍不安本業。 安秀才夫婦團圓。
		老生兒	第三折	曲・非韻	呆漢回頭望。

被釋字均有「癡、愚、笨、傻」之義。作「音爺」者，雖不合於《中原音韻》，卻與《中州音韻》相合。作「音諧」者屬皆來韻，「呆」並無此音，不知其所出，恐《音釋》之誤。

（二）那

《音釋》二十四次，作「上聲」三次，作「平聲」一次，作「音拿」五次，作「音娜」十四次，作「囊查切」一次。《中原音韻》屬歌戈韻陽平、上、去聲；家麻韻去聲。《中州音韻》作「農多切」，與「挪」同音，歌戈韻平聲〔註194〕；「奴打切」，家麻韻上聲〔註195〕；「奴嫁切」，家麻韻去聲〔註196〕。

被釋字「那」在《元曲選》出現的情形如下：

被釋字	釋音	出處		位置	劇文
那	上聲	桃花女	第一折	曲・非韻	這快樂您那裏有。
		留鞋記	第一折	曲・非韻	那會眞詩就是我傍州例。
		生金閣	第一折	曲・非韻	逐朝常把藥的那來扶。
	平聲	盆兒鬼	第一折	曲・非韻	這的是誰也波那。
	音拿	合汗衫	第二折	曲・韻腳	街坊每救火那。
		救孝子	第一折	曲・韻腳	你個兒也波那。
		後庭花	第三折	曲・非韻	那恰便似一部鳴蛙。
		趙禮讓肥	第一折	曲・非韻	那裏有調和的五味全。
		忍字記	第一折	普通賓白	這般胖那。
	音挪	爭報恩	第一折	曲・非韻	款那步輕擡腳。
		燕青博魚	第一折	曲・非韻	須認的俺狠那吒。
		來生債	第三折	白・非韻	世人重金寶。我愛刹那靜。

〔註194〕明・王文璧：《中州音韻》，頁54。

〔註195〕同上註，頁59。

〔註196〕同上註，頁61。

		梧桐雨	第四折	曲・非韻	那身離殿宇。
		馬陵道	第一折	普通賓白	八卦上八個那吒。
		麗春堂	第二折	曲・非韻	能那能遞。
		酷寒亭	第一折	曲・非韻	則你這無端弟子恰便似惡那吒。
		忍字記	第一折	曲・非韻	又不曾那動腳。
		單鞭奪槊	第三折	曲・非韻	則要得四蹄那動。
		誶范叔	第一折	曲・非韻	一箇箇納胯那腰。
		柳毅傳書	楔　子	曲・非韻	更那堪不可公婆意。
		貨郎旦	第一折	曲・韻腳	四肢沈寸步難那。
		張生煮海	第一折	曲・非韻	把淩波步輕那動。
		生金閣	第一折	曲・非韻	可着我半路裏學那步。
	囊查切	鴛鴦被	第二折	曲・韻腳	兀的不羞殺人那。

《音釋》作「上聲」者，均有「何」之義，與《中原音韻》歌戈韻、《中州音韻》家麻韻皆可合。

作「音挪」者，見於「那吒」、「剎那」；而見於「那步」、「那動」等，均有「挪移」之義，均讀「音挪」無誤。

作「平聲」、「音拿」、「囊查切」者，《中州音韻》，「拿」字作「囊查切」，故「音拿」、「囊查切」〔註197〕可視爲同音。就被釋字出現位置而言，多作句末語助詞之用，將之釋爲平聲音讀。

（三）從

見於《音釋》二十二次，作「去聲」十六次，作「音匆」六次。《中原音韻》屬東鍾韻陽平、去聲；《中州音韻》作「粗從切」、「慈鬆切」，東鍾韻平聲〔註198〕；「賣送切」，東鍾韻去聲〔註199〕。

被釋字「從」在《元曲選》出現的情形如下：

被釋字	釋音	出處		位置	劇文
從	去聲	殺狗勸夫	第四折	普通賓白	人命關天。分甚麼首從。
		麗春堂	第一折	曲・韻腳	休落後了一行步從。
		舉案齊眉	第四折	普通賓白	老夫孟從叔是也。

〔註197〕明・王文璧：《中州音韻》，頁58。

〔註198〕同上註，頁2。

〔註199〕同上註，頁4。

		范張雞黍	第二折	普通賓白	就將小官的從馬。
		金安壽	第一折	曲‧韻腳	相隨相從。
		灰闌記	第二折	曲‧韻腳	狼虎般排着祗從。
		誶范叔	楔子	普通賓白	從者六七人。
		梧桐葉	第三折	曲‧非韻	光綽綽從人爭導。
		隔江鬬智	楔子	普通賓白	玄德公着從者行動些。
		誤入桃源	楔子	普通賓白	小妾是桃源洞仙子侍從的。
		抱粧盒	楔子	普通賓白	雖不曾陪從他鵷班豹尾。
		趙氏孤兒	第二折	曲‧韻腳	再休想鵷班豹尾相隨從。
		連環計	第二折	普通賓白	一行步從擺着頭踏過來。
		柳毅傳書	第二折	曲‧韻腳	無非是魚鱉黿鼉共隨從。
		張生煮海	第一折	曲‧韻腳	有披鱗帶角相隨從。
		生金閣	第一折	普通賓白	多鞁幾匹從馬。
	音匆	虎頭牌	第三折	白‧非韻	小官每豈敢自專。 望從容尊鑑不錯。
		桃花女	第四折	曲‧韻腳	那裏便埋沒我四德三從。
		單鞭奪槊	第三折	曲‧非韻	他道我已得命好從容。
		東坡夢	第三折	曲‧非韻	怎還許花間四友得從容。
		趙氏孤兒	第二折	曲‧非韻	倒大來從容。
		張生煮海	第一折	曲‧韻腳	我與你笑相從。

《音釋》作「去聲」者，用於「相從」、「行從」、「從者」等；作「音匆」者，除〈桃花女〉第四折、〈張生煮海〉第一折外，均用於「從容」一詞。大致上來說，可謂因聲別義。位〈桃花女〉第四折者，屬唱曲韻腳字：

〔沈醉東風〕我只道受了些千驚萬恐。那裏便埋沒我四德三從。怎知你會把持。能搬弄。不則這日惡時凶。逼的我難躲難逃一命終。做一個虛名兒婦塚。〔註200〕

「那裏便埋沒我四德三從」按格律為「十十平，十仄平平」〔註201〕；除去襯字，此句當作「便埋沒四德三從」。「從」按律為「平聲」，故《音釋》將之入平聲，作「音匆」。〈張生煮海〉第一折者，屬唱曲韻腳字：

〔青歌兒〕甜話兒將人將人摩弄。笑臉兒把咱把咱陪奉。你則看八

〔註200〕明‧臧懋循：《元曲選》，頁4513。

〔註201〕鄭騫：《北曲新譜》，頁284。

月冰輪出海東。那其間霧斂晴空。風透簾櫳。雲雨和同。那其間錦陣花叢。玉斝金鍾。對對雙雙。喜喜歡歡我與你笑相從。再休提誤入桃源洞。〔註202〕

「喜喜歡歡我與你笑相從」按格律爲「十十十十ム平平」〔註203〕；除去襯字，此句當作「喜喜歡歡笑相從」。「從」按律爲「平聲」，故《音釋》將之入平聲，作「音匆」。

（四）喑

見於《音釋》九次，作「音音」三次，作「音陰」一次，作「音蔭」五次。《中原音韻》屬侵尋韻陰平聲；《中州音韻》作「叶蔭」，侵尋韻去聲〔註204〕。

被釋字「喑」在《元曲選》出現的情形如下：

被釋字	釋音	出處		位置	劇文
喑	音音	殺狗勸夫	第一折	曲・非韻	我這裏嘴盧都喑喑的納悶。
		兩世姻緣	第三折	曲・非韻	那裏有娶媳婦當筵廝喑啞。
		英氣布	第一折	普通賓白	喒想項王喑啞叱咤。
	音陰	岳陽樓	第二折	普通賓白	有喑啞叱咤之勇。 舉鼎拔山之力。
	音蔭	神奴兒	第二折	曲・非韻	他那裏喑氣吞聲。
		㑳梅香	第一折	曲・非韻	喑的吞聲。
		誤入桃源	第四折	曲・非韻	這時節武陵溪怎喑約。
		蕭淑蘭	第三折	曲・韻腳	則索咬定牙兒喑。
		張生煮海	第四折	曲・非韻	你自喑付。

《中原音韻》「喑」、「音」、「陰」三字同音，故作「音音」、「音陰」者，與《中原音韻》相合。作「音蔭」者，與《中州音韻》相合。大抵而言，除〈殺狗勸夫〉第一折外，《元曲選》作「喑啞」者，《音釋》皆釋平聲；其餘皆作去聲，亦可歸於因聲別義。而〈殺狗勸夫〉第一折「我這裏嘴盧都喑喑的納悶」之「喑喑」爲襯字，與唱曲格律無關。

〔註202〕明・臧懋循：《元曲選》，頁6995。

〔註203〕鄭騫：《北曲新譜》，頁94。

〔註204〕明・王文璧：《中州音韻》，頁2。

（五）颺

見於《音釋》八次，作「音羊」一次，作「音陽」一次，作「音樣」四次，作「羊去聲」一次，作「揚去聲」一次。《中原音韻》屬江陽韻陽平聲；《中州音韻》作「移江切」，江陽韻平聲，與「羊」、「陽」同音〔註205〕；「衣降切」，江陽韻去聲，與「樣」同音〔註206〕。

被釋字「颺」在《元曲選》出現的情形如下：

被釋字	釋音	出處		位置	劇文
颺	音羊	英氣布	第三折	普通賓白	饑則附人。飽則颺去。
	音陽	謝天香	第一折	曲・非韻	風裏颺絲。
	音樣	金錢記	第一折	曲・非韻	虛飄飄青旗颺落花。
		曲江池	第一折	曲・非韻	他見兔兒颺鷹鸇。
		秋胡戲妻	第一折	曲・非韻	須知道離亂之時武勝文。
		城南柳	第四折	曲・韻腳	萬縷青絲颺。
	羊去聲	東坡夢	第三折	曲・非韻	映垂楊絲颺豐茸。
	揚去聲	抱粧盒	第二折	曲・非韻	颺天外。

「颺」《中原音韻》僅作平聲，《中州音韻》則平、去兩收。《音釋》作平聲者，釋爲「音羊」、「音陽」。作「音羊」者，屬普通賓白字，見於〈英氣布〉第三折：「饑則附人，飽則颺去」。作「音陽」者，屬唱曲的非韻腳字，見於〈謝天香〉第一折：

> 〔仙呂點絳唇〕講論詩詞。笑談街市。學難似。風裏颺絲。一世常如此。〔註207〕

「風裏颺絲」按格律爲「十仄平平」〔註208〕。「颺」按律爲平聲，故《音釋》將之作平聲，釋爲「音陽」。

《音釋》作去聲者，釋爲「音樣」、「羊去聲」、「揚去聲」。作「音樣」者，三次屬唱曲的非韻腳字，見於〈金錢記〉第一折：

> 〔那吒令〕俺則見香車載楚娃。各刺刺雕輪碾落花。王孫乘駿馬。

〔註205〕明・王文璧：《中州音韻》，頁5。

〔註206〕同上註，頁8。

〔註207〕明・臧懋循：《元曲選》，頁930。

〔註208〕鄭騫：《北曲新譜》，頁77。

撲騰騰金鞭裊落花。遊人指酒家。虛飄飄青旗颭落花。寬綽綽翠亭邊蹴踘場。笑呷呷粉牆外鞦韆架。香馥馥麝蘭薰羅綺交加。〔註209〕

「虛飄飄青旗颭落花」按格律為「十平仄十」〔註210〕；除去襯字，此句當作「旗颭落花」。「颭」按律為平聲，故《音釋》將之作去聲，恐誤。

〈曲江池〉第一折：

〔金盞兒〕他見兔兒颭鷹鸇。啯羊骨不嫌羶。常則是肉弔窗放下遮他面。動不動便抓錢。只怕你腦門邊着痛箭。肐膊上惹空拳。那其間羞歸明月渡。懶上載花船。〔註211〕

「他見兔兒颭鷹鸇」按格律為「仄平平」〔註212〕；除去襯字，此句當作「颭鷹鸇」。「颭」按律為仄聲，故《音釋》將之作去聲。

〈秋胡戲妻〉第一折：

〔勝葫蘆〕還說甚玉臂相交印粉痕。你可便臥甲地生鱗。須知道離亂之時武勝文。颭人頭似滾。噙熱血相噴。這就是你能報國會邀勳。〔註213〕

「颭人頭似滾」按格律為「十平十仄」〔註214〕；除去襯字，此句當作「人頭似滾」。「颭」為襯字。

一次屬唱曲的韻腳字，見於〈城南柳〉第四折：

〔雁兒落〕枉了你千條翠帶長。萬縷青絲颭。不將意馬拴。卻把心猿放。〔註215〕

「萬縷青絲颭」按格律為「十仄平平去」〔註216〕；「颭」按律為「去聲」，故《音釋》將之作去聲。

〔註209〕明・臧懋循：《元曲選》，頁431。

〔註210〕鄭騫：《北曲新譜》，頁83。

〔註211〕同註209，頁1425。

〔註212〕同註210，頁100。

〔註213〕同註209，頁2514。

〔註214〕同註210，頁90。

〔註215〕同註209，頁5079。

〔註216〕同註210，頁285。

作「羊去聲」者，屬唱曲的非韻腳字，見於〈東坡夢〉第三折：

〔滿庭芳〕我看你箇東坡受用。是處裏嬌歌妙舞。酒釃花醲。見疎梅一點芳心動。蚤則怕漏泄了天工。傍脩竹珮響玎玲。映垂楊絲颺豐茸。說甚麼桃源洞。只落的胭脂淚湧。再不能勾依舊笑春風。〔註217〕

「映垂楊絲颺豐茸」按格律爲「仄平十仄平平」〔註218〕；除去襯字，此句當作「垂楊絲颺豐茸」。「颺」按律爲仄聲，故《音釋》將之作去聲。

作「揚去聲」者，屬唱曲的非韻腳字，見於〈抱粧盒〉第二折：

〔黃鍾尾〕從今後跳出了九重圍子連環寨。脫離了十面埋伏大會垓。走蛟龍。投大海。縱彩鳳。颺天外。小儲君。好驚駭。……娘娘也你拾的箇孩兒敢可也落的價揣。〔註219〕

「颺天外」按格律爲「十ㄙ◇」〔註220〕。「颺」按律爲平仄不拘。

「颺」字《音釋》於當作平聲處，一釋平聲，一釋去聲；其作去聲者，恐誤。於普通賓白處之「饑則附人，飽則颺去」，雖非詩詞，然似有平仄對照之現象：「—則｜—，｜則—｜」；故其釋作平聲，可能與之有關。其餘則格律可作仄聲者、平仄不拘者、作襯字者，均作去聲處理。

（六）鍪

見於《音釋》二次，作「音謀」一次，作「音謨」一次。《中原音韻》屬尤侯韻陽平聲；《中州音韻》作「麻彪切」，尤侯韻平聲〔註221〕。

被釋字「鍪」在《元曲選》出現的情形如下：

被釋字	釋音	出處		位置	劇文
鍪	音謀	英氣布	第三折	普通賓白	我老樊只除下兜鍪。
	音謨	英氣布	第四折	曲・韻腳	厮琅琅斷鎧甲落兜鍪。

「鍪」《中原音韻》、《中州音韻》均屬尤侯韻。「謀」、「謨」《中原音韻》、《中州

〔註217〕明・臧懋循：《元曲選》，頁5262。

〔註218〕鄭騫：《北曲新譜》，頁151。

〔註219〕同註217，頁6112。

〔註220〕同註218，頁138。

〔註221〕明・王文璧：《中州音韻》，頁70。

音韻》均屬魚模韻。《音釋》作「音謨」，屬唱曲的韻腳字，見於〈英氣布〉第四折：

〔古水仙子〕紛紛紛濺土雨。靄靄靄黑氣黃雲遮了太虛。刷刷刷馬蕩動征塵。隱隱隱人蟠在殺霧。吁吁吁馬和人都氣促。吉當當鎗和斧籠罩着身軀。扢掙掙斧迎鎗幾番煙焰舉。可擦擦鎗迎斧萬道霞光出。廝琅琅斷鎧甲落兜鍪。〔註222〕

韻腳字「雨」、「虛」、「霧」、「促」、「軀」、「舉」、「出」均屬魚模韻。「鍪」亦為韻腳字，故《音釋》於此將之歸入魚模韻，有理可循。

然而作「音謀」，屬普通賓白字，見於〈英氣布〉第三折：「我老樊只除下兜鍪」，並未受押韻影響。《音釋》將之歸入魚模韻，不知是否因同劇第四折作「音謨」之故。

（七）傷

見於《音釋》五次，作「音炒」一次，作「音鄒」二次，作「粗叟切」二次。《中原音韻》屬尤侯韻上聲；《中州音韻》作「床瘦切」，尤侯韻去聲〔註223〕。

被釋字「傷」在《元曲選》出現的情形如下：

被釋字	釋音	出處		位置	劇文
傷	音炒	傷梅香	楔子	普通賓白	因此上都喚他做傷梅香。
	音鄒	瀟湘雨	第一折	曲·韻腳	打扮的體態又傷。
		揚州夢	第一折	曲·韻腳	拽扎起太學內體樣兒傷。
	粗叟切	謝天香	第三折	曲·非韻	則今番文傷傷的施才藝。
		勘頭巾	第二折	曲·非韻	正廳上坐着個傷㑳□問事官人。

《音釋》作「粗叟切」者，與《中原音韻》相合。釋為「音鄒」者，均屬唱曲的韻腳字，一見於〈瀟湘雨〉第一折：

〔天下樂〕則願的早奪詞場第一籌。文優福亦優。宴瓊林是你男兒得志秋。標題的名姓又香。打扮的體態又傷。准備着插宮花飲御酒。〔註224〕

〔註222〕明·臧懋循：《元曲選》，頁5551。

〔註223〕明·王文璧：《中州音韻》，頁73。

〔註224〕同註222，頁1358。

「打扮的體態又㑳」按格律爲「十仄◇」〔註225〕；除去襯字，此句當作「體態㑳」。「㑳」按律爲「平上不拘」。又《北曲新譜・天下樂》云：「凡平上通用之字，仍以用平爲宜。」〔註226〕故《音釋》將之派入平聲爲是。

另一條見於〈揚州夢〉第一折：

〔油葫蘆〕月底籠燈花下遊。閒將佳興酬。綺羅叢封我做醉鄉侯。酌幾杯錦橙漿洗淨談天口。折一枝碧桃春占定拿雲手。打迭起翰林中猛性子挺。拽扎起太學內體樣兒㑳。趁着這錦封未剖香先透。渴時節吸盡洞庭秋。〔註227〕

「拽扎起太學內體樣兒㑳」按格律爲「十仄平」〔註228〕；除去襯字，此句當作「體樣㑳」。「㑳」按律爲「平聲」。故《音釋》將之派入平聲。

釋爲「音炒」者，均屬普通賓白，見於〈㑳梅香〉楔子：「因此上都喚他做㑳梅香」。「炒」爲蕭豪韻，「㑳」無此音，不知《音釋》所據爲何。

（八）㧣

見於《音釋》五次，作「音炒」一次，作「音鄒」三次。《中原音韻》屬尤侯韻上聲；《中州音韻》作「之搜切」，尤侯韻平聲，與「鄒」同音〔註229〕。

被釋字「㧣」在《元曲選》出現的情形如下：

被釋字	釋音	出處		位置	劇文
㧣	音炒	黑旋風	第一折	曲・非韻	忒㧣殺。
	音鄒	揚州夢	第一折	曲・韻腳	銀甲輕㧣。
		兩世姻緣	第三折	曲・非韻	你賣弄你那㧣扎。
		單鞭奪槊	第二折	曲・韻腳	憑着他相貌㧣。

釋爲「音鄒」者，聲調與《中原音韻》不合，而合於《中州音韻》。釋爲「音炒」者，均屬唱曲非韻腳字，見於〈黑旋風〉第一折：「忒㧣殺」。「炒」爲蕭豪韻，「㧣」無此音，不知《音釋》所據爲何。

〔註225〕鄭騫：《北曲新譜》，頁82。

〔註226〕明・王文璧：《中州音韻》，頁82。

〔註227〕明・臧懋循：《元曲選》，頁3501。

〔註228〕同註225，頁81。

〔註229〕同註226，頁70。

十四、其　他

（一）趄

「趔趄」爲連綿詞，《音釋》二字同時注釋。本文將於第四章第二節，與「趔」字作詳細討論。

（二）疃

見於《音釋》四次，作「土緩切」二次，作「湯卯切」一次；「湯卵切」一次。《中原音韻》屬桓歡韻上聲；《中州音韻》作「湯卵切」，桓歡韻上聲〔註230〕。

被釋字「疃」在《元曲選》出現的情形如下：

被釋字	釋 音	出	處	位 置	劇　文
疃	土緩切	楚昭公	第三折	曲·非韻	我與你也是近疃鄰莊共鄉閭。
		伍員吹簫	第三折	普通賓白	這一村疃人家輪流着祭賽這牛王社。
	湯卯切	誤入桃源	第三折	曲·非韻	早來到三家疃上熟遊地。
	湯卵切	魔合羅	第四折	白·非韻	怎把走村串疃貨郎兒。 屈勘做了圖財致命殺人賊。

《音釋》作「湯卵切」者，與《中原音韻》、《中州音韻》相合。作「湯卯切」者，「卯」字爲蕭豪韻上聲，「疃」並無此音，恐刻本因形近而訛，爲「湯卵切」之誤。作「土緩切」者，「緩」字《中原音韻》、《中州音韻》均屬桓歡韻去聲，《廣韻》、《洪武正韻》作「胡管切」，屬全濁上聲字。《音釋》此處以「緩」作反切下字，易使人因濁音清化，誤爲去聲，恐有不妥。

（三）稔

見於《音釋》二次，作「壬上聲」一次，作「音甚」一次。《中原音韻》屬侵尋韻上聲；《中州音韻》作「仁枕切」，侵尋韻上聲〔註231〕。

被釋字「稔」在《元曲選》出現的情形如下：

被釋字	釋 音	出	處	位 置	劇　文
稔	壬上聲	麗春堂	第一折	曲·非韻	盛世黎民歌歲稔。
	音甚	貨郎旦	第四折	曲·非韻	更兼着沒煩惱豐稔的年時。

〔註230〕明·王文璧：《中州音韻》，頁41。

〔註231〕同上註，頁75。

《音釋》作「壬上聲」者，與《中原音韻》、《中州音韻》相合。釋爲「音甚」者，屬唱曲的非韻腳字，見於〈貨郎旦〉第四折：

〔梁州第七〕正遇着美遨遊融和的天氣。更兼着沒煩惱豐稔的年時。有誰人不想快平生志。……都是些人間新近希奇事。扭捏來無詮次。倒也會動的人心諧的耳。都一般喜笑孜孜。〔註232〕

「更兼着沒煩惱豐稔的年時」按格律爲「仄十平，十仄平平」〔註233〕；除去襯字，此句當作「沒煩惱豐稔年時」。「稔」按律爲仄聲，故《音釋》將之入去聲，作「音甚」，雖合其格律，然亦以讀其上聲本調爲佳。

（四）釧

見於《音釋》五次，作「川上聲」一次，作「川去聲」四次。《中原音韻》屬先天韻去聲；《中州音韻》作「叶川去聲」，先天韻去聲〔註234〕。

被釋字「釧」在《元曲選》出現的情形如下：

被釋字	釋音	出處		位置	劇文
釧	川上聲	鐵拐李	第二折	曲・韻腳	早聘下金釵釧。
	川去聲	玉鏡臺	第二折	曲・非韻	我又早先聽的玉釧鳴。
		後庭花	第一折	曲・非韻	這釵釧委的是金子委的是銀。
		留鞋記	第一折	曲・非韻	到如今釧鬆了玉腕。
		對玉梳	楔子	普通賓白	全副頭面釧鐲。

《音釋》作「川去聲」者，與《中原音韻》、《中州音韻》相合。釋爲「川上聲」者，屬唱曲的韻腳字，見於〈鐵拐李〉第二折：

〔小梁州〕怕不的痛哭靈堂守志堅。雨淚漣漣。有那等贏姦賣俏俊官員。早聘下金釵釧。還守的幾多年。〔註235〕

「早聘下金釵釧」按格律爲「平平ム」〔註236〕；除去襯字，此句當作「金釵釧」。「釧」按律爲「宜去可上」，故《音釋》將之作「川上聲」雖無不可，但仍以去聲爲佳。

〔註232〕明・臧懋循：《元曲選》，頁6855。

〔註233〕鄭騫：《北曲新譜》，頁120。

〔註234〕明・王文璧：《中州音韻》，頁46。

〔註235〕同註232，頁2345。

〔註236〕同註233，，頁28。

第四章　《元曲選・音釋》入聲字問題研究

《元曲選・音釋》中的入聲被釋字，可依其在雜劇內文之位置，分爲「唱曲韻腳處」、「唱曲非韻腳處」、「普通賓白」、「韻語賓白韻腳處」、「韻語賓白非韻腳處」五類。依其讀法又可分爲「入派三聲」與「入讀原調」兩類。本章先就入聲被釋字在雜劇中的位置分節，再依其讀法分別討論。

第一節　唱曲韻腳處的入聲字

唱曲韻腳處之入聲被釋字，共 2423 條。入派三聲者 2421 條，入讀原調者 2 條。以下分別就其「入派三聲」與「入讀原調」之情況進行探討。

唱曲韻腳處入派三聲者，受曲牌格律與押韻影響。如「作」字，若雜劇當折押蕭豪韻，則作「音早」入蕭豪韻；若當折押歌戈韻，則作「音左」入歌戈韻。又如「屬」字，本入《中原音韻》魚模韻入作平聲，〈生金閣〉第一折依〔後庭花〕格律「屬」當「宜去可上」，故作「如上聲」派入上聲。

入讀原調者僅 2 條，見〈王粲登樓〉第三折與〈青衫泪〉第三折。據本文所考，前者爲擬聲詞之故，後者恐《音釋》之誤。可見唱曲韻腳處之入聲字，以入派三聲爲主，入讀原調當屬例外。

一、唱曲韻腳的入派三聲字

入派三聲字位於唱曲韻腳處的，共 2421 條。北曲押韻無入聲，故唱曲韻腳處的入聲字，則當派入平、上、去三聲。如〈謝金吾〉第三折：

〔雪裏梅〕剜眼睛便挑剔。剁手足自收拾。你與我扭開了長枷。將六郎扶起。喚左右快疾。〔註 1〕

四個韻腳字除「起」之外，「剔」、「拾」、「疾」皆爲入聲字，《音釋》作「剔、音體」、「拾、繩知切」、「疾、精妻切」，分別派入上聲與平聲。而《音釋》所注之入派三聲字，將近三千條，絕大部分都位於唱曲韻腳處。舉〈岳陽樓〉第四折爲例，被釋字共十二個，有十個是入聲字：

捽、音租。　簏、音路。　負、音赴。　術、繩朱切。

捩、音裂。　木、音暮。　服、房夫切。　錄、音慮。

籙、音慮。　屬、繩朱切。

這十個入聲字，分別位於以下各曲：

〔駐馬聽〕你將我袍袖揪捽。誤了你龍麝香茶和露煮。將我環絛扯住。怎教鳳城春色典琴沽。建溪別館覓錢簏。蓬萊仙島休家去。我若是欠人債負。俺那裏白雲滿地無尋處。

〔梅花酒〕想您箇匹夫。不識賢愚。蠢蠢之物。落落之徒。休猜俺做左道術。俺自拿着捩鼻木。您拽着我布道服。俺急切裏要回去。您當街裏纏師父。俺爲甚的不言語。悠心兒下自躊躇。

〔收江南〕俺則待朗吟飛過洞庭湖。您在茶坊中說甚蜜和酥。扇圈般一部落腮鬍。更狠似道錄。馬頭前不慌殺了賀仙姑。

〔水仙子〕這一個是漢鍾離現掌着群仙籙。這一個是鐵拐李髮亂梳。這一個是藍采和板撒雲陽木。這一個是張果老趙州橋騎倒驢。這一個是徐神翁身背着葫蘆。這一個是韓湘子韓愈的親姪。這一個是曹國舅宋朝的眷屬。則我是呂純陽愛打的簡子愚鼓。〔註 2〕

〔註 1〕 明・臧懋循：《元曲選》，頁 2771。

〔註 2〕 同上註，頁 2846～2852。

本折押的是魚模韻。從上述引文可見，這十個入聲字，除「捩」字外，其餘九字，均處韻腳地位。今將《音釋》中處韻腳地位之被釋字、釋音、出現次數與出處，列表於下：

序號	被釋字	釋音	次數	出處舉例
1	一	音以	3	無非是積善脩心爲第一。
		銀計切	1	我二則二一則一。
2	七	倉洗切	5	我也則是嫂嫂行閒聒七。
3	入	如去聲	1	休從他傳花信桃李園中入。
4	八	巴上聲	5	假若更添箇么花十八。
5	力	郎帝切	1	乾這般盡忠竭力。
		音利	23	從來個撲簌簌沒氣力。
6	十	繩知切	10	他恰纔便六十。
7	吖	音鴉	1	則聽得巡院家高聲的叫吖吖。
8	夕	星西切	7	誰着你旦暮朝夕。
9	不	甫鳩切	1	一靈兒可也知不。
10	六	音溜	1	村棒棒呼么喝六。
11	切	音且	6	他毒腸狠切。
12	匹	鋪米切	2	又無羊酒段匹。
13	及	更移切	10	兒女又央及。
14	尺	音恥	5	好做鋪尺。
15	懺	邦也切	3	是那些劣懺。
16	扎	莊賈切	1	我正歡娛忘了把門扎。
		莊洒切	4	臂上刀扎。
		莊灑切	1	凍欽欽的難立扎。
17	日	人智切	32	要博個開顏日。
		繩知切	2	到今朝這日。
18	月	魚夜切	8	只他那冷清清楊柳岸伴殘月。
19	木	音暮	6	早着我渾身麻木。
20	槅	皆上聲	1	蚪鏤亮槅。
21	乏	扶加切	10	這等人輕視貧乏。
22	冊	釵去聲	1	端詳這文冊。
23	凸	當加切	1	多管是少人行山路凹凸。
24	出	音杵	11	那窮坑你便旋十萬個翻身急切裏也跳不出。
25	北	邦每切	4	知他在江南也塞北。
		邦美切	1	行過這泛泛危橋轉北。

<table>
<tr><td>26</td><td>匝</td><td>咱上聲</td><td>2</td><td>數層鎗密匝匝。</td></tr>
<tr><td>27</td><td>只</td><td>張恥切</td><td>3</td><td>大古裏是箱兒裏盛只。</td></tr>
<tr><td>28</td><td>失</td><td>傷以切</td><td>1</td><td>你道是無過失。</td></tr>
<tr><td rowspan="4">29</td><td rowspan="3">末</td><td>魔去聲</td><td>2</td><td>去時節大齋時急回來可蚤日頭兒末。</td></tr>
<tr><td>音磨</td><td>3</td><td>做的來實難結末。</td></tr>
<tr><td>磨上聲</td><td>1</td><td>那一番怎結末。</td></tr>
<tr><td rowspan="2">札</td><td>莊賈切</td><td>2</td><td>除授爲官賜敕札。</td></tr>
<tr><td>30</td><td>莊洒切</td><td>2</td><td>這漢就裏決謅札。</td></tr>
<tr><td>31</td><td>汁</td><td>張恥切</td><td>1</td><td>大鍋裏熬做汁。</td></tr>
<tr><td>32</td><td>玉</td><td>于句切</td><td>9</td><td>井墜着朱砂玉。</td></tr>
<tr><td rowspan="3">33</td><td rowspan="2">甲</td><td>江雅切</td><td>11</td><td>那其間占鼇頭占鼇頭登上甲。</td></tr>
<tr><td>家上聲</td><td>1</td><td>那一個輔成湯放太甲。</td></tr>
<tr><td rowspan="2">白</td><td>巴埋切</td><td>18</td><td>小字兒喚的明白。</td></tr>
<tr><td>34</td><td>排上聲</td><td>1</td><td>怎麼的不分個皂白。</td></tr>
<tr><td>35</td><td>目</td><td>音暮</td><td>11</td><td>猛見了他面目。</td></tr>
<tr><td>36</td><td>石</td><td>繩知切</td><td>10</td><td>半空裏下砲石。</td></tr>
<tr><td rowspan="2">37</td><td rowspan="2">穴</td><td>希耶切</td><td>2</td><td>恨不得打塌這廝太陽穴。</td></tr>
<tr><td>胡靴切</td><td>1</td><td>死同穴。</td></tr>
<tr><td>38</td><td>立</td><td>音利</td><td>10</td><td>我則是靠着箇栲栳圈站立。</td></tr>
<tr><td rowspan="2">39</td><td rowspan="2">伏</td><td>房夫切</td><td>18</td><td>莫不是馬丹陽先有埋伏。</td></tr>
<tr><td>音扶</td><td>1</td><td>盡都是那綳扒弔拷的招伏。</td></tr>
<tr><td>40</td><td>伐</td><td>扶加切</td><td>6</td><td>五穀豐登沒戰伐。</td></tr>
<tr><td>41</td><td>決</td><td>居也切</td><td>1</td><td>送到官司遭痛決。</td></tr>
<tr><td>42</td><td>列</td><td>郎夜切</td><td>2</td><td>翠紅羅列。</td></tr>
<tr><td>43</td><td>劣</td><td>閭夜切</td><td>5</td><td>施乖劣。</td></tr>
<tr><td>44</td><td>吃</td><td>音耻</td><td>9</td><td>則他這酸黃齏怎的吃。</td></tr>
<tr><td rowspan="3">45</td><td rowspan="3">合</td><td>音何</td><td>11</td><td>你休只管信口開合。</td></tr>
<tr><td>奚佳切</td><td>1</td><td>我口不覺開合。</td></tr>
<tr><td>哥上聲</td><td>1</td><td>佯問候熱剌剌念合。</td></tr>
<tr><td>46</td><td>吉</td><td>巾以切</td><td>2</td><td>你去後多凶少吉。</td></tr>
<tr><td rowspan="3">47</td><td rowspan="3">宅</td><td>池齋切</td><td>15</td><td>那裏是揚州車馬五侯宅。</td></tr>
<tr><td>池宰切</td><td>1</td><td>那廝拆壞了咱家咱家第宅。</td></tr>
<tr><td>音柴</td><td>1</td><td>直送到莊宅。</td></tr>
<tr><td>48</td><td>式</td><td>傷以切</td><td>1</td><td>妝這般喬樣式。</td></tr>
<tr><td rowspan="2">49</td><td rowspan="2">托</td><td>音討</td><td>1</td><td>比及到那時節有一個秀才來投託。</td></tr>
<tr><td>音拖</td><td>1</td><td>趁浪逐波落落托托。</td></tr>
</table>

50	曲	丘雨切	4	你可甚平生正直無私曲。
51	百	音擺	2	多呵賓發銀一兩錢二百。
52	竹	音主	3	空教我淚灑徧湘江竹。
		音肘	2	一句句言如劈竹。
	肉	柔去聲	11	把尖刀細剮他渾身肉。
53		如去聲	1	你與我花羔般煮下肥羊肉。
54	肋	雷去聲	1	我攢搠丟打不曾離不曾離前心兩肋。
		梨妹切	1	挺着腰肋。
55	舌	繩遮切	7	都不似季布喉舌。
56	色	篩上聲	23	又不會巧言令色。
		音篩	1	更打着個郡馬的名色。
57	蕚	音傲	1	芙容拆胭脂蕚。
58	血	希也切	5	則俺這壯士怒目前見血。
59	伯	音擺	3	也不唱梁山伯。
60	佛	浮戈切	1	更和那熾盛光佛。
		浮波切	2	那裏也脫空神語浪舌佛。
61	作	音左	3	緊忙裏做作。
		音早	5	你是個女孩兒家端的可是甚爲作。
62	克	康美切	1	忒軟善忒溫克。
63	別	皮耶切	3	權且離別。
		邦耶切	4	今日箇改換別。
		邦也切	4	是和非須辯別。
		邦爺切	2	待改家門氣象兒全別。
		皮也切	1	則他這小孩兒家發話別。
64	劫	饑也切	1	仗劍提刀將財物劫。
65	匣	奚佳切	5	明颩颩掣劍離匣。
		奚加切	1	你守着這書冊琴囊硯匣。
66	却	音巧	3	等的宅院裏沈沈都睡却。
67	局	音矩	1	對門兒是個生藥局。
68	役	銀計切	6	孩兒每在龍門鎮民戶當夫役。
69	折	音者	3	則見他寄幽情故將蘭蕊兒折。
		繩遮切	3	缾墜簪折。
70	杓	繩昭切	1	就裏帶着一杓。
71	束	音暑	2	惡狠狠公隸監束。
72	沒	音暮	3	半生埋沒。

73	角	音皎	7	漬蒼苔倒牆角。
74	谷	古平聲	1	逢豺虎又斷送山谷。
		音古	1	怎比的他石崇家誇金谷。
75	赤	音恥	1	青間赤。
76	足	臧取切	12	後來時怕他。慌封侯躡足。
		疽上聲	1	弟兄如手共足。
77	刮	音寡	6	摧林木狂風亂刮。
78	刷	雙寡切	2	就着這血糊刷。
79	刻	倉洗切	2	勸佳人學繡刺。
		揩上聲	2	全不顧百姓每貧窮一味的刻。
		康美切	6	誤了時刻。
	卒	從蘇切	9	早吹散了垓下軍卒。
		音祖	2	我心中憂慮有三樁事我命卒。
80		祖平聲	1	背後鬧炒炒的起軍卒。
81	卓	之卯切	2	更胖如那漢董卓。
82	協	希耶切	2	你和那牆花路柳廝和協。
83	叔	音暑	3	比如我五十年不見雙通叔。
84	呷	香假切	1	笑呷呷粉牆外鞦韆架。
85	妾	音且	2	相公便把賤妾。
86	屈	丘雨切	7	我委實的銜冤負屈。
		音矩	1	屈屈屈。
		區上聲	1	似這等含冤負屈。
87	岳	音燿	3	勢壓着南山北岳。
88	帖	湯也切	2	壞了咱牆頭上傳情簡帖。
89	帛	巴埋切	4	恰便似重添上一件綿帛。
90	忽	音虎	2	我心中不恍忽。
91	怯	丘也切	4	撲撲的心頭怯。
92	抹	音磨	1	斷人魂魄的樹梢頭昏慘慘野煙微抹。
		音罵	7	卻被這海棠枝七林林將頭巾來抹。
		磨上聲	1	將衫兒腮上抹。
93	押	羊架切	5	教幾箇鹵莽的宮娥監押。
		奚佳切	1	爲甚麼將原告人倒監押。
94	拆	釵上聲	3	登時間肉拆、血灑。
95	拍	鋪買切	2	見有理無錢的即便拍。
96	拔	邦加切	3	你將我這螻蟻殘生廝救拔。
		邦佳切	7	沒亂殺怎救拔。

97	易	銀計切	4	怎改易。
98	服	房夫切	14	可不道舉枉錯直民不服。
		音扶	1	止不過賍仗衣服。
99	沫	音磨	2	你既知這榮華似水上沫。
100	泊	巴毛切	3	則這一條大官道又不是梁山泊。
		巴貌切	1	半席地恰便似八百里梁山泊。
101	法	方雅切	17	捏胎兒依正法。
102	牧	音暮	1	後訪揚州牧。
103	物	音務	16	只當做醒酒之物。
104	的	音底	44	你若是這裏。等的。
105	直	征移切	9	比天台山到逕抄直。
106	鍘	音茶	2	你便不良會可跳塔輪鍘。
		音查	1	咱無甚勢劍銅鍘。
		閘上聲	1	兩邊廂擺列着勢劍銅鍘。
107	促	音取	5	休恁般相逼促。
108	俗	詞疽切	20	此景非俗。
109	削	音小	2	等閒間早害得來肌膚如削。
110	刺	倉洗切	3	休廝纏。胡遮刺。
		那架切	1	他可也有甚麼鬧炒刺。
111	敕	音耻	2	休題着違宣抗敕。
112	哈	五鴉切	1	笑哈哈捧流霞。
113	姪	征移切	4	他是叔父我是姪。
114	客	音楷	15	又不比秦樓夜讌金釵客。
115	室	揩上聲	3	三不知逢着貴客。
116	屋	傷以切	8	可知道劉玄德重興漢室。
		音伍	1	昨日個深居華屋。
		音塢	2	住兩間高瓦屋。
117	度	多勞切	12	請大人自量度。
118	律	音慮	5	吃萬剮的遭刑律。
119	急	巾以切	3	歸心更比江流急。
120	恰	強雅切	2	模樣兒十分喜恰。
121	拽	音夜	3	管絃拖拽。
122	拾	繩知切	10	倒不如早收拾。
123	柵	釵上聲	1	惡哏哏的人離了寨柵。
124	毒	東盧切	16	解臟毒。

125	洌	郎夜切	1	鴛楹夢斷陰風洌。
126	活	音和	13	俺如今有過活。
127	洽	奚佳切	7	沒半點和氣謙洽。
128	珀	鋪買切	2	硨磲琥珀。
129	突	東盧切	8	土地也不胡突。
130	約	音杳	8	懊惱。窨約。
		音耀	2	自暗約。
131	胛	江雅切	3	你看他聳起肩胛。
132	脉	音買	1	這一段風流意脉。
133	虐	音要	3	會把愁人定虐。
134	迭	音爹	5	手腳𪏭狂去不迭。
135	陌	音賣	6	抵多少東風飄蕩垂楊陌。
136	食	繩知切	23	揀口兒吃食。
137	剔	音體	1	剜眼睛便挑剔。
138	剝	音飽	2	星星開剝。
139	哭	音苦	14	只有個椎天搶地號咷哭。
140	哲	長蛇切	1	孔門十哲。
141	射	繩知切	3	准備着窩弓將虎豹射。
142	峽	奚佳切	4	一步步劍嶺巴峽。
		奚加切	1	雲歸楚峽。
143	席	星西切	22	並不要你還席。
144	弱	饒去聲	3	家兄軟弱。
145	息	喪擠切	21	十三年不知箇信息。
146	悅	魚夜切	3	穩情取好夫妻百年喜悅。
147	挾	希耶切	1	勘姦情八棒十挾。
		希爺切	1	把那廝滴溜撲馬上活挾。
148	捉	之左切	1	捕巡軍快拿捉。
		之卯切	2	咽喉被爇把捉。
149	揑	尼夜切	1	先圖些打揑。
150	朔	聲卯切	1	休別了橫亡的趙朔。
151	栢	音擺	4	到如今歲寒然後知松栢。
152	格	皆上聲	3	改不了司房裏欺人惡性格。
		饑也切	1	惱起我這草坡前倒拖牛的性格。
153	桌	之卯切	1	香焚石桌。
154	桎	音至	1	病懨懨睡損了裙兒裎。

155	浴	于句切	1	蘭湯試浴。
156	烈	郎夜切	4	妻兒貞烈。
157	狹	奚加切	1	我金蓮步狹。
		奚佳切	2	俺紅塵路徑狹。
158	疾	精妻切	28	因病成疾。
159	窄	齋上聲	13	又不是官街窄。
		責上聲	1	只恁的天寬地窄。
160	笏	音虎	1	說甚麼榮耀人也紫羅襴烏紗帽白象笏。
161	納	囊亞切	9	那西施半籌也不納。
		囊雅切	1	只教我冤氣騰騰怎按納。
162	級	巾以切	2	自刎了六陽的那首級。
163	索	篩上聲	2	我將那少欠錢無心去索。
		音嫂	2	他想着書舍裏人蕭索。
		思果切	1	青絲髮是縛子弟降魔索。
164	缺	區也切	2	莫待他花殘月缺。
165	脊	將洗切	1	便做有銅鑄就的天靈和那鐵背脊。
166	荅	音打	1	我把哥哥那山海也似恩臨廝報答。
167	衲	囊亞切	1	執齏搋菜。縫衣補衲。
168	訖	巾以切	2	倒將他斬訖。
169	託	音討	1	哥哥因爲少喫無穿來投託。
170	辱	如去聲	10	總不如隱山林棄鐘鼎倒可也無榮辱。
171	逆	銀計切	5	不是竇娥忤逆。
172	酌	音沼	3	杯中酒和淚酌。
173	陟	之可切	1	假乖張拍案的封陟。
174	隻	張耻切	3	俺娘把冰綃剪破鴛鴦隻。
175	骨	音古	8	仙風道骨。
176	側	齋上聲	6	相逢正是花溪側。
177	匿	女計切	1	我只道他州他府潛逃匿。
178	啞	鴨上聲	1	那裏有娶媳婦當筵廝喑啞。
179	國	音鬼	7	共扶持我那當今大唐國。
180	宿	羞上聲	3	則這客僧投寺宿。
		須上聲	3	也只是野人自愛山中宿。
181	密	忙閉切	3	他共李順渾家姦情密。
		忙背切	1	見了這三五搭人家稀密。

182	得	當美切	15	濫黃齏我也記得。
		亨美切	2	則這個有疼熱親娘怎下得。
		烹美切	1	別人怎生替得。
183	戚	倉洗切	10	共親戚。
184	捺	囊亞切	1	深山中將一箇養家心來按捺。
185	捻	尼夜切	1	輕拈掇慢拿捻。
186	捽	音祖	6	手腳兒扯扯也那捽捽。
187	掇	音朵	6	更怕我不鑽你那冷氣虛心廝拾掇。
188	掐	強雅切	9	天網恢恢不漏掐。
		張雅切	1	猛將咱家長喉嚨掐。
189	掠	音料	3	新梳掠。
190	接	音姐	5	你若是報一聲着人遠接。
191	族	從蘇切	2	便待將殺身也那滅族。
		聰踈切	1	更做道國戚皇族。
192	欲	于句切	2	至誠的一箇箇皆如所欲。
193	殺	雙鮓切	24	則他那瘦巖巖影兒可喜殺。
194	涤	音慮	2	濕濕涤涤。
195	着	池燒切	22	你知這狗黨狐朋兩個廝趁着。
		昭上聲	1	咱如今把圍棋識破了輸贏着。
		池何切	2	俺這廝側身兒摟抱着。
		池齋切	1	山川圍着。
196	笛	丁梨切	4	你將這紫霜毫做鼓笛。
197	缽	波上聲	3	甜似蜜缽。
198	習	星西切	9	醫方脈訣幼曾習。
199	脚	音皎	3	你去這白革坡潛蹤躡腳。
200	脫	音妥	8	拘不定精神衣怎脫。
201	術	繩朱切	11	他他他擊陳餘。有權術。
202	覓	忙閉切	7	我則怕春光去了難尋覓。
203	訣	居也切	2	三日後向城西傳取長生訣。
204	設	商者切	6	怕不的船兒上有五十座笙歌擺設。
205	責	齋上聲	13	受這般罪責。
206	逐	音紬	2	怎當的這狗兒緊追逐。
		長如切	5	只老漢和他步步相逐。
		直由切	3	他陪着箇小意兒和咱相趁逐。
		常如切	1	一群價飛鷹走犬相隨逐。

207	速	蘇上聲	4	恁兄弟一片功名心更速。
208	郭	沽卯切	1	你問他在村鎮居城郭。
		音果	1	建法場把市郭。
209	陸	音溜	1	圍棋雙陸。
210	雀	音勦	2	又不比鬧清曉茅檐燕雀。
		音悄	1	怎肯學鵾鵬飛雜燕雀。
211	雪	須也切	4	膀滾浪千堆雪。
212	鹿	音盧	1	共逐秦鹿。
		音路	3	你待做趙高妄指秦庭鹿。
213	麥	音賣	5	多謝你范堯夫肯付舟中麥。
214	傑	其耶切	7	多敢是眞心的愛豪傑。
215	割	哥上聲	1	同心攎帶拚教割。
216	喋	音爹	1	你可便不必喋喋。
217	喫	音耻	5	倒去熬粥湯送他吃。
218	復	房夫切	2	黑沈沈怨未復。
		音扶	1	有句話實情拜復。
219	惑	音回	6	索甚麼疑惑。
220	惡	阿上聲	1	助人長吁的紗窗外疎剌剌風勢惡。
		音襖	5	不隄防半途逢禍惡。
221	戟	巾以切	4	更使着一條方天畫戟。
222	插	抽鮓切	8	這等人向官員財主裏難安插。
223	握	歪上聲	1	驪龍頷下把明珠握。
224	揢	匡雅切	1	明晃晃一把鋼刀揢。
225	揭	機也切	1	我劍鋒親把樹皮揭。
226	揲	音爹	1	慌的我來戰篤速這手兒可怎生擡揲。
227	植	音滯	1	賦洛神採珠的曹植。
228	殖	繩知切	1	纔許我埋葬的這兩把兒骨殖。
229	渴	音可	3	二來是腹內煩渴。
230	畫	胡乖切	3	我不讓張子房佐漢的有計畫。
231	發	方雅切	19	登時間事發。
232	筆	邦每切	4	菜園中無紙筆。
		部每切	1	他殺狗刀不快如俺完成筆。
233	答	音打	8	不索你階直下絮絮答答。
234	策	釵上聲	16	他也有風情有手策。
		鋪買切	1	無倒斷則是營生的計策。

235	粟	須上聲	5	可甚麼書中自有千鍾粟。
236	粥	音肘	1	害渴時喝一杓兒酪和粥。
		音周	1	蚤晚羹粥。
237	結	饑也切	4	怎生的拆開我連理同心結。
238	絕	藏靴切	8	魚雁信音絕。
		莊靴切	1	把他來誇獎的就做了世間絕。
239	給	更移切	1	柴和米是誰給。
240	聒	音果	6	我一靈兒悲風內喧喧聒聒。
241	肅	須上聲	2	有周瑜魯肅。
242	菊	音矩	2	正蛩吟清露滋黃菊。
243	袱	房夫切	1	繡包髻鸂鶒袱。
244	裂	郎夜切	2	喊一聲海沸山裂。
245	詙	音波	1	告哥哥休打謾評詙
246	貼	湯也切	4	乳哺的寧貼。
247	跋	巴毛切	2	休教外人把俺評跋。
	跋	音波	4	有甚的好話評跋。
248	跌	音爹	2	他那裏自推自跌。
249	跖	張耻切	3	更和這新女婿郎君哎你箇柳盜跖。
250	軸	直由切	2	百般的拽不動輿車軸。
251	集	精妻切	3	將小簡帖聯做斷腸集。
252	黑	亨美切	6	我黑說到明明說到黑。
253	疊	音爹	1	王伯當屍疊。
254	塌	湯打切	6	被巡軍橫拽塌。
255	塔	湯打切	3	將那個包待制看成做水晶塔。
256	嫉	精妻切	1	費賊的妒嫉。
257	搭	音打	12	則將這衫兒半壁匣蓋上搭。
258	業	音也	1	塵世裏怎遇這活冤業。
		音夜	7	指望和意同心成家業。
259	極	更移切	2	我永世兒不和你廝極。
260	歇	希也切	6	相公船兒上黑齁□的熟睡歇。
261	溢	銀計切	1	滿而不溢。
262	溼	傷以切	1	咱兩個離愁雖似茶煙溼。
263	滅	迷夜切	5	時乖運蹇遭磨滅。
264	滑	呼佳切	13	莎草帶霜滑。
		呼加切	1	武藝上頗熟滑。

265	煞	音曬	1	非咱忒煞。
266	煠	音查	2	現如今心似油煠。
267	牒	音爹	1	便待要興詞訟發文牒。
268	猾	呼佳切	9	怎當他張總管賣弄姦猾。
		呼加切	1	再休來俺面上弄姦猾。
269	瑟	生止切	3	從今後美恩情一似調琴瑟。
270	睦	音暮	7	倒被我勒掯的情和睦。
271	祿	音路	12	又不曾向皇家請俸祿。
272	窟	音苦	2	跳出這龍潭虎窟。
273	節	音姐	9	正是中秋令節。
274	腳	音皎	5	款那步輕擡腳。
275	腹	音府	4	反倒做他心腹。
276	萼	音傲	1	我憂呵憂你去西天西坐損了那蓮花萼。
277	落	羅去聲	3	香風不動松華落。
		音澇	20	繡球兒身邊落。
278	葉	音夜	5	憑着我拈花摘葉。
279	葛	哥上聲	1	做女的有疼熱有瓜葛。
280	蜀	繩汝切	1	只這漢高皇怕不悶死在巴蜀。
		繩朱切	1	誰叫你飛出巴蜀。
281	蜇	音者	1	夫人又叫丫丫似蠍蜇。
282	貉	音豪	1	氐土貉。
283	賊	池齋切	2	只爲那當年認了個不良賊。
		才上聲	1	赤緊的併賍拿賊。
		則平切	1	你道俺老而不死是爲賊。
		則平聲	19	則問你誰是殺人賊。
284	跡	將洗切	9	敢欺侮咱浮蹤浪跡。
285	逼	兵迷切	10	把咱淩逼。
		音彼	5	秋鴻春燕相催逼。
286	達	當加切	14	更和着箇媳婦兒不賢達。
287	鈸	音波	1	也不索做水陸動鐘鼓鐃鈸。
288	鉢	波上聲	1	啜人口似蜜鉢。
289	隔	皆上聲	3	我則道父子每相間隔。
290	雹	巴毛切	3	沒來由惹下風雹。
291	靸	殺賈切	1	破麻鞋腳下靸。
292	飾	傷以切	1	但能勾與你插戴些首飾。

293	僕	邦模切	2	惱了喒嘉州孟太僕。
294	劃	胡乖切	21	任佈劃。
295	箚	莊洒切	1	文不解書箚。
296	奪	音多	10	任從他利名相定奪。
297	寞	音冒	1	梨花雨玉容寂寞。
		音磨	3	人寂寞。
298	察	抽鮓切	8	請上聖鑑察。
299	實	繩知切	20	黑洞洞不知一個的實。
300	幕	音冒	2	悄悄的私出蘭房離繡幕。
301	幙	音冒	2	堂上鋪陳掛幔幙。
302	徹	昌惹切	6	官人你救黎民爲人須爲徹。
303	截	藏斜切	7	爭知這馬陵道上有攔截。
304	摑	乖上聲	4	那員外伸着五個指十分的便摑。
305	摔	升擺切	3	可正是拾得孩兒落的摔。
		音洒	5	則是拾的孩兒落的摔。
306	摘	責上聲	6	由你將我心肝一件件摘。
307	摺	音者	3	聽說罷這週摺。
308	撇	扁也切	1	便將球棒兒撇。
		邦也切	1	逐定咱不相撇。
		偏也切	3	但得本錢兒不折上手來便撇。
309	斡	蛙果切	1	斡斡斡禁聲的休回和。
310	榻	湯打切	13	明日多管是醉臥在昭陽御榻。
311	槅	皆上聲	1	朱紅漆蚪樓亮槅。
312	獄	于句切	7	乾支刺送的人活地獄。
		余去聲	1	總是個疑獄。
313	瘧	音要	1	教我戰篤速如發瘧。
314	碣	其耶切	2	築墳臺上立個碑碣。
315	碧	音彼	1	倚晴嵐數層金碧。
316	福	音府	15	你可也沒甚福。
317	箔	巴毛切	1	撲簌簌動朱箔。
318	綠	音慮	3	鐙藏着征靴綠。
319	綽	扯果切	1	我我我沒揣的猿臂綽。
		超上聲	1	筵席忒寬綽。
320	罰	扶加切	6	總是天折罰。
321	膊	波上聲	1	我與你搖臂膊。

322	蓆	星西切	2	鋪開紫藤蓆。
323	蜜	忙閉切	4	荔枝圓眼多澆些蜜。
324	蝕	繩知切	1	從來有日月交蝕。
325	說	書惹切	6	諕的我死臨侵地難分說。
		書者切	1	我問道時無話說。
		書也切	1	俺把心中事明訴說。
326	輒	張蛇切	2	桑樹下食椹子噎殺靈輒。
327	辣	那架切	1	可又早切切裏凍的我這腳痲辣。
328	遢	湯打切	1	眼見得路迢遙芒鞋邋遢。
329	酷	音苦	1	伯娘你也忒狠酷。
330	閣	哥上聲	5	我捨不的蘭堂畫閣。
		高上聲	3	細絲絲梅子雨妝點江干滿樓閣。
		音何	1	他若是見說拆毀咱樓閣。
		音杲	2	將我這花圃樓臺并畫閣。
		科上聲	1	我我我不戀你居蘭堂住畫閣。
331	隙	音喜	1	九十日春光如過隙。
		音豈	2	俺兩箇半生來豈有些嫌隙。
332	颯	殺賈切	3	我則見必律律狂風颯。
333	噎	衣者切	1	不由我不喉堵也那氣噎。
334	墨	忙背切	3	他退豬湯不熱如俺濃研的墨。
335	德	當美切	15	賣弄他三從四德。
336	慾	于句切	2	害良民肆生淫慾。
337	戮	音慮	1	他他他把俺一姓戮。
338	撅	渠靴切	3	那廝敢平地下鍬撅。
339	撒	殺賈切	1	前世裏拋撒。
340	撥	波上聲	1	也不索去官中標撥。
341	撧	疽且切	1	雙頭蓮撧。
342	撮	搓上聲	1	你將那好言語往來收撮。
		磋上聲	7	你待胡扯撮。
343	撲	音普	2	則見他惡哏哏嗔忿忿氣撲撲。
344	敵	丁離切	2	伍員無敵。
		丁梨切	5	憑著俺驅兵領將萬人敵。
345	槨	姑卯切	2	不能勾死後也同棺槨。
346	樂	音耀	1	也不索頻頻的樓前動樂。
		姚去聲	1	舞按霓裳樂。
		音澇	11	我猶自不改其樂。

347	潑	音頗	4	他可也忒放潑。
348	潔	饑上聲	1	我癡心想望貞潔。
		饑也切	2	爲儒者賣弄修潔。
		飢也切	1	使不着我那冰清玉潔。
349	熟	裳由切	5	怎知我西宮下偏心兒夢境熟。
		商由切	1	都一般武藝滑熟。
		償由切	1	似聽的這聲音熟。
		繩朱切	4	趁着豐熟。
		常由切	2	俺也曾使的沒纔學的滑熟。
		音柔	1	聽的鄉談語音滑熟。
350	熱	仁蔗切	6	世不曾和個人兒熱。
		仁遮切	1	腸慌腹熱。
351	瞎	香賈切	1	他雙瞎。
		香假切	1	哥也你則可憐見我這窮漢瞎。
352	磕	音可	1	休習閒牙磕。
353	稷	將洗切	6	扶持了漢社稷。
354	穀	音古	1	只待要修仙辟穀。
355	緝	倉洗切	1	教俺教俺難根緝。
356	膝	喪擠切	7	諕的我連忙的跪膝。
357	蝎	希也切	2	乖劣呵渾如雙尾蠍。
358	蝶	音爹	5	翻滾滾玉闌干搧粉翅飛倦採香蝶。
359	褐	音何	1	鐵單袴倒做墨褐。
360	質	張恥切	2	不爭你搶了他花朵般青春艷質。
361	踏	當加切	18	攛行花踏。
362	踢	音體	4	拳椎脚踢。
363	閱	魚夜切	1	您把詩中句細披閱。
364	髮	方雅切	11	是幾度添白髮。
365	魄	鋪買切	10	餓的我肚裏饑失魂喪魄。
366	壁	音彼	11	更合着這子母每無笆壁。
		兵迷切	2	怎知俺九年面壁。
367	學	奚交切	9	想着俺二十年把筆將儒業學。
368	憶	銀計切	2	只管裏苦思憶。
369	擇	池齋切	2	不是我相擇。
370	曄	音夜	1	春光明曄。
371	曆	音利	1	再休提天文地理星家曆。

372	歷	音利	1	他和你可曾說來歷。
373	澤	池齋切	4	不是甘澤。
374	濁	之娑切	1	俺生活不重濁。
		雖梢切	1	我從今後看錢眼辨箇清濁。
		雖稍切	1	對官司不分個眞假辨個清濁。
375	獨	東盧切	9	枉了我便一生苫鰥寡孤獨。
376	積	將洗切	2	則俺這家豪富祖先積。
377	築	音主	2	將元戎百萬壇臺築。
378	縛	房包切	3	做甚道使繩子便綁縛。
		浮臥切	1	那裏管赤繩兒曾把姻緣縛。
379	褡	音打	1	斜披着一片破背褡。
380	褥	柔去聲	1	愁則愁意朦朧睡不穩芙蓉褥。
381	諜	音爹	2	須不是被傍人廝間廝諜。
382	謁	衣也切	1	怎敢便大廝八將涼槳謁。
383	謔	音曉	1	怎敢把淫詞來戲謔。
384	踖	之沙切	1	從此後我將這菴觀門兒再不踖。
		音渣	3	那廝多應是兩隻腳把寶鐙來牢踖。
385	錄	音慮	1	更狠似道錄。
386	錯	音草	6	畫的來沒半星兒差錯。
		搓上聲	1	豈不怕神明報應無差錯。
387	霎	雙鮓切	7	頭上雪何曾住半霎。
388	頰	肌也切	1	桃花頰。
389	鴨	羊架切	2	香焚睡鴨。
390	罄	音好	1	凹答巖罄。
391	壓	羊架切	8	他大字兒將咱鎮壓。
392	擊	巾以切	2	怎這等廝琅琅連扣擊。
393	擦	七打切	1	我與你便磨磨擦。
		抽鮓切	2	頑石上搓□的將斧刃擦。
394	斸	音沼	1	你止不過掘黃精和土斸。
395	濕	傷以切	4	這的是酒淹衫袖濕。
396	燭	音主	1	我則待添香可也補燭。
397	爵	音勦	1	因甚上爲官爵。
398	獲	胡乖切	1	怎做的姦盜拿獲。
399	簇	粗上聲	1	常則是笙簫繚繞了鬟簇。
		音粗	1	拜辭了翠裙紅袖簇。
		聰竦切	1	打扮的諸餘裏俏簇。

400	簌	蘇上聲	4	把那氈簾來低簌。
401	篦	音路	1	建溪別館覓錢篦。
402	縮	思火切	1	形容兒猥縮。
		收上聲	1	俺只見馬吼處和人倒縮。
403	績	將洗切	1	一個興漢的好事績。
404	翼	銀計切	2	也只是願雙雙並諧比翼。
405	薄	巴毛切	10	剛轉過這林薄。
		婆上聲	1	今日享千鍾粟還嫌薄。
		音波	1	怕只怕王樞密的刻薄。
		音婆	1	也怪不的咱故舊情薄。
406	蟄	張蛇切	1	雷發聲便動春蟄。
407	豁	音火	2	倒大來顯豁。
408	蹋	當加切	1	一個將腳尖蹋。
409	轂	音古	1	推輪捧轂。
410	鍤	抽鮓切	1	他在巖牆下拿鍬鍤。
411	闊	音顆	3	把個十字街擠的沒一線兒闊。
		科上聲	3	怕甚麼海天闊。
412	擲	征移切	4	喫會拋擲。
413	織	張耻切	11	一從使都是渾身繡織。
414	薩	殺賈切	4	你個老爺爺是救命的活菩薩。
415	覆	音府	3	相公跟前拜覆。
		音赴	1	無風無雨難傾覆。
416	蹙	音取	1	則那漢王怎把重瞳蹙。
417	蹠	張恥切	1	天也送了我的匾金環柳盜蹠。
418	轍	張蛇切	1	誰更待雙輪碾四轍。
419	闕	區也切	4	平步上萬里龍庭雙鳳闕。
420	雜	音咱	7	俺嫂嫂連夢交雜。
		咱上聲	1	遊人稠雜。
421	額	崖去聲	5	我推粘翠靨遮宮額。
		鞋去聲	1	我兩隻手忙加額。
		崖平聲	1	緊拴了紅抹額。
		音崖	1	怎生的打碎了這牌額。
422	餮	湯也切	1	他豈似餓鬼暮饕餮。
423	馥	房夫切	1	咱自有新合來澡豆香芬馥。
424	爆	音報	1	忽魯魯風閃得銀燈爆。

425	臘	那架切	1	須不比那幫源洞裏的方臘。
426	藥	音耀	10	發賣醫藥。
427	識	傷以切	27	略使些小見識。
428	孽	尼夜切	1	都是他平日裏自作自孽。
429	籍	精妻切	2	更那堪景物狼藉。
430	藿	音好	1	蒸雲腴煮藜藿。
431	覺	音皎	7	您做事可甚人不知鬼不覺。
432	觸	音杵	1	俺姑媳又沒甚傷觸。
		音楚	3	也非我女孩兒在爺娘行敢抵觸。
433	鶚	音傲	1	心若雲間鶚。
434	屬	繩朱切	12	他強占作家屬。
		如上聲	1	怎敢與衙內認爲親屬。
435	欂	巴毛切	1	問甚麼東廊西舍是舊椽欂。
436	糲	那架切	2	誰知俺貧居陋巷甘粗糲。
437	續	音徐	1	那絃斷者怎再續。
		詞疽切	3	彈呵拂冰絃斷復續。
438	蘗	音擺	1	他可敢心苦似黃蘗。
439	蠟	那架切	3	且陪伴西風搖落胭脂蠟。
440	襪	忘罵切	5	香襯凌波襪。
441	躍	音耀	1	腳平登禹門一躍。
442	鐵	湯也切	4	人心非鐵。
443	鐸	東何切	1	你這些小兒每街上鬧鑊鐸。
		多勞切	1	廝琅琅鳴殿鐸。
		在挪切	1	不索你鬧鑊鐸。
		東挪切	2	則聽的沸滾滾熱鬧鑊鐸。
		東那切	1	到軍寨裏鬧鑊鐸。
		馱去聲	1	階垓下鬧鑊鐸。
444	蹻	音賣	6	將兩步爲一蹻。
445	鶴	音豪	3	那先生浩歌拍手舞黃鶴。
446	鶻	紅姑切	2	他繫一條兔鶻。
447	疊	音爹	5	蓋覆的個重疊。
448	籙	音慮	1	這一個是漢鍾離現掌着群仙籙。
449	襲	星西切	1	輩輩承襲。
450	贖	繩朱切	1	縱有那彌天罪也准贖。
451	鑊	音和	2	我死呵一任入鼎鑊。

452	飋	生止切	1	更和這透羅衣金風飋飋。
453	竊	音且	1	眼角頭春意竊。
454	驛	銀計切	1	怎將蓼兒洼強猜做藍橋驛。
455	鑰	音耀	2	洞無鎖鑰。
456	钁	音戈	2	怎知高陽臺一路上排鍬钁。
457	吼	莊酒切	1	黃鶯兒柳梢上日呱吼。
458	屄	鄙平聲	1	等我合你妳妳歪屄。
459	博	巴毛切	1	敢則是靠些賭官博。
460	殼	音巧	3	拳攣着我這凍軀殼。

以上被釋字、釋音與《元曲選》所收雜劇內文出處之關係，可下面從兩方面來討論。

（一）從《元曲選》當折押韻來討論

元雜劇每折除「插曲」外，須一韻到底，不可換韻。因此，《音釋》往往會按當折押韻的狀況，來爲處於韻腳處的被釋字注音。如本文第一章第二節所討論過的「賊」字，即是一例。

在《元曲選》中，還可以找到其他的例子。如「錯」字，《中原音韻》屬魚模韻去聲、蕭豪韻入作上聲。《中州音韻》作「叶粗去聲」，魚模韻去聲〔註3〕；「叶草」，蕭豪韻入作上聲〔註4〕；「叶搓上聲」，歌戈韻入作上聲〔註5〕。「錯」字位於唱曲韻腳處七次，六次作「音草」，一次作「搓上聲」。

作「音草」者，見於〈梧桐雨〉第四折：

> 〔滾繡球〕險些把我氣冲倒。身謾靠。把太眞妃放聲高叫叫不應雨淚嚎咷。這待詔。手段高。畫的來沒半星兒差錯。雖然是快染能描。畫不出沈香亭畔迴鸞舞。花萼樓前上馬嬌。一段兒妖嬈。〔註6〕

韻腳字「倒」、「靠」、「咷」、「詔」、「高」、「描」、「嬌」、「嬈」、「錯」均屬蕭豪韻。又見於〈老生兒〉楔子：

> 〔仙呂賞花時〕我爲甚將二百錠徵人的文契燒。也只要將我這六十

〔註3〕明・王文璧：《中州音韻》，頁27。

〔註4〕同上註，頁51。

〔註5〕同上註，頁56。

〔註6〕明・臧懋循：《元曲選》，頁1796。

> 載無兒冤業消。我似那老樹上今日個長出些筍根苗。你心中可便不錯。你是必休將兀那熱湯澆。〔註7〕

韻腳字「燒」、「消」、「苗」、「錯」、「澆」均屬蕭豪韻。又見於〈鐵拐李〉第一折：

> 〔賺煞尾〕赤緊的官長又廉。曹司又拗。我便是好令史怎禁他三徧家取招。我今日爲頭便把交。爭奈在前事亂似牛毛。有人若是但論着。休想道肯擔饒。早停了俸追了錢斷罷了。不是我千錯萬錯。大剛來一還一報。誰想那百姓每的口也是禍之門舌是斬身刀。〔註8〕

韻腳字「拗」、「招」、「交」、「毛」、「着」、「饒」、「了」、「錯」、「報」、「刀」均屬蕭豪韻。又見於〈忍字記〉第一折：

> 〔混江龍〕觥籌交錯。我則見東風簾幕舞飄飄。則聽的喧天鼓樂。更和那聒耳笙簫。俺只見玉盞光浮春酒熟。金爐煙裊壽香燒。着他靜悄悄。休要鬧吵吵。則爲我平日間省錢儉用。到如今纔得這富貴奢豪。〔註9〕

韻腳字「錯」、「飄」、「樂」、「簫」、「燒」、「悄」、「吵」、「豪」均屬蕭豪韻。又見於〈誤入桃源〉第四折：

> 〔雁兒落〕也是我一事差百事錯。空惹的千人罵萬人笑。本則合暮登天子堂。沒來由夜宿祆神廟。〔註10〕

韻腳字「錯」、「笑」、「廟」均屬蕭豪韻。又見於〈羅李郎〉第二折：

> 〔隔尾〕要從良便寫約無差錯。他要家私停分有下梢。定奴兒與你爲妻你可是要也不要。窨約。想度。把我半世兒清名誤賺了。〔註11〕

韻腳字「錯」、「梢」、「要」、「約」、「度」、「了」均屬蕭豪韻。

〔註7〕 明・臧懋循：《元曲選》，頁1819。

〔註8〕 同上註，頁2327。

〔註9〕 同上註，頁4540。

〔註10〕 同上註，頁5725。

〔註11〕 同上註，頁6557。

作「搓上聲」者，見於〈盆兒鬼〉第二折：

〔二煞〕你背地裏去劫奪人。也防人要侵害我。豈不怕神明報應無差錯。休看的打家截道尋常事。你則想地獄天堂爲甚麼。運到也難逃躲。直待要高懸劍樹。義下油鍋。〔註12〕

韻腳字「我」、「錯」、「麼」、「躲」、「鍋」均屬歌戈韻。

被釋字「錯」作「音草」者，所在當折押的都是蕭豪韻；作「搓上聲」者，被釋字所在當折押的是歌戈韻。

又如「作」字，《中原音韻》屬蕭豪韻入作上聲。《中州音韻》作「叶早」，蕭豪韻入作上聲〔註13〕；「叶左」，歌戈韻入作上聲〔註14〕。「作」字位於唱曲韻腳處八次，五次作「叶早」，三次作「叶左」。

作「音草」者，見於〈鐵拐李〉第一折：

〔醉扶歸〕你問他在村鎮居城郭。你問他當軍役納差徭。你問他開鋪席爲經商可也做甚手作。你與我審個住處查個名號。我多待不的三日五朝。將他那左解的冤讎報。〔註15〕

韻腳字「郭」、「徭」、「作」、「號」、「朝」、「報」均屬蕭豪韻。又見於〈倩女離魂〉第一折：

〔油葫蘆〕他不病倒。我猜着敢消瘦了。被拘箝的不忿心教他怎動腳。雖不是路迢迢。早情隨着雲渺渺。淚灑做雨瀟瀟。不能勾傍闌干數曲湖山靠。恰便似望天涯一點青山小。他多管是意不平自發揚。心不遂閒綴作。十分的賣風騷。顯秀麗誇才調。我這裏詳句法。看揮毫。〔註16〕

韻腳字「倒」、「了」、「腳」、「迢」、「渺」、「瀟」、「靠」、「小」、「作」、「騷」、「調」、「毫」均屬蕭豪韻。又見於〈㑳梅香〉第二折：

〔喜秋風〕虧你也用工描。卻不是無心草。恁的般好門庭倒大來惹

〔註12〕明・臧懋循：《元曲選》，頁5851。

〔註13〕明・王文璧：《中州音韻》，頁51。

〔註14〕同上註，頁56。

〔註15〕同註12，頁2351。

〔註16〕同註12，頁3154。

人笑。我將這紫香囊待走向夫人行告。你是個女孩兒家端的可是甚爲作。〔註17〕

韻腳字「描」、「草」、「笑」、「告」、「作」均屬蕭豪韻。又見於〈趙氏孤兒〉第三折：

〔梅花酒〕呀。見孩兒臥血泊。那一個哭哭號號。這一個怨怨焦焦。連我也戰戰搖搖。直恁般歹做作。只除是沒天道。呀。想孩兒離褥草。到今日恰十朝。刀下處怎耽饒。空生長枉劬勞。還說甚要防老。〔註18〕

韻腳字「泊」、「號」、「焦」、「搖」、「作」、「道」、「草」、「朝」、「饒」、「勞」、「老」均屬蕭豪韻。又見於〈還牢末〉第二折：

〔商調集賢賓〕想着俺二十年把筆將儒業學。折倒了銅斗兒好窠巢。怎承望浪包婁官司行出首。送的箇李孔目坐禁囚牢。豈不聞天網恢恢。也是我自受自作。赤緊的有疼熱大渾家亡過了。想俺那小冤家苦痛嚎咷。我不合癡心娶妓女。倒將犯法罪名招。〔註19〕

韻腳字「學」、「巢」、「牢」、「作」、「了」、「咷」、「招」均屬蕭豪韻。

作「音左」者，見於〈竹葉舟〉第四折：

〔滾繡毬〕你道俺駕扁舟泛碧波。執漁竿披綠蓑。這就是仙家使作。你可也爭些兒暴虎憑河。俺若不是打這訛。怎生着眾仙眞收這科。俺舊交遊還有弟兄七個。問洞府還隔的蓬嶺嵯峨。自有霓裳羽袖纖腰舞。自有絳樹青琴皓齒歌。莫更蹉跎。〔註20〕

韻腳字「波」、「蓑」、「作」、「河」、「訛」、「科」、「個」、「峨」、「歌」、「跎」均屬歌戈韻。又見於〈對玉梳〉第二折：

〔醉太平〕你與我打睃。有甚不瞧科。恰便似告水災今歲渰了田禾。怎覷那王留般做作。你去顧前程這搭兒休超垛。識弔頭。打鬧裏疾

〔註17〕明・臧懋循：《元曲選》，頁4921。

〔註18〕同上註，頁6209。

〔註19〕同上註，頁6726。

〔註20〕同上註，頁4357。

趄過。剗地你拽大拳人面前逞嘍囉。請起來波小哥。〔註21〕

韻腳字「睃」、「科」、「禾」、「作」、「垜」、「過」、「囉」、「哥」均屬歌戈韻。又見於〈貨郎旦〉第一折：

〔那吒令〕休信那黑心腸的玉娥。他每便喬趨搶取撮。休犯着黃蘗肚小麼。數量着噥過。緊忙裏做作。似蠍子的老婆。你便有洛陽田。平陽果。鈔廣銀多。〔註22〕

韻腳字「娥」、「撮」、「麼」、「過」、「作」、「婆」、「果」、「多」均屬歌戈韻。

被釋字「作」釋「音早」者，所在當折押的都是蕭豪韻；釋「音左」者，被釋字所在當折押的是歌戈韻。

又如「竹」字，《中原音韻》屬魚模、尤侯韻入作上聲。《中州音韻》作「叶主」，魚模韻入作上聲〔註 23〕；「叶肘」，尤侯韻入作上聲〔註 24〕。「作」字位於唱曲韻腳處五次，三次作「叶主」，二次作「叶肘」。

作「音主」者，見於〈魯齋郎〉第三折：

〔耍孩兒〕休道是東君去了花無主。你自有鶯儔燕侶。我從今萬事不關心。還戀甚衾枕歡娛。不見浮雲世態紛紛變。秋草人情日日疎。空教我淚灑徧湘江竹。這其間心灰卓氏。乾老了相如。〔註25〕

韻腳字「主」、「侶」、「娛」、「疎」、「竹」、「如」均屬魚模韻。又見於〈梧桐葉〉第二折：

〔滾繡毬〕蕩岸蘆。撼庭竹。送長江片帆歸去。動群山萬籟喧呼。他翻手雲。覆手雨。沒定指性兒難據。亂紛紛敗葉凋梧。則爲你分開丹鳳難成侶。吹斷征鴻不寄書。使離人感歎嗟吁。〔註26〕

韻腳字「蘆」、「竹」、「去」、「呼」、「雨」、「據」、「梧」、「侶」、「書」、「吁」均屬魚模韻。又見於〈任風子〉第二折：

〔註21〕 明·臧懋循：《元曲選》，頁 5923。

〔註22〕 同上註，頁 6818。

〔註23〕 明·王文璧：《中州音韻》，頁 26。

〔註24〕 同上註，頁 72。

〔註25〕 同註 21，頁 3720。

〔註26〕 同註 21，頁 5183。

〔滾繡毬〕我騙土牆騰的跳過來。轉茅檐厭的行過去。退身在背陰黑處。莫不是馬丹陽先有埋伏。我則見悄悄的有人言。原來是瀟瀟的風弄竹。晃的這月華明閃雲來雲去。似人行竹影扶疎。原來這害丹陽刺客心頭怕。殺劣馬賊人膽底虛。使不着膽大心麤。〔註27〕

韻腳字「去」、「處」、「伏」、「竹」、「去」、「疎」、「虛」、「麤」均屬魚模韻。

作「音肘」者，見於〈百花亭〉第二折：

〔么篇〕折莫是諸子百家。三教九流。作賦吟詩。說古談今。曲尾歌頭。灑銀鉤。奪彩籌。攧蘭攧竹。更身材十分清秀。〔註28〕

韻腳字「流」、「頭」、「籌」、「竹」、「秀」均屬尤侯韻。又見〈李逵負荊〉第一折：

〔賺煞〕管着你目下見雠人。則不要口似無梁斗。一句句言如劈竹。不爭你這一度風流倒出了一度醜。誓今番潑水難收。到那裏問緣由。怎敢便信口胡謅。則要你肚囊裏揣着狀本熟。不要你將無來作有。則要你依前來依後。你可也休翻做了钁鎗頭。〔註29〕

韻腳字「斗」、「竹」、「醜」、「收」、「由」、「謅」、「熟」、「有」、「後」、「頭」均屬尤侯韻。

被釋字「竹」釋「音主」者，所在當折押的都是魚模韻；釋「音肘」者，被釋字所在當折押的是尤侯韻。

（二）從曲牌格律來討論

作曲必按曲牌格律。故《音釋》往往會按被釋字所在之格律，來爲被釋字注音。以下舉「着」、「屬」二字爲例。

「屬」字，《中原音韻》屬魚模韻入作平聲。《中州音韻》作「繩朱切」，魚模韻入作平聲〔註30〕。「屬」字位唱曲韻腳處十三次，作「繩朱切」十二次，作「如上聲」一次。

〔註27〕 明・臧懋循：《元曲選》，頁6946。

〔註28〕 同上註，頁5981。

〔註29〕 同上註，頁6343。

〔註30〕 明・王文璧：《中州音韻》，頁23。

作「繩朱切」者，於格律均爲可作平聲，以下略舉三例。

〈救風塵〉第四折：

〔得勝令〕宋引章有親夫。他強占作家屬。淫亂心情歹。兇頑膽氣粗。無徒。到處裏胡爲做。現放着休書。望恩官明鑑取。〔註31〕

「他強占作家屬」按格律爲「十十仄平平」〔註32〕；除去襯字，此句當作「強占作家屬」。「屬」按律爲「平聲」，故《音釋》派入平聲。

〈楚昭公〉第三折：

〔紅繡鞋〕不得已央及你個漁父。似這般妝着勢待要何如。我與你也是近疃鄰莊共鄉閭。你道是船兒小難裝載。則要你量兒大救俺家屬。早早的過長江無間阻。〔註33〕

「則要你量兒大救俺家屬」按格律爲「仄平平」〔註34〕；除去襯字，此句當作「救家屬」。「屬」按律爲「平聲」，故《音釋》派入平聲。

〈張生煮海〉第四折：

〔得勝令〕你待將鉛汞燎乾枯。早難道水火不同爐。將大海揚塵度。把東洋列焰煮。神術。煆化的爲夫婦。幾乎。熬煎殺俺眷屬。〔註35〕

「熬煎殺俺眷屬」按格律爲「十平十厶◇」〔註36〕；除去襯字，此句當作「熬煎殺眷屬」。「屬」按律爲「平上不拘」，故《音釋》派入平聲。

作「如上聲」的一次，見於〈生金閣〉第一折：

〔後庭花〕我則見錦裀在床上鋪。兀那氈簾向門外簌。我見他獸炭上燒羊肉。金杯中泛醁醑。小生則是一寒儒。怎敢與衙内認爲親屬。量小生有甚福感衙内相盼顧。但道的都應付。並不敢推共阻。他他他從頭兒說事故。就就就諕的我麻又酥。道道道別求箇女艷姝。待待待打換我這醜媳婦。我我我這面不搽頭不梳。那那那有甚的中意

〔註31〕明・臧懋循：《元曲選》，頁1176。

〔註32〕鄭騫：《北曲新譜》，頁285。

〔註33〕同註31，頁1498。

〔註34〕同註32，頁152。

〔註35〕同註31，頁7026

〔註36〕同註32，頁285。

處。〔註 37〕

「怎敢與衙內認爲親屬」按格律爲「十平十ㄙ」〔註 38〕；除去襯字，此句當作「認爲親屬」。「屬」按律爲「宜去可上」，故《音釋》將之派入上聲，作「如上聲」〔註 39〕。

「着」字，《中原音韻》屬蕭豪、歌戈韻入作平聲。《中州音韻》作「池燒切」，蕭豪韻入作平聲〔註 40〕。「着」字位於唱曲韻腳處二十六次，二十二次作「池燒切」，與《中州音韻》同；一次作「昭上聲」，二次作「池何切」，一次作「池齋切」。

作「昭上聲」者，與曲牌格律有關。〈竹塢聽琴〉第四折：

〔離亭宴煞〕喒如今把圍棋識破了輸贏着。瑤琴彈徹相思調。這婚姻是天緣湊巧。穩坐了七香車。高揭了三簷傘。請受了金花誥。再不赴偷香竊玉期。再不事煉藥燒丹教。從此後無煩少惱。便不能隨他簫史並登仙。只情願守定梁鴻共諧老。〔註 41〕

「喒如今把圍棋識破了輸贏着」按格律爲「十平十仄平平ㄙ」〔註 42〕；除去襯字，此句當作「圍棋識破輸贏着」。「着」按律爲「宜去可上」，故《音釋》將之派入上聲，作「昭上聲」。

兩次作「池何切」者，與被釋字所在當折之押韻有關。分別見〈竹葉舟〉第四折與〈貨郎旦〉第一折：

〔倘秀才〕則見他荊棘律忙忙走着。哎。你個癡呆漢休來趕我。則問你搗蒜似街頭拜怎摸。俺是個窮貧道。住山阿。怎將你儒生度脫。

〔註 43〕

〔註 37〕明・臧懋循：《元曲選》，頁 7208。

〔註 38〕鄭騫：《北曲新譜》，頁 190。

〔註 39〕《中原音韻》「如上聲」舌尖面濁擦音；「繩朱切」爲舌尖面清擦音。兩者爲清濁之別，然「屬」字聲母當作舌尖面清擦音，《音釋》派入上聲，聲母反作舌尖面濁擦音，不知何故。

〔註 40〕明・王文璧：《中州音韻》，頁 50。

〔註 41〕同註 37，頁 6075。

〔註 42〕同註 38，頁 392。

〔註 43〕同註 37，頁 4353。

〔後庭花〕你躂踏的我忒太過。這妮子欺負的我沒奈何。支使的大媳婦都隨順。偏不着小渾家先拜我。他那裏鬧鑊鐸。我去那窗兒前瞧破。那賤人俏聲兒訴一和。俺這廝側身兒摟抱着。將衫兒腮上抹。指尖兒彈淚顆。〔註 44〕

韻腳字「我」、「摸」、「脫」、「過」、「何」、「鐸」、「破」、「和」、「抹」、「顆」均屬歌戈韻。「着」亦屬韻腳，故《音釋》釋為「池何切」，歸入歌戈韻。

最後，作「池齋切」者，見〈任風子〉第四折：

〔川撥棹〕那裏這般有賊盜。菴門前誰鬧吵。俺這裏松柏週遭。山川圍着。疎竹瀟瀟。落葉飄飄。有人來到。言語低高。則道是鶴鳴九皋。開開門觀覷了。山菴中靜悄悄。〔註 45〕

韻腳字「盜」、「吵」、「遭」、「瀟」、「飄」、「到」、「高」、「皋」、「了」、「悄」均屬蕭豪韻。「着」亦屬韻腳，故《音釋》釋為「池齋切」有誤。

二、唱曲韻腳的入讀原調字

入聲字讀作入聲原調，位於唱曲韻腳字的，共有二條。分別是「淅」、「只」。

「淅」」字《音釋》出現二次，均入讀原調，作「音昔」，分別屬唱曲的非韻腳字與唱曲韻腳字。屬唱曲韻腳字者，見於〈王粲登樓〉第三折：

〔普天樂〕楚天秋。山疊翠。對無窮景色。總是傷悲。好教我動旅懷。難成醉。枉了也壯志如虹英雄輩。都做助江天景物淒其。氣呵做了江風淅淅。愁呵做了江聲瀝瀝。淚呵彈做了江雨霏霏。〔註 46〕

「氣呵做了江風淅淅」按格律為「┼┼仄◇」〔註 47〕；除去襯字，此句當作「江風淅淅」。「淅」為韻腳字，按律為「平上不拘」。「淅淅」為擬聲詞，《音釋》以入讀原調釋之，或許是為了藉入聲短促的聲調特性，形容江風之聲。

「只」字《音釋》出現八次，入讀原調一次，作「張尺切」，屬唱曲的韻腳

〔註 44〕 明・臧懋循：《元曲選》，頁 6821。

〔註 45〕 同上註，頁 6973。

〔註 46〕 同上註，頁 3591。

〔註 47〕 鄭騫：《北曲新譜》，頁 157。

字。入派三聲七次，作「張耻切」，屬唱曲非韻腳字與唱曲韻腳字。入讀原調者，見於〈青衫泪〉第三折：

〔太平令〕常教我羨鸂鶒鴛鴦貪睡。看落霞孤鶩齊飛。聽不上蠻聲獠氣。倒敢恁煩天惱地。摟只。抱只。愛你。休醉漢扶着越醉。〔註48〕

同樣的形式，見於〈誶范叔〉第四折：

〔太平令〕哎。你箇須賈也哥哥休罪。早准備楞子麻槌。下着的國家祥瑞。揀一塔乾淨田地。將這廝跪只。按只。與我杖只。直打的皮開肉碎。〔註49〕

「摟只。抱只。愛你。」、「將這廝跪只。按只。與我杖只。」按格律爲「仄◇。。仄◇。。仄◇。。」〔註50〕。「只」爲韻腳字，作語尾助詞使用，按律爲「平上不拘」。《音釋》在〈青衫泪〉作「張尺切」，釋爲入讀原調，卻在〈誶范叔〉作「張耻切」，將其入派三聲。在韻腳處將入聲注爲原調，若非《音釋》之誤，則於同一曲牌、同一韻腳，釋音前後矛盾，其恰當與否，有待商榷。

第二節　唱曲非韻腳處的入聲字

唱曲非韻腳處之入聲被釋字，共 596 條。入派三聲者 344 條，入讀原調者 252 條。以下分別就其「入派三聲」與「入讀原調」之情況進行探討。

位於唱曲非韻腳處的入聲字，無論是入派三聲或讀作原調，均受到曲牌格律的影響。原則上，入派平聲者，多位於格律當作平聲處或格律平仄不拘處；入派上、去聲或讀作入聲原調者，多位於襯字處，或格律可仄之處。如〈張天師〉第一折「你只想鵰鶚起秋風」。本格正字爲「起秋風」，被釋字「鶚」則屬襯字，故不受格律限制，可讀原調。

一、唱曲非韻腳的入派三聲字

《音釋》入派三聲之字，位於唱曲非韻腳字的，共 344 條。位於唱曲非韻

〔註48〕明．臧懋循：《元曲選》，頁 3885。

〔註49〕同上註，頁 5158。

〔註50〕鄭騫：《北曲新譜》，頁 303。

腳處的入派三聲字，依位置可分爲句首、句中、句尾。

位句首者，如：〈爭報恩〉第四折「只見他揎拳捰袖」的「只」字、〈玉鏡臺〉第一折「綽人眼光」的「綽」字、〈玉鏡臺〉第二折「妲己空破國」的「妲」字、〈揚州夢〉第二折「摔碎了雕籠」與〈范張雞黍〉第三折「摔瑤琴做燒柴」的「摔」字、〈東堂老〉第三折「驀入門桯去」的「驀」字。

位句中者，爲數最多。如：〈梧桐雨〉第二折「破強虜三十萬」的「十」字、〈隔江鬭智〉第二折「我只從中兒立直」的「立」字、〈桃花女〉第三折「與他換過了黃道的吉日」的「吉」字、〈金錢記〉第二折「莫不是醉撞入深宅也那大院」的「宅」字、〈合同文字〉第三折「莫不您叔嫂妯娌不和睦」的「妯」字、〈燕青博魚〉第三折「灌得我來酩酊」的「酩」字。

位句尾者，如〈合汗衫〉第二折「宅」字：

> 〔耍三臺〕我則見必律律狂風颯。將這焰騰騰火兒刮。擺一街鐵茅水瓮。列兩行鉤鐮和這麻搭。則聽得巡院家高聲的叫吖吖。叫道將那爲頭兒失火的拿下。天那。將我這銅斗兒般大院深宅。苦也囉苦也囉可怎生燒的來剩不下些根椽片瓦。〔註51〕

由押韻字「颯」、「刮」、「搭」、「吖」、「下」、「瓦」可知，當折所押爲家麻韻。「宅」字釋爲「池齋切」屬皆來韻，故雖處句尾，查其格律，卻並非韻字。又如〈還牢末〉第一折「約」字：

> 〔油葫蘆〕俺家積趲下乾柴糴下米。喒可便少甚的。我可便謝天謝地謝神祇。我不願金玉重重貴。只願的兒女年年會。我這裏自窨約。多半日。更有城中房店田中地。我可便愁着不愁衣。〔註52〕

由押韻字「米」、「的」、「祇」、「貴」、「日」、「地」、「衣」可知，當折所押爲齊微韻。「約」字釋爲「音杳」，屬蕭豪韻，雖處句尾，查其格律，卻並非韻字。又如〈小尉遲〉第一折的「拶」字：

> 〔混江龍〕到如今干戈猶動。只待和大唐家廝殺見雌雄。常是個爭龍鬬虎。剔蠍撩蜂。你看那昏慘慘征塵遮的遍地黑。焰騰騰燎火燒的半天紅。繡旗颭颭。戰鼓鼕鼕。排營拶拶。列陣重重。愁雲靄靄。

〔註51〕明·臧懋循：《元曲選》，頁869。

〔註52〕同上註，頁6713。

殺氣濛濛。單看的你這一條鞭到處無攔縱。待要你扶持社稷。保護疆封。〔註53〕

由押韻字「動」、「雄」、「蜂」、「紅」、「鬉」、「重」、「濛」、「縱」、「封」可知，當折所押爲東鍾韻。「摋」字釋爲「哉上聲」，屬皆來韻，雖處句尾，查其格律，卻並非韻字。再如〈漁樵記〉第二折「德」字：

〔朝天子〕哎喲。我罵你個叵耐。叵耐你個賤才。可則誰似你那索休離舌頭兒快。你道你便三從四德。你敢少他一畫。劉家女俫你比別人家愛富貴你也敢嫌俺這貧的忒煞。豈不聞自古寒儒。在這冰雪堂何礙。我本是個棟梁材怎怕的人嗔怪。你可怎生着我掙閨。我須是不得已仍舊的擔柴賣。〔註54〕

由押韻字「耐」、「才」、「快」、「畫」、「煞」、「礙」、「怪」、「閨」、「賣」可知，當折所押爲皆來韻。「德」字釋爲「當美切」，屬齊微韻，雖處句尾，查其格律，卻並非韻字。

此外，塡曲必按曲譜格律，因此，即使是非韻字，入聲字所派之聲調，亦受格律影響。

如：「祝」字，《中原音韻》未收；《中州音韻》作「叶主」，魚模韻入作上聲〔註55〕；「叶肘」，尤侯韻入作上聲〔註56〕。被釋字「祝」位於唱曲非韻腳處二次。一次見〈東坡夢〉第四折：

〔雙調新水令〕爇龍涎一炷透穹蒼。祝吾王。壽元無量。八方無士馬。四海罷刀鎗。國泰國康。願甘雨及時降。〔註57〕

「祝吾王」按格律爲「仄平平」〔註58〕。「祝」按律爲仄聲，故《音釋》將之按《中州音韻》派入上聲，作「音主」。

另一次見於〈生金閣〉第三折：

〔註53〕 明・臧懋循：《元曲選》，頁2391。

〔註54〕 同上註，頁3776。

〔註55〕 明・王文璧：《中州音韻》，頁26。

〔註56〕 同上註，頁72。

〔註57〕 同註53，頁5262。

〔註58〕 鄭騫：《北曲新譜》，頁279。

〔哭皇天〕則你那催動坑剛纔道。可怎生這公事便妝么。則你那口是禍之苗。舌是斬身刀。你與我去城隍根前祝禱。你說與那銜冤的業鬼。屈死的冤魂。你着他今宵插狀。此夜呈詞。你道這包龍圖專在南衙裏南衙裏等待着。直等的金烏向山墜。銀蟾出海角。〔註59〕

「你與我去城隍根前祝禱」按格律爲「十十十，平平去◆」〔註60〕；除去襯字，此句當作「去城隍根前祝禱」。「祝」按律爲「去聲」，故《音釋》不依《中州音韻》，而按曲譜格律，將之釋作「去聲」。

又如「趔」字，《中原音韻》、《中州音韻》均未收。被釋字「趔」位於唱曲非韻腳處四次，二次作「郎夜切」、二次作「郎耶切」。

作「郎夜切」者，一次見於〈後庭花〉第二折：

〔南呂一枝花〕不覺的日沈西。不覺的天將暮。不覺的身趔趄。不覺的醉模糊。則我這眼展眉舒。蓋因是一由命二由做。我則要千事足百事足。常言道馬無夜草不肥。人不得外財不富。〔註61〕

「不覺的身趔趄」按格律爲「十平平ㄙ十」〔註62〕；除去襯字，此句當作「不覺身趔趄」。「趔」按律爲「宜去可上」，故《音釋》將之派入去聲，作「郎夜切」。

另一次見於〈誤入桃源〉第三折：

〔五煞〕我受用淡氤氳香噴鵲尾爐。光瀲灩酒傾蕉葉杯。腳趔趄佳人錦瑟傍邊立。醉疎狂閒吟夜月詩千首。眼迷希細看春風玉一圍。到今日歸何地。想殺我龍肝鳳髓。害殺我螓首蛾眉。〔註63〕

「腳趔趄佳人錦瑟傍邊立」按格律爲「十平十仄平平ㄙ」〔註64〕；除去襯字，此句當作「佳人錦瑟傍邊立」。「趔」爲襯字，《音釋》將之派入去聲，作「郎夜切」。

作「郎耶切」者，一次見於〈馬陵道〉第四折：

〔註59〕明・臧懋循：《元曲選》，頁7244。

〔註60〕鄭騫：《北曲新譜》，頁124。

〔註61〕同註59，頁4036。

〔註62〕同註60，頁119。

〔註63〕同註59，頁5717。

〔註64〕同註60，頁70。

〔么篇〕他那裏語未絕。俺這裏箭早拽。則見他驀澗穿林。鑽天入地。急切難迭。腳趔趄。眼乜斜。恰便似酒酣時節。龐涓也休猜做楊柳岸曉風殘月。〔註65〕

「腳趔趄」按格律爲「仄十平」〔註66〕。「趔」按律爲平仄不拘，《音釋》將之派入平聲，作「郎耶切」。另一次見於〈任風子〉第二折：

〔正宮端正好〕添酒力晚風涼。助殺氣秋雲暮。尚兀自腳趔趄醉眼模糊。他化的俺一方之地都食素。單則是俺這殺生的無緣度。

〔註67〕

「尚兀自腳趔趄醉眼模糊」按格律，《北曲新譜》爲「十十十，十仄平平」〔註68〕；除去襯字，此句當作「腳趔趄醉眼模糊」。「趔」按律爲平仄不拘，《音釋》將之派入平聲，作「郎耶切」。

由上述看來，《音釋》對「趔」字派入平聲或去聲，似乎毫無規律可言。但必須注意的是，「趔趄」爲連綿詞，《音釋》既釋「趔」，必釋「趄」：

出　處	趔	趄	曲譜格律
〈後庭花〉第二折	郎夜切	且去聲	ㄙ十
〈誤入桃源〉第三折	郎夜切	青夜切	／
〈馬陵道〉第四折	郎耶切	青耶切	十平
〈任風子〉第二折	郎耶切	且去聲	十十

從上表可以發現，在唱曲時，除〈任風子〉第二折外，「趔」、「趄」平仄必定相同。至於〈任風子〉第二折《北曲新譜》作「十十」，格律較寬，但《太和正音譜》卻作「平去」〔註69〕。《音釋》可能認爲此處當作「平去」爲宜，故將「趔」派平聲，「趄」派去聲。

今將《音釋》中，唱曲非韻腳的入派三聲字之釋音、出現次數與出處，列表如下：

〔註65〕明・臧懋循：《元曲選》，頁3333。

〔註66〕鄭騫：《北曲新譜》，頁148。

〔註67〕同註65，頁6943。

〔註68〕同註66，頁23。

〔註69〕明・朱權：《太和正音譜》（臺北：學海出版社，民80年），頁145。

序號	被釋字	釋音	出現次數	出處舉例
1	月	魚靴切	1	現如今雨淋漓正值着暑月分。
2	十	繩知切	7	俺哥哥替還了原借銀十錠。
3	吖	音鴉	1	不索你沒來由這般叫天吖地。
4	夕	星西切	1	乾誤了我晚夕參聖一爐香。
5	不	音補	3	早撥起喒無明火不鄧鄧。
6	及	更移切	1	莫不是那官中民快央及的怕。
7	㩿	邦也切	1	則見他㒩㩿㩿的做樣勢。
8	日	人智切	1	趁着你在日澆奠理當宜。
9	椤	子傘切	1	定頭梢下椤指。
10	滮	乖上聲	1	我滮的嚥了不覺忽的昏迷。
11	出	音杵	1	做出這等不君子待何如。
12	只	張恥切	2	只見他揎拳捰袖。
13	玉	于句切	1	草生合玉階輦路。
14	白	巴埋切	4	早插個明白狀。
15	石	繩知切	1	有甯戚空嗟白石爛。
16	立	音利	1	我只從中兒立直。
17	伏	房夫切	1	治尚書魯國伏生。
18	合	音何	2	我可便買與你個合酪吃。
19	宅	池齋切	10	將我這銅斗兒般大院深宅。
20	肉	柔上聲	1	肌肉兒瘦和肥。
21	蕚	音傲	1	背鶯聲花蕚樓。
22	克	康美切	1	並不說家克計。
23	別	邦爺切	3	端的個人生最苦是別離。
		皮爺切	1	須不是長休飯永別杯。
		邦耶切	1	卻將這精銀響鈔與了別人。
		皮耶切	2	他每現如今都齊了行不用別人。
24	吸	音喜	2	渴時節吸盡洞庭秋。
25	孛	音蒲	1	今日呵便擔着孛籃。
26	菠	徐靴切	2	老虔婆意中只待頻菠刮。
27	杓	繩昭切	5	着那等乾眼熱滑張杓俫。
28	足	臧取切	3	從今後足衣。足食。
29	刷	雙寡切	3	刷卷纔回。
30	卒	粗上聲	5	爭奈倉卒之際。
31	叔	音暑	1	翻笑着不風流閉門的顏叔。
		音收	1	有那禮讓的意呵賽過得鮑叔。

32	妯	直由切	1	莫不您叔嫂妯娌不和睦。
33	妲	當加切	1	妲己空破國。
34	拍	鋪買切	2	穩拍拍乘舟騙馬。
35	服	房夫切	1	你是必休是必休接受買服錢。
36	直	征移切	1	則被他撇撒我階直下
37	俗	詞疽切	2	書舍無俗氣
		詞沮切	1	管甚麼敗風俗、殺風景、傷風化。
38	勃	音婆	1	這便是風送王勃。
39	姹	倉詐切	1	嬰兒姹女趣。
40	客	音楷	1	我對着眾客展開。
41	拾	繩知切	1	落可便刮土兒收拾盡。
42	柞	音詐	4	一柞來銅錢恰便似砍麻稭。
43	毒	東盧切	1	想起他這狠切的毒心。
44	活	音和	1	便教我做活佛。
45	約	音杳	1	我這裏自窨約。
46	食	繩知切	1	他每都人人遶戶將糧食化。
47	峪	于句切	3	你可便久鎮着南邊夾山的那峪前。
		音預	1	崎嶇峪道。
		音裕	1	你道是赤瓜峪。
48	摻	哉上聲	1	排營摻摻。
49	席	星西切	1	則道是喜孜孜設席肆筵。
50	息	喪擠切	1	我只要你將也波息這病體。
51	格	皆上聲	1	不是這韓飛卿性格拗。
52	疾	精妻切	3	也合看空便覷遲疾緊慢。
53	祝	音主	1	祝吾王壽元無量。
		去聲	1	你與我去城隍根前祝禱。
54	窄	齋上聲	2	一對不倒踏窄小金蓮。
55	納	囊亞切	1	我則見他番穿着綿納甲。
56	索	音嫂	1	落的這徹骨毛索性。
57	骨	音古	1	呆老子也卻原來是一個土骨堆。
58	啞	音鴉	1	趁着這響咿啞數聲柔艣前溪口。
59	國	音鬼	1	謝大王憐下國。
60	寂	精妻切	2	四顧寂寥。
61	得	當美切	1	這都是你那戀酒迷歌上落得的。
62	族	從蘇切	1	你道不共族稍似疎。

63	殺	雙鮓切	2	兀的不妝點殺錦繡香風榻。
64	液	音逸	1	那說起玉液金波。
65	着	池何切	2	倒着俺定奪。
		池河切	1	將料着這蘇婆休想輕饒過。
		池燒切	1	情着疼熱相牽掛。
66	笛	丁梨切	3	鼓笛搬弄。
67	笠	音利	1	他戴着個玉頂子新椶笠。
68	博	巴毛切	1	刀尖上博功績。
69	惡	音襖	2	咬牙根做出那惡精神。
70	掿	音鬧	10	常則是惡哏哏緊掿着條黃桑棍。
71	握	音杳	3	拿雲握霧手。
72	揲	繩遮切	1	不索占夢揲蓍草。
73	策	釵上聲	2	再習些戰策兵書。
74	結	饑也切	1	便是俺還俗的也不悞了正結果。
75	肅	音須	1	你有那施捨的心呵訕笑得魯肅。
76	腋	音逸	1	我啜的是兩腋清風七盞茶。
77	蛣	音豈	1	柳翠也從今後早則去了你那蛣蜋皮。
78	跋	音巴	1	太公跋扈。
79	黑	亨美切	2	你看那昏慘慘征塵遮的遍地黑。
80	塞	思子切	1	又被那浮雲塞閉。
81	搠	聲卯切	9	這廝待搠斷了俺風月佳期。
82	搦	囊帶切	3	腰枝一搦東風擺。
83	碌	音路	1	腰纏着碌簌絛。
84	蜀	繩朱切	1	得蜀望隴休多想。
85	賊	則平聲	6	怎有這屠岸賈賊臣。
86	趔	郎耶切	2	腳趔趄。
		郎夜切	2	不覺的身趔趄。
87	酪	音澇	4	害渴時喝一杓兒酪和粥。
88	隔	皆上聲	1	無障隔無遮礙。
89	奪	音多	1	也則是惡紫奪朱。
90	實	繩知切	4	但的他殘湯半碗充實我這五臟。
91	摑	乖上聲	7	錯摑打了別人怎罷休。
92	摔	音洒	9	走將來摔碎瑤琴。
		音灑	1	摔碎了瑤琴。
93	摘	齋上聲	3	摘棗兒。摘棗兒。摘您娘那腦兒。

94	斡	蛙果切	1	非是我挑茶斡刺。
95	槅	皆上聲	1	俺這裏排亮槅揭簾櫳。
96	槊	聲卯切	1	分明是活脫下一個單鞭奪槊的尉遲恭。
97	滌	音體	2	洗滌了風雲興。
98	獄	于句切	1	則俺兩口兒受冰雪堂地獄災。
		于去聲	1	往地獄好尋娘去。
99	福	音府	1	他有文章怕沒文章福。
100	綽	超上聲	3	寬綽綽翠亭邊蹴踘場。
101	蒻	饒去聲	1	則是一撒網一蓑衣一蒻笠。
102	踅	徐靴切	1	趕着我後巷前街打踅磨。
103	噎	音以	1	你你你胡噎饑。
		衣也切	1	那裏每噎噎哽哽。
104	德	當美切	1	你道你便三從四德。
105	撒	殺買切	1	哎你個撒滯殢的先生也那假若是有人見。
106	撧	疽也切	1	你這般撧耳撓腮可又便怎生。
		疽且切	4	赤緊的菜園中撧葱般人脆。
107	敵	丁梨切	1	憑着我能文善武萬人敵。
108	樂	音澇	2	又不曾取樂枕屏邊。
109	澁	生止切	1	登澁道下階址。
110	熟	繩朱切	1	頻頻的間阻休熟分。
		常由切	1	念一首斷腸詞顛倒熟滑。
		裳由切	3	難施逞樂藝熟閒。
111	磕	音可	11	我着那廝磕着頭見一番。
112	蝶	音爹	3	輕輕風趁蝴蝶隊。
113	褎（褒）[註70]	博毛切	1	尋褎彈、覓破綻、敢則無纖掐。
114	踏	當加切	1	問官人借對頭踏亂交加。
115	踘	音矩	1	垂肩蹴踘。
116	踢	音體	1	當街上吃了這一場潑拳踢。
117	醁	音路	1	我着金杯飲醁醑。
118	頡	奚耶切	1	蒼頡字。
119	魄	鋪買切	1	便英雄怕不魂魄飛。

[註70] 被釋字見〈金錢記〉第一折，「褎」當爲「褒」之訛，詳細考證見本文第一章第三節。

120	學	奚交切	1	一個翦紅綃翠錦學鍼線。
121	濁	之婆切	1	天地也只合把清濁分辨。
122	踖	音渣	4	你今日有甚臉落可便踖着我的門戶。
123	霎	雙鮓切	1	幾曾道半霎兒停步。
124	嚇	亨美切	1	我向嚇魂臺把文案偷窺視。
		黑平聲	1	待要諕嚇誰。
125	獲	胡乖切	1	習文的堪歎這西狩獲麟。
126	簌	蘇上聲	4	怎當這頭直上急簌簌雨打。
		音蘇	1	做爹的滴血簌簌淚滿腮。
127	薄	巴毛切	1	這都是我緣分薄。
128	屩	音皎	1	舉薦我布衣芒屩到朝堂。
129	蹠	張恥切	1	偏撞他柳盜蹠惡哏哏做死冤。
130	雜	音咱	1	聰俊的到底雜情。
131	餮	湯也切	1	饕餮都盡。
132	馥	房夫切	3	香馥馥麝蘭薰羅綺交加。
133	爆	音報	2	剗地管喜信爆燈花。
		音豹	2	我這裏便爆雷也似喏罷擡頭覷。
134	爇	如夜切	3	寶篆氤氳爇金鼎。
135	爍	燒上聲	2	晨光閃爍鴛鴦瓦。
136	籍	精妻切	1	花呵可惜狼藉一夜風。
137	糲	邦架切	1	麤衣糲食。
138	鐸	多勞切	2	這壁廂鑊鐸殺五臟神。
139	驀	音賣	1	驀入門桯去。
140	鶴	音豪	3	則俺那洞中有客鶴來早。
141	鶻	紅姑切	4	學太康放鷹鶻拿燕雀。
142	覿	丁梨切	1	與俺這母親重覿面。
143	鑊	音禾	1	俺無那鼎鑊邊滾熱油。
		音和	7	到軍寨裏鬧鑊鐸。
144	鷓	音柘	1	鳳凰簫吹不出鷓鴣天。
		音蔗	1	經了些風雨聲中聽鷓鴣。
		張射切	1	也不索茶點鷓鴣斑。
145	纛	東盧切	1	莫不我拜先靈打着面豹纛旗。
146	鑿	慈騷切	1	咬定鑿牙。
147	煿	音包	1	做一箇煿煎滾。
148	𠛅	音彼	1	碎聲兒𠛅剝。

149	刮	音擺	8	這公事怎刮劃。
150	箄	音蒲	1	我正是出了箄籃入了筐。
151	壁	音彼	1	有一個匡衡將鄰家牆壁鑿穿。
152	吉	巾以切	1	與他換過了黃道的吉日。
153	鬏	丁離切	1	沒揣的便揪住鬏髻。
		丁梨切	1	梳着箇霜雪般白鬏髻。

二、唱曲非韻腳的入讀原調字

《音釋》入讀原調之字，位於唱曲非韻腳字的，共252條。與唱曲非韻腳處的入派三聲字相同，依位置可分爲句首、句中、句尾。

位句首者，如：〈救孝子〉第四折「吖吖的連聲喚救人」的「吖」字、〈趙氏孤兒〉第四折「憿支支惡心煩」的「憿」字、〈范張雞黍〉第二折「汨羅江楚三閭醉的來亂跌」的「汨」字、〈陳洲糶米〉第一折「咂膿血的蒼蠅」的「咂」字、〈張天師〉第三折「訐人曖昧」的「訐」字。

位句中者，占大多數。如：〈楚昭公〉第一折「便休題吳姬光擷碎了溫涼玉盞」的「擷」字、〈黃粱夢〉第四折「將那潑醅酒漉漉連糟嚥」的「漉」字、〈岳陽樓〉第一折「餓得那楚宮女腰肢一捻香」的「捻」字、〈貨郎旦〉第四折「送的來高高下下凹凹凸凸一搭模糊」的「凸」字、〈神奴兒〉第二折「待飛騰則恨我肋下沒稍翎」的「肋」字、〈梧桐葉〉第一折「這筆陣流三峽掃千軍」的「峽」字。

位句尾者，如〈馮玉蘭〉第四折「鐁」字：

> 〔水仙子〕今日個從頭一一盡招承。國法王條不順情。也顯的你有忠直無偏佞。赤心的將公事整。端的個播清風萬載標名若。不是你金大人勢劍銅鐁。將賊徒分腰斷頸。可不乾着俺泣江舟這一段冤情。〔註71〕

由押韻字「承」、「情」、「佞」、「整」、「頸」可知，當折所押爲庚青韻。「鐁」字釋爲「音閘」屬家麻韻，故雖處句尾，查其格律，卻並非韻字。又如〈張生煮海〉第四折「淅」字：

> 〔滴滴金〕趁着那綠水清波。良辰美景。輕雲薄霧。霜氣浸冰壺。

〔註71〕明・臧懋循：《元曲選》，頁7106。

可則是玉露泠泠。金風淅淅。中秋節序。正值着冷清清人靜更初。〔註 72〕

由押韻字「霧」、「壺」、「序」、「初」可知，當折所押爲魚模韻。「淅」字釋爲「音昔」，屬齊微韻，雖處句尾，查其格律，卻並非韻字。又如〈黃粱夢〉第三折的「楔」字：

〔玉翼蟬煞〕那先生自舞自歌。吃的是仙酒仙桃。住的是草舍茅庵。強如龍樓鳳閣。白雲不掃。蒼松自老。青山圍繞。淡煙籠罩。黃精自飽。靈丹自燒。崎嶇峪道。凹答巖壑。門無綽楔。洞無鎖鑰。香焚石桌。笛吹古調。雲黯黯。水迢迢。風凜凜。雪飄飄。柴門靜。竹籬牢。過了那峻嶺尖峰。曲澗寒泉。長林茂草。便望見那幽雅仙莊這些是道。你可也休錯去了。〔註 73〕

由押韻字「桃」、「掃」、「閣」、「老」、「繞」、「罩」、「飽」、「燒」、「道」、「壑」、「鑰」、「調」、「迢」、「飄」、「牢」、「草」、「了」可知，當折所押爲蕭豪韻。「楔」字釋爲「音屑」，屬車遮韻，雖處句尾，查其格律，卻並非韻字。

即使入讀原調，在曲中亦受格律影響。大抵而言，入讀原調的入聲字，多位於襯字處，或格律可仄之處。

如：「鶚」字，《中原音韻》屬蕭豪、歌戈韻入作去聲；《中州音韻》作「叶傲」，蕭豪韻入作去聲〔註 74〕；「俄个切」，歌戈韻入作去聲〔註 75〕。被釋字「鶚」位於唱曲非韻腳處一次。見〈張天師〉第一折：

〔金盞兒〕我本待鸞鳳配雌雄。你只想鵰鶚起秋風。怎知我月中丹桂非凡種。你問我來年春動有甚吉和凶。則你那文章千卷富。怕不的命運一時通。秀才我道你來年登虎榜。總不如今夜抱蟾宮。〔註 76〕

「你只想鵰鶚起秋風」按格律爲「仄平平」〔註 77〕。除去襯字，此句當作「起

〔註 72〕 明・臧懋循：《元曲選》，頁 7024。

〔註 73〕 同上註，頁 3475。

〔註 74〕 明・王文璧：《中州音韻》，頁 54。

〔註 75〕 同上註，頁 57。

〔註 76〕 同註 72，頁 1069。

〔註 77〕 鄭騫：《北曲新譜》，頁 100。

秋風」。「鶚」於曲中爲襯字，《音釋》以入讀原調處理，作「音鄂」。

又如「纛」字，《中原音韻》屬魚模韻入作平聲、蕭豪韻去聲；《中州音韻》作「東盧切」，魚模韻入作平聲〔註 78〕；「唐澇切」，蕭豪韻去聲〔註 79〕。被釋字「纛」位於唱曲非韻腳處四次，一次作「東盧切」、三次作「音毒」。

作「東盧切」者，一次見於〈桃花女〉第三折：

> 〔石榴花〕今日是會新親待客做筵席。倒准備着長休飯永別杯。莫不我拜先靈打着面豹纛旗。你暢好是下的。使這般狡倖心機。娶新人指望成佳配。結百年諧老夫妻。怎麼未成親先使這拖刀計。蚤難道人善得人欺。〔註 80〕

「莫不我拜先靈打着面豹纛旗」按格律爲「十平十仄仄平平」〔註 81〕。除去襯字，此句當作「先靈打面豹纛旗」。「纛」按律爲平聲，不得讀作入聲原調。

三次作「音毒」者，分別見於〈金錢記〉第一折：

> 〔混江龍〕博得個名揚天下。纔能勾宴瓊林飲御酒插宮花。恰便似珷玞石待價。斗筲器矜誇。現如今洞庭湖撐翻了范蠡船。東陵門鋤荒了邵平瓜。想當日楚屈原假惺惺醉倒步兵廚。晉謝安黑嘍嘍鼾睡在葫蘆架。沒福消軒車駟馬。大纛高牙。〔註 82〕

〈玉鏡臺〉第一折：

> 〔混江龍〕也只爲平生名望。博得個望塵遮拜路途傍。出則高牙大纛。入則峻宇雕牆。萬里雷霆驅號令。一天星斗煥文章。威儀赫奕。徒御軒昂。喜時節鵷鸞並簉。怒時節虎豹潛藏。生前不懼獬豸冠。死來圖畫麒麟像。何止是析圭儋爵。都只待拜將封王。〔註 83〕

〈救孝子〉第一折：

> 〔混江龍〕今日個孩兒每成人長大。我看的似掌中珠懷內寶怎做的

〔註 78〕明・王文璧：《中州音韻》，頁 24。

〔註 79〕同上註，頁 52。

〔註 80〕明・臧懋循：《元曲選》，頁 4491。

〔註 81〕鄭騫：《北曲新譜》，頁 145。

〔註 82〕同註 80，頁 429。

〔註 83〕同註 80，頁 707。

眼前花。一個學吟詩寫字。一個學舞劍輪撾。乞求的兩個孩兒學成文武藝。一心待貨與帝王家。時坎坷。受波查。且澆菜。且看瓜。且種麥。且栽麻。儘他人紛紜甲第厭膏粱。誰知俺貧居陋巷甘粗糲。今日個茅簷草舍。久以後博的個大纛高牙。〔註84〕

三曲均爲〔混江龍〕。「大纛高牙」、「久以後博的個大纛高牙」按格律爲「十仄平平」〔註85〕，除去襯字，均當作「大纛高牙」；「出則高牙大纛」按格律爲「十平十仄」〔註86〕，除去襯字，當作「高牙大纛」；「纛」按律均爲仄聲。故《音釋》可將之作入讀原調處理。

此外，有三條音釋，不以直音、反切釋之，而直接以「某入聲」點明讀作入聲原調。分別是：〈劉行首〉第二折「揎拳捋袖行凶暴」的「捋」字，釋作「亂入聲」。〈岳陽樓〉第三折「柳呵今日蕊蔥般人脆」的「蕊」字，釋作「鑞入聲」。〈趙氏孤兒〉第二折「我從來一諾似千金重」的「諾」字，釋作「囊入聲」。

今將《音釋》中，唱曲非韻腳的入派三聲字之釋音、出現次數與出處，列表如下：

序號	被釋字	釋音	出現次數	出處舉例
1	吖	音鴨	1	吖吖的連聲喚救人。
2	崒	才筆切	1	高崒嵂山勢崑崙大。
3	崒	昨律切	1	遮莫他虎嘯風崒律律的高山直走上三千遍。
4	憋	音必	1	憋支支惡心煩。
		音鱉	12	怕流不盡俺心頭憋憋的悶。
5	攧	音跌	3	便休題吳姬光攧碎了溫涼玉盞。
6	合	音入	1	貌堂堂都是一火灑合娘的。
7	鸂	音尺	1	淡煙籠鸂鶒汀沙。
8	漷	音國	1	將那潑醅酒漷漷連糟嚥。
9	璞	音迭	1	玉玎璫金璞瓔珠琭簌。
10	瓔	音屑	1	玉玎璫金璞瓔珠琭簌。
11	凸	音迭	1	送的來高高下下凹凹凸凸一搭模糊。

〔註84〕明・臧懋循：《元曲選》，頁3343。

〔註85〕鄭騫：《北曲新譜》，頁78。

〔註86〕同上註，頁78。

12	刖	音月	1	倒做了孫龐刖足。
13	匵	音讀	1	天也則索閣落裏韞匵藏諸。
14	合	音鴿	1	俺也曾合火分錢。
15	忔	許乙切	1	忔憎着又在心頭。
16	肋	音勒	1	待飛騰則恨我肋下沒稍翎。
17	劫	音結	1	也都在劫數裏不能逃。
18	吸	音翕	1	似鯨鯢吸盡銀河浪。
19	囫	音忽	3	則我這領破藍衫剛有那一條囫圇領。
20	忑	音忒	1	急的俺忐忐忑忑把花言巧語謾支吾。
21	杓	音芍	1	鍮鑌杓剜眼輪。
22	汨	音密	3	汨羅江楚三閭醉的來亂跌。
23	刺	音七	1	兀的不消磨了我刺繡的青黛和這硃砂。
24	刺	音辣	20	生刺刺弄的來人離財散。
25	咂	音匝	1	咂膿血的蒼蠅。
26	鏩	音閘	1	不是你金大人勢劍銅鏩
27	峍	勒沒切	1	高崪峍山勢崑崙大。
28	虼	音乞	1	那廝雖穿着幾件虼蜋皮。
29	峽	音狎	1	這筆陣流三峽掃千軍。
30	捋	力闊切	1	一捋一把雨淚漣漣。
		亂入聲	1	揎拳捋袖行凶暴。
31	眨	側洽切	1	眨眼間白石已爛。
32	訐	音揭	1	訐人曖昧。
33	鬏	音狄	4	歪斜着油鬏髻。
34	魆	許屈切	1	魆的潛行。
35	倏	音叔	1	那火倏的來忽的着。
36	啜	樞悅切	1	啜人口似蜜缽。
		樞說切	3	啜賺出是和非。
37	戛	音甲	1	元來是各支支聲戛琅玕竹。
38	捩	音裂	1	俺自拿着捩鼻木。
39	捻	音聶	3	餓得那楚宮女腰肢一捻香。
40	掐	音恰	3	我這裏掐人中。
		音洽	6	兩個指可便掐眼。
41	液	音亦	1	問甚麼玉液漿。
42	淅	音昔	1	金風淅淅。
43	脖	音勃	1	脖項上搭上套頭。

44	莢	音結	1	散東風榆莢錢。
45	覓	音密	3	我只索去那虎狼叢裏覓前程。
46	掣	音徹	3	旗掣電。
47	握	音約	2	你往常時在那鴛鴦帳底那般兒攜雲握雨。
48	揲	音舌	1	請山人占卦揲蓍。
49	琭	音鹿	1	珠琭簌玉玲瓏。
		音祿	1	玉玎璫金環瓔珠琭簌。
50	跖	音執	1	一個那盜跖延年。
		音質	1	可怎生糊突了盜跖顏淵。
51	塌	音塔	1	只要你還了時方纔死心塌地。
52	搠	音朔	1	人搠起纓鎗。
53	楔	音屑	2	立綽楔在門前。
54	煠	之殺切	1	又不曾將他去油鍋裏煠。
55	睫	音捷	1	多只在閭閻之下。眉睫之間。
56	萼	音鄂	1	花萼樓扶上馬。
57	辟	音匹	2	他門定桃符辟邪祟。
		音闢	1	怎知有千隻眼先驅能辟鬼。
58	鉢	音撥	1	這虔婆怕不口甜如蜜鉢。
59	雹	音薄	2	淚雹子腮邊落。
60	劃	音畫	2	他所犯那樁兒不是有條劃的罪。
61	幘	音責	1	你看我這巾幘舊雪冰透我腦門。
62	摺	音哲	1	寬掩過羅裙摺。
63	摺	音執	1	只見他摺回衫袖把面皮遮。
64	斡	烏括切	4	調三斡四。
65	滌	音笛	1	哎險也漢相如滌器臨邛市。
66	漉	音鹿	1	裹着一頂漉酒巾學五柳先生。
		音祿	1	漉渾酒的綸巾。
67	綽	昌約切	1	立綽楔在門前。
68	膊	音博	1	將臂膊代車輪。
69	蒺	音疾	1	看看那蒺藜沙上花。
70	閤	音葛	2	離得這閨閤裏。
71	颯	音撒	1	颯然驚覺。
		音薩	1	耳邊廂風颯颯。
72	屧	音屑	1	書屧踏殘紅杏雨。

73	撧	疽雪切	2	我把那廝脊梁骨各支支生撧做兩三截。
74	暴	音僕	1	逐朝家如暴囚。
75	澀	音瑟	3	我與你恰下澀道。
76	羯	音結	1	花奴羯鼓。
77	蝎	音歇	3	剔蠍撩蜂。
78	踘	音菊	2	一攢攢蹴球場。
79	醁	音鹿	1	可着我翠袖慇勤捧醁醑。
80	頡	音俠	1	與韓信三齊共頡頏。
81	魄	音託	1	因此上落魄江湖載酒行。
82	樾	音月	1	那捨貧的波眾檀樾。
83	橐	音托	2	囊橐裏有錢。
84	蕝	鑞入聲	1	柳呵今日蕝蔥般人脆。
85	諾	囊入聲	1	我從來一諾似千金重。
86	蹀	音迭	5	宮花蹀躞帽簷偏。
87	霎	音殺	9	沒半霎兒早熬翻了楚項羽。
88	頰	音結	1	你待賺鼇魚釣頰腮。
89	嚇	音黑	1	兀的不嚇掉了我的魂靈。
90	燮	音屑	5	你管燮理陰陽，掌握朝綱。
91	簌	音速	7	裙兒簌鞋半弓。
92	螫	音適	1	我比那窬牆賊蠍螫索自忍。
93	蟄	音哲	1	想蟄龍奮起非爲晚。
		音輒	3	只等待桃花浪暖蟄龍飛。
94	褶	音習	1	我覷不的你裙寬也那褶下。
95	蹋	音塔	1	崩蹋山崖。
96	轄	音狎	1	轄三十六洞天。
97	鍤	音插	2	也不學劉伶荷鍤。
98	擲	音直	2	鶯擲下碎錦也成空。
99	轆	音鹿	3	似取水垂轆轤。
100	飺	音帖	1	饕飺他酒共食。
101	鵒	音玉	1	又則見梨花枝上鴝鵒兒打盤旋。
102	蹴	音促	1	蹴金蓮步輕。
103	鏌	音莫	1	鏌鋣無神。
104	躅	音逐	1	索強似你跨青驢躑躅風塵。
105	鶒	音尺	1	常教我羨鸂鶒鴛鴦貪睡。
		音勅	1	輪着一條拄杖是打鸂鶒無情棍。

<table>
<tr><td>106</td><td>鶚</td><td>音鄂</td><td>1</td><td>你只想鵰鶚起秋風。</td></tr>
<tr><td>107</td><td>鶩</td><td>音木</td><td>2</td><td>我覷遠浦孤鶩落霞。</td></tr>
<tr><td>108</td><td>闥</td><td>音塔</td><td>2</td><td>俺家裏有一遭新板闥。</td></tr>
<tr><td>109</td><td>驀</td><td>音陌</td><td>12</td><td>驀入門知滋味便合休。</td></tr>
<tr><td>110</td><td>鶻</td><td>音斛</td><td>1</td><td>我繫的那一條玉兔鶻是金廂面。</td></tr>
<tr><td>111</td><td>躑</td><td>音直</td><td>1</td><td>索強似你跨青驢躑躅風塵。</td></tr>
<tr><td>112</td><td>齪</td><td>側角切</td><td>1</td><td>他見我風吹的齷齪是這鼻凹裏黑。</td></tr>
<tr><td>113</td><td>鷸</td><td>音穴</td><td>1</td><td>權待他鷸蚌相持俱斃日。</td></tr>
<tr><td rowspan="2">114</td><td rowspan="2">躞</td><td>音屑</td><td>5</td><td>宮花蹀躞帽簷偏。</td></tr>
<tr><td>音燮</td><td>1</td><td>那廝他跌躞躞的恰還魂。</td></tr>
<tr><td>115</td><td>齷</td><td>於角切</td><td>1</td><td>他見我風吹的齷齪是這鼻凹裏黑。</td></tr>
<tr><td>116</td><td>纛</td><td>音毒</td><td>3</td><td>沒福消軒車駟馬。大纛高牙。</td></tr>
<tr><td>117</td><td>躡</td><td>音聶</td><td>6</td><td>袖拂清風足躡雲。</td></tr>
<tr><td>118</td><td>鑰</td><td>音藥</td><td>1</td><td>則我這眉尖悶鎖無鑰匙。</td></tr>
</table>

第三節　普通賓白處的入聲字

唱曲韻腳處之入聲被釋字，共 195 條。入派三聲者 59 條，入讀原調者 136 條。以下分別就其「入派三聲」與「入讀原調」之情況進行探討。

普通賓白處的被釋字，除唱曲韻腳處必入派三聲外，就釋音內容可分爲「無論處在何種位置，均入派三聲」與「除入派三聲，亦入讀原調」兩大類。前者如「石」、「吃」、「角」；後者如「杓」、「刷」、「鏾」。

就釋音內容而言，可分爲三類。第一，被釋字僅出現在普通賓白，均入讀原調，如「竻」、「咄」、「倜」等字。第二，被釋字除唱曲韻腳外，均入讀原調，如「槅」、「呷」、「俠」等字。第三，被釋字除去唱曲韻腳，其餘位置作入讀原調外，亦入派三聲，如「纛」、「霎」、「吸」等字。

一、普通賓白的入派三聲字

《音釋》入派三聲之字，位於普通賓白者，共 59 條。其內容如下表：

序 號	被釋字	釋 音	出 處		劇 文
1	氏	音支	漢宮秋	第二折	若得他做閼氏。
2	石	繩知切	抱粧盒	楔子	嵌的是鴉鶻石。

3	吃	音恥	凍蘇秦	第二折	我待不與你些茶飯吃。
4	杓	繩昭切	魚樵記	第三折	笊籬馬杓。
			桃花女	楔子	將馬杓兒去那門限上敲三下。
5	角	音皎	謝金吾	第三折	來到這角頭上鬧市中。
			竹塢聽琴	第一折	則打那角門兒進。
6	刷	雙寡切	勘頭巾	第二折	差某往此審囚刷卷。
7	屈	丘雨切	灰闌記	第三折	我委實的銜冤負屈。
8	鍘	音查	鐵拐李	第一折	有勢劍銅鍘。
			後庭花	第三折	與你勢劍銅鍘。
9	活	音和	還牢末	第四折	綽號活閻羅阮小五的便是。
10	食	繩知切	凍蘇秦	第二折	恰便似燕子銜食。
11	哭	音苦	灰闌記	第三折	哽噎噎千啼萬哭。
12	峪	于句切	合汗衫	第四折	我要到窩弓峪裏尋個人去。
		音裕	昊天塔	第一折	被他圍在虎口交牙峪。
13	揑	尼夜切	合同文字	第三折	這廝故意的來揑舌。
14	窄	齋上聲	謝天香	第四折	小官量窄。
			還牢末	楔子	我便是泥鞋窄襪走隸公人。
15	啞	音雅	岳陽樓	第二折	有喑啞叱咤之勇。舉鼎拔山之力。
		音鴉	英氣布	第一折	喒想項王喑啞叱咤。
16	捩	音利	兒女團圓	第二折	我拿出我這捩鼻木來。
17	蚱	音齋	薛仁貴	第一折	則去撲蝴蚱。摸螃蟹。掏蛇蜘。
18	搭	音鬧	謝天香	第四折	冰不搭不寒。
			魚樵記	楔子	冰不搭不寒。
			貨郎旦	第一折	搭殺不成團。
19	捌	聲卯切	謝金吾	第二折	着你整捌軍馬。
			英氣布	第一折	一壁廂整捌軍馬。
20	搦	囊帶切	薛仁貴	第一折	單搦大唐名將出馬。
			小尉遲	第一折	單搦尉遲敬德出馬。
21	楔	音械	度柳翠	第四折	我與他抽丁拔楔。
22	煠	音查	羅李郎	第二折	我侯興買了五貫錢的油煠骨朵兒。
23	劃	胡乖切	勘頭巾	第二折	可是那八件事。……五條劃。……
24	摑	乖上聲	神奴兒	第四折	你爲甚麼將這李德義來揪撏摑打。
25	摔	音洒	玉鏡臺	第二折	我把這玉鏡臺摔碎了罷。
			老生兒	楔子	是你袖兒裏摔出來的。
			任風子	第三折	你怎麼把孩兒摔殺了。

		音灑	盆兒鬼	第二折	不如摔碎他娘罷。
			英氣布	第三折	先摔他一個腳稍天。
		升擺切	李逵負荊	第二折	滴留撲摔個一字。
26	槊	聲卯切	單鞭奪槊	第二折	使一條狼牙棗槊。
27	綽	超上聲	謝金吾	第二折	界河兩岸巡綽使。
28	趄	徐靴切	金線池	第一折	有幾個打趄客旅輩。
29	樂	姚去聲	揚州夢	楔子	自古道筵前無樂。不成歡樂。
		音耀	金線池	楔子	筵前無樂。不成歡樂。
		音澇	揚州夢	楔子	自古道筵前無樂。不成歡樂。
			金線池	楔子	筵前無樂。不成歡樂。
30	磕	音可	曲江池	第三折	你嗓磕他怎的。
			王粲登樓	第一折	[illegible]磕老夫不識賢哩。
31	篋	丘也切	牆頭馬上	第一折	可爲囊篋寶玩。
32	踏	音渣	神奴兒	楔子	你常踏着吉地而行。
			桃花女	第三折	正踏着黑道。
33	濕	傷以切	凍蘇秦	第二折	且休說懷躭十月。只從小偎乾就濕。
34	邈	音冒	百花亭	第三折	某姓高名邈。
35	額	崖去聲	薛仁貴	第一折	直至鴨綠江白額坡前下寨。
36	嚼	齊消切	馬陵道	第三折	將天書手中扯了一半。 口中嚼了一半。
37	鶚	音傲	王粲登樓	楔子	你趁着這鵬鶚西風萬里秋。
38	闥	湯打切	東堂老	第一折	門窗戶闥。
39	趔	劣平聲	燕青博魚	第三折	怪道我這腳趔趄站不定呵。

這 59 條音釋中，在《元曲選》僅被注音一次的，有「氐」、「蚱」、「篋」、「邈」、「嚼」五字。除這五字之外，其它被釋字在《元曲選》中被注釋的次數及情況如下表：

被釋字	位　置	次 數	釋　　音
石	曲．非韻	1	繩知切
	曲．韻腳	10	
	普通賓白	1	
吃	曲．韻腳	9	音恥
	普通賓白	1	

杓	曲・非韻	8	音芍、繩昭切
	曲・韻腳	1	繩昭切
	普通賓白	2	
角	曲・韻腳	7	音皎
	普通賓白	2	
	白・韻腳	1	
刷	曲・非韻	3	雙寡切
	曲・韻腳	2	
	普通賓白	1	
	白・非韻	2	雙寡切、數括切、數滑切
屈	曲・韻腳	9	丘雨切、音矩、區上聲
	普通賓白	1	丘雨切
	白・韻腳	1	
鏩	曲・非韻	1	音閘
	曲・韻腳	4	閘上聲、音查、音茶
	普通賓白	6	音閘、音查、查察切
	白・非韻	1	音閘
	白・韻腳	2	音茶、音閘
活	曲・非韻	1	音和
	曲・韻腳	13	
	普通賓白	1	
食	曲・非韻	3	繩知切
	曲・韻腳	14	繩知切、音似
	普通賓白	1	繩知切
哭	曲・韻腳	14	音苦
	普通賓白	1	
	白・非韻	1	
峪	曲・非韻	3	音裕、音預、于句切
	普通賓白	2	音裕、于句切
	白・韻腳	1	于句切
捏	曲・韻腳	1	尼夜切
	普通賓白	2	尼夜切、音聶
	白・非韻	1	音聶
窄	曲・非韻	2	齋上聲
	曲・韻腳	14	責上聲、齋上聲
	普通賓白	4	音側、齋上聲
	白・韻腳	3	齋上聲

<table>
<tr><td rowspan="3">啞</td><td>曲・非韻</td><td>1</td><td>音鴉</td></tr>
<tr><td>曲・韻腳</td><td>1</td><td>鴉上聲</td></tr>
<tr><td>普通賓白</td><td>2</td><td>音鴉、音雅</td></tr>
<tr><td rowspan="2">捩</td><td>曲・非韻</td><td>1</td><td>音裂</td></tr>
<tr><td>普通賓白</td><td>1</td><td>音列</td></tr>
<tr><td rowspan="2">掿</td><td>曲・非韻</td><td>10</td><td>音鬧</td></tr>
<tr><td>普通賓白</td><td>4</td><td>音鬧、女角切</td></tr>
<tr><td rowspan="2">搠</td><td>曲・非韻</td><td>10</td><td>音朔、聲卯切</td></tr>
<tr><td>普通賓白</td><td>3</td><td>聲卯切</td></tr>
<tr><td rowspan="3">搦</td><td>曲・非韻</td><td>3</td><td>囊帶切</td></tr>
<tr><td>普通賓白</td><td>5</td><td>囊帶切、音聶、女卓切、女角切</td></tr>
<tr><td>白・非韻</td><td>1</td><td>女角切</td></tr>
<tr><td rowspan="2">楔</td><td>曲・非韻</td><td>2</td><td>音屑</td></tr>
<tr><td>普通賓白</td><td>2</td><td>音屑、音械</td></tr>
<tr><td rowspan="3">煠</td><td>曲・非韻</td><td>1</td><td>之殺切</td></tr>
<tr><td>曲・韻腳</td><td>2</td><td>音查、音渣</td></tr>
<tr><td>普通賓白</td><td>1</td><td>音查</td></tr>
<tr><td rowspan="4">劃</td><td>曲・非韻</td><td>2</td><td>音畫</td></tr>
<tr><td>曲・韻腳</td><td>21</td><td>胡乖切</td></tr>
<tr><td>普通賓白</td><td>4</td><td>胡乖切、音畫</td></tr>
<tr><td>白・韻腳</td><td>3</td><td>胡乖切</td></tr>
<tr><td rowspan="3">摑</td><td>曲・非韻</td><td>7</td><td>乖上聲</td></tr>
<tr><td>曲・韻腳</td><td>4</td><td>乖上聲</td></tr>
<tr><td>普通賓白</td><td>2</td><td>乖上聲、音國</td></tr>
<tr><td rowspan="5">摔</td><td>曲・非韻</td><td>10</td><td>音灑、音洒</td></tr>
<tr><td>曲・韻腳</td><td>8</td><td>升擺切、音洒</td></tr>
<tr><td>普通賓白</td><td>6</td><td>升擺切、音洒、音灑</td></tr>
<tr><td>白・非韻</td><td>2</td><td>音率、音灑</td></tr>
<tr><td>無</td><td>1</td><td>音洒〔註 87〕</td></tr>
<tr><td rowspan="2">槊</td><td>曲・非韻</td><td>1</td><td rowspan="2">聲卯切</td></tr>
<tr><td>普通賓白</td><td>1</td></tr>
<tr><td rowspan="3">綽</td><td>曲・非韻</td><td>4</td><td>超上聲、昌約切</td></tr>
<tr><td>曲・韻腳</td><td>2</td><td>超上聲、扯果切</td></tr>
<tr><td>普通賓白</td><td>1</td><td>超上聲</td></tr>
</table>

〔註 87〕 此條音釋見於〈小尉遲〉第二折。

踅	曲·非韻	2	徐靴切
	普通賓白	1	
樂	曲·非韻	2	音澇
	曲·韻腳	13	姚去聲、音澇、音耀
	普通賓白	4	
磕	曲·非韻	11	音可
	曲·韻腳	1	
	普通賓白	2	
蹅	曲·非韻	4	音渣
	曲·韻腳	4	之沙切、音渣
	普通賓白	2	音渣
濕	曲·韻腳	4	傷以切
	普通賓白	1	
額	曲·非韻	1	音崖
	曲·韻腳	6	崖去聲、鞋去聲、崖平聲
	普通賓白	1	崖去聲
鶚	曲·非韻	1	音鄂
	曲·韻腳	2	音傲
	普通賓白	1	
闥	曲·非韻	3	音塔、湯打切
	普通賓白	2	
趔	曲·非韻	4	郎夜切、郎耶切
	普通賓白	1	劣平聲

上表中，被釋字與其釋音、位置之關係，可歸納為兩大類：

（一）無論被釋字處何種地位，均入派三聲

共有「石」、「吃」、「角」、「屈」、「活」、「食」、「哭」、「啞」、「峪」、「捽」、「槊」、「樂」、「踅」、「磕」、「蹅」、「濕」、「額」、「鶚」、「趔」十八字，無論在《元曲選》中處於何種位置，均以入派三聲處理。以下略舉六例說明。

1. 石

見於《音釋》十二次，皆作「繩知切」。位於唱曲非韻腳字一次，見〈王粲登樓〉第一折「有甯戚空嗟白石爛」。位於唱曲韻腳字十次，如〈勸狗殺夫〉第二折「半空裏下砲石」、〈倩女離魂〉第三折「把巫山錯認做望夫石」、〈百花亭〉第三折「則不要你個桂英化做一塊望夫石」、〈陳摶高臥〉第三折「三

千貫二千石」。位於普通賓白一次，見〈抱粧盒〉楔子「嵌的是鵶鶻石」。

2. 吃

見於《音釋》十次，皆作「音耻」。位於唱曲韻腳字九次，如〈爭報恩〉第四折「我則待燒一塊人肉吃」、〈鴛鴦被〉第四折「則他這酸黃齏怎的吃」、〈薛仁貴〉第三折「也曾偷的那生瓜來連皮吃」、〈魯齋郎〉第二折「將一杯醇糯酒十分的吃」。位於普通賓白一次，見〈凍蘇秦〉第二折「我待不與你些茶飯吃」。

3. 踅

見於《音釋》三次，皆作「徐靴切」。位於唱曲非韻腳二次，見〈合汗衫〉第一折「遶戶踅門」、〈賺蒯通〉第三折「趕着我後巷前街打踅磨」。位於普通賓白一次，見〈金線池〉第一折「有幾個打踅客旅輩」。

4. 槊

見於《音釋》二次，皆作「聲卯切」。位於唱曲非韻腳一次，見〈小尉遲〉第一折「分明是活脫下一個單鞭奪槊的尉遲恭」。位於普通賓白一次，見〈單鞭奪槊〉第二折「使一條狼牙棗槊」。

5. 活

見於《音釋》十五次，皆作「音和」。位唱曲非韻腳字一次，見〈氣英布〉第一折「便教我做活佛」。位唱曲韻腳字十三次，如〈竹葉舟〉第四折「這便俺仙家的過活」、〈魯齋郎〉第四折「俺自撇下家緣過活」、〈對玉梳〉第二折「因甚的鬧炒炒做不的箇存活」。位普通賓白一次，見〈還牢末〉第四折「綽號活閻羅阮小五的便是」。

6. 食

見於《音釋》十八次。取其去聲讀音，作「音似」一次，位唱曲韻腳字，見〈蝴蝶夢〉第一折「咱每日一瓢飲一簞食」。

取入聲讀音，皆入派平聲作「繩知切」。位唱曲非韻腳字三次，見〈曲江池〉第三折「你待要我賣笑求食，直將我來慢慢的等」、〈薛仁貴〉第一折「想當日韓元帥。乞食那漂母」、〈趙禮讓肥〉第一折「他每都人人遶戶將糧食化」。位唱曲韻腳字十四次，如〈盆兒鬼〉第三折「你莫不是野鬼孤魂索酒食」、〈舉案齊眉〉第三折「只這等是一世衣食」、〈留鞋記〉第一折「也省的人廢寢忘食」。位普通賓白第一折，見〈凍蘇秦〉第二折「恰便似燕子銜食」。

（二）被釋字除入派三聲外，亦讀原調

共有「杓」、「刷」、「鍘」、「捏」、「窨」、「捩」、「搭」、「捌」、「搦」、「楔」、「煠」、「劃」、「摑」、「綽」、「闥」十六字。除位唱曲韻腳必入派三聲之外，這些被釋字在其餘位置，除作入派三聲處理，亦釋爲讀入聲原調。

1. 杓

見於《音釋》十一次。入讀原調一次，作「音芍」，位唱曲非韻腳字，見〈對玉梳〉第一折「鑰鐀杓剜眼輪」。

入派平聲十次，作「音標」二次，均位唱曲非韻腳字，見〈曲江池〉第三折「雖不曾把黃金堆到北斗杓兒柄」、〈金安壽〉第一折「直喫的斗杓回月影轉梧桐」。

作「繩昭切」八次，位唱曲非韻腳字五次，見〈救風塵〉第一折「怕不便腳搭着腦杓成事早」、〈玉壺春〉第二折「訕杓倈手腳慌張」、〈秋胡戲妻〉第二折「媳婦兒怎敢是敦葫蘆摔馬杓」、〈趙禮讓肥〉第一折「量這半杓兒粥都添了有甚那」、〈百花亭〉第一折「着那等乾眼熱滑張杓倈」。位唱曲韻腳字一次，見〈李逵負荊〉第三折「就裏帶着一杓」。位普通賓白二次，見〈漁樵記〉第三折「笊籬馬杓」、〈桃花女〉楔子「將馬杓兒去那門限上敲三下」。

2. 刷

見於《音釋》九次。本文將於「韻語賓白非韻腳入聲字」一節作詳細討論。詳見本章第四節。

3. 鍘

見於《音釋》十四次。位唱曲非韻腳字一次，入讀原調作「音閘」，見〈馮玉蘭〉第四折「不是你金大人勢劍銅鍘」。位唱曲韻腳字四次，均入派上、平聲，作「閘上聲」、「音茶」、「音查」，分別見〈盆兒鬼〉第四折「兩邊廂擺列着勢劍銅鍘」、〈金錢記〉第一折「則他坐車兒傍掛着勢劍銅鍘」、〈兩世姻緣〉第三折「咱無甚勢劍銅鍘」。

位於韻語賓白非韻腳字一次，入讀原調作「音閘」，見〈趙氏孤兒〉第一折「待滿月鋼刀鍘死，纔稱我削草除根」。位韻語賓白韻腳字二次，一次入讀原調作「音閘」，見〈勘頭巾〉第二折「我將你喜孜孜賜賞加官，……，嘗我這明晃晃勢劍銅鍘」；一次入派三聲作「音查」，見〈魔合羅〉第三折「赤瓦不剌海猢孫頭，嘗我那明晃晃勢劍銅鍘」。

位於普通賓白六次，入派平聲作「音查」兩次，分別見〈鐵拐李〉第一折「有勢劍銅鍘」、〈後庭花〉第三折「與你勢劍銅鍘」。入讀原調作「查察切」一次，見〈凍蘇秦〉第四折「前去蘇家莊取討鍋瓮槽鍘去」；作「音閘」三次，分別見〈神奴兒〉第四折「將銅鍘先切了你那驢頭」、〈馬陵道〉第二折「劊子拿的銅鍘來」、〈生金閣〉第二折「着銅鍘切了頭者」。

「鍘」多作「銅鍘」之用，卻有讀派入平聲者，讀入聲原調者，於無須宥於平仄限制之普通賓白亦然。顯見《音釋》於「鍘」字之入聲讀法，並無一定標準。

4. 揑

見於《音釋》四次，位唱曲韻腳處一次，入派去聲作「尼夜切」，見〈望江亭〉第三折「先圖些打揑」。位韻語賓白非韻腳字一次，入讀原調作「音聶」，見〈張天師〉第四折「一個個供下狀吐出眞情。有誰敢揑虛詞半毫隱諱」。位普通賓白二次，一次入派去聲作「尼夜切」，一次入讀原調作「音聶」，分別見於〈合同文字〉第三折「這廝故意的來揑舌」、〈魔合羅〉第三折「所供是實，並無虛揑」。普通賓白並無平仄之限制，《音釋》一次入派去聲，一次入讀原調，似無一定標準。

5. 窄

見於《音釋》二十三次。位唱曲非韻腳字二次、唱曲韻腳字十四次、韻語賓白韻腳字三次，均入派上聲。位唱曲非韻腳字者，作「齋上聲」，見〈玉鏡臺〉第二折「一對不倒踏窄小金蓮」、〈救孝子〉第三折「侵井口窄將印縫鋪」。位唱曲韻腳字者，一次作「責上聲」，見〈趙禮讓肥〉第三折「只恁的天寬地窄」；其餘作「齋上聲」，如〈張生煮海〉第二折「變大呵乾坤中較窄」、〈兩世姻緣〉第四折「不爭你大鬧西川性窄」、〈小尉遲〉第二折「他則是劣馬乍調嫌路窄」。位韻語賓白韻腳字者，作「齋上聲」，見〈鴛鴦被〉第二折「帽兒窄窄，今日做個嬌客」、〈馬陵道〉第三折「空愁望，空悲慨，舉動唯嫌天地窄」、〈竇娥冤〉第一折「袖兒窄窄，今日做箇嬌客」。

此外，位於普通賓白的，有四次。二次入派上聲，作「齋上聲」，見〈謝天香〉第四折「小官量窄」、〈還牢末〉第四折「我便是泥鞋窄襪走隸公人」。

二次入讀原調，作「音側」，見〈硃砂擔〉第一折「您兄弟量窄」、〈劉行首〉第四折「此處敢匾窄」。

「窄」字除普通賓白外，均以入派上聲處理。普通賓白處，均有狹窄之義，卻同時有派入上聲、入聲原調兩種讀法，不知《音釋》之標準爲何。

6. 捩

見於《音釋》二次，一次位唱曲非韻腳字，入讀原調作「音裂」，見〈岳陽樓〉第四折「俺自拿着捩鼻木」。一次作普通賓白，入派去聲作「音利」，見〈兒女團圓〉第二折「我拿出我這捩鼻木來」。「捩」字《音釋》於唱曲時入讀原調，用於普通賓白，反作入派去聲處理。

7. 搦

見於《音釋》十四次。位唱曲非韻腳字十次，均入派去聲作「音鬧」。如〈小尉遲〉第一折「他若是搦鋼鞭款款把征駝鞚」、〈氣英布〉第四折「兀的不生搦損明晃晃這柄簸箕般金蘸斧」、〈玉鏡臺〉第二折「恰纔輕搦着春蔥儘僥倖」。

位於普通賓白四次。入派去聲作「音鬧」三次，見〈謝天香〉第四折「冰不搦不寒」、〈漁樵記〉楔子「冰不搦不寒」、〈貨郎旦〉第一折「搦殺不成團」。入讀原調作「女角切」一次，見〈凍蘇秦〉第四折「冰不搦不寒」。

同釋賓白「冰不搦不寒」，《音釋》二次入派去聲，一次入讀原調，並無規律。

8. 搠

見於《音釋》十三次。無論是在唱曲處或賓白處，都有同時釋爲入派上聲和入讀原調的情形。

位唱曲非韻腳字十次，一次入讀原調作「音朔」，見〈漢宮秋〉第三折「人搠起纓鎗」；九次入派上聲作「聲卯切」，如〈玉壺春〉第二折「這廝待搠斷了俺風月佳期」、〈伍員吹簫〉第一折「我將的潑無徒直搠滿了這湛盧槍」、〈漁樵記〉第二折「便是凍蘇秦也怎生去搠筆巡街」。

位普通賓白字三次，一次入讀原調作「音朔」，見〈勘頭巾〉第二折「他望上一搠」；二次入派上聲作「聲卯切」，見〈謝金吾〉第二折「着你整搠軍馬」、〈氣英布〉第一折「一壁廂整搠軍馬」。

9. 搦

見於《音釋》九次。三次位唱曲非韻腳字，均入派去聲作「囊帶切」，見〈岳陽樓〉第三折「單搦着陳摶睡」、〈金安壽〉第四折「腰枝一搦東風擺」、〈㑳梅香〉第二折「你個不了事的呆才可元來在這手兒裏搦着」。一次位韻語賓白非韻腳字，入讀原調作「女角切」，見〈梧桐葉〉第二折「搦管下庭除，書作相思字」。

位於普通賓白共五次，兩次入派去聲作「囊帶切」，見〈薛仁貴〉第一折「單搦大唐名將出馬」、〈小尉遲〉第一折「單搦尉遲敬德出馬」。三次入讀原調，作「音聶」、「女卓切」、「女角切」，分別見於〈王粲登樓〉第四折「冰不搦不寒」、〈東堂老〉楔子「兩手搦得緊緊的」、〈伍員吹簫〉「單搦你費無忌出馬交鋒」。

「冰不搦不寒」之「搦」，應與「捏」通，故釋作「音聶」。而「單搦」一詞，於賓白處既派入去聲，又讀作原調，可知「搦」字《音釋》釋音並無一定標準。

10. 楔

見於《音釋》四次。兩次位唱曲非韻腳字，均入讀原調作「音屑」。見於〈鐵拐李〉第二折「立綽楔在門前」、〈黃粱夢〉第三折「門無綽楔」。兩次位於普通賓白，一次入讀原調作「音屑」，一次入派去聲作「音械」，分別見於〈范張雞黍〉第三折「門安綽楔」、〈度柳翠〉第四折「我與他抽丁拔楔」。

「楔」字作「綽楔」均入讀原調，作「抽丁拔楔」則入派去聲。

11. 煠

見於《音釋》四次。一次位唱曲非韻腳字，入讀原調作「之殺切」，見〈看錢奴〉第一折「又不曾將他去油鍋裏煠」。兩次位唱曲韻腳字，均入派平聲。一次作「音查」，見〈趙禮讓肥〉第一折「現如今心似油煠」；一次作「音渣」，見〈鴛鴦被〉第二折「好着我便心似熱油煠」。一次位於普通賓白，作「音查」，見〈羅李郎〉第二折「我侯興買了五貫錢的油煠骨朵兒」

「煠」字作「油煠」均入派平聲，作動詞義如「油鍋裏煠」則入讀原調。

12. 劃

見於《音釋》三十次。二次位唱曲非韻腳字，均入讀原調，作「音畫」，見

〈梧桐葉〉第三折「困騰騰劃損眉梢」、〈百花亭〉第三折「他所犯那樁兒不是有條劃的罪」。

二十一次位唱曲韻腳字，均入派平聲，作「胡乖切」，如〈玉壺春〉第三折「你一個忒聰明肯做美的姨姨你自裁劃」、〈鐵拐李〉第四折「一靈兒無處剅劃」、〈薛仁貴〉第二折「空教我心勞意攘怎支劃」。

三次位韻語賓白韻腳字，均入派平聲，作「胡乖切」，如〈神奴兒〉第四折「老夫心下自裁劃，你將金錢銀紙快安排」、〈生金閣〉第四折「老夫心下自裁劃，你將銀錢金紙快安排」、〈趙氏孤兒〉第一折「程嬰心下自裁劃，趙家門戶實堪哀」。

四次位普通賓白處，一次入派平聲，作「胡乖切」，如〈勘頭巾〉第二折「可是那八件事：一筆札，二算子，三文狀，四把法，五條劃，六書契，七抄寫，八行止」。三次入讀原調，作「音畫」，見〈虎頭牌〉第三折「你今日犯下正條劃的罪來」、〈酷寒亭〉第三折「那婆娘將一把刀子去盤子上一劃」、〈望江亭〉「妾身略識些撇豎點劃」。

「劃」字除唱曲韻腳字與賓白處「五條劃」外，其餘均釋爲入讀原調。

13. 摑

見於《音釋》十三次。七次位唱曲非韻腳字，均入派上聲，作「乖上聲」。如〈謝天香〉第四折「廝摑廝揪」、〈金線池〉第三折「摑着手分開雲雨」、〈東堂老〉第一折「那一個出得他摑打撾揉」。

四次位唱曲韻腳字，均入派上聲，作「乖上聲」。見〈合汗衫〉第折「將我這手去摑」、〈蝴蝶夢〉第四折「教我空沒亂把地皮摑」、〈看錢奴〉第二折「那員外伸着五個指十分的便摑」、〈漁樵記〉第二折「你向我這凍臉上不俫你怎麼左摑來右摑」。

兩次位於普通賓白，一次入派上聲，作「乖上聲」；一次入讀原調，作「音國」。分別見於〈神奴兒〉第四折「你爲甚麼將這李德義來揪摔摑打」、〈傷梅香〉第二折「我本將摑破你個小賤人的口來」。

普通賓白處「摑打」、「摑破」釋音不一致，可見《音釋》於「摑」字派入上聲或讀作原調，並無一定標準。

14. 綽

見於《音釋》七次。位唱曲非韻腳處四次，一次入讀原調，作「昌約切」，見〈鐵拐李〉第二折「立綽楔在門前」；三次入派上聲，作「超上聲」，見〈金錢記〉第一折「寬綽綽翠亭邊蹴踘場」、〈玉鏡臺〉第一折「綽人眼光」、〈黑旋風〉第一折「將我這夾鋼斧綽清泉觸白石擋擋的新磨淨」。

兩次位於唱曲韻腳字，均入派上聲，一次作「扯果切」，一次作「超上聲」。分別見〈黃粱夢〉第四折「我我我沒揣的猿臂綽」、〈趙禮讓肥〉第二折「筵席忒寬綽」。一次位普通賓白處，入派上聲作「超上聲」，見〈謝金吾〉第二折「界河兩岸巡綽使」。

「綽」字作「綽楔」時入讀原調，其餘則入派上聲。作唱曲韻腳字作「扯果切」者，乃因〈黃粱夢〉第四折押歌戈韻之故。

15. 鶚

見於《音釋》四次。位唱曲非韻腳處一次，入讀原調作「音鄂」，見〈張天師〉第一折「你只想鵰鶚起秋風」。位唱曲韻腳處二次，均入派去聲，作「音傲」。見〈薦福碑〉第二折「孔融好等你那禰衡一鶚」、〈趙禮讓肥〉第二折「心若雲間鶚」。一次位普通賓白，入派去聲，作「音傲」，見〈王粲登樓〉楔子「你趁着這鵬鶚西風萬里秋」。

「鶚」字唱曲處入讀原調，普通賓白處反入派去聲，不知《音釋》標準爲何。

16. 闥

見於《音釋》五次。三次位唱曲韻腳字，一次入派上聲，作「湯打切」，見〈竇娥冤〉第一折「催人淚的是錦爛熳花枝橫繡闥」；二次入讀原調，作「音塔」，見〈小尉遲〉第一折「你小可如劉黑闥王世充」、〈魔合羅〉第一折「俺家裏有一遭新板闥」。

二次位普通賓白處，一次入派上聲，作「湯打切」，見〈東堂老〉第一折「門窗戶闥」；一次入讀原調，作「音塔」，見〈岳陽樓〉第一折「上了這板闥」。

「闥」字無論是唱曲處或普通賓白處，均有同時釋爲入派上聲、入讀原調的現象，《音釋》對於此字讀法，似無一定的標準。

二、普通賓白的入讀原調字

《音釋》入讀原調之字，位於普通賓白者，共 136 條。其內容如下表：

序號	被釋字	釋音	出處		劇文
1	仄	音側	謝天香	第二折	差了平仄。
2	憋	音必	傷梅香	第四折	說那人有些心芻憋囉。
		音鱉	金錢記	第四折	你怎生這般古憋。
			陳洲糶米	第一折	都喚我做張憋古。
			風光好	第二折	昨日陶學士座中古憋。
			陳摶高臥	第四折	好個古憋先生。
			揚州夢	第一折	卻不道文苑中古憋秀才家。
			昊天塔	第二折	我想孟良是個憋強的性兒。
			魚樵記	第三折	這早晚那張憋古敢待來也。
			金線池	第一折	你只管與孩兒憋性怎的。
			盆兒鬼	第二折	有張憋古老的問喒討個夜盆兒。
			貨郎旦	第二折	是張憋古。
			生金閣	第二折	有些憋拗。
3	槅	音革	老生兒	第二折	山核桃差着一槅兒哩。
4	刖	音月	凍蘇秦	第一折	孫臏刖足。
5	合	音鴿	灰闌記	第一折	我一心要合服毒藥。
			竇娥冤	第二折	誰敢合毒藥與你。
6	妁	音酌	金錢記	第三折	你不待父母之命。媒妁之言。
			蕭淑蘭	第一折	不從媒妁之言。
7	吸	音隙	竹葉舟	楔子	吸露凌雲之手。
8	杌	音兀	張天師	楔子	哦，只抓個杌兒擡將來。
9	汩	音谷	李逵負荊	第二折	汩汩的嚥了。
10	沃	音屋	羅李郎	第一折	我沃了來。
11	呷	音瞎	薛仁貴	第一折	到的家裏則把豆腐酒兒呷三鍾。
12	咄	敦入聲	合汗衫	第三折	咄，我且問你。
		當沒切	竹塢聽琴	第二折	咄，是州裏大爺。
13	妯	音逐	老生兒	楔子	爲這妯娌兩箇不和。
			凍蘇秦	第二折	但凡人家不和。皆起于妯娌爭長競短。
			兒女團圓	第一折	我和你妯娌之情。
			神奴兒	第一折	他妯娌不和。
			冤家債主	第三折	俺妯娌二人。
			竇娥冤	第四折	和妯娌，睦街坊。

14	妲	音達	漢宮秋	第二折	臣想紂王只爲寵妲己。國破身亡。
15	軋	音鴨	梧桐雨	楔子	禱于軋犖山戰鬭之神而生某。
16	鍘	查察切	凍蘇秦	第四折	前去蘇家莊取討鍋瓮槽鍘去。
		音閘	神奴兒	第四折	說的不是，將銅鍘先切了你那驢頭。
			馬陵道	第二折	劊子拿的銅鍘來。
			生金閣	第二折	着銅鍘切了頭者。
17	俠	音協	伍員吹簫	第四折	豪俠的勾當。
18	剌	音辣	竹葉舟	楔子	累次寄書相請。
			看錢奴	第一折	去那三山骨上贈上他一鞭，那馬不剌剌。
19	剎	音察	竹葉舟	楔子	我荒剎雖則淒涼。
			任風子	第二折	俗說能化一羅剎，莫度十七斜。
			張生煮海	第一折	此寺古剎。
20	昵	音匿	漢宮秋	楔子	多昵女色。
21	俶	音叔	風光好	第一折	不得與俶相會。
22	倜	音剔	隔江鬬智	第一折	只說我家妹子志氣倜儻。
			馮玉蘭	第二折	言談倜儻。
23	倬	音卓	百花亭	第三折	大廈高堂俏倬的郎君子弟。
24	捏	音聶	魔合羅	第三折	所供是實，並無虛捏。
25	窄	音側	硃砂擔	第一折	您兄弟量窄。
			劉行首	第四折	此處敢匾窄。
26	軏	音越	趙禮讓肥	第二折	大車無輗。小車無軏。
27	倏	音叔	誤入桃	楔子	倏忽一載。
28	啜	樞悅切	英氣布	第一折	曾足供其一啜乎。
		樞說切	青衫泪	第二折	儘着老虔婆百般啜哄。
			范張雞黍	第一折	大丈夫豈爲餔啜而已。
			㑳梅香	第一折	區區豈爲餔啜而來。
29	捻	音聶	金錢記	第一折	都要赴九龍池賞楊家一捻紅。
			玉鏡臺	第二折	妹子根前捻手捻腕。
			老生兒	第一折	我又不曾捻殺他。
30	掐	音恰	老生兒	楔子	他從來有些掐尖落鈔。
		音洽	老生兒	第一折	又不曾掐殺他。
31	掖	音亦	梧桐雨	楔子	白衣不好出入宮掖。
32	紮	音扎	盆兒鬼	第四折	思量紮詐我那。
		音札	趙氏孤兒	楔子	於後花園中紮下一箇草人。

33	缽	音撥	燕青博魚	第三折	把這梨花樣磁缽遮着暗燈。
34	弼	薄密切	紅梨花	第一折	小官姓劉名輔。字公弼。
			竹塢聽琴	楔子	我是梁公弼的夫人。
35	惑	音或	馬陵道	楔子	今晚三更三點。熒惑失位。
36	掿	女角切	凍蘇秦	第四折	冰不掿不寒。
37	搠	音朔	勘頭巾	第二折	他望上一搠。
38	搦	女角切	伍員吹簫	楔子	單搦你費無忌出馬交鋒。
		女卓切	東堂老	楔子	兩手搦得緊緊的。
		音聶	王粲登樓	第四折	冰不搦不寒。
		音屑	范張雞黍	第三折	門安綽楔。
39	殛	音急	連環計	第四折	天殛其惡。
40	詰	溪入聲	合汗衫	第四折	盤詰奸細。
41	辟	音匹	馬陵道	第一折	那齊公子問俺魏公子要辟塵如意珠。
		音璧	范張雞黍	楔子	累次辟召。皆不肯就。
42	閘	丈甲切	馮玉蘭	第四折	因向船頭點閘水軍。
43	雹	音薄	魚樵記	第二折	每日風吹日曬雹子打。
45	劃	音畫	虎頭牌	第三折	你今日犯下正條劃的罪來。
			酷寒亭	第三折	那婆娘將一把刀子去盤子上一劃。
			望江亭	第三折	妾身略識些撇豎點劃。
46	摑	音國	㑳梅香	第二折	我本將摑破你個小賤人的口來。
47	犖	音落	梧桐雨	楔子	禱于軋犖山戰鬬之神而生某。
48	蝕	音食	張天師	第三折	今者時遇中秋。偶逢月蝕。
49	覡	音檄	梧桐雨	楔子	母阿史德。爲突厥覡者。
50	撅	音掘	陳洲糶米	第三折	忽然的叫了一聲，丟了箇撅子。
51	獗	音決	黃粱夢	楔子	好生猖獗。
52	瞎	許轄切	神奴兒	楔子	你眼瞎。撞了我打是麼不緊。
53	鋏	音結	凍蘇秦	第一折	馮驩彈鋏。
54	嶧	音驛	㑳梅香	第一折	嶧陽焦尾。
55	霎	音殺	救孝子	第一折	不曾停一時半霎。
			㑳梅香	第二折	則在一時半霎。
56	嚇	音黑	救孝子	第三折	我拔出刀子來止望諕嚇成姦。
			望江亭	第一折	千求不如一嚇。
57	燭	音竹	昊天塔	第三折	待布施與你一千枝蠟燭。
58	燮	音屑	張天師	第三折	燮理陰陽。
			連環計	第二折	燮理陰陽。
59	鍤	音插	岳陽樓	第一折	劉伶荷鍤。

60	闋	音缺	東坡夢	第一折	小官走筆賦滿庭芳一闋。
61	戳	敕角切	馬陵道	第一折	有一個小軍被亂鎗戳倒在地上。
		音濁	馮玉蘭	第一折	倒把桅竿直戳下泥裏去。
		側角切	隔江鬭智	楔子	我就一鎗在你這匹夫胸脯上戳箇透明窟籠。
62	擲	音直	合汗衫	第二折	擲個上上大吉。
63	癤	音節	神奴兒	第四折	院公生一個大刺唬癤死了也。
64	蹕	音必	連環計	第一折	出稱警，入稱蹕。
65	轆	音鹿	任風子	第二折	繳轆轤。
			生金閣	第二折	不曾見轆軸退皮。
66	馥	音伏	㑳梅香	第三折	腆着你那紅馥馥的臉兒。
		音服	張天師	第二折	腆着你那紅馥馥的臉兒。
67	黠	音匣	梧桐雨	第一折	此人猾黠能奉承人意。
68	爍	書藥切	楚昭公	第四折	不想水中金光閃爍。冷氣逼人。
69	孽	音揑	冤家債主	第一折	老夫不知造下什麼孽來。
		音聶	小尉遲	第二折	須要老尉遲去平此餘孽。
70	钁	音掘	馬陵道	楔子	我只着幾個人將着鍬钁從這土坑邊開通一道深溝。
71	騭	音執	來生債	第一折	據着居士這等陰騭太重。
			梧桐葉	第一折	豈非陰騭。
		音質	魯齋郎	第四折	也是老夫陰騭的勾當。
			桃花女	第四折	也是你的陰騭哩。
			合汗衫	第一折	你扶上樓來救活他性命。也是個陰騭。
72	攝	音設	望江亭	第三折	這個是攝毒的盞兒。
73	鐲	音濁	對玉梳	楔子	全副頭面釧鐲。
			百花亭	第三折	釧鐲俱全。
74	闥	音塔	岳陽樓	第一折	上了這板闥。
75	驀	音陌	張天師	楔子	串長街。驀短巷。
			黑旋風	第三折	把這頭扭過來。驀過去。
			魔合羅	第二折	驀然氣絕而死。
			李逵負荊	第三折	我悄悄驀上梁山。
			生金閣	第一折	我一腳驀過你家來。
76	鬻	音育	漢宮秋	楔子	獯鬻獫狁。逐代易名。
77	纛	音毒	誶范叔	第一折	出則高牙大纛。
78	鬣	音列	柳毅傳書	第三折	你在洪波中揚鬐鼓鬣。
79	鑷	音聶	金線池	第一折	拿鑷子來鑷了鬢邊的白髮。

這 136 條音釋中，在《元曲選》僅被注音一次的，有「仄」、「杌」、「汨」、「沃」、「軋」、「昵」、「俶」、「倬」、「軏」、「掖」、「殗」、「詰」、「閘」、「犖」、「覡」、「獗」、「鋏」、「嶧」、「鍤」、「闃」、「癤」、「蹕」、「黠」、「鐝」、「攝」、「鬣」、「鑷」二十七字。

其中，「詰」字見〈合汗衫〉第四折「盤詰奸細」，《音釋》直接釋作「溪入聲」，與其他被釋字以直音或反切釋音不同。

除此二十七字外，其它被釋字在《元曲選》中被注釋的次數及情況，如下表所示：

被釋字	位　置	次 數	釋　　音
憋	曲・非韻	14	邦也切、音必、音鱉
	曲・韻腳	3	邦也切
	普通賓白	12	音必、音鱉
槅	曲・韻腳	1	皆上聲
	普通賓白	1	音隔
刖	曲・非韻	1	音月
	普通賓白	1	
	白・非韻	1	
合	曲・非韻	3	音何、音鴿
	曲・韻腳	13	音何、哥上聲、奚佳切
	普通賓白	2	音鴿
妁	普通賓白	2	音酌
吸	曲・非韻	3	音喜、音翕
	普通賓白	1	音隙
呷	曲・韻腳	1	音瞎
	普通賓白	1	香假切
咄	普通賓白	2	敦入聲、當沒切
妯	曲・非韻	1	直由切
	普通賓白	6	音逐
妲	曲・非韻	1	當加切
	普通賓白	1	音達
鏩	曲・非韻	1	音閘
	曲・韻腳	4	閘上聲、音查、音茶
	普通賓白	6	音閘、音查、查察切
	白・非韻	1	音閘
	白・韻腳	2	音茶、音閘

剌	曲·非韻	19	音辣
	曲·韻腳	3	那架切
	普通賓白	2	音辣
俠	普通賓白	1	音協
	白·非韻	1	
刹	普通賓白	2	音察
	白·非韻	1	
	白·韻腳	1	
倜	普通賓白	2	音剔
揑	曲·韻腳	1	尼夜切
	普通賓白	2	尼夜切、音聶
	白·非韻	1	音聶
窄	曲·非韻	2	齋上聲
	曲·韻腳	14	責上聲、齋上聲
	普通賓白	4	音側、齋上聲
	白·韻腳	3	齋上聲
倏	曲·非韻	1	音叔
	普通賓白	1	
啜	曲·非韻	4	樞說切、樞悅切
	普通賓白	4	
	白·非韻	1	昌說切
捻	曲·非韻	3	音聶
	曲·韻腳	1	尼夜切
	普通賓白	3	音聶
掐	曲·非韻	9	音洽、音恰
	曲·韻腳	10	張雅切、強雅切
	普通賓白	2	音洽、音恰
紮	普通賓白	2	音札、音扎
鉢	曲·韻腳	3	波上聲
	普通賓白	1	音撥
弼	普通賓白	2	薄密切
惑	曲·韻腳	6	音回
	普通賓白	1	音惑
掿	曲·非韻	10	音鬧
	普通賓白	4	音鬧、女角切

搠	曲・非韻	10	音朔、聲卯切
	普通賓白	3	聲卯切
搦	曲・非韻	3	囊帶切
	普通賓白	5	囊帶切、音聶、女卓切、女角切
	白・非韻	1	女角切
辟	曲・非韻	2	音匹、音闢
	曲・韻腳	1	音匹
	普通賓白	3	音匹、音壁
雹	曲・非韻	2	音薄
	曲・韻腳	3	巴毛切
	普通賓白	1	音薄
劃	曲・非韻	2	音畫
	曲・韻腳	21	胡乖切
	普通賓白	4	胡乖切、音畫
	白・韻腳	3	胡乖切
摑	曲・非韻	7	乖上聲
	曲・韻腳	4	乖上聲
	普通賓白	2	乖上聲、音國
蝕	曲・韻腳	1	繩知切
	普通賓白	1	音食
撅	曲・非韻	4	與掘同
	曲・韻腳	4	與掘同、渠靴切
	普通賓白	2	與掘同、音掘
瞎	曲・韻腳	2	香假切、香賈切
	普通賓白	1	許轄切
霎	曲・非韻	10	雙鮓切、音殺
	曲・韻腳	7	雙鮓切
	普通賓白	2	音殺
嚇	曲・非韻	3	亨美切、黑平聲、音黑
	普通賓白	2	音黑
	白・非韻	2	黑平聲、音黑
燭	曲・韻腳	1	音主
	普通賓白	1	音竹
燮	曲・非韻	5	音屑
	普通賓白	2	

戳	普通賓白	3	敕角切、音濁、側角切
擲	曲·非韻	2	音直
	曲·韻腳	4	征移切
	普通賓白	1	音直
	白·非韻	1	
轆	曲·非韻	3	音鹿
	普通賓白	2	
	白·非韻	1	
孽	曲·韻腳	1	尼夜切
	普通賓白	2	音捏、音聶
	白·非韻	1	音聶
馥	曲·非韻	3	房夫切
	曲·韻腳	1	
	普通賓白	2	音伏、音服
爍	曲·非韻	2	燒上聲
	普通賓白	1	書藥切
	白·韻腳	1	
騭	普通賓白	5	音質、音執
	白·韻腳	1	音質
鐲	普通賓白	2	音濁
闒	曲·非韻	3	音塔、湯打切
	普通賓白	2	
驀	曲·非韻	14	音賣、音陌
	曲·韻腳	5	音賣
	普通賓白	5	音陌
	白·非韻	1	
鬻	普通賓白	1	音育
	白·非韻	1	于句切
纛	曲·非韻	4	東盧切、音毒
	普通賓白	1	音毒

就上表，被釋字與其釋音、位置之關係，可歸納爲三類：

（一）被釋字僅出現在普通賓白，均入讀原調

共有「妁」、「咄」、「倜」、「紮」、「弼」、「戳」、「鐲」七字。

1. 妁

見於《音釋》二次，皆作「音酌」，均位於普通賓白。見〈金錢記〉第三折「你不待父母之命，媒妁之言」、〈蕭淑蘭〉第一折「不從媒妁之言」。

2. 咄

見於《音釋》二次，均位於普通賓白。一次作「敦入聲」，見〈合汗衫〉第三折「咄，我且問你」；一次作「當沒切」，見〈竹塢聽琴〉第二折「咄，是州裏大爺」。均表示呵叱之用。

3. 倜

見於《音釋》二次，皆作「音剔」，均位於普通賓白。見〈隔江鬬智〉第一折「只說我家妹子志氣倜儻」、〈凴玉蘭〉第二折「言談倜儻」。

4. 紥

見於《音釋》二次，均位於普通賓白。一次作「音扎」，見〈盆兒鬼〉第四折「思量紥詐我那」；一次作「音札」，見〈趙氏孤兒〉楔子「於後花園中紥下一箇草人」。

5. 弼

見於《音釋》二次，皆作「薄密切」，均位於普通賓白。見〈紅梨花〉第一折「小官姓劉名輔，字公弼」、〈竹塢聽琴〉楔子「我是梁公弼的夫人」。

6. 戳

見於《音釋》三次，均位於普通賓白。一次作「敕角切」，見〈馬陵道〉第一折「有一個小軍被亂鎗戳倒在地上」；一次作「音濁」，見〈凴玉蘭〉第一折「倒把桅竿直戳下泥裏去」」；一次作「側角切」，見〈隔江鬬智〉楔子「我就一鎗在你這匹夫胸脯上戳箇透明窟籠」。

7. 鐲

見於《音釋》二次，皆作「音濁」，均位於普通賓白。見〈百花亭〉第三折「釧鐲俱全」、〈對玉梳〉楔子「全副頭面釧鐲」。

（二）被釋字除唱曲韻腳外，均入讀原調

共有「槅」、「呷」、「俠」、「剎」、「倏」、「剌」、「刖」、「啜」、「捻」、「掐」、「缽」、「惑」、「辟」、「雹」、「蝕」、「撅」、「瞎」、「燭」、「燮」、「擲」、「轆」、「孽」、「鷺」、「纛」二十三字。除唱曲韻腳處入派三聲外，均以入讀原調處

理。以下略舉五例說明。

1. 槅

見於《音釋》二次，位於唱曲韻腳一次，作「皆上聲」，見〈謝金吾〉第一折「蚪鏤亮槅」。位於普通賓白一次，作「音隔」，見〈老生兒〉第二折「山核桃差着一槅兒哩」。

2. 呷

見於《音釋》二次，位於唱曲韻腳一次，作「音瞎」，見〈金錢記〉第一折「笑呷呷粉牆外鞦韆架」。位於普通賓白一次，作「香假切」，見〈薛仁貴〉第一折「到的家裏則把豆腐酒兒呷三鍾」。

3. 俠

見於《音釋》二次，均作「音協」。位於韻與賓白非韻腳處一次，見〈謝金吾〉第四折「楊六郎合門忠孝，焦光贊俠氣超群」。位於普通賓白一次，見〈伍員吹簫〉第四折「豪俠的勾當」。

4. 剎

見於《音釋》四次，均作「音協」。位於韻與賓白韻腳處一次，見〈任風子〉第二折「俗說能化一羅剎，莫度十七斜」。位於韻與賓白非韻腳處一次，見〈來生債〉第三折「世人重金寶，我愛剎那靜」。位於普通賓白二次，見〈竹葉舟〉楔子「我荒剎雖則淒涼」、〈張生煮海〉第一折「此寺古剎」。

5. 倏

見於《音釋》二次，均作「音協」。位於唱曲非韻腳處一次，見〈曲江池〉第四折「那火倏的來忽的着」。位於普通賓白一次，見〈誤入桃源〉楔子「倏忽一載」。

（三）被釋字除唱曲韻腳，其餘位置作入讀原調外，亦入派三聲

共有「鏨」、「捏」、「窄」、「掿」、「揤」、「搦」、「劃」、「摑」、「嚇」、「闥」、「驀」、「鬻」、「懒」、「轟」、「霎」、「吸」、「爍」、「馥」、「妯」、「妲」、「合」二十字。

其中，「鏨」、「捏」、「窄」、「掿」、「揤」、「搦」、「劃」、「摑」、「闥」、「鬻」、「轟」已於前文章節有詳細討論；「嚇」、「驀」其釋音值得討論之處，在於韻語賓白非韻腳字，故於本章第五節再作討論。以下針對其餘八字作討論與說

明：

1. 㩻

見於《音釋》二十九次，位於唱曲韻腳字三次，入派上聲作「邦也切」。見〈牆頭馬上〉第三折「是那些劣㩻」、〈兒女團圓〉第三折「但有些兒焦㩻」、〈黑旋風〉第二折「不與呵山兒待放會劣㩻」。

位於普通賓白十二次，入讀原調作「音必」、「音鱉」。如〈風光好〉第二折「昨日陶學士座中古㩻」、〈漁樵記〉第三折「這早晚那張㩻古敢待來也」、〈金線池〉第一折「你只管與孩兒㩻性怎的」。

位於唱曲非韻腳字十四次，十三次入讀原調作「音必」、「音鱉」。如〈勘頭巾〉第二折「正廳上坐着個傪㩻㩻問事官人」、〈碧桃花〉第四折「請你個假古㩻的官人休怪」、〈薛仁貴〉第一折「則見他㦬㩻㩻開聖旨」。一次入派上聲作「邦也切」。見〈虎頭牌〉第三折：

〔沽美酒〕則見他㦬㩻㩻的做樣勢。笑吟吟的強支對。他那裏口口聲聲道是饒過只。我這裏尋思了一會。這公事豈容易。〔註88〕

「則見他㦬㩻㩻的做樣勢」按格律爲「平平十仄◇」〔註89〕；除去襯字，此句當作「㦬㩻做樣勢」。「㩻」按律爲「平聲」。此處「㩻」不宜讀作入聲原調，雖入派上聲仍爲仄聲，然作曲有「宜平不得已而以上聲代之」者，故《音釋》將之派入上聲，作「邦也切」。

2. 霎

見於《音釋》十九次，位於唱曲韻腳字七次，入派上聲作「雙鮓切」。如〈梧桐雨〉第三折「把死限俄延了多半霎」、〈灰闌記〉第三折「頭上雪何曾住半霎」、〈合汗衫〉第二折「諕得我立掙癡呆了這半霎」。

位於普通賓白二次，入讀原調作「音殺」。見〈㑳梅香〉第二折「則在一時半霎」、〈救孝子〉第一折「不曾停一時半霎」。

位於唱曲非韻腳字十次，九次入讀原調作「音殺」。如〈牆頭馬上〉第二折「你敢且半霎兒霧鎖雲埋」、〈黃粱夢〉第四折「半霎兒改變了山河」、〈硃砂擔〉第一折「再不曾半霎兒得這腳頭定」。一次入派上聲作「雙鮓切」。見〈合同文

〔註88〕 明・臧懋循：《元曲選》，頁2016。

〔註89〕 鄭騫：《北曲新譜》，頁303。

字〉第三折：

〔中呂粉蝶兒〕遠赴皇都。急煎煎早行晚住。早難道神鬼皆無。我將飯充饑。茶解渴。紙錢來買路。歷盡了那一千里程途。幾曾道半霎兒停步。〔註 90〕

「幾曾道半霎兒停步」按格律爲「十十十，仄平平去」〔註 91〕；除去襯字，此句當作「幾曾道半霎停步」。「霎」按律爲「平聲」。此處「霎」不宜讀作入聲原調，雖入派上聲仍爲仄聲，然作曲有「宜平不得已而以上聲代之」者，故《音釋》將之派入上聲，作「雙鮓切」。

3. 吸

見於《音釋》四次，位於普通賓白一次，入讀原調作「音隙」。見〈竹葉舟〉楔子「吸露凌雲之手」。位於唱曲非韻腳字三次。一次入讀原調作「音翕」，見〈岳陽樓〉第一折「似鯨鯢吸盡銀河浪」。兩次入派上聲作「音喜」。一次見〈揚州夢〉第一折：

〔油葫蘆〕月底籠燈花下遊。閒將佳興酬。……拽扎起太學內體樣兒㑳。趁着這錦封未剖香先透。渴時節吸盡洞庭秋。〔註 92〕

「渴時節吸盡洞庭秋」按格律爲「十仄仄平平」〔註 93〕；除去襯字，此句當作「吸盡洞庭秋」。「吸」按律爲「平仄不拘」。

一次見〈梧桐葉〉第二折：

〔笑和尚〕忽忽忽似神仙鳴佩琚。颼颼颼似列子登雲路。疎疎疎珪玎璫簷馬兒聲不住。嗤嗤嗤鳴紙窗。吸吸吸度天衢。刷刷刷墜落斜陽暮。〔註 94〕

「吸吸吸度天衢」按格律爲「仄平平」〔註 95〕；除去襯字，此句當作「度天衢」。此曲中「吸」爲襯字。

〔註 90〕明・臧懋循：《元曲選》，頁 2057。

〔註 91〕鄭騫：《北曲新譜》，頁 143。

〔註 92〕同註 90，頁 3501。

〔註 93〕同註 91，頁 81。

〔註 94〕同註 90，頁 5187。

〔註 95〕同註 91，頁 31。

兩處入派上聲之「吸」，均非格律所宥，《音釋》於「吸」字入派上聲或讀作原調，並無一定標準。

4. 爍

見於《音釋》四次，位於普通賓白、韻語賓白韻腳各一次，均入讀原調作「書藥切」。分別見〈楚昭公〉第四折「不想水中金光閃爍」、〈張天師〉第二折「無端三足烏，團團光閃爍」。位於唱曲非韻腳字二次，均入派上聲作「燒上聲」。一次見〈梧桐雨〉第三折：

> 〔駐馬聽〕隱隱天涯。剩水殘山五六搭。蕭蕭林下。壞垣破屋兩三家。秦川遠樹霧昏花。灞橋衰柳風瀟灑。煞不如碧窗紗。晨光閃爍鴛鴦瓦。〔註 96〕

「晨光閃爍鴛鴦瓦」按格律爲「十平十仄平平ㄙ」〔註 97〕。「爍」按律爲「仄聲」。

一次見〈紅梨花〉第二折：

> 〔烏夜啼〕這的是一朵紅梨花休猜做枯枝杏。……更休過黃花徑。這花與燈。偏相稱。燈光閃爍。花影輕盈。〔註 98〕

「燈光閃爍」按格律爲「十平十仄」〔註 99〕。「爍」按律爲「仄聲」。

兩處入派上聲之「爍」均非格律所宥，可知《音釋》於「爍」字唱曲，均入派上聲。於普通賓白入讀原調，韻語賓白則因押韻問題〔註 100〕而讀作入聲原調。

5. 馥

見於《音釋》六次，位於唱曲韻腳字一次，入派平聲作「房夫切」。見〈玉鏡臺〉第三折「喒自有新合來澡豆香芬馥」。

位唱曲非韻腳字三次，均入派平聲作「房夫切」。見〈金錢記〉第一折「香馥馥麝蘭薰羅綺交加」、〈揚州夢〉第一折「香馥馥斟一杯花露酒」、〈蕭淑蘭〉

〔註 96〕明・臧懋循：《元曲選》，頁 1781。

〔註 97〕鄭騫：《北曲新譜》，頁 281。

〔註 98〕同註 96《元曲選》，頁 4673。

〔註 99〕同註 97，頁 126。

〔註 100〕「爍」字韻語賓白之押韻問題，詳見本章第四節。

第四折「香馥馥合巹杯交換」。

位於普通賓白二次，入讀原調作「音伏」、「音服」。見〈㑳梅香〉第三折「腆着你那紅馥馥的臉兒」、〈張天師〉第二折「腆着你那紅馥馥的臉兒」。

《音釋》於「馥」字，唱曲皆入派平聲，普通賓白均入讀原調，相當規律。

6. 妯

見於《音釋》七次，位於普通賓白六次，入讀原調作「音逐」。如〈冤家債主〉第三折「俺妯娌二人」、〈竇娥冤〉第四折「和妯娌，睦街坊」、〈凍蘇秦〉第二折「但凡人家不和，皆起于妯娌爭長競短」。

位於唱曲非韻腳字一次，入派平聲作「直由切」。見〈合同文字〉第三折：

〔紅繡鞋〕他他他可也爲甚麼全沒那半點兒牽腸割肚。全沒那半聲兒短嘆長吁。莫不您叔嫂妯娌不和睦。伯伯可又無蹤影。伯娘那裏緊支吾。可教我那搭兒葬俺父母。〔註101〕

「莫不您叔嫂妯娌不和睦」按格律爲「十仄平平仄平平」〔註102〕；除去襯字，此句當作「叔嫂妯娌不和睦」。「妯」按律爲「平聲」。故《音釋》於此處入派平聲，其餘普通賓白則入讀原調。

7. 合

見於《音釋》十八次，位於唱曲韻腳字十三次，入派平聲作「音何」、「奚佳切」，入派上聲作「哥上聲」〔註103〕。分別如〈酷寒亭〉第三折「謝天地買賣和合」、〈趙禮讓肥〉第一折「我口不覺開合」、〈對玉梳〉第二折「佯問候熱剌剌念合」。

位於普通賓白二次，入讀原調作「音鴿」。見〈灰闌記〉第一折「我一心要合服毒藥」、〈竇娥冤〉第二折「誰敢合毒藥與你」。

位於唱曲非韻腳字三次，二次入派平聲作「音何」。見〈勘頭巾〉第三折：

〔掛金索〕省可裏後擁前推。着他向書案傍邊立。祗候人悄語低聲。

〔註101〕明・臧懋循：《元曲選》，頁2059。

〔註102〕鄭騫：《北曲新譜》，頁152。

〔註103〕「合」字于唱曲韻腳入派三聲之問題，詳見第三章第五節。

休監押休着他跪。你若說實情呵。我可便買與你個合酪吃。我則問你言詞。你一句句明支對。〔註 104〕

「我可便買與你個合酪吃」按格律為「十仄十十◇」〔註 105〕；除去襯字，此句當作「買與合酪吃」。「合」按律為「平仄不拘」。

以及〈劉行首〉第四折：

〔雙調新水令〕小菴雖窄隱幽微。包含着一合天地。草荒巢鳥宿。雲淡雨龍歸。淡飯黃齏。纔得個中味。〔註 106〕

「包含着一合天地」按格律為「仄平平，仄平◇去」〔註 107〕。「合」按律為「平聲」。

一次入派平聲作「音鴿」。見〈漁樵記〉第四折：

〔川撥棹〕我則待打張千。原來是同道人楊孝先。俺也曾合火分錢。共起同眠。間別來隔歲經年。還靠着打柴薪為過遣。怎這般時命蹇。〔註 108〕

「俺也曾合火分錢」按格律為「十仄平平」〔註 109〕；除去襯字，此句當作「合火分錢」。「合」按律為「平仄不拘」。

從唱曲非韻腳處看來，除〈劉行首〉第四折因格律而當派入平聲，其餘二次均平仄不拘，《音釋》卻一次入派平聲，一次入讀原調，並無一定標準。

8. 妲

見於《音釋》二次，位於普通賓白一次，入讀原調作「音達」。見〈漢宮秋〉第二折「臣想紂王只為寵妲己，國破身亡」。

位於唱曲非韻腳字一次，入派平聲作「當加切」。見〈玉鏡臺〉第二折：

〔南呂一枝花〕藕絲翡翠裙。玉膩蝤蠐頸。妲己空破國。西子枉傾城。天上飛瓊散下風流病。若是寢正濃夢乍醒。且休問斜月殘燈。

〔註 104〕明・臧懋循：《元曲選》，頁 3049。
〔註 105〕鄭騫：《北曲新譜》，頁 219。
〔註 106〕同註 104，頁 5596。
〔註 107〕同註 105，頁 279。
〔註 108〕同註 104，頁 3823。
〔註 109〕同註 105，頁 219。

直睡到東窗日影。〔註 110〕

「妲己空破國」按格律爲「十平平ㄙ十」〔註 111〕。「妲」按律爲「平仄不拘」，並無格律所宥。故知《音釋》於「妲」字，唱曲處作入派平聲處裡，普通賓白則入讀原調。

第四節　韻語賓白韻腳處的入聲字

韻語賓白韻腳處之入聲被釋字，共 75 條。入派三聲者 70 條，入讀原調者 5 條。以下分別就其「入派三聲」與「入讀原調」之情況進行探討。

韻語賓白韻腳處，受韻語之平仄格律影響。如「八」，本入《中原音韻》入作上聲，〈酷寒亭〉第三折於韻語當押平聲韻，故作「音巴」派入平聲。韻腳處若通押入聲韻，則各韻腳字原則上於《中原音韻》屬同韻之字。

此外，入派三聲者就釋音內容而言，「鏩」、「窄」、「劃」三字除入派三聲外，亦在他處釋作入讀原調。其餘被釋字無論在何種位置，均入派三聲，然就被釋字出現之位置，亦可分爲三類：「角」、「屈」、「峪」三字同時見於韻語（含唱曲）、普通賓白；「甲」、「法」、「的」等二十一字，僅見於唱曲與曲韻腳及韻語賓白韻腳；「出」、「八」、「白」等二十一字，僅見於唱曲處、韻語賓白，不見於普通賓白。

一、韻語賓白韻腳處的入派三聲字

《音釋》之入派三聲字，位於韻語賓白韻腳處者，共 70 條。

入聲字所派入之聲調，除按《中原音韻》外，亦與韻語押韻有關。如〈盆兒鬼〉第四折：

念孩兒避災遠[出]。做買賣他州外<u>府</u>。

雖然賺百倍錢財。卻受盡萬般辛<u>苦</u>。

轉回來止隔得四十程途。權向這他家寄[宿]。

夫妻每當夜生心。都狠毒如狼似<u>虎</u>。

被殺死一命歸陰。又將我燒灰搗<u>骨</u>。

〔註 110〕明・臧懋循：《元曲選》，頁 719。

〔註 111〕鄭騫：《北曲新譜》，頁 128。

夾泥水揑做盆兒。送與那老張𢡹古。

何指望盛水盛湯。只要免夜盆不許。

因此上玎玎璫璫。備將我衷情訴與。

告你個青天老爺。替我這屈死冤魂做主。〔註112〕

被釋字「出」、「宿」《中原音韻》屬魚模韻入作上聲。韻腳字「府」、「苦」、「虎」、「骨」、「古」、「許」、「與」、「主」均押魚模韻上聲。「出」位於首句，首句入韻，《音釋》將之派入上聲，釋爲「音杵」。「宿」則釋爲「須上聲」，亦派入上聲。

又如〈貨郎旦〉第四折：

這都是我少年間誤作差爲。娶匪妓當局者迷。

一碗飯二匙難並。氣死我兒女夫妻。

潑煙花盜財放火。與姦夫背地偷期。

扮船家陰圖害命。整十載財散人離。

又誰知蒼天有眼。偏爭他來早來遲。

到今日冤冤相報。解愁眉頓作歡眉。

喜骨肉團圓聚會。理當做慶賀筵席。〔註113〕

被釋字「席」《中原音韻》屬齊微韻入作平聲。韻腳字「爲」、「迷」、「妻」、「期」、「離」、「遲」、「眉」均押齊微韻平聲。《音釋》將「席」派入平聲，釋爲「星西切」。

再如〈酷寒亭〉第三折：

江南景致實堪誇。煎肉豆腐炒東瓜。

一領布衫二丈五。桶子頭巾三尺八。〔註114〕

被釋字「八」《中原音韻》屬家麻韻入作上聲。韻腳字「誇」、「瓜」均押家麻韻平聲。故《音釋》不依《中原音韻》派入上聲，反將「八」派入平聲，釋爲「音

〔註112〕明・臧懋循：《元曲選》，頁5891。

〔註113〕同上註，頁6875。

〔註114〕同上註，頁4268。

巴」。

此外，《音釋》並非只將與平、上、去聲合押的入聲韻腳字作入派三聲的處理。對於韻腳全都是入聲字的韻語，有時也會將之全部入派三聲。如〈虎頭牌〉第三折：

告相公心中暗約。將法度也須斟酌。

小官每豈敢自專。望從容尊鑑不錯。〔註115〕

韻腳字「約」、「酌」、「錯」皆是入聲字，均爲《音釋》被釋字。《中原音韻》「約」屬蕭豪、歌戈韻入作去聲；「酌」屬蕭豪韻入作上聲；「錯」屬魚模韻去聲、蕭豪韻入作上聲。《音釋》均將之入派上聲，分別釋爲「音杳」、「音沼」、「音草」，押的是蕭豪韻上聲。

位於韻語賓白韻腳處的入派三聲被釋字，在《元曲選》中的內容，如下表所示：

序號	被釋字	釋 音	出 處		劇 文
1	八	音巴	酷寒亭	第三折	一領布衫二丈五。桶子頭巾三尺八。
2	出	音杵	瀟湘雨	第四折	定道是館驛裏好借安存。 誰想你惡哏哏將咱趕出。
			盆兒鬼	第四折	念孩兒避災遠出。做買賣他州外府。
3	甲	江雅切	秋胡戲妻	第一折	本意相留非是假。 爭奈秋胡勾去當兵甲。
4	白	巴埋切	謝金吾	楔子	奉命傳宣下玉階。東廳樞密要明白。
			忍字記	第三折	我佛將五派分開。參禪處討個明白。
5	伏	房夫切	魔合羅	第三折	我是個婦人家怎熬這六問三推。 葫蘆提屈畫了招伏。
6	竹	音主	瀟湘雨	第四折	便哭殺帝女娥皇也。 誰許你麗淚去滴成斑竹。
7	肉	柔去聲	昊天塔	第三折	聽的看經便頭疼。常在山下吃狗肉。
8	角	音皎	凍蘇秦	第二折	做哥的纔入門便嗔便罵。 做嫂嫂的又道是你發跡甕生根驢生笄角。
9	足	臧取切	瀟湘雨	第四折	一者是心中不足。二者是神思恍惚。
			冤家債主	楔子	除此外別無狂圖。張善友平生願足。

〔註115〕明・臧懋循：《元曲選》，頁2011。

10	叔	音暑	瀟湘雨	第四折	如今老爺要打的我在這壁廂叫道阿呀。 我也打的你在那壁廂叫道老叔。
			魔合羅	第三折	進入門當下身亡。 慌的我去叫小叔叔。
11	屈	丘雨切	魔合羅	第三折	小叔叔李文道暗使計謀。 我委實的銜冤負屈。
12	法	方雅切	魔合羅	第三折	則要你審問推詳。使不着舞文弄法。
13	物	音務	魔合羅	第三折	李德昌本爲躲災。販南昌多有錢物。
			望江亭	第三折	小詞倉卒對君書。付與你個知心人物。
14	的	音底	黃粱夢	第二折	則有一箇飛不動。爭奈身上沒穿的。
15	鏁	音茶	魔合羅	第三折	赤瓦不刺海猢孫頭。 嘗我那明晃晃勢劍銅鏁。
16	促	音取	魔合羅	第三折	他來到廟中困歇。不承望感的病促。
17	客	音楷	鴛鴦被	第二折	帽兒窄窄。今日做個嬌客。
			竇娥冤	第一折	袖兒窄窄。今日做箇嬌客。
18	毒	東盧切	救孝子	第四折	小的每把筆來尚自腕怯。 怎生敢提刀狠毒。
			魔合羅	第三折	到家中七竅內迸流鮮血。 知他是怎生服毒。
19	約	音杳	虎頭牌	第三折	告相公心中暗約。將法度也須斟酌。
20	峪	于句切	馬陵道	第四折	白楊樹下白楊峪。正是龐涓合死處。
21	峽	奚加切	㑳梅香	第一折	自從識得嬌柔面，魂夢悠悠會楚峽。
22	席	星西切	貨郎旦	第四折	喜骨肉團圓聚會。理當做慶賀筵席。
23	息	喪擠切	東坡夢	第四折	只愁昨夜夢中魂。一枝漏泄春消息。
24	窄	齋上聲	鴛鴦被	第二折	帽兒窄窄。今日做個嬌客。
			馬陵道	第三折	空愁望。空悲嘅。舉動唯嫌天地窄。
			竇娥冤	第一折	袖兒窄窄。今日做箇嬌客。
25	酌	音沼	虎頭牌	第三折	告相公心中暗約。將法度也須斟酌。
			竇娥冤	第一折	行醫有斟酌。下藥依本草。
26	宿	須上聲	瀟湘雨	第四折	離門樓。趕店道。別尋個人家宵宿。
			盆兒鬼	第四折	轉回來止隔得四十程途。權向這他家寄宿。
27	淥	音路	瀟湘雨	第四折	雖然是被風雨淋淋淥淥。 也不合故意的喃喃篤篤。
28	脫	音妥	城南柳	第四折	柳共桃今番度脫，再不逞妖嬈嬝娜。

29	述	音求	牆頭馬上	第四折	從來女大不中留。馬上牆頭亦好逑。
30	復	音府	冤家債主	第四折	撚指過三十餘春，生二子明彰報復。
31	惡	襖去聲	生金閣	第四折	窮秀才獻寶到京師。 遇賊徒見利心生惡。
32	筆	邦美切	盆兒鬼	第四折	也曾斷開雙賦後庭花。 也曾追還兩紙合同筆。
33	粥	音主	冤家債主	楔子	冷時穿一領布袍。饑時餐二盂粳粥。
34	絕	藏靴切	東坡夢	第一折	自從生下三蘇後，一望眉山秀氣絕。
35	黑	亨美切	盆兒鬼	第四折	去時昏昏慘慘日猶高。 回來陰陰沈沈天道黑。
36	猾	呼佳切	魔合羅	第三折	你個無端的賊吏奸猾。 將老夫一謎裏欺壓。
37	瑟	生止切	東坡夢	第四折	冷氣虛心效琴瑟。灑淚成斑憔悴死。
38	祿	路上聲	冤家債主	第四折	他都是世海他人，怎做得妻財子祿。
39	腳	音皎	凍蘇秦	第二折	不是我炒炒鬧鬧。痛傷情搥胸跌腳。
40	腹	音府	瀟湘雨	第四折	若不是逢豺虎送我殘生。 必然的埋葬在江魚之腹。
41	落	音澇	曲江池	楔子	去時荷葉小如錢。回來必定蓮花落。
42	劃	胡乖切	神奴兒	第四折	老夫心下自裁劃。 你將金錢銀紙快安排。
			趙氏孤兒	第一折	程嬰心下自裁劃。趙家門戶實堪哀。
			生金閣	第四折	老夫心下自裁劃。 你將銀錢金紙快安排。
43	劇	其去聲	麗春堂	第一折	也會做院本。也會唱雜劇。
44	劈	鋪米切	東坡夢	第四折	佛印從來快開劈。蘇軾特來閒料嘴。
45	撲	音普	瀟湘雨	第四折	告哥哥不須氣撲。我冤枉事誰行訴與。
46	學	奚交切	金錢記	第三折	因咱年少失教訓。請個門館就家學。
		池燒切	碧桃花	第二折	我做太醫手段高。難經脈訣盡曾學。
47	篤	音堵	瀟湘雨	第四折	雖然是被風雨淋淋淥淥。 也不合故意的喃喃篤篤。
48	錯	音草	虎頭牌	第三折	小官每豈敢自專。望從容尊鑑不錯。
49	壓	羊架切	魔合羅	第三折	你個無端的賊吏奸猾。 將老夫一謎裏欺壓。
50	爵	焦上聲	小尉遲	第二折	若是他大勝還朝。唐天子重加官爵。
		勦去聲	生金閣	第四折	李幼奴賢德可褒稱。 那福童待長加官爵。

51	職	張恥切	盆兒鬼	第四折	也曾智賺灰闌年少兒。 也曾詐斬齋郎衙內職。
52	屬	繩朱切	救孝子	第四折	更有個嫂嫂春香。嫡親的四口兒家屬。
			望江亭	第三折	關連着宿緣前註。天保今生爲眷屬。
53	囑	音主	瀟湘雨	第四折	我將你千叮萬囑。你偏放人長號短哭。

這 70 條音釋中，除「逑」、「劇」、「劈」、「篤」、「囑」五字在《元曲選》僅被注音一次外。其它被釋字在《元曲選》中被注釋的次數及情況如下表：

被釋字	位　置	次 數	釋　　音
八	曲・非韻	1	巴上聲
	曲・韻腳	4	
	白・韻腳	1	音巴
出	曲・非韻	1	音杵
	曲・韻腳	11	
	白・韻腳	2	
白	曲・非韻	5	巴埋切
	曲・韻腳	28	巴埋切、排上聲
	白・非韻	1	巴埋切
甲	曲・韻腳	12	江雅切、家上聲
	白・韻腳	1	江雅切
伏	曲・非韻	1	房夫切
	曲・韻腳	19	房夫切、音扶
	白・韻腳	1	房夫切
竹	曲・非韻	1	音肘
	曲・韻腳	4	音主、音肘
	白・韻腳	1	音主
肉	曲・非韻	1	柔上聲
	曲・韻腳	12	如去聲、柔去聲
	白・韻腳	1	柔去聲
角	曲・韻腳	7	音皎
	普通賓白	2	
	白・韻腳	1	
足	曲・非韻	3	臧取切
	曲・韻腳	13	臧取切、疽上聲
	白・韻腳	2	臧取切

叔	曲・非韻	2	音收、音暑
	曲・韻腳	3	音暑
	白・韻腳	2	音暑
屈	曲・韻腳	9	丘雨切、音矩、區上聲
	普通賓白	1	丘雨切
	白・韻腳	1	丘雨切
物	曲・非韻	1	音務
	曲・韻腳	15	音務
	白・韻腳	2	音務
法	曲・韻腳	17	方雅切
	白・韻腳	1	方雅切
的	曲・韻腳	44	音底
	白・韻腳	1	音底
促	曲・韻腳	5	音取
	白・韻腳	1	音取
客	曲・非韻	1	音楷
	曲・韻腳	19	音楷、音楷聲、楷上聲、揩上聲
	白・韻腳	2	音楷
毒	曲・非韻	2	東盧切
	曲・韻腳	15	東盧切
	白・韻腳	2	東盧切
約	曲・非韻	1	音杳
	曲・韻腳	10	音杳、音耀
	白・韻腳	1	音杳
峪	曲・非韻	3	音裕、音預、于句切
	普通賓白	2	音裕、于句切
	白・韻腳	1	于句切
酌	曲・韻腳	4	之可切、音沼
	白・韻腳	2	音沼
鍘	曲・非韻	1	音閘
	曲・韻腳	4	音茶、音查、閘上聲
	普通賓白	6	查察切、音查、音閘
	白・非韻	1	音閘
	白・韻腳	2	音查、音閘

窄	曲・非韻	2	齋上聲
	曲・韻腳	14	責上聲、齋上聲
	普通賓白	4	音側、齋上聲
	白・韻腳	3	齋上聲
劃	曲・非韻	2	音畫
	曲・韻腳	21	胡乖切
	普通賓白	4	胡乖切、音畫
	白・韻腳	3	胡乖切
宿	曲・韻腳	7	須上聲、羞上聲、音秀
	白・韻腳	2	須上聲
淥	曲・韻腳	2	音盧
	白・韻腳	1	音路
脫	曲・韻腳	8	音妥
	白・韻腳	1	
復	曲・韻腳	3	房夫切、音扶
	白・韻腳	1	音府
惡	曲・非韻	4	烏去聲、音襖
	曲・韻腳	5	阿上聲、音襖
	白・韻腳	1	襖去聲
筆	曲・韻腳	5	邦每切、部每切
	白・韻腳	1	邦美切
粥	曲・韻腳	2	音周、音肘
	白・韻腳	1	音主
絕	曲・韻腳	9	藏靴切、莊靴切
	白・韻腳	1	藏靴切
黑	曲・非韻	2	亨美切
	曲・韻腳	6	
	白・韻腳	1	
猾	曲・韻腳	10	呼佳切、呼加切
	白・韻腳	1	呼佳切
瑟	曲・非韻	1	生止切
	曲・韻腳	2	
	白・韻腳	1	
祿	曲・韻腳	12	音路
	白・韻腳	1	路上聲

腳	曲・韻腳	5	音皎
	白・韻腳	1	
腹	曲・韻腳	4	音府
	白・韻腳	1	
落	曲・韻腳	23	音澇、羅去聲
	白・韻腳	1	音澇
撲	曲・非韻	1	音普
	曲・韻腳	1	
	白・韻腳	1	
學	曲・非韻	1	奚交切
	曲・韻腳	9	
	白・韻腳	2	奚交切、池燒切
錯	曲・非韻	2	音草
	曲・韻腳	5	音草、搓上聲
	白・韻腳	1	音草
壓	曲・韻腳	8	羊架切
	白・韻腳	1	
爵	曲・韻腳	1	音勦
	白・韻腳	2	焦上聲、勦去聲
職	曲・韻腳	8	張耻切
	白・韻腳	1	
屬	曲・韻腳	13	繩朱切、如上聲
	白・韻腳	2	繩朱切

根據上表，被釋字與其釋音、位置之關係，可歸納爲以下四點：

（一）被釋字除入派三聲外，亦讀原調

此類僅有「鏩」、「窨」、「劃」三字。均已於本章第三節作詳細說明。

（二）被釋字均入派三聲，同時見於韻語（含唱曲）、普通賓白

此類有「角」、「屈」、「峪」三字。

1. 角

見於《音釋》十次，皆作「音皎」。位於唱曲韻腳七次，如〈忍字記〉第一折「我見他墨磨損烏龍角」、〈梧桐雨〉第四折「漬蒼苔倒牆角」、〈生金閣〉第三折「銀蟾出海角」、〈趙禮讓肥〉第二折「我猛轉過山林隘角」。位於普通

賓白二次，見〈謝金吾〉第三折「來到這角頭上鬧市中」、〈竹塢聽琴〉第一折「則打那角門兒進」。位韻語賓白韻腳字一次，見〈凍蘇秦〉第二折「做哥的纔入門便嗔便罵，做嫂嫂的又道是你發跡瓮生根驢生笄角」。

2. 屈

見於《音釋》十一次。位唱曲韻腳字九次，作「音矩」一次、「區上聲」一次，分別見於〈瀟湘雨〉第三折「屈屈屈」、〈救孝子〉第三折「似這等含冤負屈」。其餘均作「丘雨切」，如〈神奴兒〉第三折「捹的個接馬頭一氣兒叫道有二千聲屈」、〈賺蒯通〉第一折「眼見的三齊王受屈」、〈後庭花〉第二折「我其實叫不出這屈」、〈合同文字〉第三折「似這冤也波屈」。

位普通賓白一次，見〈灰闌記〉第三折「我委實的銜冤負屈」。

位韻語賓白韻腳字一次，見〈魔合羅〉第三折「小叔叔李文道暗使計謀，我委實的銜冤負屈」。

3. 峪

見於《音釋》六次。位唱曲非韻腳字三次，作「音裕」一次、「音預」一次、「于句切」一次，分別見於〈單鞭奪槊〉第一折「你道是赤瓜峪」、〈黃粱夢〉第三折「崎嶇峪道」、〈虎頭牌〉第二折「你可便久鎮着南邊夾山的那峪前」。

位韻語賓白韻腳字一次，作「于句切」，見〈馬陵道〉第四折「白楊樹下白楊峪，正是龐涓合死處」。

位普通賓白二次，作「音裕」、「于句切」，分別見於〈昊天塔〉第一折「被他圍在虎口交牙峪」、〈合汗衫〉第四折「我要到窩弓峪裏尋個人去」。

（三）被釋字均入派三聲，僅見於唱曲韻腳及韻語賓白韻腳處

共二十一字：「甲」、「法」、「的」、「促」、「酌」、「宿」、「淥」、「脫」、「筆」、「粥」、「絕」、「猾」、「祿」、「腳」、「腹」、「落」、「壓」、「爵」、「職」、「屬」、「復」。以下略舉五例說明：

1. 甲

見於《音釋》十三次。位唱曲韻腳處十二次，一次作「家上聲」，見〈救孝子〉第一折「那一個輔成湯放太甲」。其餘十一次皆作「江雅切」，如〈梧桐雨〉第三折「六軍不進屯戈甲」、〈倩女離魂〉第二折「那其間占鼇頭占鼇頭登上甲」、〈金錢記〉第一折「指望待一舉登科甲」。

位韻語賓白韻腳處一次，作「江雅切」。見〈秋胡戲妻〉第一折「本意相留非是假，爭奈秋胡勾去當兵甲」。

2. 法

見於《音釋》十八次。皆作「方雅切」。位唱曲韻腳處十七次，如〈梧桐雨〉第三折「斷遣盡枉展污了五條刑法」、〈忍字記〉第二折「我如今不遵王法」、〈救孝子〉第一折「尊於師守禮法」。

位韻語賓白韻腳處一次，見〈魔合羅〉第三折「則要你審問推詳，使不着舞文弄法」。

3. 的

見於《音釋》四十五次。皆作「音底」。位唱曲韻腳處四十四次，如〈薛仁貴〉第三折「也是我間別來的多年把你不認的」、〈曲江池〉第二折「是贍表子平生落得的」、〈神奴兒〉第一折「你可便因甚的」。

位韻語賓白韻腳處一次，見〈黃粱夢〉第二折「則有一箇飛不動，爭奈身上沒穿的」。

4. 促

見於《音釋》六次。皆作「音取」。位唱曲韻腳處五次，見〈楚昭公〉第三折「你個掌命司的梢公可便休催促」、〈玉鏡臺〉第四折「休恁般相逼促」、〈合同文字〉第四折「怎知道壽短促」、〈神奴兒〉第三折「不索你便將我來催促」、〈氣英布〉第四折「吁吁吁馬和人都氣促」。

位韻語賓白韻腳處一次，見〈魔合羅〉第三折「他來到廟中困歇，不承望感的病促」。

5. 酌

見於《音釋》六次。位唱曲韻腳處四次，一次作「之可切」，見〈盆兒鬼〉第二折「天注定斟和酌。其餘三次皆作「音沼」，見〈梧桐葉〉第三折「意兒裏斟酌」、〈倩女離魂〉第一折「杯中酒和淚酌」、〈誶范叔〉第一折「則這的便是俺一斟一酌」。

位韻語賓白韻腳處二次，作「音沼」。見〈竇娥冤〉第一折「行醫有斟酌，下藥依本草」、〈虎頭牌〉第三折「告相公心中暗約，將法度也須斟酌」。

（四）被釋字均入派三聲，見唱曲處、韻語賓白，不見於普通賓白

共二十一字：「出」、「八」、「白」、「伏」、「竹」、「肉」、「足」、「叔」、「物」、「客」、「約」、「毒」、「峽」、「息」、「席」、「惡」、「黑」、「瑟」、「撲」、「學」、「錯」。以下略舉五例說明：

1. 出

見於《音釋》十四次。皆作「音杵」。位唱曲非韻腳字一次，見〈秋胡戲妻〉第三折「做出這等不君子待何如」。

位唱曲韻腳處十一次，如〈魯齋郎〉第三折「您兩個忒做的出」、〈來生債〉第二折「我今日個一言俫既出」、〈城南柳〉第一折「則不如把紅塵跳出」。

位韻語賓白韻腳處二次，見〈盆兒鬼〉第四折「念孩兒避災遠出，做買賣他州外府」、〈瀟湘雨〉第四折「定道是館驛裏好借安存，誰想你惡哏哏將咱趕出」。

2. 伏

見於《音釋》二十一次。位唱曲非韻腳字一次，作「房夫切」，見〈傷梅香〉第一折「治尚書魯國伏生」。

位唱曲韻腳處十九次，一次作「音扶」，見〈盆兒鬼〉第二折「天注定斟和酌。其餘皆作「房夫切」，如〈楚昭公〉第三折「那其間必有埋伏」、〈梧桐葉〉第二折「有一等入椒桂穿洞房的似大王般敬伏」、〈城南柳〉第一折「氣壓鬼神」。

位韻語賓白韻腳處一次，作「房夫切」。見〈魔合羅〉第三折「我是個婦人家怎熬這六問三推，葫蘆提屈畫了招伏」。

3. 足

見於《音釋》十八次。位唱曲非韻腳字三次，作「臧取切」。見〈竇娥冤〉第四折「足律律旋風中來」、〈玉壺春〉第四折「從今後足衣，足食」、〈神奴兒〉第四折「足律律繞定階痕」。

位唱曲韻腳處十三次，一次作「疽上聲」，〈楚昭公〉第三折「弟兄如手共足」。其餘皆作「臧取切」，如〈秋胡戲妻〉第三折「扯我一扯削了你那手足」、〈合同文字〉第三折「你可也須念兄弟每如手足」、〈金安壽〉第三折「空沒亂椎胸跌足」。

位韻語賓白韻腳處二次，作「臧取切」。見〈冤家債主〉楔子「除此外別無狂圖，張善友平生願足」、〈瀟湘雨〉第四折「一者是心中不足，二者是神思恍惚」。

4. 毒

見於《音釋》十九次。皆作「東盧切」。位唱曲非韻腳字二次，見〈蕭淑蘭〉第三折「想起他這狠切的毒心」、〈後庭花〉第二折「更打着有智量的婆娘更狠毒」。

位唱曲韻腳處十五次，如〈神奴兒〉第三折「李二也天生狠毒」、〈梧桐葉〉第二折「到冬來羊角呼號最狠毒」、〈生金閣〉第一折「又將咱性命屠毒」。

位韻語賓白韻腳處二次，見〈魔合羅〉第三折「到家中七竅內迸流鮮血，知他是怎生服毒」、〈救孝子〉第四折「小的每把筆來尚自腕怯，怎生敢提刀狠毒」。

5. 黑

見於《音釋》九次。皆作「亨美切」。位唱曲非韻腳字二次，見〈望江亭〉第三折「相公船兒上黑鼾鼾的熟睡歇」、〈小尉遲〉第一折「你看那昏慘慘征塵遮的遍地黑」。

位唱曲韻腳處六次，如〈薛仁貴〉第三折「早辰間哭到黑」、〈殺狗勸夫〉第二折「我黑說到明明說到黑」、〈兒女團圓〉第一折「有甚的論黃數黑」。

位韻語賓白韻腳處一次，見〈盆兒鬼〉第四折「去時昏昏慘慘日猶高，回來陰陰沈沈天道黑」。

二、韻語賓白韻腳的入讀原調字

入聲字讀作入聲原調，位於賓白韻腳字的，共有5條。分別是「爍」、「緎」、「钃」、「鷺」、「爇」。

（一）爍

「爍」字《音釋》出現四次，兩次入派三聲，作「燒上聲」，皆屬唱曲的句中字；兩次入讀原調，作「書藥切」，一次屬普通賓白，一次屬賓白韻腳字。屬賓白韻腳字者，見於〈張天師〉第二折：

〔詩云〕無端三足烏。團團光閃爍。安得后羿弓。射此一輪落。

〔註 116〕

韻腳字「爍」、「落」於《中原音韻》均爲入作某聲之字，「爍」屬蕭豪韻入作上聲，「落」屬歌戈韻、蕭豪韻入作去聲。此外，「爍」字《廣韻》「書藥切」，藥韻，屬宕攝；「落」字《廣韻》「盧各切」，鐸韻，亦屬宕攝。故「爍」、「落」不僅《中原音韻》同屬蕭豪韻，亦同屬宕攝。

（二）絏

「絏」字《音釋》出現二次，均入讀原調，一次作「音屑」，屬賓白韻語的非韻腳字；一次作「音薛」，屬賓白韻腳字。屬賓白韻腳字者，見於〈張天師〉第三折：

〔斷云〕忙差遣天丁帝揭。展手將情詞寫徹。桂花仙一念思凡。眾神將都遭縲絏。惡哏哏後擁前推。雄赳赳橫拖倒拽。剪除他梅菊荷桃。斷送了風花雪月。〔註 117〕

韻腳字「揭」、「徹」、「絏」、「拽」、「月」，除「揭」之外，於《中原音韻》均爲入作某聲之字，其聲韻關係如下表：

被釋字	廣　韻　反　切	中　原　音　韻
揭	居謁切；月韻；山攝	／
	其謁切；月韻；山攝	／
	渠列切；薛韻；山攝	／
	丘竭切；薛韻；山攝	／
徹	直列切；薛韻；山攝	車遮韻入作上聲〔註 118〕
	丑列切；薛韻；山攝	
絏	私列切；薛韻；山攝〔註 119〕	車遮韻入作上聲〔註 120〕
拽	羊列切；薛韻；山攝〔註 121〕	車遮韻入作去聲
月	魚厥切；月韻；山攝	車遮韻入作去聲

〔註 116〕明．臧懋循：《元曲選》，頁 1078。

〔註 117〕同上註，頁 1117。

〔註 118〕「徹」於「通徹」義可通「澈」，「徹」、「澈」《廣韻》同音，《中原音韻》未收「徹」，歸韻依「澈」。

〔註 119〕「絏」同「紲」，「絏」《廣韻》未收，反切依「紲」。

〔註 120〕「絏」同「紲」，「絏」《中原音韻》未收，歸韻依「紲」。

〔註 121〕「拽」同「抴」，「拽」《廣韻》未收，反切依「抴」。

「徹」、「絏」、「拽」、「月」不僅《中原音韻》同屬車遮韻，亦同屬山攝。「揭」字《中原音韻》未收，然與其他韻腳字亦屬同攝。

（三）鍘

「鍘」字《音釋》出現十三次，六次入派三聲；七次入讀原調，一次作「查察切」，屬普通賓白；六次作「音閘」，分別屬普通賓白、賓白韻語非韻腳字、賓白韻腳字。屬賓白韻腳字者，見於〈勘頭巾〉第二折：

〔詞云〕你個無端老吏奸猾。將堂官一腳蹅踏。若問成了。我將你喜孜孜賜賞加官。若問不成呵。賞我這明晃晃勢劍銅鍘。〔註 122〕

韻腳字「猾」、「踏」、「鍘」，除「鍘」之外，於《中原音韻》均爲入作某聲之字，其聲韻關係如下表：

被釋字	廣韻反切	中原音韻
猾	戶八切；黠韻；山攝	家麻韻入作平聲
踏	他合切；合韻；咸攝	家麻韻入作平聲
鍘	查鎋切；鎋韻；山攝	／

「鍘」與「猾」同屬山攝；《中原音韻》未收「鍘」，然《音釋》作「音閘」，「閘」《中原音韻》亦屬家麻韻入作平聲字。故「鍘」、「猾」可視爲《中原音韻》同韻字。「踏」《中原音韻》亦屬家麻韻入作平聲。但「踏」屬咸攝，收雙脣塞音韻尾；「鍘」、「猾」屬山攝，收舌尖塞音韻尾。三者雖非同攝，然於《中原音韻》同屬家麻韻入作平聲字。

（四）騭

「騭」字《音釋》出現五次，均入讀原調，二次作「音執」，屬普通賓白；三次作「音質」，屬普通賓白與賓白韻腳字。屬賓白韻腳字者，見於〈勘頭巾〉第三折：

〔詩云〕小人一一說眞實。孔目心下譭評騭。可憐這少吃無穿王小二。怎做的提刀仗劍殺人賊。〔註 123〕

韻腳字「實」、「騭」、「賊」，於《中原音韻》均爲入作某聲之字，其聲韻關係如

〔註 122〕明・臧懋循：《元曲選》，頁 3038。

〔註 123〕同上註，頁 3044。

下表：

被釋字	廣　韻　反　切	中　原　音　韻
實	神質切；質韻；臻攝	齊微韻入作平聲
騭	之日切；質韻；臻攝	齊微韻入作上聲
賊	昨則切；德韻；曾攝	齊微韻入作平聲

「賊」屬曾攝，收舌根塞音韻尾；「實」、「騭」屬臻攝，收舌尖塞音韻尾。三者雖非同攝，然同屬《中原音韻》齊微韻字。

（五）爇

「爇」字《音釋》出現六次，三次入派三聲，作「如夜切」，皆屬唱曲的句中字；三次入讀原調，作「如月切」，二次屬賓白韻語非韻腳字，一次屬賓白韻腳字。屬賓白韻腳字者，見於〈東坡夢〉第一折，爲蘇軾、佛印對談時偈語，全程押韻。今除去普通賓白，集引於下：

眉山一塊鐵。特地來相謁。急急上堂來。爐中火正熱。

我鐵重千斤。恐汝不能挈。我有八金剛。將汝碎爲屑。

我鐵類頑銅。恐汝不能爇。將你鑄成鐘。眾僧打不歇。

鑄得鐘成時。禪師當已滅。大道本無成。大道本無滅。

心地自然明。何必叨叨說。〔註 124〕

「謁」、「熱」、「挈」、「屑」、「爇」、「歇」、「滅」、「說」於《中原音韻》均爲入作某聲之字，其聲韻關係如下表：

被釋字	廣　韻　反　切	中　原　音　韻
謁	於歇切；月韻；山攝	車遮韻入作去聲
熱	如列切；薛韻；山攝	車遮韻入作去聲
挈	苦結切；屑韻；山攝	車遮韻入作上聲
屑	先結切；屑韻；山攝	車遮韻入作上聲
爇	如劣切；薛韻；山攝	車遮韻入作去聲
歇	許謁切；月韻；山攝	車遮韻入作上聲
滅	亡列切；薛韻；山攝	車遮韻入作去聲
說	失爇切；薛韻；山攝	車遮韻入作上聲
	弋雪切；薛韻；山攝	車遮韻入作去聲

〔註 124〕明・臧懋循：《元曲選》，頁 5221~5223。

「謁」、「熱」、「挈」、「屑」、「爇」、「歇」、「滅」、「說」不僅《中原音韻》同屬車遮韻，亦同屬山攝。

第五節　韻語賓白非韻腳處的入聲字

韻語賓白非韻腳處之入聲被釋字，共 47 條。入派三聲者 14 條，入讀原調者 33 條。以下分別就其「入派三聲」與「入讀原調」之情況進行探討。

韻語賓白非韻腳處，無論是否入派三聲，均受韻語之平仄格律影響。又如「白」字，《中原音韻》皆來韻入作平聲，於韻語中僅能施於格律可平之處。入派上、去聲或入讀原調者，則位於可作仄聲之處。如〈瀟湘雨〉楔子「宋國非強楚。清淮異汨羅」，「汨羅」之「汨」當是仄聲，故可讀作入聲原調。

就釋音內容而言，入派三聲者，除「刷」、「鬻」二字之外，其餘被釋字無論處在何種位置，均作入派三聲處理。

入讀原調者，可分為三類。第一，被釋字除位於唱曲韻腳外，皆作入聲原調，共計「衲」、「碣」、「擲」、「孽」四字。第二，被釋字派入三聲或讀原調並無一定規律，如「刷」、「嚇」、「簌」等字。第三，被釋字於唱曲非韻腳字時亦入讀原調，如「刖」、「液」、「橐」等字。

一、韻語賓白非韻腳處的入派三聲字

《音釋》入派三聲之字，位於韻語賓白非韻腳字者，共 14 條。

除不講平仄格律的韻語之外，這些被釋字在韻語中的位置，可根據被釋字所派入之聲調來分類。入派平聲者，通常位於格律可作平聲之處。如〈昊天塔〉第一折：

> 雄鎮三關幾度秋。番兵不敢犯白溝。
>
> 父兄為國行忠孝。敕賜清風無佞樓。〔註 125〕

被釋字「白」《音釋》作「巴埋切」，入派平聲。「雄鎮三關幾度秋。番兵不敢犯白溝」因首句入韻，故格律當為「仄仄平平仄仄平，平平仄仄仄平平」。「白」字即位於格律當作平聲處。

又如〈瀟湘雨〉第三折：

〔註 125〕明・臧懋循：《元曲選》，頁 3621。

你看那灑灑瀟瀟雨。更和這續續斷斷雲。

黃花金獸眼。紅葉火龍鱗。

山勢嵯峨起。江聲浩蕩聞。

家僮倦前路。一樣欲銷魂。〔註126〕

被釋字「續」《音釋》作「詞疽切」，入派平聲。「你看那灑灑瀟瀟雨。更和這續續斷斷雲。」除去首三字，格律當爲「仄仄平平仄，平平仄仄平」。「續」字即位於格律當作平聲處。

入派仄聲者，通常位於格律可作仄聲之處。如〈東坡夢〉第二折：

腰肢嬝嬝弄輕柔。舞盡春風卒未休。

流水畫橋青眼在。爲誰腸斷爲誰愁。〔註127〕

被釋字「卒」《音釋》作「粗上聲」，入派仄聲。「腰肢嬝嬝弄輕柔。舞盡春風卒未休」因首句入韻，故格律當爲「平平仄仄仄平平，仄仄平平仄仄平」。「卒」字即位於格律當作仄聲處。

又如〈隔江鬬智〉第三折：

不知就裏伏神通。孔明令我到江東。

幾時得摔破玉籠飛彩鳳。頓開金鎖走蛟龍。〔註128〕

被釋字「摔」《音釋》作「音灑」，入派仄聲。首二句無明顯平仄格律，末二句「幾時得摔破玉籠飛彩鳳。頓開金鎖走蛟龍」，除去「幾時摔」，基本格律當爲「仄仄平平平仄仄，平平仄仄仄平平」。其中「摔」、「玉」、「頓」、「金」處於一、三、五格律較爲寬鬆處。「卒」字即位於格律寬鬆，可作仄聲處。

位在韻語賓白非韻腳處的入派三聲字，在於《元曲選》中的內容，見下表：

序號	被釋字	釋　音	出　處		劇　　文
1	白	巴埋切	昊天塔	第一折	雄鎮三關幾度秋。番兵不敢犯白溝。
2	刷	雙寡切	魔合羅	第二折	若是上司來刷卷。廳上打的雞兒叫。

〔註126〕明・臧懋循：《元曲選》，頁1381。

〔註127〕同上註，頁5256。

〔註128〕同上註，頁5394。

<table>
<tr><td>3</td><td>卒</td><td>粗上聲</td><td>東坡夢</td><td>第二折</td><td>腰肢嬝嬝弄輕柔。舞盡春風卒未休。</td></tr>
<tr><td>4</td><td>哭</td><td>音苦</td><td>瀟湘雨</td><td>第四折</td><td>便哭殺帝女娥皇也。
誰許你麗淚去滴成斑竹。</td></tr>
<tr><td>5</td><td>側</td><td>齋上聲</td><td>東坡夢</td><td>第一折</td><td>峰勢側，洞門⿰歹坐，洞裏月光愛娑婆。</td></tr>
<tr><td>6</td><td>楔</td><td>音利</td><td>張生煮海</td><td>第二折</td><td>撥轉頂門關楔子。阿誰不是大羅仙。</td></tr>
<tr><td rowspan="2">7</td><td rowspan="2">捽</td><td>音卒</td><td>玉壺春</td><td>第二折</td><td>休擻捽。莫伴群芳亂折。</td></tr>
<tr><td>音灑</td><td>隔江鬬智</td><td>第三折</td><td>幾時得捽破玉籠飛彩鳳。
頓開金鎖走蛟龍。</td></tr>
<tr><td>8</td><td>覺</td><td>音皎</td><td>揚州夢</td><td>第四折</td><td>從今日早罷了酒病詩魔。
把一覺十年間揚州夢醒。</td></tr>
<tr><td>9</td><td>續</td><td>詞疽切</td><td>瀟湘雨</td><td>第三折</td><td>你看那灑灑瀟瀟雨。更和這續續斷斷雲。</td></tr>
<tr><td>10</td><td>鬻</td><td>于句切</td><td>馬陵道</td><td>第三折</td><td>析作柴薪向人鬻。終可笑兮終可笑。</td></tr>
<tr><td>11</td><td>鷓</td><td>音柘</td><td>揚州夢</td><td>楔子</td><td>嬌媚鷓鴣兒。妖嬈鸞鳳雛。</td></tr>
<tr><td>12</td><td>攪</td><td>音皎</td><td>兒女團圓</td><td>第四折</td><td>我看罷也雨淚千行。不由我刀攪心腸。</td></tr>
<tr><td>13</td><td>嚇</td><td>黑平聲</td><td>合同文字</td><td>第四折</td><td>閻王生死殿。東嶽嚇魂臺。</td></tr>
</table>

以上十三條音釋，除「楔」、「攪」二字在《元曲選》僅被注音一次之外，其它被釋字在《元曲選》中被注釋的次數及情況如下表：

<table>
<tr><th>被釋字</th><th>位　置</th><th>次 數</th><th>釋　　音</th></tr>
<tr><td rowspan="4">白</td><td>曲·非韻</td><td>5</td><td>巴埋切</td></tr>
<tr><td>曲·韻腳</td><td>28</td><td>巴埋切、排上聲</td></tr>
<tr><td>白·非韻</td><td>1</td><td rowspan="2">巴埋切</td></tr>
<tr><td>白·韻腳</td><td>2</td></tr>
<tr><td rowspan="4">刷</td><td>曲·非韻</td><td>3</td><td rowspan="3">雙寡切</td></tr>
<tr><td>曲·韻腳</td><td>2</td></tr>
<tr><td>普通賓白</td><td>1</td></tr>
<tr><td>白·非韻</td><td>3</td><td>雙寡切、數括切、數滑切</td></tr>
<tr><td rowspan="3">卒</td><td>曲·非韻</td><td>5</td><td>粗上聲</td></tr>
<tr><td>曲·韻腳</td><td>12</td><td>音粗、祖平聲、從蘇切</td></tr>
<tr><td>白·非韻</td><td>1</td><td>粗上聲</td></tr>
</table>

哭	曲・韻腳	14	音苦
	普通賓白	1	
	白・非韻	1	
側	曲・韻腳	6	齋上聲
	白・非韻	1	
摔	曲・非韻	10	音灑、音洒
	曲・韻腳	8	升擺切、音洒
	普通賓白	6	升擺切、音洒、音灑
	白・非韻	2	音率、音灑
	無	1	音洒〔註 129〕
覺	曲・非韻	2	音叫〔註 130〕
	曲・韻腳	10	音叫、音皎
	普通賓白	2	音叫
	白・非韻	1	音皎
續	曲・韻腳	4	音徐、詞疽切
	白・非韻	1	詞疽切
鬻	普通賓白	1	音育
	白・非韻	1	于句切
鷓	曲・非韻	4	音柘、音蔗、張射切、遮去聲
	白・非韻	1	音柘
嚇	曲・非韻	3	亨美切、黑平聲、音黑
	普通賓白	2	音黑
	白・非韻	2	黑平聲、音黑

就上表中，被釋字與其釋音、位置之關係，可歸納出以下兩點：

（一）被釋字除入派三聲外，亦入讀原調

此類僅有「刷」、「鬻」、「嚇」三字。

「刷」見於《音釋》九次，「嚇」見於《音釋》七次，此二字釋音值得討論之處，主要在入讀原調的韻語賓白非韻腳字。故於本節後文再作詳細討論。

〔註 129〕此條音釋見於〈小尉遲〉第二折。

〔註 130〕《音釋》作「音叫」，爲「覺」之去聲音，非入聲。

「鬻」見於《音釋》二次。一次位韻語賓白非韻腳字，入作去聲，作「于句切」，見〈馬陵道〉第三折「析作柴薪向人鬻，終可笑兮終可笑」。一次位普通賓白，入讀原調，作「音育」，見〈漢宮秋〉「獯鬻玁狁，逐代易名」。派入去聲之「鬻」有販賣之義，入讀原調之「鬻」為古代北方民族之名，《音釋》或因此而將後者釋為入聲原調。

（二）無論被釋字處何種地位，均入派三聲

除「刷」、「鬻」、「嚇」三字之外，其他被釋字則極為規律，無論處在何種位置，《音釋》均作入派三聲處理。共八字。

1. 白

見於《音釋》三十六次。位唱曲韻腳字二十九次，作「排上聲」、「巴埋切」。作「排上聲」者，見〈趙禮讓肥〉第三折「怎麼的不分個皀白」；作「巴埋切」者，如〈小尉遲〉第二折「便小覷的我心長髮短漸斑白」、〈王粲登樓〉第二折「怎禁他對人前朗朗的花白」、〈薛仁貴〉第二折「憂愁的我乾剝剝髭鬢斑白」。

除唱曲韻腳字釋音有所參差外，其餘位置均作「巴埋切」。位唱曲非韻腳字四次，見〈秋胡戲妻〉第四折「早插個明白狀」、〈薦福碑〉第一折「豈不聞光陰如過隙白駒」、〈趙氏孤兒〉第一折「能可在我身兒上討明白」、〈范張雞黍〉「且則可掩柴扉高枕臥白雲」。

位韻語賓白非韻腳處一次，見〈昊天塔〉第一折「雄鎮三關幾度秋，番兵不敢犯白溝」。位韻語賓白韻腳處兩次，見〈謝金吾〉楔子「奉命傳宣下玉階，東廳樞密要明白」、〈忍字記〉第三折「我佛將五派分開，參禪處討個明白」。

2. 哭

見於《音釋》十六次。均釋為「音苦」。位唱曲韻腳字十四次，如〈神奴兒〉第三折「當日個為孩兒撒拗便啼哭」、〈冤家債主〉第三折「我死後誰澆茶誰奠酒誰啼哭」、〈趙氏孤兒〉第四折「便是那鐵石人也放聲啼哭」。位普通賓白一次，見〈灰闌記〉第三折「哽噎噎千啼萬哭」。位韻語賓白非韻腳字一次，見〈瀟湘雨〉第四折「便哭殺帝女娥皇也，誰許你麗淚去滴成斑竹」。

3. 側

見於《音釋》七次。均釋爲「齋上聲」。位唱曲韻腳字六次，如〈酷寒亭〉第四折「兄弟每滿滿的休推莫側」、〈神奴兒〉楔子「哥哥你莫得胡行休動側」、〈王粲登樓〉第二折「今日個落日在青山外」。位於韻語賓白非韻腳字一次，見〈東坡夢〉第一折「峰勢側，洞門窄，洞裏月光愛娑婆」。

4.「摔」

見於《音釋》二十七次。位於唱曲非韻腳字十次，作「音洒」、「音灑」〔註131〕，如〈玉壺春〉第三折「走將來摔碎瑤琴」、〈昊天塔〉第四折「先摔你個滿天星」、〈范張雞黍〉第三折「恨不的摔碎我袖裏絲鞭」。

位於唱曲韻腳字八次，作「升擺切」、「音洒」，如〈爭報恩〉第二折「可正是拾得孩兒落的摔」、〈兒女團圓〉第二折「你可便休道是拾得一個孩兒落得價摔」、〈黃粱夢〉第二折「我則見颼颼的枷棒摔」、〈蝴蝶夢〉第四折「空教我哭啼啼自敦自摔」。

位於普通賓白六次，作「升擺切」、「音洒」、「音灑」。分別如〈李逵負荊〉第二折「滴留撲摔個一字」、〈老生兒〉楔子「是你袖兒裏摔出來的」、〈氣英布〉第三折「先摔他一個腳稍天」。

位於韻語賓白非韻腳字二次，作「音率」、「音灑」，見〈玉壺春〉第二折「休撖摔，莫伴群芳亂折」、〈隔江鬪智〉第三折「幾時得摔破玉籠飛彩鳳，頓開金鎖走蛟龍」。另有一次於〈小尉遲〉第二折，作「音洒」，在《元曲選》中，無法找到對應的內容。

5. 卒

見於《音釋》十八次。位唱曲非韻腳字五次，作「粗上聲」，見〈梧桐雨〉第二折「爭奈倉卒之際」、〈青衫淚〉第二折「怎想他短卒律命似顏淵」、〈城南柳〉楔子「休則管惱亂春風卒未休」、〈貨郎旦〉第二折「倉卒間怎措手」、〈碧桃花〉楔子「他那裏惱亂春風卒未休」。

位於唱曲韻腳字十二次，作「音祖」、「祖平聲」、「從蘇切」，分別如〈瀟湘雨〉第三折「我心中憂慮有三椿事我命卒」、〈楚昭公〉第三折「背後鬧炒炒的起軍卒」、〈氣英布〉第四折「火火火齊臻臻軍前列着士卒」。

〔註131〕「洒」、「灑」爲異體字，此處視爲同音。

位於韻語賓白非韻腳字一次，作「粗上聲」。見〈東坡夢〉第二折「腰肢嬝嬝弄輕柔，舞盡春風卒未休」。

6. 覺

見於《音釋》十五次。位唱曲非韻腳字五次，均取其去聲讀音，作「音叫」，如〈漢宮秋〉第四折「教寡人不曾一覺到天明」。位於唱曲韻腳字十次，有取去聲讀音作「音叫」者，有入派上聲作「音皎」者，分別如〈倩女離魂〉第一折「颯然驚覺」、〈梧桐雨〉第四折「好夢將成還驚覺」。

作普通賓白二次，均取其去聲讀音，作「音叫」，見〈來生債〉第一折「到晚來則着你落一覺好睡」、〈蝴蝶夢〉楔子「一同牀上睡覺來」。位韻語賓白非韻腳字一次，入派上聲作「音皎」，見〈揚州夢〉第四折「從今日早罷了酒病詩魔，把一覺十年間揚州夢醒」。

7. 鷓

見於《音釋》五次。位唱曲非韻腳字四次，作「音柘」、「音蔗」、「張射切」、「遮去聲」。分別見〈兩世姻緣〉第一折「鳳凰簫吹不出鷓鴣天」、〈馮玉蘭〉第二折「經了些風雨聲中聽鷓鴣」、〈岳陽樓〉第二折「也不索茶點鷓鴣斑」、〈玉壺春〉第一折「綠陰中聞鷓鴣」。位於韻語賓白非韻腳字一次，作「音柘」，見〈揚州夢〉楔子「嬌媚鷓鴣兒，妖嬈鸞鳳雛」。

8. 續

見於《音釋》五次。位唱曲韻腳字四次，作「音徐」一次、「詞疽切」三次。分別見〈救孝子〉第三折「那絃斷者怎再續」、〈馮玉蘭〉第二折「聽野寺鐘聲斷又續」、〈貨郎旦〉第四折「猶喜的消消灑灑斷斷續續」、〈金安壽〉第三折「彈呵拂冰絃斷復續」。位於韻語賓白非韻腳字一次，作「詞疽切」，見〈瀟湘雨〉第三折「你看那灑灑瀟瀟雨，更和這續續斷斷雲」。

二、韻語賓白非韻腳的入讀原調字

《音釋》入讀原調之字，位於韻語賓白非韻腳字者，共 33 條。這些被釋字在韻語中的位置，多於格律較為寬鬆之處或格律當作仄聲之處。

格律寬鬆處，是指在詩詞句中，第一、三、五字，平仄可不論的位置。如〈張天師〉第四折：

> 豈不知張眞人法律精嚴。早仗劍都驅在五雷壇內。

一個個供下狀吐出眞情。有誰敢捏虛詞半毫隱諱。〔註 132〕

此四句句式爲「三、三、四」。「供下狀」對「捏虛詞」。「捏」字屬三字中之第一字，可平仄不論，故可讀作入聲原調。又如〈合同文字〉第四折：

劉安住力行孝道。賜進士冠帶榮身。

將父母祖塋安葬。立碑碣顯耀幽魂。〔註 133〕

此四句句式皆屬上三下四，格律亦以上三字爲一組，下四字爲一組。「將父母」對「立碑碣」。此句式通常上三字格律較爲寬鬆，故「碣」字可讀入聲原調。

而格律當作仄聲處，則如〈馬陵道〉楔子：

孫臏機謀不可當。龐涓空使惡心腸。

他兩個刖足之讎何日報。少不得馬陵山下一身亡。〔註 134〕

末二句除去首三字，格律爲「仄仄平平平仄仄，平平仄仄仄平平」。「刖足之讎何日報，馬陵山下一身亡」。「刖足」之「刖」按律當作仄聲，故可讀作入聲原調。再如〈柳毅傳書〉第二折：

雷公電母顯靈通。掣電轟雷縹緲中。

兩陣相持分勝敗。盡在來神啓口中。〔註 135〕

首二句格律爲「平平仄仄仄平平，仄仄平平平仄仄」。「掣電轟雷」之「掣」按律當作仄聲，故可讀作入聲原調。又如〈瀟湘雨〉楔子：

宋國非強楚。清淮異汨羅。

全憑忠信在。一任起風波。〔註 136〕

首二句格律爲「仄仄平平仄，平平仄仄平」。「汨羅」之「汨」按律當作仄聲，故可讀作入聲原調。

這些位於韻語賓白非韻腳處的入讀原調字，在《元曲選》中的內容，如下表所示：

〔註 132〕明・臧懋循：《元曲選》，頁 1126。

〔註 133〕同上註，頁 2076。

〔註 134〕同上註，頁 3282。

〔註 135〕同上註，頁 6782。

〔註 136〕同上註，頁 1348。

序號	被釋字	釋音	出處		內容
1	刖	音月	馬陵道	楔子	他兩個刖足之讎何日報。 少不得馬陵山下一身亡。
2	汨	音密	瀟湘雨	楔子	宋國非強楚。清淮異汨羅。
3	俠	音協	謝金吾	第四折	楊六郎合門忠孝。焦光贊俠氣超群。
4	刹	音察	來生債	第三折	世人重金寶。我愛刹那靜。
5	刷	數括切	神奴兒	第三折	纔聽上司來刷卷。登時諕的肚中疼。
		數滑切	救孝子	第三折	上司若還刷卷來。廳上打的狗也叫。
6	揑	音聶	張天師	第四折	一個個供下狀吐出眞情。 有誰敢揑虛詞半毫隱諱。
7	衲	音納	魯齋郎	第四折	身穿羊皮百衲衣。饑時化飯飽時歸。
8	唽	音昔	青衫泪	第三折	謳啞啁唽難爲聽。今夜聞君彈一曲。
9	啅	音琢	灰闌記	第四折	外人誰敢擅喧嘩。 便是烏鵲過時不啅噪。
10	⿰羊吉	音吉	范張雞黍	第一折	跌下獅子來。騎上⿰羊吉⿰羊里羊。
11	啜	昌說切	酷寒亭	第四折	非是我甘心爲盜。故意來啜賺哥哥。
12	液	音邑	王粲登樓	第一折	非干我與而不與。 其實你飲不的我這玉液瓊漿。
13	掣	音徹	柳毅傳書	第二折	雷公電母顯靈通。掣電轟雷縹緲中。
14	絏	音屑	黑旋風	第四折	孫孔目反遭縲絏。有口也怎得伸冤。
15	搦	女角切	梧桐葉	第二折	搦管下庭除，書作相思字。
16	碣	音竭	合同文字	第四折	將父母祖塋安葬。立碑碣顯耀幽魂。
17	槭	音戚	東坡夢	第一折	莫訝朝嵐寒槭槭，仙家洞府接天河。
18	橐	音託	鴛鴦被	楔子	可憐我囊橐淒清。專望你假貸登程。
		音託	王粲登樓	第三折	橐裏黃金願相贈。免教和淚倚欄干。
19	嚇	音黑	鴛鴦被	第四折	賊徒唬嚇結良緣。號令沈枷在市廛。
20	簌	音速	後庭花	第三折	雲鬟堆綠鴉。羅裙簌絳紗。
		音速	魔合羅	第三折	濫官肥馬紫絲韁。猾吏春衫簌地長。
21	擲	音直	望江亭	第一折	誰家美女顏如玉。綵毬偏愛擲貧儒。
22	轆	音鹿	虎頭牌	第一折	腰橫轆轤劍。身被鷫鸘裘。
23	爇	如月切	劉行首	第一折	不孝謾燒千束紙。虧心枉爇萬鑪香。
		如月切	看錢奴	第一折	便好道不孝謾燒千束紙。 虧心空爇萬爐香。
24	孽	音聶	東坡夢	第四折	免教鶯燕頻來往。不在塵中掛孽名。
25	驀	音陌	秋胡戲妻	第四折	想當日剛赴佳期。被勾軍驀地分離。
26	齪	測角切	謝天香	第四折	昔日齷齪不足誇。今朝放蕩思無涯。

27	鷫	音肅	虎頭牌	第一折	腰橫轆轤劍。身被鷫鸘裘。
28	齷	音握	謝天香	第四折	昔日齷齪不足誇。今朝放蕩思無涯。
29	鏩	音閘	趙氏孤兒	第一折	待滿月鋼刀鏩死。纔稱我削草除根。

此外，這三十三條音釋當中，「羠」、「啅」、「噺」、「槭」、「鷫」五字在《元曲選》僅被注音一次。除去這五字，其它被釋字在《元曲選》中被注釋的次數及情況如下表：

被釋字	位　置	次 數	釋　　音
刖	曲・非韻	1	音月
	普通賓白	1	
	白・非韻	1	
汨	曲・非韻	3	音密
	白・非韻	1	
俠	普通賓白	1	音協
	白・非韻	1	
刹	普通賓白	2	音察
	白・非韻	1	
	白・韻腳	1	
刷	曲・非韻	3	雙寡切
	曲・韻腳	2	
	普通賓白	1	
	白・非韻	3	雙寡切、數括切、數滑切
揑	曲・韻腳	1	尼夜切
	普通賓白	2	尼夜切、音聶
	白・非韻	1	音聶
衲	曲・韻腳	1	囊亞切
	白・非韻	1	音納
啜	曲・非韻	4	樞說切、樞悅切
	普通賓白	4	
	白・非韻	1	昌說切
液	曲・非韻	2	音亦、音逸
	白・非韻	1	音邑
掣	曲・非韻	3	音徹
	白・非韻	1	
絏	白・非韻	1	音屑
	白・韻腳	1	音薛

<table>
<tr><td rowspan="3">搦</td><td>曲・非韻</td><td>3</td><td>囊帶切</td></tr>
<tr><td>普通賓白</td><td>5</td><td>囊帶切、音聶、女卓切、女角切</td></tr>
<tr><td>白・非韻</td><td>1</td><td>女角切</td></tr>
<tr><td rowspan="2">碣</td><td>曲・韻腳</td><td>2</td><td>其耶切</td></tr>
<tr><td>白・非韻</td><td>1</td><td>音竭</td></tr>
<tr><td rowspan="2">橐</td><td>曲・非韻</td><td>2</td><td>音托、音託</td></tr>
<tr><td>白・非韻</td><td>2</td><td>音託</td></tr>
<tr><td rowspan="3">嚇</td><td>曲・非韻</td><td>3</td><td>亨美切、黑平聲、音黑</td></tr>
<tr><td>普通賓白</td><td>2</td><td>音黑</td></tr>
<tr><td>白・非韻</td><td>2</td><td>黑平聲、音黑</td></tr>
<tr><td rowspan="3">簌</td><td>曲・非韻</td><td>13</td><td>蘇上聲、音蘇、音速</td></tr>
<tr><td>曲・韻腳</td><td>4</td><td>蘇上聲</td></tr>
<tr><td>白・非韻</td><td>2</td><td>音速</td></tr>
<tr><td rowspan="4">擲</td><td>曲・非韻</td><td>3</td><td>音直</td></tr>
<tr><td>曲・韻腳</td><td>4</td><td>征移切</td></tr>
<tr><td>普通賓白</td><td>1</td><td rowspan="2">音直</td></tr>
<tr><td>白・非韻</td><td>1</td></tr>
<tr><td rowspan="3">轆</td><td>曲・非韻</td><td>3</td><td rowspan="3">音鹿</td></tr>
<tr><td>普通賓白</td><td>2</td></tr>
<tr><td>白・非韻</td><td>1</td></tr>
<tr><td rowspan="3">爇</td><td>曲・非韻</td><td>3</td><td>如夜切</td></tr>
<tr><td>白・非韻</td><td>2</td><td rowspan="2">如月切</td></tr>
<tr><td>白・韻腳</td><td>1</td></tr>
<tr><td rowspan="3">孽</td><td>曲・韻腳</td><td>1</td><td>尼夜切</td></tr>
<tr><td>普通賓白</td><td>2</td><td>音捏</td></tr>
<tr><td>白・非韻</td><td>1</td><td>音聶</td></tr>
<tr><td rowspan="4">驀</td><td>曲・非韻</td><td>14</td><td>音賣、音陌</td></tr>
<tr><td>曲・韻腳</td><td>5</td><td>音賣</td></tr>
<tr><td>普通賓白</td><td>5</td><td rowspan="2">音陌</td></tr>
<tr><td>白・非韻</td><td>1</td></tr>
<tr><td rowspan="2">齪</td><td>曲・非韻</td><td>1</td><td>側角切</td></tr>
<tr><td>白・非韻</td><td>1</td><td>測角切</td></tr>
<tr><td rowspan="2">齷</td><td>曲・非韻</td><td>1</td><td>於角切</td></tr>
<tr><td>白・非韻</td><td>1</td><td>音握</td></tr>
</table>

鍘	曲・非韻	1	音閘
	曲・韻腳	4	音茶、音查、閘上聲
	普通賓白	6	查察切、音查、音閘
	白・非韻	1	音閘
	白・韻腳	2	音查、音閘

就上表，被釋字與其釋音、位置之關係，可歸納出以下三點：

（一）除位於唱曲韻腳外，皆讀入聲原調

共計「衲」、「碣」、「擲」、「孽」四字。此四字僅在唱曲韻腳字處入派三聲，在其它位置時，均入讀原調：

1. 衲

見於《音釋》二次。一次位於〈薛仁貴〉第四折「執齏捥菜。縫衣補衲」，屬唱曲的韻腳字；《音釋》作「囊亞切」，將其入派上聲。另一次見於〈魯齋郎〉第四折「身穿羊皮百衲衣。饑時化飯飽時歸」，屬韻語賓白非韻腳字；《音釋》作「音納」，入讀原調。

2. 碣

見於《音釋》三次。兩次位於唱曲韻腳字：一次見〈牆頭馬上〉第三折「築墳臺上立個碑碣」；一次見〈范張雞黍〉第二折「着後人向墓門前高聳聳立一統碑碣」。均入派平聲，釋作「其耶切」。位於韻語賓白非韻腳字的一次，見〈合同文字〉第四折「將父母祖塋安葬。立碑碣顯耀幽魂」，作「音竭」，讀入聲原調。

3. 擲

見於《音釋》八次。四次位於唱曲韻腳字，分別見〈玉鏡臺〉第三折「泥土般拋擲」、〈謝天香〉第三折「姐姐你可便再擲」、〈麗春堂〉第二折「已拋下二擲」、〈度柳翠〉第三折「喫會拋擲」。均作「征移切」，派入平聲。有兩次位於唱曲非韻腳字，分別見〈金錢記〉第三折「擲果的雲陽內斬首」與〈城南柳〉第二折「鴛擲下碎錦也成空」。另有一次見於〈合汗衫〉第二折「擲個上上大吉」，屬普通賓白；一次見於〈望江亭〉第一折「誰家美女顏如玉。綵毬偏愛擲貧儒」，屬韻語賓白非韻腳字。位於唱曲非韻腳字、普通賓白與韻語賓白非韻腳字的四條，均釋「音直」，作入讀原調處理。

4. 孽

見於《音釋》四次。位於唱曲韻腳字一次，〈馬陵道〉第四折「都是他平日裏自作自孽」，以入派去聲處理，作「尼夜切」。其餘三次，均入讀原調。兩次位於普通賓白，釋作「音捏」：見〈冤家債主〉第一折「老夫不知造下什麼孽來」、〈小尉遲〉第二折「須要老尉遲去平此餘孽」。一次釋作「音聶」，見〈東坡夢〉第四折「免教鶯燕頻來往。不在塵中掛孽名」，屬韻語賓白非韻腳字。

（二）某些入聲字派入三聲或讀原調並無一定規律

「刷」、「嚇」、「簌」、「驀」、「捏」、「搦」、「钄」七字，有時入派三聲，有時又讀作原調，似乎沒有一定的規律：

1. 刷

見於《音釋》九次。一次作爲普通賓白，兩次處唱曲韻腳字地位，三次位於唱曲非韻腳字，均作「雙寡切」，入派上聲。作普通賓白者，見〈勘頭巾〉第二折「差某往此審囚刷卷」。處唱曲韻腳字者，見〈合汗衫〉第二折「就着這血糊刷」、〈忍字記〉第二折「也須要墨糊刷」。屬唱曲非韻腳字者，見〈魯齋郎〉第一折「怎知他提刑司刷出三宗卷」、〈㑳梅香〉第二折「刷刷的風颭芭蕉鳳尾搖」、〈還牢末〉第一折「刷卷纔回」。

其餘三次，皆爲韻語賓白的非韻腳字。一次作「數括切」，見〈神奴兒〉第三折「纔聽上司來刷卷。登時諕的肚中疼」。一次作「數滑切」，見〈救孝子〉第三折「上司若還刷卷來。廳上打的狗也叫」。一次作「雙寡切」，見〈魔合羅〉第二折「若是上司來刷卷。廳上打的雞兒叫」。作「數括切」、「數滑切」者，入讀原調。作「雙寡切」者，入派上聲。

「刷」字派入上聲或讀爲原調，均屬仄聲，故於賓白之詩句格律並無影響。同是「刷卷」一詞，普通賓白處派入上聲；於韻語賓白非韻腳處，有時派入上聲，有時讀作原調，似乎沒有一定的標準。

2. 嚇

見於《音釋》七次。入讀原調共四次，皆釋爲「音黑」。其中，二次作普通賓白，見〈救孝子〉第三折「我拔出刀子來止望諕嚇成姦」與〈望江亭〉第一折「千求不如一嚇」。一次作韻語賓白非韻腳字，見〈鴛鴦被〉第四折「賊徒唬嚇結良緣。號令沈枷在市廛」。一次作唱曲非韻腳字，見〈神奴兒〉第二折「兀的不嚇掉了我的魂靈」。此句格律為「仄平平」〔註 137〕，除去襯字當作「嚇魂靈」。

入派三聲共三次。一次入派上聲，作「亨美切」，屬唱曲非韻腳字，見〈勘頭巾〉第二折「我向嚇魂臺把文案偷窺視」。當句格律為「十平十仄平平ㄙ」〔註 138〕，除去襯字作「魂臺文案偷窺視」，「嚇」當是襯字。兩次入派平聲，作「黑平聲」。一次屬韻語賓白非韻腳字，見〈合同文字〉第四折：

閻王生死殿。東嶽嚇魂臺。〔註 139〕

其格律當是「平平平仄仄，仄仄仄平平」。「嚇魂臺」之「嚇」依格律應為仄聲。此外，另一次屬唱曲非韻腳字，見〈竇娥冤〉第二折：

〔隔尾〕這廝搬調咱老母收留你。自藥死親爺待要諕嚇誰。我一馬難將兩鞍鞴。想男兒在日。曾兩年匹配。卻教我改嫁別人其實做不得。〔註 140〕

「自藥死親爺待要諕嚇誰」，當句格律為「十仄平平十仄平」〔註 141〕，除去襯字應作「藥死親爺諕嚇誰」。「嚇」字按律應是仄聲。

「嚇」字《中原音韻》屬皆來、車遮韻入作上聲，《中州音韻》作「黑平聲」，屬齊微韻入作平聲〔註 142〕。《音釋》「亨美切」者，乃《中州音韻》齊微韻入派上聲「黑」字之反切〔註 143〕；雖不合於《中原音韻》，但由此可知，《音釋》於「嚇」字，並非無派入上聲者。

然上述兩處，按格律當作仄聲，卻反將其入派平聲作「黑平聲」，似乎不妥。此外，同是「嚇魂臺」，一次作上聲，一次作平聲；同是作為「唬嚇」之義，有的入派上、平聲，有的卻讀作入聲原調。不知《音釋》之釋音標準何在。

〔註 137〕鄭騫：《北曲新譜》，頁 120。

〔註 138〕同上註，頁 125。

〔註 139〕明・臧懋循：《元曲選》，頁 2076。

〔註 140〕同上註，頁 6279。

〔註 141〕同註 137，頁 123。

〔註 142〕明・王文璧：《中州音韻》，頁 15。

〔註 143〕同上註，頁 17。

3. 簌

見於《音釋》十九次。二次作韻語賓白非韻腳字，皆讀入聲原調，作「音速」。見〈後庭花〉第三折「雲鬢堆綠鴉。羅裙簌絳紗」、〈魔合羅〉第三折「濫官肥馬紫絲韁。猾吏春衫簌地長」。

四次作唱曲韻腳字，皆派入上聲，作「蘇上聲」。見〈漁樵記〉第一折「把那氈簾來低簌」、〈對玉梳〉第三折「玉玎璫金璞瓔珠琭簌」、〈貨郎旦〉第四折「早做了撲撲簌簌、濕濕淥淥、疎林人物」、〈生金閣〉第一折「兀那氈簾向門外簌」。

共十三次作唱曲非韻腳字。一次釋作「音蘇」，派入平聲。見〈看錢奴〉第二折：

> 〔滾繡毬〕我這裏急急的研了墨濃。便待要輕輕的下了筆劃。……則俺這三口兒生扢扎兩處分開。做娘的傷心慘慘刀剜腹。做爹的滴血簌簌淚滿腮。恰便似郭巨般活把兒埋。〔註 144〕

「做爹的滴血簌簌淚滿腮」格律作「十仄平平仄仄平」〔註 145〕，除去襯字，當是「滴血簌簌淚滿腮」。「簌」依律當作平聲。故《音釋》派入平聲，作「音蘇」。

另十二次，有的作「蘇上聲」，派入上聲；有的作「音速」，入讀原調：

釋音	出處		劇文
音速	謝天香	第三折	從來個撲簌簌沒氣力。
	牆頭馬上	第二折	待月簾微簌。迎風戶半開。
	救孝子	第一折	就不由俺不撲簌簌淚如麻。
	麗春堂	第一折	簌翠偎紅彩繡中。
	酷寒亭	第三折	撲簌簌淚滂沱。
	金安壽	第一折	珠琭簌玉玲瓏。
	張生煮海	第一折	裙兒簌鞋半弓。
蘇上聲	瀟湘雨	第三折	怎當這頭直上急簌簌雨打。
	桃花女	第一折	淚簌簌不住點兒流。
	金安壽	第三折	簾低簌碧蝦鬚。
	劉行首	第二折	腰纏着碌簌條。
	盆兒鬼	第一折	這軟簌簌的坐榻。

〔註 144〕明・臧懋循：《元曲選》，頁 6634。

〔註 145〕鄭騫：《北曲新譜》，頁 24。

這裡的「簌」、「簌簌」，皆有「垂下、墜落」、「搖動、抖動」之義，且「音速」、「蘇上聲」皆是仄聲，於仄聲格律並無影響。雖然〈瀟湘雨〉第三折〔註 146〕與〈盆兒鬼〉第一折〔註 147〕的「簌」，按格律當作平聲，或可用「宜平不得已以上代之」〔註 148〕來解釋，然而其它格律當作仄聲處，有的入派上聲，有的讀作原調，似乎並無規律。

4. 驀

見於《音釋》二十五次。五次處於唱曲韻腳字，均入派去聲，作「音賣」。見〈合汗衫〉第三折「我這裏剛行剛驀」、〈爭報恩〉第二折「見一個碑亭般大漢將這門桯來驀」、〈黃粱夢〉第二折「兩步那爲一驀」、〈盆兒鬼〉第四折「不是俺怕將他這門桯驀」、〈抱粧盒〉第二折「將兩步爲一驀」。

六次位於賓白，無論是普通賓白或韻語賓白非韻腳處，均入讀原調，作「音陌」。見於普通賓白五次：〈張天師〉楔子「串長街驀短巷」、〈黑旋風〉第三折「把這頭扭過來驀過去」、〈魔合羅〉第二折「驀然氣絕而死」、〈李逵負荊〉第三折「我悄悄驀上梁山」、〈生金閣〉第一折「我一腳驀過你家來」。韻語賓白非韻腳處一次：〈秋胡戲妻〉第四折「想當日剛赴佳期。被勾軍驀地分離」。

其餘十四次，皆於唱曲非韻腳處：

釋音	出處		劇文
音陌	救風塵	第二折	驀入門知滋味便合休。
	燕青博魚	第三折	驀見個女娉婷引着個後生。
	梧桐雨	第二折	避不得驀嶺登山。
	神奴兒	第二折	天那急的我戰篤速不敢便驀入門桯。
	倩女離魂	第四折	驀入門庭。
	馬陵道	第四折	則見他驀澗穿林。
	㑳梅香	第一折	驀的聞聲。

〔註 146〕「怎當這頭直上急簌簌雨打」，格律作「平平仄仄」或「平平仄平」。除去襯字爲「簌簌雨打」，「簌簌」應作平聲。

〔註 147〕「這軟簌簌的坐榻」，格律作「十平仄十」。除去襯字爲「軟簌坐榻」，「簌」應作平聲。

〔註 148〕明・王驥德：《曲律》（《新編中國古典戲曲論著集成，歷代曲話彙編》，明代編第 2 集，合肥市：黃山書社，2008 年），頁 64。

	單鞭奪槊	第四折	兩雙腳驀嶺登山快撚。
	金線池	第三折	有他呵怎肯道驀出門庭。
	英氣布	第二折	喒也曾磕擦擦登山驀嶺。
	誤入桃源	楔子	避不的登山驀嶺。
	對玉梳	第三折	不想糞堆上驀然長靈芝。
音賣	張天師	第四折	將兩步做一步驀。
	東堂老	第三折	驀入門桯去。

「音賣」之「驀」皆有「穿越、跨過」之義，「音陌」之「驀」亦多有此義，且「音陌」、「音賣」皆是仄聲，於仄聲格律並無影響。雖然〈張天師〉第四折〔註 149〕「驀」當作「平上不拘」，但〈東堂老〉第三折〔註 150〕則「平仄皆可」，故《音釋》對於「驀」字何時派入去聲，何時讀作原調，似亦無規律。

5. 捏

見於《音釋》四次。詳見本章第三節。

6. 搦

見於《音釋》九次。詳見本章第三節。

7. 钀

見於《音釋》十四次。詳見本章第三節。

（三）大部分被釋字於唱曲非韻腳字時亦入讀原調

除「爇」字於唱曲非韻腳字統一派入去聲，以及少數注音較無規律的「刷」、「嚇」、「簌」、「驀」、「捏」、「搦」、「钀」之外，大部份的被釋字，除位於唱曲韻腳處外，僅有入讀原調的注音。以下略舉三例說明：

1. 刖

「刖」共出現三次。一次見於〈凍蘇秦〉第一折的普通賓白「孫臏刖足」；一次見於〈馬陵道〉楔子「他兩個刖足之讎何日報」，作韻語賓白非韻腳字；一次見於〈魯齋郎〉第三折「倒做了孫龐刖足」，作唱曲非韻腳字。這三次均釋作「音月」，入讀原調，沒有入派三聲的例子。

2. 液

「液」共出現三次。一次見於〈王粲登樓〉第一折「其實你飲不的我這玉

〔註 149〕「將兩步做一步驀」，格律作「十平十厶◇」。「驀」應作平上不拘。

〔註 150〕「驀入門桯去」，格律作「十平厶」。「驀」應作平仄皆可。

液瓊漿」，屬韻語賓白非韻腳字。另兩次見於唱曲非韻腳字，一次在〈岳陽樓〉第一折「問甚麼玉液漿」；一次在〈酷寒亭〉第三折「那說起玉液金波」。三次分別是作「音邑」、「音亦」、「音逸」，均入讀原調。

3. 橐

「橐」共出現四次，作「音托」、「音託」，均入讀原調。兩次見於韻語賓白非韻腳字，分別是〈鴛鴦被〉楔子「可憐我囊橐淒清」，與〈王粲登樓〉第三折「橐裏黃金願相贈」。兩次見於唱曲的非韻腳字，分別是〈任風子〉第一折「囊橐裏有錢」，與〈合汗衫〉第二折「只待要急煎煎挾橐攜囊」。

類似的例子，共有二十條音釋的被釋字可在入讀原調的唱曲非韻腳字中找到。並且可以發現，只要在韻語賓白非韻腳處讀作入聲原調的，往往也可以在唱曲非韻腳處被讀作入聲原調，並且不會出現入派三聲的音讀。

第六節　入派三聲字特殊音注探討

韻書將入聲字派三聲，以《中原音韻》爲始。《中原音韻》將入聲字派入平、上、去三聲，大抵而言，是以聲母清濁爲規律。清聲母派入上聲，全濁聲母派入陽平，次濁聲母派入去聲。而王驥德《曲律・論韻第七》云：「作曲，則用周德清《中原音韻》。」〔註 151〕又云：「德清生最晚，始輯爲此韻。作北曲者守之，兢兢無敢出入。」〔註 152〕故本節將《音釋》中入派三聲，於《中原音韻》有所出入者，個別提出探討。共計五十五字。

究其原因，共可分爲「韻語格律的影響」、「押韻韻目的差異」、「格律影響與押韻韻目差異」、「其他」四類。

一、韻語格律的影響

（一）八

見於《音釋》六次，作「巴上聲」五次，作「音巴」一次。《中原音韻》屬家麻韻入作上聲；《中州音韻》作「叶巴上聲」，家麻韻入作上聲〔註 153〕。

〔註 151〕明・王驥德：《曲律》，頁 68。

〔註 152〕同上註，，頁 68。

〔註 153〕明・王文璧：《中州音韻》，頁 60。

被釋字「八」在《元曲選》出現的情形如下：

被釋字	釋音	出處		位置	劇文
八	巴上聲	梧桐雨	第三折	曲・韻腳	假若更添箇么花十八。
		救孝子	第一折	曲・韻腳	可便凜凜身材七尺八。
		後庭花	第三折	曲・韻腳	我先知一箇七八。
		趙禮讓肥	第一折	曲・韻腳	死是七八。
		留鞋記	第三折	曲・韻腳	擡舉的孩兒青春恰二八。
	音巴	酷寒亭	第三折	白・韻腳	一領布衫二丈五， 桶子頭巾三尺八。

《音釋》作「巴上聲」者，與《中原音韻》、「中州音韻」相合。釋爲「音巴」者，屬賓白韻語的韻腳字：

江南景致實堪誇。煎肉豆腐炒東瓜。

一領布衫二丈五。桶子頭巾三尺八。〔註154〕

「八」與「瓜」爲韻腳字，押平聲韻，故《音釋》將之釋爲「音巴」。

（二）不

見於《音釋》四次，作「甫鳩切」一次，作「音補」三次。《中原音韻》屬魚模韻入作上聲；《中州音韻》作「叶補」，魚模韻入作上聲〔註155〕。

被釋字「不」在《元曲選》出現的情形如下：

被釋字	釋音	出處		位置	劇文
不	甫鳩切	范張雞黍	第三折	曲・韻腳	一靈兒可也知不。
	音補	昊天塔	第四折	曲・非韻	早撥起嗒無明火不鄧鄧。
		後庭花	第三折	曲・非韻	我敢掤碎你口中牙不剌。
		魔合羅	第一折	曲・非韻	那裏這等不朗朗搖動蛇皮鼓。

《音釋》作「音補」者，與《中原音韻》、《中州音韻》相合。釋爲「甫鳩切」者，屬唱曲的韻腳字，見於〈范張雞黍〉第三折：

〔柳葉兒〕呀，似這般光前裕後。一靈兒可也知不。我親身自把靈車扣。一來是神明祐。二來是鬼推軸。我與你扢刺刺直拽到墳頭。

〔註154〕明・臧懋循：《元曲選》，頁4268。

〔註155〕明・王文璧：《中州音韻》，頁26。

〔註156〕
「一靈兒可也知不」的「不」，同「否」，表疑問之義；此外，當句格律作「十十十，十仄平平」〔註157〕，「不」按律當作平聲。「否」於《中原音韻》屬非母字，入作上聲，魚模、尤侯韻兩見；且〈范張雞黍〉第三折通押尤侯韻，故《音釋》將此處「不」釋作「甫鳩切」。

（三）日

見於《音釋》三十五次，作「人智切」三十三次，作「繩知切」二次。《中原音韻》屬齊微韻入作去聲；《中州音韻》作「人智切」，齊微韻入作去聲〔註158〕。

被釋字「日」在《元曲選》出現的情形如下：

被釋字	釋 音	出 處		位 置	劇 文
日	人智切	鴛鴦被	第四折	曲・韻腳	要博個開顏日。
		賺蒯通	第二折	曲・非韻	趁着你在日澆奠理當宜。
		殺狗勸夫	第二折	曲・韻腳	哥哥也是他養軍千日。
		謝天香	第三折	曲・韻腳	下雨的那一日。
		張天師	第二折	曲・韻腳	自去年到今日。
		救風塵	第一折	曲・韻腳	我想這先嫁的還不曾過幾日。
		楚昭公	第四折	曲・韻腳	難得見今朝這日。
		凍蘇秦	第二折	曲・韻腳	那壁廂問了一日。
		鐵拐李	第三折	曲・韻腳	一去了早三日。
		小尉遲	第三折	曲・韻腳	喜歡來那似今日。
		秋胡戲妻	第二折	曲・韻腳	我這幾日。
		薦福碑	第四折	曲・韻腳	說小生當日。
		岳陽樓	第三折	曲・韻腳	爭如我夢周公高臥在三竿日。
		倩女離魂	第三折	曲・韻腳	折挫得一日瘦如一日。
		馬陵道	第三折	曲・韻腳	誰知有這日。
		魯齋郎	第二折	曲・韻腳	要你做夫人不許我過今日。
		青衫淚	第三折	曲・韻腳	肯分的月色如白日。

〔註156〕明・臧懋循：《元曲選》，頁4161。

〔註157〕鄭騫：《北曲新譜》，頁93。

〔註158〕明・王文璧：《中州音韻》，，頁20。

		後庭花	第四折	曲・韻腳	似這般幾時得個分明日。
		酷寒亭	第二折	曲・韻腳	叫罵過日。
		桃花女	第三折	曲・韻腳	都選個良辰吉日。
		單鞭奪槊	楔子	曲・韻腳	事急也權那做三日。
		誶范叔	第四折	曲・韻腳	今日是你生日。
		誤入桃源	第三折	曲・韻腳	見了這景物翻騰非前日。
		魔合羅	第四折	曲・韻腳	我領了嚴假限一朝兩日。
		盆兒鬼	第三折	曲・韻腳	有今日。
		竇娥冤	第二折	曲・韻腳	把手爲活過日。
		李逵負荊	第二折	曲・韻腳	元來個梁山泊有天無日。
		還牢末	第一折	曲・韻腳	多半日。
		望江亭	第二折	曲・韻腳	今也波日，我親身到那裏。〔註159〕
		任風子	第三折	曲・韻腳	你道是這幾日。
		碧桃花	第二折	曲・韻腳	嘆桑榆半竿紅日。
		生金閣	第四折	曲・韻腳	照耀的似白日。
		合同文字	第四折	曲・韻腳	把帶傷人倒監了十日。
	繩知切	爭報恩	第四折	曲・韻腳	您兄弟每今日。待勸我回心意。自到官來當日。我便與他沒面皮。
		黑旋風	第三折	曲・韻腳	到今朝這日。

《音釋》作「人智切」者，與《中原音韻》、《中州音韻》相合。釋爲「繩知切」者，皆屬唱曲的韻腳字。見於〈爭報恩〉第四折：

〔得勝令〕呀，我則要乘興兩三杯。做一個家好筵席。休准備別茶飯。我則待燒一塊人肉吃。您兄弟每今日。待勸我回心意。自到官來當日。我便與他沒面皮。〔註160〕

以及〈黑旋風〉第三折：

〔喜江南〕呀，俺哥哥又不是打家截道的殺人賊。倒賠了個如花似玉的好嬌妻。送與你這倚權挾勢白衙內。到今朝這日。纔得我非親是親的送那碗飯兒喫。〔註161〕

〔註159〕此處之「日」爲句中藏韻處，故歸入韻腳字。

〔註160〕明・臧懋循：《元曲選》，頁1053。

〔註161〕同上註，頁3129。

〔得勝令〕「您兄弟每今日。待勸我回心意。自到官來當日。我便與他沒面皮」按格律爲「平平。。十仄平平去。。平平。。十平十ム◇。。」〔註162〕；除去襯字，當作「今日。待勸我回心意。當日。與他沒面皮」。「日」按律當作平聲。

〔喜江南〕「到今朝這日」按格律爲「十十◇，ム◆。。」〔註163〕。「日」按律當作平聲。日母字作平聲，在漢語中無此音節。故《音釋》將以上兩處「日」字釋作「繩知切」，濁音清化，以舌尖面輕擦音ʃ，取代舌尖面濁擦音ʒ。〔註164〕

（四）月

見於《音釋》九次，作「魚夜切」八次，作「魚靴切」一次。詳細討論，參見第二章第二節。

（五）冊

見於《音釋》一次，作「釵去聲」。《中原音韻》屬皆來韻入作上聲；《中州音韻》作「叶釵上聲」，皆來韻入作上聲。

被釋字「冊」在《元曲選》見於〈竇娥冤〉第四折：

> 〔得勝令〕呀，今日箇搭伏定攝魂臺。一靈兒怨哀哀。父親也，你現掌着刑名事。親蒙聖主差。端詳這文冊。那廝亂綱常當合敗。便萬剮了喬才。還道報冤讎不暢懷。〔註165〕

被釋字「冊」屬唱曲的韻腳字。「端詳這文冊」按格律爲「平平。。」〔註166〕；除去襯字，當作「文冊」，「冊」按律當作平聲。「冊」爲仄聲，於格律不合。《音釋》不易派平聲，亦不按《中原音韻》派入上聲，反將之派入去聲。《音釋》此舉，若不是「陰字宜搭上，陽字宜搭去」〔註167〕，以去聲「冊」搭「文」字陽平之故，則屬不妥。

（六）末

見於《音釋》六次，作「音磨」三次，作「磨上聲」一次，作「魔去聲」

〔註162〕鄭騫：《北曲新譜》，頁285。

〔註163〕同上註，頁317。

〔註164〕本文擬音根據陳新雄老師所擬。

〔註165〕明・臧懋循：《元曲選》，頁6312。

〔註166〕同註162，頁285。

〔註167〕明・王驥德：《曲律》，頁66。

二次。《中原音韻》屬蕭豪、歌戈韻入作去聲；《中州音韻》作「叶磨」，哥戈韻入作去聲〔註 168〕。

被釋字「末」在《元曲選》中均屬唱曲的韻腳字，其出現的情形如下：

被釋字	釋音	出處		位置	劇文
末	音磨	爭報恩	第三折	曲・韻腳	今日在法場上結末。
		謝金吾	第二折	曲・韻腳	怎發付，怎結末。
		黃粱夢	第四折	曲・韻腳	做的來實難結末。
	磨上聲	英氣布	第一折	曲・韻腳	那一番怎結末。
	魔去聲	桃花女	第二折	曲・韻腳	去時節大齋時急回來可蚤日頭兒末。
		英氣布	第一折	曲・韻腳	漢軍微末。

《音釋》釋為「音磨」者，見於〈爭報恩〉第三折：

〔鬼三臺〕往常我清閒坐。列鼎食重裀臥。今日在法場上結末。好事便多磨。我犯了個殺丈夫的罪過。兩下裏看的直這般多。把個十字街擠的沒一線兒闊。近了也鬧市雲陽。遠的是蘭堂也那畫閣。〔註 169〕

〈謝金吾〉第二折：

〔感皇恩〕呀，叫一聲楊景哥哥。直恁的叫不回他。我這裏掐人中。七娘子揪頭髮。一家兒鬧喧聒。不爭你沈沈不醒。撇下了即世的婆婆。卻教俺怎支持。怎發付。怎結末。〔註 170〕

以及〈黃粱夢〉第四折

〔滾繡球〕你那罪過。怎過活。做的來實難結末。自攬下千丈風波。誰教你向界河。受財貨。將咱那大軍折挫。似這等不義財貪得如何。道不的殷勤過日災須少。僥倖成家禍必多。枉了張羅。〔註 171〕

〔鬼三臺〕「今日在法場上結末」按格律為「平平ㄙ◆」〔註 172〕；除去襯字，

〔註 168〕明・王文璧：《中州音韻》，頁 57。

〔註 169〕明・臧懋循：《元曲選》，頁 1044。

〔註 170〕同上註，頁 2750。

〔註 171〕同上註，頁 3485。

〔註 172〕鄭騫：《北曲新譜》，頁 262。

當作「法場結末」。「末」按律爲「宜上可平」。〔感皇恩〕「怎結末」按格律爲「仄平平」〔註 173〕。「末」按律當作平聲。〔滾繡球〕「做的來實難結末」按格律爲「┼┼┼，┼平◇去」〔註 174〕。「末」按律當作去聲。

「磨」於《中原音韻》可見於歌戈韻之陽平聲與去聲。《音釋》將以上三處「末」字釋作「音磨」，無論是作「宜上可平」、「平」、「去」，皆合乎格律。

《音釋》釋爲「磨上聲」者，見於〈氣英布〉第一折：

〔後庭花〕不爭這楚天臣明道破。卻把你箇漢隨何謊對脱。喒便喚他來從頭兒問。看他巧支吾說箇甚麼。非是喒起風波。都自己惹災招禍。且看他這一番怎做科。那一番怎結末。〔註 175〕

「那一番怎結末」按格律爲「┼平┼ㄙ◇」〔註 176〕；除去襯字，此句當作「一番怎結末」。「末」按律爲「平上不拘」，故《音釋》將之派入上聲，作「磨上聲」。

（七）白

見於《音釋》三十六次，作「巴埋切」三十五次，作「排上聲」一次。《中原音韻》屬皆來韻，入作平聲；《中州音韻》作「巴埋切」，皆來韻入作平聲〔註 177〕。無論是《中原音韻》或《中州音韻》，都沒有收「入作上聲」的讀音。

被釋字「白」在《元曲選》出現的情形如下：

被釋字	釋音	出處		位置	劇文
白	巴埋切	陳州糶米	第四折	曲・韻腳	總見的個天理明白。
		合汗衫	第三折	曲・韻腳	則去那娘親上分付明白。
		張天師	第四折	曲・韻腳	訴的明白。
		薛仁貴	第二折	曲・韻腳	憂愁的我乾剝剝髭鬢斑白。
		牆頭馬上	第二折	曲・韻腳	要這般當面搶白。
		老生兒	第一折	曲・韻腳	將儈道搶白。
		虎頭牌	第四折	曲・韻腳	依國法斷的明白。

〔註 173〕鄭騫：《北曲新譜》，頁 125。

〔註 174〕同上註，頁 24。

〔註 175〕明・臧懋循：《元曲選》，頁 5503。

〔註 176〕同註 174，頁 90。

〔註 177〕明・王文璧：《中州音韻》，頁 30。

		兒女團圓	第二折	曲・韻腳	倒將我劈面搶白。
		玉壺春	第三折	曲・韻腳	我俊雅未頭白。
		小尉遲	第二折	曲・韻腳	便小覷的我心長髮短漸斑白。
		秋胡戲妻	第四折	曲・非韻	早插個明白狀。
		薦福碑	第一折	曲・非韻	豈不聞光陰如過隙白駒。
		謝金吾	楔子	白・韻腳	奉命傳宣下玉階。 東廳樞密要明白。
		蝴蝶夢	第四折	曲・韻腳	小名兒叫的明白。
		救孝子	楔子	曲・韻腳	爭奈我許的他明白。
		黃粱夢	第二折	曲・韻腳	何須你暢叫廝花白。
		王粲登樓	第二折	曲・韻腳	怎禁他對人前朗朗的花白。
		昊天塔	第一折	賓白韻語	雄鎮三關幾度秋。 番兵不敢犯白溝。
		魚樵記	第二折	曲・韻腳	我纔入門來你也不分一個皀白。
		青衫泪	第一折	曲・韻腳	從天未拔白。
		范張雞黍	第一折	曲・非韻	且則可掩柴扉高枕臥白雲。
		兩世姻緣	第四折	曲・韻腳	小字兒喚的明白。
		酷寒亭	第四折	曲・韻腳	不得明白。
		忍字記	第三折	白・韻腳	參禪處討個明白。
		金安壽	第一折	曲・韻腳	月明吹徹海山白。
		傷梅香	第四折	曲・韻腳	我認的明白。
		單鞭奪槊	第一折	曲・韻腳	一件件稟奏的明白。
		隔江鬬智	第四折	曲・韻腳	凡事要明白。
		魔合羅	第四折	曲・韻腳	兀的不熬煎的我鬢斑白。
		抱粧盒	第二折	曲・韻腳	我未到宮門早憂的我這頭白。
		趙氏孤兒	第一折	曲・非韻	能可在我身兒上討明白。
		李逵負荊	第四折	曲・韻腳	我說的明白。
		看錢奴	第二折	曲・韻腳	休道是乾坤老山也頭白。
		碧桃花	第四折	曲・韻腳	將小名兒道的明白。
		張生煮海	第二折	曲・韻腳	先對俺說明白。
	排上聲	趙禮讓肥	第三折	曲・韻腳	怎麼的不分個皀白。

《音釋》釋爲「排上聲」者，屬唱曲的韻腳字，見於〈趙禮讓肥〉第三折：

〔越調鬬鵪鶉〕好着我東倒西歪。失魂喪魄。北去南來。只恁的天寬地窄。你也好別辨個賢愚。怎麼的不分個皀白。俺母親年紀高。

筋力衰。怎當他一迷裏胡爲。百般家抪擺。

「怎麼的不分個皀白」按格律爲「十平ㄙ◆」〔註178〕；除去襯字，此句當作「不分皀白」。「白」按律爲「宜上可平」〔註179〕，故《音釋》將之派入上聲，作「排上聲」。

（八）宅

見於《音釋》二十七次，作「池宰切」一次，作「池齋切」二十五次，作「音柴」一次。《中原音韻》屬皆來韻入作平聲；《中州音韻》作「池齋切」，皆來韻入作平聲〔註180〕。

「柴」《中原音韻》屬皆來韻陽平聲；《中州音韻》作「池齋切」，皆來韻平聲〔註181〕。故《音釋》「宅」作「池齋切」與「音柴」者，可視爲同音。

被釋字「宅」在《元曲選》出現的情形如下：

被釋字	釋音	出處		位置	劇文
宅	池宰切	謝金吾	第一折	曲・韻腳	那廝拆壞了咱家咱家第宅。
	池齋切	金錢記	第二折	曲・非韻	莫不是醉撞入深宅也那大院。
		鴛鴦被	第三折	曲・非韻	卻將我宅院良人。
		合汗衫	第二折	曲・非韻	將我這銅斗兒般大院深宅。
		合汗衫	第三折	曲・韻腳	兀那鵶飛不過的田宅。
		爭報恩	第二折	曲・韻腳	我生長在大院深宅。
		救風塵	第二折	曲・非韻	他每待強巴劫深宅大院。
		薛仁貴	第二折	曲・韻腳	你那一日離莊宅，登紫陌。
		牆頭馬上	第二折	曲・韻腳	喒這大院深宅。
		虎頭牌	第四折	曲・非韻	俺今日謝罪也在宅門外。
		鐵拐李	第四折	曲・韻腳	大院深宅。
		薦福碑	第三折	曲・韻腳	那裏是揚州車馬五侯宅。
		黃粱夢	第二折	曲・韻腳	從今日離院宅。

〔註178〕鄭騫：《北曲新譜》，頁249。

〔註179〕鄭騫針對〔越調鬬鵪鶉〕表示：「第二、四、六、末諸句均以作『十平去上。』爲起調，尤以第六第末句爲然。」（見鄭騫：《北曲新譜》，頁249）。

〔註180〕明・王文璧：《中州音韻》，頁30。

〔註181〕同上註，頁29。

		王粲登樓	第二折	曲・韻腳	他聽得我扣宅。
		魯齋郎	第一折	曲・非韻	送的人典了舊宅院我住着新宅院。
		青衫泪	第一折	曲・韻腳	又不是王侯宰相宅。
		兩世姻緣	第四折	曲・韻腳	一札腳王侯宰相宅。
		金安壽	第四折	曲・韻腳	託生在大院深宅。
		冤家債主	第一折	曲・韻腳	賊也你少不的破了家宅。
		傷梅香	第四折	曲・韻腳	則他那窮骨頭消不得相公宅。
		留鞋記	第三折	曲・非韻	我本是深宅大院好人家。
		魔合羅	第四折	曲・非韻	我問你為何事離宅院。
		抱粧盒	第二折	曲・韻腳	我這裏忙趨疾走楚王宅。
		看錢奴	第二折	曲・韻腳	有一日賊打劫火燒了您院宅。
		還牢末	第一折	曲・非韻	錦片似莊宅地。
		任風子	第一折	曲・非韻	因賤降來宅院。
	音柴	救孝子	楔子	曲・韻腳	直送到莊宅。

《音釋》作「池齋切」、「音柴」者，與《中原音韻》、《中州音韻》相合。釋為「池宰切」者，屬唱曲的韻腳字，見於〈謝金吾〉第一折：

〔青哥兒〕那廝拆壞了咱家咱家第宅。倒把着大言大言圖賴。教我便有口渾身也怎劈劃。哎。誰想我到這年衰。值着凶災。被他推倒當街。跌損形骸。直從鬼門關上孩兒每喳喳的叫回來。他也忒欺人煞。〔註182〕

「那廝拆壞了咱家咱家第宅」按格律為「十平十平十仄」〔註183〕；依「首兩句例應疊字」〔註184〕之慣例，除去襯字，此句當作「咱家咱家第宅」，「宅」本屬「入作平聲」，按律為仄聲。故《音釋》將「宅」派入上聲，作「池宰切」。

（九）色

見於《音釋》二十四次，作「篩上聲」二十三次，作「音篩」一次。《中原音韻》屬皆來韻入作上聲；《中州音韻》作「叶篩去聲」，皆來韻入作上聲

〔註182〕明・臧懋循：《元曲選》，頁2732。

〔註183〕鄭騫：《北曲新譜》，頁94。

〔註184〕同上註，頁94。

〔註 185〕。

被釋字「色」在《元曲選》出現的情形如下：

被釋字	釋 音	出 處		位 置	劇 文
色	音篩	謝金吾	第一折	曲‧韻腳	更打着個郡馬的名色。
	篩上聲	合汗衫	第三折	曲‧韻腳	正值着這冬寒天色。
		爭報恩	第二折	曲‧韻腳	直着我面皮上可也無顏的這落色。
		來生債	第三折	曲‧韻腳	諕的我四口兒無顏落色。
		薛仁貴	第二折	曲‧韻腳	早諕的來黃甘甘改了面色。
		牆頭馬上	第二折	曲‧韻腳	擲果的潘郎稔色。
		兒女團圓	第二折	曲‧韻腳	用着你那巧言波令色。
		玉壺春	第三折	曲‧韻腳	端詳了艷色。
		小尉遲	第二折	曲‧韻腳	黑漫漫殺氣遮了日色。
		薦福碑	第三折	曲‧韻腳	又不會巧言令色。
		黑旋風	楔子	曲‧韻腳	他做多少丟眉弄色。
		黃粱夢	第二折	曲‧韻腳	男子漢那一個不妒色。
		王粲登樓	第二折	曲‧韻腳	非王粲巧言令色。
		魚樵記	第二折	曲‧韻腳	宴罷瓊林微醉色。
		青衫泪	第一折	曲‧韻腳	怎做的內心兒不敬色。
		兩世姻緣	第四折	曲‧韻腳	你可甚賢賢易色。
		金安壽	第四折	曲‧韻腳	多嬌色。
		冤家債主	第一折	曲‧韻腳	無顏落色。
		㑳梅香	第四折	曲‧韻腳	吾未見好德如好色。
		留鞋記	第二折	曲‧韻腳	看一望瓊瑤月色。
		抱粧盒	第二折	曲‧韻腳	偷覷他眼色。
		李逵負荊	第四折	曲‧韻腳	好一個呼保義能貪色。
		看錢奴	第二折	曲‧韻腳	凍的我身上冷無顏落色。
		貨郎旦	第四折	曲‧韻腳	占場兒貪杯好色。

《音釋》作「篩上聲」者，與《中原音韻》相合。釋為「音篩」者，屬唱曲的韻腳字，見於〈謝金吾〉第一折：

〔仙呂點絳唇〕則俺這百尺樓臺。是祖先留在。功勞大。更打着個

〔註 185〕《中州音韻》將「色」置於入作上聲，卻作「叶篩去聲」，恐有誤。然由此亦可知其為「篩」字相承之上聲。（明‧王文璧：《中州音韻》，頁 31。）

郡馬的名色。那廝也怎敢便來胡折。〔註 186〕

「更打着個郡馬的名色」按格律爲「十仄平平」〔註 187〕；除去襯字，此句當作「郡馬名色」。「色」按律爲平聲，故《音釋》將之派入平聲，作「音篩」。

（十）谷

見於《音釋》二次，作「古平聲」一次，作「音古」一次。《中原音韻》屬魚模韻入作上聲；《中州音韻》作「叶古」，魚模韻入作上聲〔註 188〕。

被釋字「谷」在《元曲選》出現的情形如下：

被釋字	釋音	出處		位置	劇文
谷	古平聲	楚昭公	第三折	曲・韻腳	逢豺虎又斷送山谷。
	音古	魚樵記	第一折	曲・韻腳	怎比的他石崇家誇金谷。

《音釋》作「音古」者，與《中原音韻》、《中州音韻》相合。釋爲「古平聲」者，屬唱曲的韻腳字，見於〈楚昭公〉第三折：

〔耍孩兒〕本待要相隨相從相將去。也則爲我膽兒自虛。我只見前山掩映蒼蒼樹。那其間必有埋伏。小路行怕撞着孫都統。大路走須防他伍子胥。兄和弟誰防護。可不是兔魚鷩纔離江上。逢豺虎又斷送山谷。〔註 189〕

「逢豺虎又斷送山谷」按格律爲「十仄平平」〔註 190〕；除去襯字，此句當作「斷送山谷」。「谷」按律爲平聲，故《音釋》將之派入平聲，作「古平聲」。

（十一）叔

見於《音釋》七次，作「音收」一次，作「音暑」六次。《中原音韻》屬魚模韻入作上聲；《中州音韻》作「叶暑」，魚模韻入作上聲〔註 191〕；作「叶收」，尤侯韻入作平聲〔註 192〕。

〔註 186〕明・臧懋循：《元曲選》，頁 2724。
〔註 187〕鄭騫：《北曲新譜》，頁 77。
〔註 188〕明・王文璧：《中州音韻》，頁 26。
〔註 189〕同註 186，頁 1508。
〔註 190〕同註 187，頁 206。
〔註 191〕同註 188，頁 26。
〔註 192〕同註 188，頁 71。

被釋字「叔」在《元曲選》出現的情形如下：

<table>
<tr><th>被釋字</th><th>釋 音</th><th colspan="2">出　處</th><th>位　置</th><th>劇　　文</th></tr>
<tr><td rowspan="8">叔</td><td>音收</td><td>東堂老</td><td>第二折</td><td>曲・非韻</td><td>有那禮讓的意呵賽過得鮑叔。</td></tr>
<tr><td rowspan="7">音暑</td><td>張天師</td><td>第二折</td><td>曲・非韻</td><td>翻笑着不風流閉門的顏叔。</td></tr>
<tr><td>瀟湘雨</td><td>第四折</td><td>白・韻腳</td><td>如今老爺要打的我在這壁廂叫道阿呀。我也打的你在那壁廂叫道老叔。</td></tr>
<tr><td>薛仁貴</td><td>第一折</td><td>曲・韻腳</td><td>怎的如管仲和鮑叔。</td></tr>
<tr><td>薦福碑</td><td>第一折</td><td>曲・韻腳</td><td>無管仲鮑叔。</td></tr>
<tr><td>金線池</td><td>楔子</td><td>曲・韻腳</td><td>比如我五十年不見雙通叔。</td></tr>
<tr><td>魔合羅</td><td>第三折</td><td>白・韻腳</td><td>進入門當下身亡。慌的我去叫小叔叔。</td></tr>
</table>

《音釋》作「音暑」者，與《中原音韻》、《中州音韻》相合；作「音收」者，與《中州音韻》相合。

「叔」字《廣韻》作「式竹切」，《集韻》作「式竹切」、「昌六切」、「神六切」。「式」爲全清審母字，全清入聲字《中原音韻》派入上聲；「竹」字《中原音韻》入魚模韻、尤侯韻；故「叔」字入魚模韻作上聲者，當由「式竹切」而來。而「神」爲全濁聲母，全濁入聲字當派入平聲；「六」《中原音韻》、《中州音韻》皆入尤侯韻，故「叔」字於《中州音韻》派入平聲者，當由「神六切」而來。

《音釋》釋爲「音收」者，屬唱曲非韻腳字，見〈東堂老〉第二折：

> 〔二煞〕你道是閑騎寶馬閑踢蹬。你只做得個旋撲蒼蠅旋放生。你有那施捨的心呵訕笑得魯肅。你有那慷慨的志呵降伏得劉毅。你有那禮讓的意呵賽過得鮑叔。你有那江湖的量呵欺壓得陳登。……兀的不揚名顯姓。光日月動朝廷。〔註193〕

「你有那施捨的心呵訕笑得魯肅」按格律爲「十仄平平」〔註194〕；除去襯字，此句當作「訕笑魯肅」。「肅」按律爲平聲，故《音釋》將之派入平聲，作「音收」。

〔註193〕明・臧懋循：《元曲選》，頁1232。

〔註194〕鄭騫：《北曲新譜》，頁67。

（十二）押

見於《音釋》六次，作「羊架切」五次，作「希佳切」一次。《中原音韻》屬家麻韻入作去聲；《中州音韻》作「羊架切」，家麻韻入作去聲〔註195〕。

被釋字「押」在《元曲選》出現的情形如下：

被釋字	釋音	出處		位置	劇文
押	羊架切	梧桐雨	第三折	曲・韻腳	教幾箇鹵莽的宮娥監押。
		魯齋郎	楔子	曲・韻腳	那一個官司敢把勾頭押。
		酷寒亭	第一折	曲・韻腳	這幾日公文不押。
		灰闌記	第三折	曲・韻腳	逼勒得將招伏文狀押。
		盆兒鬼	第四折	曲・韻腳	惡曹司將文卷押。
	奚佳切	後庭花	第三折	曲・韻腳	爲甚麼將原告人倒監押。

《音釋》作「羊架切」者，與《中原音韻》、《中州音韻》相合。釋爲「希佳切」者，屬唱曲的韻腳字，見於〈後庭花〉第三折：

〔沽美酒〕爲甚麼將原告人倒監押。哎你個被論人莫驚諕。你與我還似昨宵臨臥榻。你可也若教得見他。用心兒討回話。〔註196〕

「爲甚麼將原告人倒監押」按格律爲「平平十仄◇」〔註197〕；除去襯字，此句當作「原告倒監押」。「押」按律爲「平上不拘」，《音釋》將之派入平聲，作「奚佳切」。

此外，「押」於《中原音韻》與「壓、鴨」同音，均爲零聲母；《中州音韻》則屬爲母字。《集韻》「押」有「轄甲切」一音，屬匣母字。《音釋》作「奚佳切」，聲母屬匣母，或與《集韻》反切有關。

（十三）沫

見於《音釋》二次，皆作「音磨」。《中原音韻》屬魚模韻、歌戈韻入作去聲；《中州音韻》作「叶磨」，歌戈韻入作去聲〔註198〕。

被釋字「沫」在《元曲選》出現的情形如下：

〔註195〕明・王文璧：《中州音韻》，頁62。

〔註196〕明・臧懋循：《元曲選》，頁4075。

〔註197〕鄭騫：《北曲新譜》，頁303。

〔註198〕同註195，頁57。

被釋字	釋音	出處		位置	劇文
沫	音磨	竹葉舟	第四折	曲・韻腳	你既知這榮華似水上沫。
		貨郎旦	第一折	曲・韻腳	骨嚕嚕潮上痰涎沫。

「磨」於《中原音韻》屬歌戈韻之陽平聲與去聲。〈竹葉舟〉第四折：

〔滾繡毬〕你一心待遇君王登甲科。怎倒來叩神仙求定奪。你道是看詩句把玄機參破。俺則怕紫霜毫錯判斷山河。你既知這榮華似水上沫。這功名似石內火。可怎生講堂中把面皮搶擺。我如今與你拂塵俗將聖手搓挲。便說殺九重天子明光殿。怎如俺三島仙家安樂窩。再不要碌碌波波。〔註 199〕

「你既知這榮華似水上沫」按格律為「十仄◇」〔註 200〕；除去襯字，此句當作「水上沫」。「沫」按律為「平上不拘」。故由格律可推知，《音釋》此處作「音磨」，應讀作陽平聲。

〈貨郎旦〉第一折：

〔賺煞〕氣勃勃堵住我喉嚨。骨嚕嚕潮上痰涎沫。氣的我死沒騰軟癱做一垜。拘不定精神衣怎脫。四肢沈寸步難那。若非是小孤撮。叫我一聲娘呵。兀的不怨恨冲天氣殺我。你沒事把我救活。可也合自知其過。你守着業屍骸學莊子鼓盆歌。〔註 201〕

「骨嚕嚕潮上痰涎沫」按格律為「平平ㄙ」〔註 202〕；除去襯字，此句當作「痰涎沫」。「沫」按律為「宜去可上」，故由格律可推知，《音釋》此處作「音磨」，應讀作去聲。

（十四）泊

見於《音釋》四次，作「巴毛切」三次，作「巴貌切」一次。《中原音韻》屬蕭豪韻、歌戈韻入作平聲；《中州音韻》作「巴毛切」，蕭豪韻入作平聲〔註 203〕；「叶波」，歌戈韻入作平聲〔註 204〕。

〔註 199〕明・臧懋循：《元曲選》，頁 4355。

〔註 200〕鄭騫：《北曲新譜》，頁 24。

〔註 201〕同註 199，頁 6824。

〔註 202〕同註 200，頁 114。

〔註 203〕明・王文璧：《中州音韻》，頁 50。

〔註 204〕同上註，頁 55。

被釋字「泊」在《元曲選》出現的情形如下：

被釋字	釋音	出處		位置	劇文
泊	巴毛切	爭報恩	第一折	曲・韻腳	則這一條大官道又不是梁山泊。
		燕青博魚	第四折	曲・韻腳	一直的走到梁山泊。
		趙氏孤兒	第三折	曲・韻腳	見孩兒臥血泊。
	巴貌切	東堂老	第一折	曲・韻腳	半席地恰便似八百里梁山泊。

《音釋》作「巴毛切」者，與《中原音韻》、《中州音韻》相合。釋爲「巴貌切」者，屬唱曲的韻腳字，見於〈東堂老〉第一折：

> 〔六么序〕那裏面藏圈套。都是些綿中刺笑裏刀。那一個出得他掴打撾揉。止不過帳底鮫綃。酒畔羊羔。殢人的玉軟香嬌。半席地恰便似八百里梁山泊。抵多少月黑風高。那潑煙花專等你個腌材料。快准備着五千船鹽引。十萬擔茶挑。〔註 205〕

「半席地恰便似八百里梁山泊」按格律爲「十平十仄平平ㄙ」〔註 206〕；除去襯字，此句當作「半席八百梁山泊」。「泊」按律爲「宜去可上」，故《音釋》將之派入去聲，作「巴貌切」。

（十五）脉

見於《音釋》一次，作「音買」。《中原音韻》屬皆來韻入作去聲；《中州音韻》作「叶賣」，皆來韻入作去聲〔註 207〕。

被釋字「脉」見於〈金安壽〉第四折，屬唱曲韻腳字：

> 〔大拜門〕正是女貌郎才。廝親廝愛。這一段風流意脉。題詩在綠苔。吹簫在鳳臺。似牛女在銀漢邊雙排。〔註 208〕

《音釋》作「音買」者，聲調與《中原音韻》、《中州音韻》均不相合。「這一段風流意脉」按格律爲「十十十，平平平ㄙ」〔註 209〕；「脉」按律爲「宜去可上」，《音釋》或許是由於「意脉」之「意」按律當平，卻作去聲，爲避免兩去聲重

〔註 205〕明・臧懋循：《元曲選》，頁 1214。

〔註 206〕鄭騫：《北曲新譜》頁 96。

〔註 207〕明・王文璧：《中州音韻》，頁 32。

〔註 208〕同註 205 頁 4650。

〔註 209〕同註 206，頁 338。

覆，故而將之派入上聲。但無論是派入上聲或去聲，於格律均無不合。

（十六）轍

見於《音釋》一次，作「張蛇切」。《中原音韻》屬車遮韻入作上聲；《中州音韻》作「張蛇切」，車遮韻入作平聲〔註210〕。

被釋字「轍」〈牆頭馬上〉第三折，屬唱曲韻腳字：

〔得勝令〕冰絃斷便情絕。銀瓶墜永離別。把幾口兒分兩處。誰更待雙輪碾四轍。戀酒色淫邪。那犯七出的應拚捨。享富貴豪奢。這守三從的誰似妾。〔註211〕

「誰更待雙輪碾四轍」按格律為「十平十仄◇」〔註212〕；除去襯字，此句當作「雙輪碾四轍」。「轍」按律為「平上不拘」，故《音釋》不依《中原音韻》將之派入上聲，反依《中州音韻》派入平聲作「張蛇切」，於格律並無不合。

（十七）納

見於《音釋》十一次，作「囊亞切」十次，作「囊雅切」一次。《中原音韻》屬家麻韻入作去聲；《中州音韻》作「囊亞切」，家麻韻入作去聲〔註213〕。

被釋字「納」在《元曲選》出現的情形如下：

被釋字	釋音	出處		位置	劇文
納	囊亞切	漢宮秋	第一折	曲・韻腳	那西施半籌也不納。
		金錢記	第一折	曲・韻腳	也不是那羅帕藤箱玉納。
		燕青博魚	第一折	曲・韻腳	到如今半籌也不納。
		梧桐雨	第三折	曲・韻腳	父老每忠言聽納。
		昊天塔	第二折	曲・韻腳	喒手裏半籌不納。
		青衫泪	第四折	曲・韻腳	願陛下海量寬納。
		兩世姻緣	第三折	曲・韻腳	怎按納。
		趙禮讓肥	第一折	曲・非韻	我則見他番穿着綿納甲。
		忍字記	第二折	曲・非韻	我可便按納。
		灰闌記	第三折	曲・韻腳	似這等無明火難按納。
	囊雅切	盆兒鬼	第一折	曲・韻腳	只教我冤氣騰騰怎按納。

〔註210〕明・王文璧：《中州音韻》，頁63。

〔註211〕明・臧懋循：《元曲選》，頁1730。

〔註212〕鄭騫：《北曲新譜》，頁285。

〔註213〕同註210，頁61。

《音釋》作「囊亞切」者，與《中原音韻》、《中州音韻》相合。釋爲「囊雅切」者，屬唱曲的韻腳字，見於〈盆兒鬼〉第一折：

〔賺煞〕殺我在瓦窰中。做鬼在黃泉下。我死後誰人救咱。只教我冤氣騰騰怎按納。父親也可憐你淚眼如麻。望巴巴。定道我流落在水遠山遐。誰想道只隔得四十里橫屍這一搭。他將我圖財致殺。則我這楊國用怎生乾罷。則我這一靈兒今夜宿誰家。〔註 214〕

「只教我冤氣騰騰怎按納」按格律爲「十仄平平十厶◆」〔註 215〕；除去襯字，此句當作「冤氣騰騰怎按納」。「納」按律爲「宜上可平」，故《音釋》將之派入上聲，作「囊雅切」。

（十八）鹿

見於《音釋》四次，作「音路」三次，作「音盧」一次。《中原音韻》屬魚模韻入作去聲；《中州音韻》作「叶路」，魚模韻入作去聲〔註 216〕。

被釋字「鹿」在《元曲選》出現的情形如下：

被釋字	釋 音	出 處		位 置	劇 文
鹿	音路	薛仁貴	第一折	曲・韻腳	你待做趙高妄指秦庭鹿。
		金安壽	第三折	曲・韻腳	銜花鹿。
		任風子	第二折	曲・韻腳	朱頂鶴獻花鹿。
	音盧	賺蒯通	第一折	曲・韻腳	共逐秦鹿。

《音釋》作「音路」者，與《中原音韻》、《中州音韻》相合。釋爲「音盧」者，屬唱曲的韻腳字，見於〈賺蒯通〉第一折：

〔仙呂點絳唇〕只爲那焚典坑儒。煩刑重賦。因此上人心怒。共逐秦鹿。今日早扶立的這英明主。〔註 217〕

「共逐秦鹿」按格律爲「十仄平平」〔註 218〕，「鹿」按律爲平聲。故《音釋》將之派入平聲，作「音盧」。

〔註 214〕明・臧懋循：《元曲選》，頁 5841。

〔註 215〕鄭騫：《北曲新譜》，頁 114。

〔註 216〕明・王文璧：《中州音韻》，頁 28。

〔註 217〕同註 214，頁 655。

〔註 218〕同註 215，頁 77。

（十九）惡

見於《音釋》十次，作「阿上聲」一次，作「音襖」七次，作「烏去聲」一次，作「襖去聲」一次。《中原音韻》屬魚模韻去聲、蕭豪韻入作去聲、歌戈韻入作去聲；《中州音韻》作「蛙孤切」，魚模韻平聲〔註219〕；「汪故切」，魚模韻去聲〔註220〕；作「叶襖」，蕭豪韻入作去聲〔註221〕；作「叶阿上聲」，歌戈韻入作上聲〔註222〕。

被釋字「惡」在《元曲選》出現的情形如下：

被釋字	釋音	出處		位置	劇文
惡	阿上聲	對玉梳	第二折	曲・韻腳	助人長吁的紗窗外疎剌剌風勢惡。
	音襖	殺狗勸夫	第一折	曲・非韻	咬牙根做出那惡精神。
		梧桐雨	第四折	曲・韻腳	忽見掀簾西風惡。
		小尉遲	第四折	曲・非韻	檢科園惡精神。
		倩女離魂	第一折	曲・非韻	片帆休遮西風惡。
		舉案齊眉	第四折	曲・韻腳	你是個君子人不念舊惡。
		魔合羅	第二折	曲・韻腳	行惡得惡。
		馮玉蘭	第三折	曲・韻腳	不隄防半途逢禍惡。
	烏去聲	蕭淑蘭	第一折	曲・非韻	你須惡厭。
	襖去聲	生金閣	第四折	白・韻腳	窮秀才獻寶到京師。 遇賊徒見利心生惡。

《音釋》作「烏去聲」者，屬魚模韻去聲，與《中原音韻》、《中州音韻》皆合。

作「襖去聲」者，屬韻語賓白之韻腳字，見〈生金閣〉第四折：

> 則爲這龐衙内倚勢多狂狡。擾良民全不依公道。窮秀才獻寶到京師。遇賊徒見利心生惡。反將他一命喪黃泉。恣姦淫強把佳人要。老嬤嬤生推落井中。比虎狼更覺還兇暴。論王法斬首不爲辜。將家緣分給諸原告。李幼奴賢德可褒稱。那福童待長加官爵。若不是包待制能將智量施。是誰人賺得出這個生金閣。〔註223〕

〔註219〕明・王文璧：《中州音韻》，頁25。

〔註220〕同註219，頁27。

〔註221〕同註219，頁52。

〔註222〕同註219，頁56。

〔註223〕明・臧懋循：《元曲選》，頁7268。

由上可見，押韻字「道」、「要」、「暴」、「告」等皆押去聲，故「惡」當派入去聲，作「襖去聲」。

作「阿上聲」、「音襖」者，與《中州音韻》合。去除為了押韻而改變聲調的「襖去聲」之外，從《音釋》多將此字注為入作上聲可知，《音釋》對「惡」的聲調，傾向入派上聲，而非派入去聲。

（二十）爵

見於《音釋》三次，作「音勦」一次，作「焦上聲」一次，作「勦去聲」一次。《中原音韻》屬蕭豪韻入作上聲；《中州音韻》作「叶勦」，蕭豪韻入作上聲〔註224〕。

被釋字「爵」在《元曲選》出現的情形如下：

被釋字	釋音	出處		位置	劇文
爵	音勦	薦福碑	第二折	曲・韻腳	因甚上為官爵。
	焦上聲	小尉遲	第二折	白・韻腳	若是他大勝還朝。 唐天子重加官爵。
	勦去聲	生金閣	第四折	白・韻腳	李幼奴賢德可褒稱。 那福童待長加官爵。

作「音勦」者與《中原音韻》、《中州音韻》相合。作「焦上聲」者，雖不見於《中州音韻》，然與「爵」、「勦」同為精母字，故亦合於《中原音韻》、《中州音韻》。

作「勦去聲」者，處韻語賓白的韻腳字，見〈生金閣〉第四折：「李幼奴賢德可褒稱。那福童待長加官爵。〔註225〕」一同押韻之「道」、「要」、「暴」、「告」、「惡」皆讀去聲，故《音釋》於此將之派入去聲，作「勦去聲」。

（二十一）給

見於《音釋》一次，作「更移切」。《中原音韻》屬齊微韻入作上聲；《中州音韻》作「巾以切」，齊微韻入作上聲〔註226〕；「更移切」，齊微韻入作平聲〔註227〕。

〔註224〕明・王文璧：《中州音韻》，頁52。

〔註225〕詳細引文，見上文「惡」字之討論。

〔註226〕同註224，頁16。

〔註227〕同註224，頁14。

被釋字「給」屬唱曲的韻腳字，見於〈盆兒鬼〉第三折：

〔小桃紅〕你道俺老而不死是爲賊。俺若不死成何濟。俺巴到新年便整整的八十歲。柴和米是誰給。只有您後輩無先輩。呀，昨日個王弘道命虧。今日個李從善辭世。天那。則俺那一班兒白髮故人稀。〔註 228〕

《音釋》作「更移切」，不合於《中原音韻》，然與《中州音韻》齊微韻入作平聲相合。「柴和米是誰給」按格律爲「仄平平」〔註 229〕；除去襯字，此句當作「是誰給」。「給」按律爲平聲，故《音釋》將之派入平聲，作「更移切」。

（二十二）業

見於《音釋》八次，作「音也」一次，作「音夜」七次。《中原音韻》屬車遮韻入作去聲；《中州音韻》作「叶夜」，車遮韻入作去聲〔註 230〕。

被釋字「業」在《元曲選》出現的情形如下：

被釋字	釋音	出處		位置	劇文
業	音也	百花亭	第一折	曲・韻腳	塵世裏怎遇這活冤業。
	音夜	牆頭馬上	第三折	曲・韻腳	今生今業。
		兒女團圓	第三折	曲・韻腳	也是喒前生的冤業。
		黑旋風	第二折	曲・韻腳	可知道你做營運的家家業。
		馬陵道	第四折	曲・韻腳	你既做了這業。
		范張雞黍	第二折	曲・韻腳	他既值凶事我問甚麼勳業。
		劉行首	第三折	曲・韻腳	他逃不出一生冤業。
		還牢末	第二折	曲・韻腳	指望和意同心成家業。

《音釋》作「音夜」者，與《中原音韻》、《中州音韻》相合。釋爲「音也」者，屬唱曲的韻腳字，見於〈百花亭〉第一折：

〔油葫蘆〕則見來往佳人教我難應接。離百花亭將近也。就兒中這一箇尤嬌絕。端的是膩胭脂紅處紅如血。潤瓊酥白處白如雪。比玉呵軟且溫。比花呵花更別。若不是嫦娥降下瑤宮闕。塵世裏怎遇這

〔註 228〕明・臧懋循：《元曲選》，頁 5858。

〔註 229〕鄭騫：《北曲新譜》，頁 253。

〔註 230〕明・王文璧：《中州音韻》，頁 65。

活冤業。〔註231〕

「塵世裏怎遇這活冤業」按格律爲「十仄仄平平」〔註232〕；除去襯字，此句當作「塵世遇冤業」。「業」按律爲平聲，然韻有宜平不得已以上代之者，〔註233〕《音釋》或以此將之派入上聲，作「音也」。

（二十三）祿

見於《音釋》十三次，作「音路」十二次，作「路上聲」一次。《中原音韻》屬魚模韻入作去聲；《中州音韻》作「叶路」，魚模韻入作去聲〔註234〕。

被釋字「祿」在《元曲選》出現的情形如下：

被釋字	釋音	出處		位置	劇文
祿	音路	賺蒯通	第一折	曲・韻腳	他立下十大功。合請受萬鍾祿。
		薛仁貴	第一折	曲・韻腳	那一箇無功勞的請俸祿。
		牆頭馬上	第四折	曲・韻腳	戶部裏革罷了俸祿。
		梧桐雨	楔子	曲・韻腳	寡人待定奪些別官祿。
		薦福碑	第一折	曲・韻腳	無錢的子張學干祿。
		蝴蝶夢	第二折	曲・韻腳	受榮華請俸祿。
		救孝子	第三折	曲・韻腳	官人每枉請着皇家祿。
		魚樵記	第一折	曲・韻腳	學干祿。
		舉案齊眉	第一折	曲・韻腳	也注還他一分祿。
		趙禮讓肥	第四折	曲・韻腳	穩請受皇家俸祿。
		抱粧盒	第四折	曲・韻腳	活在的殿階前賜俸祿。
		生金閣	第一折	曲・韻腳	又不曾向皇家請俸祿。
	路上聲	冤家債主	第四折	白・韻腳	他都是世海他人， 怎做得妻財子祿。

音釋》作「音路」者，與《中原音韻》、《中州音韻》相合。釋爲「路上聲」者，屬賓白韻語的韻腳字，見於〈冤家債主〉第四折：

聽下官從頭細數。犯天條合應受苦。則爲你奉道看經。俺兩人結爲伴侶。積儹下五箇花銀。爭奈你命中無福。大孩兒他本姓趙。做賊

〔註231〕明・臧懋循：《元曲選》，頁5957。

〔註232〕鄭騫：《北曲新譜》，頁81。

〔註233〕明・王驥德：《曲律》，頁64。

〔註234〕明・王文璧：《中州音韻》，頁28。

人將銀偷去。第二箇是五臺山僧。寄銀兩在你家收取。他到來索討之時。你婆婆混賴不與。撚指過三十餘春。生二子明彰報復。大哥哥幹家做活。第二箇荒唐愚魯。百般的破敗家財。都是大孩兒填還你那債負。兩箇兒命掩黃泉。你那腳頭妻身歸地府。他都是世海他人。怎做得妻財子祿。今日箇親見了陰府閻君。纔使你張善友識破了冤家債主。〔註235〕

與「祿」同爲韻腳字的「數」、「苦」、「侶」、「福」、「去」、「取」、「與」、「復」、「魯」、「負」、「府」、「主」〔註236〕皆讀作上聲，故《音釋》爲求協韻，便將「祿」派入上聲，作「路上聲」。

（二十四）蜀

見於《音釋》三次，作「繩朱切」二次，作「繩汝切」一次。《中原音韻》屬魚模韻入作平聲；《中州音韻》作「繩朱切」，魚模韻入作平聲〔註237〕。

被釋字「蜀」在《元曲選》出現的情形如下：

被釋字	釋音	出處		位置	劇文
蜀	繩朱切	牆頭馬上	第四折	曲‧韻腳	誰叫你飛出巴蜀。
		范張雞黍	第四折	曲‧非韻	得蜀望隴休多想。
	繩汝切	賺蒯通	第一折	曲‧韻腳	只這漢高皇怕不悶死在巴蜀。

《音釋》作「繩朱切」者，與《中原音韻》、《中州音韻》相合。釋爲「繩汝切」者，屬唱曲的韻腳字，見於〈賺蒯通〉第一折：

〔油葫蘆〕想當日共起亡秦將天下取。都是喒文共武。有那個敢和項王交馬決贏輸。若是那韓淮陰不肯辭西楚。只這漢高皇怕不悶死在巴蜀。因此上我張良操一紙書。你個蕭丞相曾三薦舉。將元戎百萬壇臺築。可不道君子斷其初。〔註238〕

〔註235〕明‧臧懋循：《元曲選》，頁4866。

〔註236〕「福」：《中原音韻》魚模韻入作上聲。「去」：《中原音韻》魚模韻上聲、去聲兩見。「復」：《中原音韻》入作平、入作上兩見。「負」：《元曲選‧音釋》於〈冤家債主〉第四折後作「負上聲」（見明‧臧懋循：《元曲選》，頁4866）。

〔註237〕明‧王文璧：《中州音韻》，頁23。

〔註238〕同註235，頁658。

「只這漢高皇怕不悶死在巴蜀」按格律爲「十平十仄平平ㄙ」〔註 239〕；除去襯字，此句當作「高皇悶死在巴蜀」。「蜀」按律爲「宜去可上」，故《音釋》將之派入上聲，作「繩汝切」。

（二十五）逼

見於《音釋》十五次，作「兵迷切」十次，作「音彼」五次。《中原音韻》屬齊微韻入作平聲；《中州音韻》作「兵迷切」，齊微韻入作平聲〔註 240〕；作「叶彼」，齊微韻入作上聲〔註 241〕。

被釋字「逼」在《元曲選》出現的情形如下：

被釋字	釋 音	出 處		位 置	劇 文
逼	兵迷切	鴛鴦被	第四折	曲・韻腳	把咱淩逼。
		賺蒯通	第二折	曲・韻腳	多管是你惡限臨逼。
		殺狗勸夫	第二折	曲・韻腳	我只怕鐘聲盡被那巡夜的淩逼。
		合同文字	第四折	曲・韻腳	百般驅逼。
		鐵拐李	第三折	曲・韻腳	衣食又催逼。
		魯齋郎	第二折	曲・韻腳	受這等死臨逼。
		灰闌記	第四折	曲・韻腳	也則是喫不過這棍棒臨逼。
		魔合羅	第四折	曲・韻腳	枉惹得棍棒臨逼。
		竇娥冤	第二折	曲・韻腳	萬種淩逼。
		陳摶高臥	第三折	曲・韻腳	不住的使命催。奉御逼。
	音彼	凍蘇秦	第二折	曲・韻腳	待不去來則這裏勿勿勿風共雪相摧逼。
		勘頭巾	第三折	曲・韻腳	怎當的官司臨逼。
		倩女離魂	第三折	曲・韻腳	也則是死限緊相催逼。
		還牢末	第一折	曲・韻腳	一壁廂官司又臨逼。
		任風子	第三折	曲・韻腳	秋鴻春燕相催逼。

《音釋》作「兵迷切」者，與《中原音韻》、《中州音韻》相合。作「音彼」者，僅與《中州音韻》相合，不合於《中原音韻》。無論作「兵迷切」或「音彼」，皆是「催逼」、「臨逼」，故與因聲別義無關。釋爲「音彼」者，均屬唱曲的韻腳

〔註 239〕鄭騫：《北曲新譜》，頁 81。

〔註 240〕明・王文璧：《中州音韻》，頁 14。

〔註 241〕同上註，頁 17。

字，見於〈凍蘇秦〉第二折：

〔笑歌賞〕我待去來你覷我衣衫藍藍縷縷不整齊。待不去來則這裏匆匆匆風共雪相摧逼。去不去三兩次自猜疑。我我我突磨到多半晌走到他跟底。呀呀呀可怎生無一箇睬我的。來來來我將這羞臉兒且揣在懷兒內。〔註 242〕

〈勘頭巾〉第三折：

〔後庭花〕待推來怎地推。不招承等甚的。當日個指望待同諧老。今日被意中人連累你。你兩個待做夫妻。怎當的官司臨逼。阻鸞鳳兩下飛。跪佳人在這裏。枷姦夫在那壁。〔註 243〕

〈倩女離魂〉第三折：

〔石榴花〕早是俺抱沈痾添新病發昏迷。也則是死限緊相催逼。膏肓針灸不能及。若是他來到這裏。煞強如請扁鵲盧醫。把似請他時便許做東牀婿。到如今悔後應遲。他不寄箇報喜的信息緣何意。有兩件事我先知。〔註 244〕

〈還牢末〉第一折：

〔醉中天〕那裏有令史每結勾強賊理。如今世上媳婦論丈夫的稀。這金環也只在我家權頓寄。我應當吃不出首的官司罪。他亂打拷教我招承箇甚的。一壁廂官司又臨逼。我可甚家有賢妻。〔註 245〕

〈任風子〉第三折：

〔四煞〕我則見匆匆月出東。厭厭日落西。秋鴻春燕相催逼。玉天仙妻兒你是你。將來魔合羅孩兒。知他誰是誰。我見他搵不住腮邊淚。休想他水泡般性命。顧不的你花朵似容儀。〔註 246〕

「待不去來則這裏匆匆匆風共雪相摧逼」按格律為「十仄平平仄」〔註 247〕；

〔註 242〕明・臧懋循：《元曲選》，頁 2111。

〔註 243〕同上註，頁 3059。

〔註 244〕同上註，頁 3180。

〔註 245〕同上註，頁 6718。

〔註 246〕同上註，頁 6968。

〔註 247〕鄭騫：《北曲新譜》，頁 31。

除去襯字，此句當作「風雪相摧逼」，「逼」按律爲仄聲。「怎當的官司臨逼」按格律爲「十平十ㄙ」〔註 248〕；除去襯字，此句當作「官司臨逼」，「逼」按律爲「宜去可上」。「也則是死限緊相催逼」按格律爲「十仄仄平平」〔註 249〕；除去襯字，此句當作「死限緊催逼」，「逼」按律爲平聲。「一壁廂官司又臨逼」按格律爲「十平平去」〔註 250〕；除去襯字，此句當作「官司臨逼」，「逼」按律爲去聲。「秋鴻春燕相催逼」按格律爲「十平十仄十平ㄙ」〔註 251〕，「逼」按律爲「宜去可上」。

上述五例，除「也則是死限緊相催逼」之「逼」當作平聲，釋之爲「音彼」不妥外，其餘按律皆不宜作平聲，故《音釋》將之派入上聲，作「音彼」。

（二十六）踏

見於《音釋》十九次，作「當加切」十八次，作「當架切」一次。《中原音韻》屬家麻韻入作平聲；《中州音韻》作「當加切」，家麻韻入作平聲〔註 252〕。

被釋字「踏」在《元曲選》出現的情形如下：

被釋字	釋 音	出 處		位 置	劇 文
踏	當加切	漢宮秋	第一折	曲・韻腳	休怪我不曾來往乍行踏。
		金錢記	第一折	曲・韻腳	傳芳信款把繡鞋踏。
		鴛鴦被	第二折	曲・韻腳	誰曾向街巷行踏。
		燕青博魚	第一折	曲・韻腳	我爲甚將這腳尖兒細細踏。
		薛仁貴	第四折	曲・韻腳	你看他參隨人馬甚頭踏。
		梧桐雨	第三折	曲・韻腳	鐙慵踏。
		鐵拐李	楔子	曲・韻腳	火坑裏消息我敢踏。
		倩女離魂	第二折	曲・韻腳	向沙堤款踏。
		昊天塔	第二折	曲・韻腳	莫不是大遼軍馬廝踏踏。
		後庭花	第三折	曲・韻腳	列祗候擺頭踏。
		兩世姻緣	第三折	曲・韻腳	你這般廝踏踏。
		酷寒亭	第一折	曲・非韻	問官人借對頭踏亂交加。

〔註 248〕鄭騫：《北曲新譜》，頁 90。

〔註 249〕同上註，頁 146。

〔註 250〕同上註，頁 99。

〔註 251〕同上註，頁 170。

〔註 252〕明・王文璧：《中州音韻》，頁 59。

		忍字記	第二折	曲・韻腳	這些時不曾把他們踏。
		紅梨花	第一折	曲・韻腳	春瀟灑苔徑輕踏。
		誤入桃源	第一折	曲・韻腳	冠蓋頭踏。
		盆兒鬼	第一折	曲・韻腳	我則在這花裏慢行踏。
		竹塢聽琴	第二折	曲・韻腳	迅步行踏。
		看錢奴	第一折	曲・韻腳	攛行花踏。
	當架切	魯齋郎	楔子	曲・韻腳	將百姓敢蹅踏。

作「當加切」者，與《中原音韻》、《中州音韻》合。作「當架切」者，屬唱曲韻腳字，見〈魯齋郎〉楔子：

〔么篇〕你不如休和他爭忍氣吞聲罷。別尋個家中寶省力的渾家。說那個魯齋郎膽有天來大。他爲臣不守法。將官府敢欺壓。將妻女敢奪拿。將百姓敢蹅踏。赤緊的他官職大的忒稀詫。〔註253〕

「將妻女敢奪拿」、「將百姓敢蹅踏」爲增句，一句三字，兩句一組。除去襯字，當作「敢奪拿」、「敢蹅踏」。格律本當爲「十十仄」、「仄平平」〔註254〕，然此二句似將之顛倒爲「仄平平」、「十十仄」。故「踏」當作仄聲，《音釋》將之派入去聲，作「當架切」。

（二十七）壁

見於《音釋》十四次，作「兵迷切」二次，作「音彼」十二次。《中原音韻》屬齊微韻入作上聲；《中州音韻》作「叶彼」，齊微韻入作上聲〔註255〕。

被釋字「壁」在《元曲選》出現的情形如下：

被釋字	釋音	出處		位置	劇文
壁	兵迷切	東坡夢	第二折	曲・韻腳	怎知俺九年面壁。
		盆兒鬼	第三折	曲・韻腳	俺可便趕到這壁，他可便走到那壁。
	音彼	金錢記	第二折	曲・非韻	有一個匡衡將鄰家牆壁鑿穿。
		薛仁貴	第三折	曲・韻腳	這一壁那一壁。怎生逃避。
		合同文字	第四折	曲・韻腳	穩放着後堯婆在一壁。
		秋胡戲妻	第二折	曲・韻腳	更合着這子母每無笆壁。

〔註253〕明・臧懋循：《元曲選》，頁3690。

〔註254〕鄭騫：《北曲新譜》，頁75。

〔註255〕明・王文璧：《中州音韻》，頁17。

		神奴兒	第一折	曲・韻腳	大嫂你靠這壁。
		勘頭巾	第三折	曲・韻腳	枷姦夫在那壁。
		倩女離魂	第三折	曲・韻腳	則好教偷燈光鑿透鄰家壁。
		魯齋郎	第二折	曲・韻腳	教喝下庭階轉過照壁。
		後庭花	第四折	曲・韻腳	我則道殺人賊不知在那壁。
		灰闌記	第四折	曲・韻腳	更夾着這祗候人無巴壁。
		誤入桃源	第三折	曲・韻腳	修補了頹垣敗壁。
		魔合羅	第四折	曲・韻腳	我則道在那壁。

作「音彼」者，與《中原音韻》、《中州音韻》相合。作「兵迷切」者，皆屬唱曲韻腳字，其一見於〈東坡夢〉第二折：

〔梁州第七〕本待要去西方脫除了地獄。我怎肯信東坡洩漏了天機。……怎知俺九年面壁。蚤明心見性蒲團底。到今日出人世。笑你箇愚濫的東坡尚不知。也只是肉眼凡眉。〔註256〕

「怎知俺九年面壁」按格律爲「仄◇・仄◇」〔註257〕；除去襯字，此句當作「怎知・面壁」。「壁」按律爲「平上不拘」。此處，《音釋》作「兵迷切」，若非欲使「怎知」、「面壁」之格律同作「仄平」，則當釋以「音彼」爲宜。

另一作「兵迷切」之被釋字，見於〈盆兒鬼〉第三折：

〔聖藥王〕俺可便趕到這壁。他可便走到那壁。則見他來來往往半空飛。他可便走到這壁。俺可便趕到那壁。𢢾得俺渾身上下汗淋漓。哎喲。恰好是一夜不曾尿。〔註258〕

「俺可便趕到這壁。他可便走到那壁」按格律爲「十十◇・十十◇」〔註259〕；除去襯字，此句當作「趕這壁。走那壁」。「壁」按律爲「平上不拘」。然〔聖藥王〕「第一、二、四、五諸句用『十仄平。。』爲佳」〔註260〕，故《音釋》派入平聲，作「兵迷切」。

〔註256〕明・臧懋循：《元曲選》，頁5243。

〔註257〕鄭騫：《北曲新譜》，頁120。

〔註258〕同註256，頁5870。

〔註259〕同註257，頁254。

〔註260〕同註257，頁255。

（二十八）簌

見於《音釋》十九次，作「音速」九次，作「音蘇」一次，作「蘇上聲」九次。關於「簌」字的問題，詳參本章第四節。

（二十九）簇

見於《音釋》三次，作「音粗」一次，作「粗上聲」一次，作「聰疎切」一次。《中原音韻》屬魚模韻入作上聲；《中州音韻》作「叶粗上聲」，魚模韻入作上聲〔註261〕。

被釋字「簇」在《元曲選》出現的情形如下：

被釋字	釋音	出處		位置	劇文
簇	音粗	金安壽	第三折	曲・韻腳	拜辭了翠裙紅袖簇。
	粗上聲	魯齋郎	第三折	曲・韻腳	常則是笙簫繚繞了鬢簇。
	聰疎切	貨郎旦	第四折	曲・韻腳	打扮的諸餘裏俏簇。

作「粗上聲」者，與《中原音韻》、《中州音韻》合。作「音粗」者，屬唱曲韻腳字，見〈金安壽〉第三折：

> 〔啄木兒尾〕拜辭了翠裙紅袖簇。朱唇皓齒扶。夢回明月生南浦。向無何深處。步瑤池。遊閬苑。到蓬壺。〔註262〕

「拜辭了翠裙紅袖簇」按格律爲「十仄平」〔註263〕；除去襯字，此句當作「紅袖簇」。「簇」按律爲平聲，故《音釋》將之派入平聲，作「音粗」。

釋爲「聰疎切」，屬唱曲韻腳字，見〈貨郎旦〉第四折：

> 〔八轉〕據一表儀容非俗。打扮的諸餘裏俏簇。繡雲胸背雁銜蘆。他繫一條兔鶻。兔鶻海斜皮偏宜襯連珠。都是那無瑕的荊山玉。……恰渾如和番的昭君出塞圖。〔註264〕

「打扮的諸餘裏俏簇」按格律爲「十十十，平平去◆」〔註265〕；除去襯字，此句當作「打扮的諸餘俏簇」。「簇」按律爲「宜上可平」。《音釋》將之派入

〔註261〕明・王文璧：《中州音韻》，頁26。

〔註262〕明・臧懋循：《元曲選》，頁4643。

〔註263〕鄭騫：《北曲新譜》，頁73。

〔註264〕同註261，頁6868。

〔註265〕同註263，頁42。

平聲，作「聰疎切」〔註 266〕，雖不合《中原音韻》，然於格律亦無不可。

（三十）薄

見於《音釋》十四次，作「巴毛切」十一次，作「音波」一次，作「音婆」一次，「婆上聲」一次。《中原音韻》屬蕭豪、歌戈韻入作平聲；《中州音韻》作「巴毛切」，蕭豪韻入作平聲〔註 267〕；作「叶波」，歌戈韻入作平聲〔註 268〕。

被釋字「薄」在《元曲選》出現的情形如下：

被釋字	釋音	出處		位置	劇文
薄	巴毛切	爭報恩	第一折	曲・韻腳	怕見我面情薄。
		燕青博魚	第四折	曲・韻腳	剛轉過這林薄。
		鐵拐李	第一折	曲・韻腳	名分輕薄。
		薦福碑	第二折	曲・韻腳	怨書生的命薄。
		伍員吹簫	第四折	曲・韻腳	非情薄。
		倩女離魂	第一折	曲・韻腳	想俺這孤男寡女忒命薄。
		魯齋郎	第二折	曲・非韻	這都是我緣分薄。
		舉案齊眉	第四折	曲・韻腳	我如今怎敢輕薄。
		㑳梅香	第二折	曲・韻腳	他待塡還你枕剩衾薄。
		誶范叔	第一折	曲・韻腳	自古書生多命薄。
		馮玉蘭	第三折	曲・韻腳	俺的命恁般薄。
	音波	謝金吾	第二折	曲・韻腳	怕只怕王樞密的刻薄。
	音婆	英氣布	第一折	曲・韻腳	也怪不的喒故舊情薄。
	婆上聲	曲江池	第四折	曲・韻腳	今日享千鍾粟還嫌薄。

《音釋》作「巴毛切」者，與《中原音韻》、《中州音韻》合。作「音波」者，亦合於《中州音韻》。作「音婆」者，「婆」爲並母字，「薄」於《廣韻》作「傍各切」，亦屬並母字，至《中原音韻》均濁音清化，與幫母相混，故可視爲與《中原音韻》相合。

作「婆上聲」者，屬唱曲韻腳字。見〈曲江池〉第四折：

〔沈醉東風〕俺也曾幾番家心中揣摩。莫不是夢裏南柯。當日要一

〔註 266〕「疎」，《中原音韻》屬魚模韻陰平聲。

〔註 267〕明・王文璧：《中州音韻》，頁 50。

〔註 268〕同上註，頁 55。

文錢沒處求。今日享千鍾粟還嫌薄。知他來命福如何。你則待普度慈悲念佛囉。權做個收因種果。〔註269〕

「今日享千鍾粟還嫌薄」按格律爲「平平仄」〔註270〕；除去襯字，此句當作「還嫌薄」。「薄」按律爲仄聲，故《音釋》將之派入上聲，作「婆上聲」。

（三十一）覆

見於《音釋》四次，作「音府」三次，作「音赴」一次。《中原音韻》屬魚模韻入作上聲、蕭豪韻去聲；《中州音韻》作「叶府」，魚模韻入作上聲〔註271〕。

被釋字「覆」在《元曲選》出現的情形如下：

被釋字	釋音	出處		位置	劇文
覆	音府	蝴蝶夢	第二折	曲・韻腳	相公跟前拜覆。
		梧桐葉	第二折	曲・韻腳	風呵你略停止呼號怒容咱告覆。
		對玉梳	第三折	曲・韻腳	聽妾身拜覆。
	音赴	竹葉舟	第一折	曲・韻腳	無風無雨難傾覆。

作「音府」者，與《中原音韻》、《中州音韻》合。作「音赴」者，屬唱曲韻腳字，見〈竹葉舟〉第一折：

〔寄生草〕枉踏破你那遊仙履。怎尋的着我這鍊藥罏。我則是任來任去隨緣住。無風無雨難傾覆。不僑不壘常堅固。那裏有洞門深鎖遠山中。端的個白雲滿地無尋處。〔註272〕

「無風無雨難傾覆」按格律爲「十平十仄平平厶」〔註273〕。「覆」按律爲「宜去可上」，故《音釋》將之派入去聲，作「音赴」。

（三十二）雜

見於《音釋》九次，作「咱上聲」一次，作「音咱」八次。《中原音韻》屬家麻韻入作平聲；《中州音韻》作「叶咱」，家麻韻入作平聲〔註274〕。

〔註269〕明・臧懋循：《元曲選》，頁1454。

〔註270〕鄭騫：《北曲新譜》，頁284。

〔註271〕明・王文璧：《中州音韻》，頁26。

〔註272〕同註269，頁4312。

〔註273〕同註270，頁84。

〔註274〕同註271，頁59。

被釋字「雜」在《元曲選》出現的情形如下：

被釋字	釋音	出處		位置	劇文
雜	咱上聲	留鞋記	第三折	曲・韻腳	遊人稠雜。
	音咱	金錢記	第一折	曲・韻腳	紫燕兒畫簷外謾嘈雜。
		合汗衫	第二折	曲・韻腳	鬪交雜。
		梧桐雨	第三折	曲・韻腳	語喧譁。鬧交雜。
		酷寒亭	第一折	曲・韻腳	俺嫂嫂連夢交雜。
		金線池	第三折	曲・非韻	聽俊的到底雜情。
		誤入桃源	第一折	曲・韻腳	言言語語參雜。
		竹塢聽琴	第二折	曲・韻腳	更那堪客人侵雜。
		看錢奴	第一折	曲・韻腳	更嫌人雜。

《音釋》作「音咱」者，與《中原音韻》、《中州音韻》相合。釋爲「咱上聲」者，屬唱曲的韻腳字，見於〈留鞋記〉第三折：

> 〔上小樓〕我金蓮步狹。常只在羅裙底下。爲貪着一輪皓月。萬盞花燈。九街車馬。更漏深。田地滑。遊人稠雜。鼇山畔把他來撇下。〔註 275〕

「遊人稠雜」按格律爲「十平◇去」〔註 276〕。「雜」本當入派平聲，但按律爲去聲。《音釋》將之派入上聲以代去聲，作「咱上聲」。

（三十三）額

見於《音釋》八次，作「音崖」一次，作「崖去聲」五次，作「崖平聲」一次，作「鞋去聲」一次。《中原音韻》屬皆來、車遮韻入作去聲；《中州音韻》作「叶崖去聲」，皆來韻入作去聲〔註 277〕。

被釋字「額」在《元曲選》出現的情形如下：

被釋字	釋音	出處		位置	劇文
額	音崖	謝金吾	第一折	曲・韻腳	怎生的打碎了這牌額。
	崖去聲	薛仁貴	第一折	普通賓白	直至鴨綠江白額坡前下寨。
		牆頭馬上	第二折	曲・韻腳	我推粘翠靨遮宮額。

〔註 275〕明・臧懋循：《元曲選》，頁 5316。

〔註 276〕鄭騫：《北曲新譜》，頁 147。

〔註 277〕明・王文璧：《中州音韻》，頁 32。

		玉壺春	第三折	曲·韻腳	爲甚麼雲鬢鬆了金額。
		兩世姻緣	第四折	曲·韻腳	都一般金粉芙蓉額。
		金安壽	第四折	曲·韻腳	淡塗着花額。
	崖平聲	小尉遲	第二折	曲·韻腳	緊拴了紅抹額。
	鞋去聲	兒女團圓	第二折	曲·韻腳	我兩隻手忙加額。

《音釋》作「崖去聲」者，與《中原音韻》、《中州音韻》相合。釋爲「音崖」者，屬唱曲的韻腳字，見於〈謝金吾〉第一折：

〔元和令〕他他他把金釘朱户生扭開。蚪鏤亮槅。盡毀敗。把沈香柱一似折麻稭。土塡平多半街。怎生的打碎了這牌額。難道你有官防無世界。〔註278〕

「怎生的打碎了這牌額」按格律爲「十平十仄仄平平」〔註279〕；除去襯字，此句當作「怎生打碎這牌額」。「額」按律爲平聲，故《音釋》將之派入平聲，作「音崖」。

釋爲「崖平聲」者，屬唱曲的韻腳字，見於〈小尉遲〉第二折：

〔醉春風〕我與你忙帶上鐵幞頭。緊拴了紅抹額。我若是交馬處不拿了那個潑奴才。我可敢和姓也改改。憑着我千戰千贏。百發百中。保護着一朝一代。〔註280〕

「緊拴了紅抹額」按格律爲「十平◇去◆」〔註281〕；除去襯字，此句當作「緊拴紅抹額」。「額」按律爲「宜上可平」，故《音釋》將之派入平聲。但「崖」本即平聲字，作「崖平聲」亦誤，當作「音崖」。

釋爲「鞋去聲」者，屬唱曲的韻腳字，見於〈兒女團圓〉第二折：

〔罵玉郎〕聽説罷我便有九分來不快早十分也得快。不由我春滿眼。喜盈腮。抵多少東風飄蕩垂楊陌。一片心想後代。三不知逢着貴客。我兩隻手忙加額。〔註282〕

〔註278〕明·臧懋循：《元曲選》，頁2731。

〔註279〕鄭騫：《北曲新譜》，頁87。

〔註280〕同註278，頁2412。

〔註281〕同註279，頁144。

〔註282〕同註278，頁2218。

「我兩隻手忙加額」按格律爲「平平去」〔註283〕；除去襯字，此句當作「忙加額」。「額」按律爲去聲，故《音釋》將之派入去聲無誤。但「額」爲疑母字，於《中原音韻》讀作零聲母；「鞋」爲匣母字，濁音清化後爲舌根清擦音。《音釋》作「鞋去聲」恐有誤。

二、押韻韻目的差異

（一）凸

見於《音釋》二次，入派三聲作「當加切」一次；入讀原調作「音迭」一次。《中原音韻》屬車遮韻入作平聲；《中州音韻》作「叶爹」，車遮韻入作平聲〔註284〕。

入派三聲作「當加切」者，見於〈趙禮讓肥〉第一折〔賺煞尾〕:「多管是少人行山路凹凸」。當句格律爲「仄十十，十仄平◇」〔註285〕；除去襯字，此句當作「少人行山路凹凸」。「凸」屬唱曲的韻腳字，按律爲「平上不拘」；又與「凸」押韻之字，皆屬家麻韻，故《音釋》將之歸入家麻韻，作「當加切」。

詳細引文與分析，請參見本節分析「合、奚佳切」處。

（二）托

見於《音釋》二次，作「音拖」一次，作「音討」一次。《中原音韻》未收；《中州音韻》作「叶討」，蕭豪韻入作上聲〔註286〕。

被釋字「托」在《元曲選》出現的情形如下：

被釋字	釋 音	出 處		位 置	劇 文
托	音拖	魯齋郎	第四折	曲・韻腳	趁浪逐波落落托托。
	音討	薦福碑	第二折	曲・韻腳	比及到那時節有一個秀才來投托。

《音釋》作「音討」者，與《中原音韻》、《中州音韻》相合。釋爲「音拖」者，屬唱曲的韻腳字，見於〈魯齋郎〉第四折：

〔梅花酒〕不是我自間闊。趁浪逐波。落落托托。大笑呵呵。夫共

〔註283〕鄭騫：《北曲新譜》，頁124。

〔註284〕明・王文璧：《中州音韻》，頁62。

〔註285〕同註283，頁114。

〔註286〕同註284，頁51。

妻任摘離。兒和女且隨他。我這裏自磨陀。飲香醪醉顏酡。拚沈睡在松蘿。〔註 287〕

「落落托托」按格律爲「十仄平平」〔註 288〕；「托」按律爲平聲。此外，與「托」押韻之「闊」、「波」、「呵」、「他」、「陀」、「酡」、「蘿」皆屬歌戈韻，故《音釋》將之派入歌戈韻平聲，作「音拖」〔註 289〕。

（三）賊

見於《音釋》二十九次，作「池齋切」二次，作「則平聲」二十六次，作「才上聲」一次。詳細討論，參見本文第二章第二節。

（四）閣

見於《音釋》十四次，作「音杲」二次，作「音槁」二次，作「高上聲」三次，作「音何」一次，作「科上聲」一次，作「哥上聲」五次。《中原音韻》屬蕭豪韻入作上聲；《中州音韻》作「哥上聲」，歌戈韻入作上聲〔註 290〕。

被釋字「閣」在《元曲選》出現的情形如下：

被釋字	釋音	出處		位置	劇文
閣	音杲	忍字記	第一折	曲・韻腳	將我這花圃樓臺并畫閣。
		隔江鬬智	第三折	曲・韻腳	爲着個甚些擔閣。
	音槁	倩女離魂	第一折	曲・韻腳	見淅零零滿江千樓閣。
		黃粱夢	第三折	曲・韻腳	強如龍樓鳳閣。
	高上聲	梧桐雨	第四折	曲・韻腳	細絲絲梅子雨妝點江干滿樓閣。
		金安壽	第二折	曲・韻腳	眼皮上閣。
		生金閣	第三折	曲・韻腳	店欺着東閣。
	科上聲	桃花女	第二折	曲・韻腳	我我我不戀你居蘭堂住畫閣。
	音何	謝金吾	第二折	曲・韻腳	他若是見說拆毀咱樓閣。
	哥上聲	賺蒯通	第三折	曲・韻腳	我捨不的蘭堂畫閣。
		爭報恩	第三折	曲・韻腳	遠的是蘭堂也那畫閣。
		竹葉舟	第四折	曲・韻腳	修眞共上蓬萊閣。
		對玉梳	第二折	曲・韻腳	丟了您那長女生男親令閣。
		貨郎旦	第一折	曲・韻腳	都躭閣。

〔註 287〕明・臧懋循：《元曲選》，頁 3738。

〔註 288〕鄭騫：《北曲新譜》，頁 312。

〔註 289〕「托」字《中原音韻》屬歌戈韻陰平聲。

〔註 290〕明・王文璧：《中州音韻》，頁 56。

作「音杲」、「音稿」、「高上聲」者，與《中原音韻》相合。作「哥上聲」者，與《中州音韻》相合。這些被釋字都處在唱曲韻腳字的地位。與《中原音韻》相合者，皆屬蕭豪韻，他們在《元曲選》中，押的也都是蕭豪韻。如〈忍字記〉第一折：

〔賺煞〕則這欠債的有百十家。上解有三十號。使的我。晝夜身心碎了。將我這花園樓臺并畫閣。我今蓋一座看經修煉的團標我也不怕有賊盜。隄防着水火風濤。我看着這轉世浮財則怕你守不到老。我將這忍字來覷了。謝吾師指教。哦原來俺這貪財人心上有這殺人刀。〔註 291〕

韻腳字「號」、「了」、「閣」、「盜」、「濤」、「老」、「教」、「刀」都是屬蕭豪韻。又如〈倩女離魂〉第一折：

〔柳葉兒〕見淅零零滿江千樓閣。我各剌剌坐車兒嬾過溪橋。他矻蹬蹬馬蹄兒倦上皇州道。我一望望傷懷抱。他一步步待迴鑣。早一程程水遠山遙。〔註 292〕

韻腳字「閣」、「橋」、「道」、「抱」、「鑣」、「遙」都是屬蕭豪韻。

作「哥上聲」而與《中州音韻》相合者，押的都是歌戈韻。如〈賺蒯通〉第三折：

〔鬼三臺〕夜深也咱獨坐。誰想道人瞧破。呀，早將我這佯狂敗脫。便死後待如何。我捨不的蘭堂畫閣。任從他利名相定奪。我死呵一任入鼎鑊。你你你休則管掀揚也波搬唆。〔註 293〕

韻腳字「坐」、「破」、「脫」、「何」、「閣」、「奪」、「鑊」、「唆」，都是屬歌戈韻。又如〈爭報恩〉第三折：

〔鬼三臺〕往常我清閒坐。列鼎食重裀臥。今日在法場上結末。好事便多磨。我犯了個殺丈夫的罪過。兩下裏看的直這般多。把個十字街擠的沒一線兒闊。近了也鬧市雲陽。遠的是蘭堂也那畫

〔註 291〕明・臧懋循：《元曲選》，頁 4562。

〔註 292〕同上註，頁 3162。

〔註 293〕同上註，頁 682。

閣。〔註 294〕

韻腳字「坐」、「臥」、「末」、「磨」、「過」、「多」、「闊」、「閣」，都是屬歌戈韻。

作「科上聲」者，亦屬歌戈韻，位唱曲韻腳字。見〈桃花女〉第二折：

〔笑和尚〕我我我不戀你居蘭堂住畫閣。我我我不戀您列鼎食重裀臥。我我我不戀您那雪花銀三十個。他他他論陰陽少講習。我我我論卦爻多參破。休休休我根前。還賣弄甚麼周易的課。〔註 295〕

韻腳字「閣」、「臥」、「個」、「破」、「課」皆屬歌戈韻。然「閣」字屬見母字，《音釋》作「科上聲」，「科」屬溪母字，或許是全濁聲母清化後，於仄聲與見母相混所致。

作「音何」者，屬歌戈韻，位唱曲韻腳字。見〈謝金吾〉第二折：

〔哭皇天〕那軍情事非輕可。不知你曾引的人來也獨自個。你道他入城時不見了。因甚的不尋他。他從來有些兒有些兒撒潑。他若是見說拆毀喒樓閣。他若是見說跌損喒肩窩。怕不就掇起他不騰騰那殺人心殺人心如烈火。怎還顧別人的利害。自己的死活。〔註 296〕

韻腳字「可」、「個」、「他」、「潑」、「閣」、「窩」、「火」、「活」皆屬歌戈韻。「他若是見說拆毀喒樓閣」與「他若是見說跌損喒肩窩」屬增句，除去襯字當爲「拆毀樓閣」、「跌損肩窩」。此曲增句可平仄不拘。「拆毀樓閣」、「跌損肩窩」兩句平仄皆爲「平仄平平」。故《音釋》將「閣」釋爲「音何」，其意應在於使上下增句平仄一致，然「閣」屬見母，「何」屬匣母，兩字聲母不合，《音釋》恐有誤。

（五）捉

見於《音釋》三次，作「之卯切」二次，作「之左切」一次。《中原音韻》屬蕭豪韻入作上聲；《中州音韻》作「之卯切」，蕭豪韻入作上聲〔註 297〕；作「之寡切」，歌戈韻入作上聲〔註 298〕。

〔註 294〕明·臧懋循：《元曲選》，頁 1044。

〔註 295〕同上註，頁 4477。

〔註 296〕同上註，頁 2751。

〔註 297〕明·王文璧：《中州音韻》，頁 52。

〔註 298〕同上註，頁 57。

被釋字「捉」在《元曲選》出現的情形如下：

被釋字	釋音	出處		位置	劇文
捉	之卯切	魔合羅	第二折	曲‧韻腳	咽喉被藥把捉。
		生金閣	第三折	曲‧韻腳	殺人賊便拿捉。
	之左切	酷寒亭	第三折	曲‧韻腳	捕巡軍快拿捉。

《音釋》作「之卯切」者，與《中原音韻》、《中州音韻》相合。釋爲「之左切」者，屬唱曲的韻腳字，見於〈酷寒亭〉第三折：

> 〔黃鍾尾〕潤紙窗把兩個都瞧破。拽後門將三簧鎖納合。捕巡軍快拿捉。急開門走不脫。到官司問甚麼。取了招帶枷鎖。建法場把市郭。上木驢。着刀剁。萬剮了㶊婆。兀的不痛快殺我。〔註299〕

韻腳字「破」、「合」、「脫」、「麼」、「鎖」、「郭」、「剁」、「婆」、「我」均屬歌戈韻。「捉」亦爲韻腳字，故《音釋》將之歸入歌戈韻。然《中州音韻》作「之寡切」，「寡」屬家麻韻，其反切恐誤，故《音釋》改爲「之左切」。

（六）索

見於《音釋》六次，作「思果切」一次，作「音嫂」三次，作「篩上聲」二次。《中原音韻》屬皆來、蕭豪韻入作上聲；《中州音韻》作「叶篩上聲」，皆來韻入作上聲〔註300〕；「叶嫂」，蕭豪韻入作上聲〔註301〕；「思寡切」，歌戈韻入作上聲〔註302〕。

被釋字「索」在《元曲選》出現的情形如下：

被釋字	釋音	出處		位置	劇文
索	思果切	對玉梳	第二折	曲‧韻腳	青絲髮是縛子弟降魔索。
	音嫂	燕青博魚	第三折	曲‧非韻	落的這徹骨毛索性。
		傷梅香	第二折	曲‧韻腳	他想着書舍裏人蕭索。
		李逵負荊	第三折	曲‧韻腳	轆轤上截井索。
	篩上聲	兒女團圓	第二折	曲‧韻腳	我將那少欠錢無心去索。
		看錢奴	第二折	曲‧韻腳	納了利從頭兒再取索。

〔註299〕明‧臧懋循：《元曲選》，頁4278。

〔註300〕明‧王文璧：《中州音韻》，頁31。

〔註301〕同上註，頁51。

〔註302〕同上註，頁57。

《音釋》作「音嫂」、「篩上聲」者，與《中原音韻》、《中州音韻》相合。釋為「思果切」者，屬唱曲的韻腳字，見於〈對玉梳〉第二折：

〔滾繡毬〕俺這煖烘烘錦被窩。似翻滾滾油鼎鑊。這效鸞凰翠屏繡幕。是陷平人虎窟狼窩。紅蓮舌是斬郎君古定刀。青絲髮是縛子弟降魔索。鴆人藥是美甘甘舌尖上幾口甜唾。招人命是香噴噴袖口內半幅輕羅。潑人湯三轉身揩些眼淚。催人命百忙裏着句褪科。平地風波。〔註303〕

韻腳字「窩」、「鑊」、「幕」、「窩」、「唾」、「羅」、「科」、「波」均屬歌戈韻。「索」亦為韻腳字，故《音釋》將之歸入歌戈韻。然《中州音韻》作「思寡切」，「寡」屬家麻韻，其反切恐誤，故《音釋》改為「思果切」。

（七）酌

見於《音釋》六次，作「之可切」一次，作「音沼」五次。《中原音韻》屬蕭豪韻韻入作上聲；《中州音韻》作「叶沼」，蕭豪韻入作上聲〔註304〕。

被釋字「酌」在《元曲選》出現的情形如下：

被釋字	釋音	出處		位置	劇文
酌	之可切	盆兒鬼	第二折	曲・韻腳	天注定斟和酌。
	音沼	虎頭牌	第三折	白・韻腳	告相公心中暗約。 將法度也須斟酌。
		倩女離魂	第一折	曲・韻腳	杯中酒和淚酌。
		誶范叔	第一折	曲・韻腳	則這的便是俺一斟一酌。
		梧桐葉	第三折	曲・韻腳	意兒裏斟酌。
		竇娥冤	第一折	白・韻腳	行醫有斟酌。下藥依本草。

《音釋》作「音沼」者，與《中原音韻》、《中州音韻》相合。釋為「之可切」者，屬唱曲的韻腳字，見於〈盆兒鬼〉第二折：

〔耍孩兒〕囑付你夫妻每休做別生活。再不許去殺人也那放火。想人生總是一南柯。也須要福氣消磨。則守着心田半寸非為少。便巴得分外千錢枉自多。天注定斟和酌。但保的家常大飯。又要如

〔註303〕明・臧懋循：《元曲選》，頁5925。

〔註304〕明・王文璧：《中州音韻》，頁51。

何。〔註305〕

韻腳字「活」、「火」、「柯」、「磨」、「多」、「何」均屬歌戈韻。「酌」亦為韻腳字，故《音釋》將之歸入歌戈韻，作「之可切」。

（八）跋

見於《音釋》七次，作「巴毛切」二次，作「音巴」一次，作「音波」二次。《中原音韻》屬歌戈韻入作平、入作上聲；《中州音韻》作「叶巴」，歌戈韻入作平聲〔註306〕。

被釋字「跋」在《元曲選》出現的情形如下：

被釋字	釋音	出處		位置	劇文
跋	巴毛切	舉案齊眉	第四折	曲・韻腳	休教外人把俺評跋。
		隔江鬬智	第三折	曲・韻腳	我怕您無人處將我廝評跋。
	音巴	牆頭馬上	第四折	曲・非韻	太公跋扈。
	音波	曲江池	第四折	曲・韻腳	眾口評跋。
		桃花女	第二折	曲・韻腳	有甚的好話評跋。
		竹葉舟	第四折	曲・韻腳	你自去評跋評也波跋。
		忍字記	第四折	曲・韻腳	好教我無語評跋。

《中州音韻》作「叶巴」者，「巴」屬家麻韻，故其叶音恐誤。《音釋》作「音波」者，音屬歌戈韻派入平聲，故當與《中原音韻》、《中州音韻》相合。作「音巴」者，恐因《中州音韻》而誤。

作「巴毛切」者，屬唱曲的韻腳字，見於〈舉案齊眉〉第四折：

〔折桂令〕卻元來晏平仲善與人交。難道他掩耳偷鈴。則待要見世生苗。俺和你夫婦商量。休教外人把俺評跋。你是個君子人不念舊惡。想一雙哀哀的父母劬勞。他雖然不采分毫。我如今怎敢輕薄。且只索做小伏低。從今後望爹爹權把俺躭饒。〔註307〕

以及〈隔江鬬智〉第三折：

〔醋葫蘆〕你那裏群臣喜共憂。事情歹共好。則您那雲長翼德敢心

〔註305〕明・臧懋循：《元曲選》，頁5851。

〔註306〕明・王文璧：《中州音韻》，頁55。

〔註307〕同註305，頁4010。

焦。則怕他急煎煎盼着音信杳。爲着個甚些擔閣。我怕您無人處將
我廝評跋。〔註 308〕

韻腳字「交」、「苗」、「惡」、「勞」、「毫」、「薄」、「饒」、「好」、「焦」、「杳」、「閣」均屬蕭豪韻。「跋」亦爲韻腳字，故《音釋》將之歸入蕭豪韻，作「巴毛切」。

三、格律影響與押韻韻目差異

（一）合

見於《音釋》十八次，入派三聲作「音何」十三次、「哥上聲」一次、「奚佳切」一次；入讀原調作「音鴿」三次。《中原音韻》屬歌戈韻入作平聲；《中州音韻》作「叶何」，歌戈韻入作平聲〔註 309〕；「叶哥上聲」〔註 310〕，歌戈韻入作上聲。

被釋字「合」入派三聲在《元曲選》出現的情形如下：

被釋字	釋 音	出 處		位 置	劇 文
合	音何	賺蒯通	第三折	曲・韻腳	使孟婆說合。
		爭報恩	第三折	曲・韻腳	兩下裏一齊都簇合。
		曲江池	第四折	曲・韻腳	顯不着你悲合。
		謝金吾	第二折	曲・韻腳	往常時這清風樓前後屯合。
		勘頭巾	第三折	曲・非韻	我可便買與你個合酪吃。
		魯齋郎	第四折	曲・韻腳	你休只管信口開合。
		酷寒亭	第三折	曲・韻腳	謝天地買賣和合。
		桃花女	第二折	曲・韻腳	怎成合。
		忍字記	第四折	曲・韻腳	每日家不曾道是口合。
		英氣布	第一折	曲・韻腳	戰不到十合。
		劉行首	第四折	曲・非韻	包含着一合天地。
		盆兒鬼	第二折	曲・韻腳	行行裏雲霧籠合。
		對玉梳	第二折	曲・韻腳	夜廢寢眼難合。
	哥上聲	對玉梳	第二折	曲・韻腳	佯問候熱剌剌念合。
	奚佳切	趙禮讓肥	第一折	曲・韻腳	我口不覺開合。

〔註 308〕明・臧懋循：《元曲選》，頁 5402。

〔註 309〕明・王文璧：《中州音韻》，頁 55。

〔註 310〕同上註，頁 56。

《音釋》作「音何」者，與《中原音韻》、《中州音韻》相合；作「哥上聲」者，亦與《中州音韻》合。但〈對玉梳〉第二折釋「合」字二次，一次作「音何」，一次卻作「哥上聲」，兩者皆是唱曲的韻腳字。釋爲「音何」者如下：

〔倘秀才〕無奈何淺妝淡抹。有甚心濃梳艷裹。每日懶出門程繡房裏坐。朝忘餐食無味。夜廢寢眼難合。不索你問我。〔註311〕

「夜廢寢眼難合」按格律爲「平十十，仄平平」〔註312〕，「合」按律爲平聲，故《音釋》將之作「音何」，並沒有什麼問題。

釋爲「哥上聲」者如下：

〔倘秀才〕休假溫存絮叨叨取撮。佯問候熱剌剌念合。更怕我不趲你那冷氣虛心廝拾掇。啞謎兒有甚難猜破。甜句兒將我緊兜羅。口如蜜鉢。〔註313〕

「佯問候熱剌剌念合」按格律爲「十十十，平平ㄙ◇」〔註314〕；除去襯字，此句當作「佯問候熱剌念合」。「合」按律爲「平上不拘」，依《中原音韻》派入平聲，亦無不可。《音釋》卻將之派入上聲，或許是因爲與「合」一同押韻的字，除協韻字「破」與位於限押平聲韻的「羅」之外，「撮」、「掇」、「鉢」都讀爲上聲。故不將其依《中原音韻》派入平聲，反將之派入上聲。然而此種現象，多以斷詞韻腳爲主，《音釋》作「哥上聲」是否眞與此有關，仍有待商榷。

此外，《音釋》在〈趙禮讓肥〉第一折，將「合」釋爲「奚佳切」，不作歌戈韻，而作家麻韻：

〔賺煞尾〕我口不覺開合。腳不知高下。我則見天轉山搖地塌。不是我無食力身軀閃這一滑。多管是少人行山路凹凸。你莫便叫吖吖。你孩兒水米不曾粘牙。看來日餓時俺喫甚麼。不凍殺多應餓殺。眼見的山間林下。可憐身死野人家。〔註315〕

〔註311〕明·臧懋循：《元曲選》，頁5919。

〔註312〕鄭騫：《北曲新譜》，頁25。

〔註313〕同註311，頁5921。

〔註314〕同註312，頁25。

〔註315〕同註311，頁4373。

「我口不覺開合」按格律爲「仄平平」〔註 316〕；除去襯字，此句當作「覺開合」。「合」屬唱曲的韻腳字，按律爲平聲。與「合」押韻的「下」、「塌」、「滑」、「凸」、「吖」、「牙」、「殺」、「家」皆屬家麻韻〔註 317〕，故《音釋》將之歸入家麻韻，作「奚佳切」。

（二）肉

見於《音釋》十四次，作「柔去聲」十二次，作「柔上聲」一次，作「如去聲」一次。《中原音韻》屬尤侯韻入作去聲；《中州音韻》作「叶柔上聲」，尤侯韻入作去聲。〔註 318〕

被釋字「肉」在《元曲選》出現的情形如下：

被釋字	釋音	出處		位置	劇文
肉	如去聲	趙氏孤兒	第四折	曲・韻腳	把尖刀細剮他渾身肉。
	柔上聲	魔合羅	第四折	曲・非韻	肌肉兒瘦和肥。
	柔去聲	漢宮秋	第二折	曲・韻腳	怕娘娘覺饑時吃一塊淡淡鹽燒肉。
		陳州糶米	第二折	曲・韻腳	敢着你吃一會家生人肉。
		謝天香	第四折	曲・韻腳	你覷我皮裏抽肉。
		黑旋風	第四折	曲・韻腳	他見了咱拿着的是飯囊羊肉。
		揚州夢	第一折	曲・韻腳	添上些芙蓉顏色嬌皮肉。
		昊天塔	第三折	白・韻腳	聽的看經便頭疼。 常在山下吃狗肉。
		竹葉舟	第三折	曲・韻腳	楚江萍勝肥肉。
		金線池	第二折	曲・韻腳	休想我指甲兒湯着你皮肉。
		英氣布	第三折	曲・韻腳	大古裏不曾喫些酒肉。
		百花亭	第二折	曲・韻腳	紅炭灸肥羊肉。
		李逵負荊	第一折	曲・韻腳	你與我花羔般煮下肥羊肉。
		貨郎旦	第二折	曲・韻腳	俺也須是那爺娘皮肉。

《音釋》釋爲「柔上聲」者，屬唱曲的句中字，見於〈魔合羅〉第四折：

〔么篇〕那廝身材是長共短。肌肉兒瘦和肥。他可是面皮黑面皮黃。

〔註 316〕鄭騫：《北曲新譜》，頁 114。

〔註 317〕臧懋循將「凸」釋爲「當加切」，屬家麻韻。

〔註 318〕明・王文璧：《中州音韻》，頁 74。

他可是有髭髯無髭髯。〔註 319〕

此曲爲〔白鶴子〕之么篇。「肌肉兒瘦和肥」按格律爲「十仄仄平平」〔註 320〕；除去襯字，此句當作「肌肉瘦和肥」。「肉」按律爲仄聲，本當派入去聲無疑，《音釋》將之派入上聲，若非與唱曲時音律有關，則屬不當。

《音釋》釋爲「如去聲」者，屬唱曲的韻腳字，見於〈趙氏孤兒〉第四折：

〔一煞〕摘了他斗來大印一顆。剝了他花來簇幾套服。把麻繩背綁在將軍柱。把鐵鉗拔出他斕斑舌。把錐子生跳他賊眼珠。把尖刀細剮他渾身肉。把銅鎚敲殘他骨髓。把銅鍘切掉他頭顱。〔註 321〕

「肉」字與「服」、「柱」、「珠」、「顱」同爲韻字，〈趙氏孤兒〉第四折押的是魚模韻，故而《音釋》將之歸入魚模韻。

（三）畜

見於《音釋》一次，作「丑去聲」。《中原音韻》屬魚模韻入作上聲；《中州音韻》作「叶杵」，魚模韻入作上聲〔註 322〕。

被釋字「畜」屬唱曲的韻腳字，見於〈羅李郎〉第一折：

〔賺煞〕你少不的賣了莊田。折了孳畜。將我這逆耳良言不瞅。愚濫荒淫出盡醜。我一片幹家心話不相投。沒來由。枉把你收留。莫爲兒孫作馬牛。你戀着紅裙翠袖。折倒的你黃乾黑瘦。這是我養別人兒女下場頭。〔註 323〕

《音釋》作「丑去聲」，與《中原音韻》、《中州音韻》並不相合。「折了孳畜」按格律爲「平平ㄙ」〔註 324〕；除去襯字，此句當作「折孳畜」。「畜」按律爲「宜去可上」。此外，「瞅」、「醜」、「投」、「由」、「留」、「牛」、「袖」、「瘦」、「頭」與「畜」同爲韻腳字，押的是尤侯韻，故《音釋》將「畜」派入去聲，並歸入尤侯韻，作「丑去聲」。

〔註 319〕明・臧懋循：《元曲選》，頁 5793。

〔註 320〕鄭騫：《北曲新譜》，頁 32。

〔註 321〕同註 319，頁 6236。

〔註 322〕明・王文璧：《中州音韻》，頁 26。

〔註 323〕同註 319，頁 6541。

〔註 324〕同註 320，頁 114。

（五）着

見於《音釋》三十二次，作「池何切」四次，作「池河切」一次，作「池燒切」二十五次，作「池齋切」一次，作「昭上聲」一次。《中原音韻》屬蕭豪、歌戈韻入作平聲；《中州音韻》作「池燒切」，蕭豪韻入作平聲〔註 325〕。

被釋字「着」在《元曲選》出現的情形如下：

被釋字	釋音	出處		位置	劇文
着	池何切	曲江池	第四折	曲・非韻	倒着俺定奪。
		竹葉舟	第四折	曲・韻腳	則見他荊棘律忙忙走着。
		對玉梳	第二折	曲・非韻	將料着這蘇婆休想輕饒過。
		貨郎旦	第一折	曲・韻腳	俺這廝側身兒摟抱着。
	池河切	盆兒鬼	第二折	曲・非韻	自攬着這場彌天災禍。
	池燒切	爭報恩	第一折	曲・非韻	將家長。廝瞞着。
		東堂老	第一折	曲・韻腳	你知這狗黨狐朋兩個廝趁着。
		燕青博魚	第四折	曲・韻腳	元來是俺哥哥廝撞着。
		梧桐雨	第四折	曲・韻腳	軟兀剌方纔睡着。
		老生兒	第二折	曲・韻腳	一句良言說與你聽着。
		薦福碑	第二折	曲・非韻	剗地着我又上黃州道。
		伍員吹簫	第四折	曲・韻腳	我纔把軍兵收轉着。
		倩女離魂	第一折	曲・韻腳	繡針兒不待拈着。
		揚州夢	第三折	曲・非韻	情着疼熱相牽掛。
		舉案齊眉	第四折	曲・韻腳	爭奈我兩次三番不待着。
		趙禮讓肥	第二折	曲・韻腳	我則見齊臻臻的強人擺列着。
		忍字記	第一折	曲・韻腳	將他比並着。
		金安壽	第二折	曲・韻腳	虞候親隨護從着。
		灰闌記	第二折	曲・韻腳	火匝匝把衣服緊揝着。
		㑳梅香	第二折	曲・韻腳	忙哀告膝跪着。
		誶范叔	第一折	曲・非韻	但有些箇好穿着。
		梧桐葉	第三折	曲・韻腳	不轉睛廝覷着。
		隔江鬬智	第三折	曲・韻腳	則他那巧機關在腹內暗藏着。
		劉行首	第二折	曲・韻腳	怎生不常常的記着。
		誤入桃源	第四折	曲・韻腳	一會價記着想着念着。
		魔合羅	第二折	曲・韻腳	急回來又早病魔纏着。

〔註 325〕明・王文璧：《中州音韻》，頁 50。

		趙氏孤兒	第三折	曲・韻腳	休想我有半字兒攀着。
		羅李郎	第二折	曲・韻腳	那堝裏遇着。
		還牢末	第二折	曲・韻腳	又不曾把神靈觸忤着。
		馮玉蘭	第三折	曲・韻腳	怎當俺眾冤魂纏定着。
	池齋切	任風子	第四折	曲・韻腳	山川圍着。
	昭上聲	竹塢聽琴	第四折	曲・韻腳	我着你記着，想着。

《音釋》作「池何切」、「池河切」者，與《中原音韻》相合；作「池燒切」者，與《中原音韻》、《中州音韻》相合。釋爲「池齋切」者，屬唱曲的韻腳字，見於〈任風子〉第四折：

〔川撥棹〕那裏這般有賊盜。菴門前誰鬧吵。俺這裏松柏週遭。山川圍着。疎竹瀟瀟。落葉飄飄。有人來到。言語低高。則道是鶴鳴九皋。開開門覷覷了。山菴中靜悄悄。〔註 326〕

韻腳字「盜」、「吵」、「遭」、「瀟」、「飄」、「到」、「高」、「皋」、「了」、「悄」均屬蕭豪韻。「着」亦爲韻腳字，《音釋》作「池齋切」，「齋」屬皆來韻，反切恐有誤。

釋爲「昭上聲」者，屬唱曲的韻腳字，見於〈竹塢聽琴〉第四折：

〔太平令〕想這段前程非小。俺出家的福分難消。但則要捉對兒雲期雨約。便是俺師徒每全眞了道。我着你記着。想着。不曾忘了。常言道一還一報。〔註 327〕

「想着」按格律爲「仄◇」〔註 328〕；「着」按律爲「平上不拘」，故《音釋》可將之派入上聲。

四、其　他

（一）卒

見於《音釋》十八次，作「音祖」二次，作「祖平聲」一次，作「從蘇切」九次，作「粗上聲」六次。《中原音韻》屬魚模韻入作上聲；《中州音韻》

〔註 326〕明・臧懋循：《元曲選》，頁 6973。

〔註 327〕同上註，頁 6074。

〔註 328〕鄭騫：《北曲新譜》，頁 303。

作「從蘇切」，魚模韻入作平聲〔註 329〕；作「叶祖」，魚模韻入作上聲〔註 330〕；作「叶粗上聲」，魚模韻入作上聲〔註 331〕。

被釋字「卒」在《元曲選》出現的情形如下：

被釋字	釋音	出處		位置	劇文
卒	音祖	瀟湘雨	第三折	曲·韻腳	我心中憂慮有三樁事我命卒。
		神奴兒	第三折	曲·韻腳	勒的他一命卒。
	祖平聲	楚昭公	第三折	曲·韻腳	背後鬧炒炒的起軍卒。
	從蘇切	賺蒯通	第一折	曲·韻腳	早吹散了垓下軍卒。
		薛仁貴	第一折	曲·韻腳	有一個白袍卒。
		馬陵道	楔子	曲·韻腳	我如今奉敕蒙宣統士卒。
		救孝子	第三折	曲·韻腳	打的來登時命卒。
		魚樵記	第一折	曲·韻腳	有一個秦白起是軍卒。
		麗春堂	第三折	曲·韻腳	則要你撫恤軍卒。
		英氣布	第四折	曲·韻腳	火火火齊臻臻軍前列着士卒。
		趙氏孤兒	第四折	曲·韻腳	引着些本部下軍卒。
		張生煮海	第四折	曲·韻腳	擺列着水裏兵卒。
	粗上聲	梧桐雨	第二折	曲·非韻	爭奈倉卒之際。
		青衫泪	第二折	曲·非韻	怎想他短卒律命似顏淵。
		城南柳	楔子	曲·非韻	休則管惱亂春風卒未休。
		東坡夢	第二折	白·非韻	腰肢嬝嬝弄輕柔。 舞盡春風卒未休。
		貨郎旦	第二折	曲·非韻	倉卒間怎措手。
		碧桃花	楔子	曲·非韻	他那裏惱亂春風卒未休。

《音釋》作「音祖」、「從蘇切」、「粗上聲」，均合於《中州音韻》。

《中州音韻》作「音祖」之「卒」下云「終也」，「粗上聲」之「卒」下云「急也」，「從蘇切」之「卒」下云「兵也」。而這些被釋字在《元曲選》中，釋爲「音祖」者，作「命卒」之用，皆有「終」義；作「粗上聲」，用於「倉卒」、「短卒」等，皆有「急」義；作「從蘇切」，除〈救孝子〉第三折外，用於「兵卒」、「軍卒」等，皆有「兵」義。作「祖平聲」者，與「從蘇切」聲母清濁相

〔註 329〕明·王文璧：《中州音韻》，頁 24。

〔註 330〕同上註，頁 25。

〔註 331〕同上註，頁 26。

異，前者讀陰平，後者讀陽平，然同作平聲，且皆作「軍卒」之用。故《音釋》釋「卒」字，以因聲別義爲主。

〈救孝子〉第三折「卒」字，屬唱曲韻腳字：

〔滿庭芳〕似這等含冤負屈。揣着個割捨了三文錢的潑命。更和這半百歲的微軀。……把囚人百般拴住。打的來登時命卒。哎喲。這便是您做下的個死工夫。〔註332〕

「打的來登時命卒」按格律爲「平平去◇」〔註333〕；除去襯字，此句當作「登時命卒」。「卒」按律爲「平上皆可」，故《音釋》派入平聲恐有誤，當作「音祖」爲是。

（二）柞

見於《音釋》一次，作「音詐」。被釋字《中原音韻》屬蕭豪韻入作上聲；《中州音韻》未收。「詐」字《中原音韻》屬家麻韻去聲。《音釋》所標注的音讀，明顯與《中原音韻》不合。

被釋字「柞」在《元曲選》見於〈李逵負荊〉第四折，屬唱曲的非韻腳字：

〔步步嬌〕則聽得寶劍聲鳴使我心驚駭。端的個風團快。似這般好器械。一柞來銅錢恰便似砍麻稭。還說甚舊情懷。早砍取我半壁天靈蓋。〔註334〕

「一柞來銅錢恰便似砍麻稭」按格律爲「十仄平平仄平平」〔註335〕；除去襯字，此句當作「一柞銅錢砍麻稭」。「柞」按律爲仄聲，《音釋》將之派入去聲，又將之釋作家麻韻字，與《中原音韻》不合。《集韻》「柞」有作「仕下切」者，《音釋》或以此爲據。

（三）約

見於《音釋》十二次，作「音杳」十次，作「音耀」二次。《中原音韻》屬蕭豪韻入作去聲；《中州音韻》作「叶杳」，蕭豪韻入作上聲〔註336〕。

〔註332〕明・臧懋循：《元曲選》，頁3397。

〔註333〕鄭騫：《北曲新譜》，頁152。

〔註334〕同註332，頁6375。

〔註335〕同註333，頁298。

〔註336〕明・王文璧：《中州音韻》，頁52。

被釋字「約」在《元曲選》出現的情形如下：

<table>
<tr><th>被釋字</th><th>釋 音</th><th colspan="2">出 處</th><th>位 置</th><th>劇 文</th><th>被釋字格律</th></tr>
<tr><td rowspan="12">約</td><td rowspan="10">音杳</td><td>梧桐雨</td><td>第四折</td><td>曲・韻腳</td><td>懊惱。窨約。</td><td>宜上可平</td></tr>
<tr><td>老生兒</td><td>第二折</td><td>曲・韻腳</td><td>孜孜的窨約。</td><td>宜上可平</td></tr>
<tr><td>虎頭牌</td><td>第三折</td><td>白・韻腳</td><td>告相公心中暗約。
將法度也須斟酌。</td><td>押上聲</td></tr>
<tr><td>薦福碑</td><td>第二折</td><td>曲・韻腳</td><td>黃州書自窨約。</td><td>平上不拘</td></tr>
<tr><td>梧桐葉</td><td>第三折</td><td>曲・韻腳</td><td>好共歹從他窨約。</td><td>平上不拘</td></tr>
<tr><td>誤入桃源</td><td>第四折</td><td>曲・韻腳</td><td>這時節武陵溪怎暗約。</td><td>平聲</td></tr>
<tr><td>魔合羅</td><td>第二折</td><td>曲・韻腳</td><td>越教人厮窨約。</td><td>平上不拘</td></tr>
<tr><td>竹塢聽琴</td><td>第四折</td><td>曲・韻腳</td><td>怎知俺父母有盟約。</td><td>平聲</td></tr>
<tr><td>羅李郎</td><td>第二折</td><td>曲・韻腳</td><td>我如今與他定約。</td><td>平上不拘</td></tr>
<tr><td>還牢末</td><td>第一折</td><td>曲・非韻</td><td>我這裏自窨約。</td><td>平聲</td></tr>
<tr><td rowspan="2">音耀</td><td>灰闌記</td><td>第二折</td><td>曲・韻腳</td><td>自暗約。</td><td>宜上可平</td></tr>
<tr><td>傷梅香</td><td>第二折</td><td>曲・韻腳</td><td>又不曾言期約。</td><td>仄聲</td></tr>
</table>

《音釋》作「音杳」者，雖不合於《中原音韻》，卻與《中州音韻》同；作「音耀」者，不合《中州音韻》，卻合於《中原音韻》。

從內容上看，無論是「音杳」或「音耀」，都是作「窨約」、「暗約」、「盟約」、「期約」之用，與因聲別義無關。

從格律上看，作「音杳」者，除〈虎頭牌〉第三折屬韻語賓白的押韻字，當押上聲；〈誤入桃源〉第四折、〈竹塢聽琴〉第四折、〈還牢末〉第一折，按格律當作平聲之外，其餘皆是「平上不拘」或「宜上可平」。作「音耀」者，〈灰闌記〉第二折當作「宜上可平」，〈傷梅香〉第二折當作仄聲。

格律為「上聲」、「平聲」、「平上不拘」、「宜上可平」者，《音釋》多派入上聲。而派入去聲者，未嘗不可派入上聲。由此，《音釋》對「約」究竟該派入去聲或上聲，並無一定標準。

（四）哲

見於《音釋》一次，作「長蛇切」。《中原音韻》屬車遮韻入作上聲；《中州音韻》作「叶者」，車遮韻入作上聲〔註337〕；「張蛇切」，車遮韻入作平聲〔註338〕。

〔註337〕明・王文璧：《中州音韻》，頁64。

被釋字「哲」見於〈范張雞黍〉第二折，屬唱曲韻腳字：

〔梁州第七〕如今那蕭丞相爭頭鼓腦。便有那魯諸生也索緘口藏舌。將古今人物分優劣。爲吏者矜誇顯達。爲儒者賣弄修潔。舜庭八凱。孔門十哲。……士大夫尚風節。恰便似寸草將來撞巨鐵。枉自摧折。〔註339〕

「孔門十哲」按格律為「十仄平平」〔註340〕，「哲」按律爲平聲。《音釋》作「長蛇切」，雖合於格律，卻與《中原音韻》聲調不符，亦與《中州音韻》入作平聲之聲母不合。

《中州音韻》車遮韻入作平聲「哲」、「轍」同音，皆作「張蛇切」；《中原音韻》「哲」、「轍」韻調相同而聲母相異，前者聲母爲不送氣舌尖面清塞擦音，後者爲送氣舌尖面清塞擦音。《廣韻》「哲」作「陟列切」，薛韻知母字〔註341〕；「轍」作「直列切」，薛韻澄母字〔註342〕。

若「哲」反切上字作「長」不作「張」，乃臧懋循有意爲之，那麼爲何要將原本爲知母字的「哲」改爲澄母字，而「轍」本爲澄母字，在《中州音韻》反作知母字，《音釋》於〈牆頭馬上〉第三折仍注意「張蛇切」，其反切上字卻不見任何更動？由此，疑《音釋》作「長蛇切」，乃爲「張蛇切」之誤。

（五）殺

見於《音釋》二十六次，作「音晒」一次，作「雙鮓切」二十五次。《中原音韻》屬家麻韻入作上聲；《中州音韻》作「雙鮓切」，家麻韻入作上聲〔註343〕；「雙債切」，皆來韻去聲，與「晒」同音〔註344〕。

被釋字「殺」在《元曲選》出現的情形如下：

〔註338〕明・王文璧：《中州音韻》，頁63。

〔註339〕明・臧懋循：《元曲選》，頁4135。

〔註340〕鄭騫：《北曲新譜》，頁120。

〔註341〕宋・陳彭年等：《廣韻》，頁496。

〔註342〕同上註，頁499。

〔註343〕同註338，頁60。

〔註344〕同註338，頁32。

被釋字	釋音	出處		位置	劇文
殺	音晒	還牢末	第四折	曲・非韻	他便待將咱殺壞。
	雙鮓切	漢宮秋	第一折	曲・韻腳	則他那瘦巖巖影兒可喜殺。
		金錢記	第一折	曲・非韻	兀的不妝點殺錦繡香風榻。
		鴛鴦被	第二折	曲・韻腳	喒兩個穩穩安安兀的不快活殺。
		合汗衫	第二折	曲・韻腳	多不到半合兒把我來傒倖殺。
		燕青博魚	第一折	曲・韻腳	怕不道酷寒亭把我來凍餓殺。
		薛仁貴	第四折	曲・韻腳	和遼兵做場廝殺。
		梧桐雨	第三折	曲・韻腳	把他剝了官職貶做窮民也是陣殺。
		伍員吹簫	楔子	曲・韻腳	他躍馬當先拚廝殺。
		倩女離魂	第二折	曲・韻腳	我不瘦殺多應害殺。
		救孝子	第一折	曲・韻腳	您哥哥劍洞槍林快廝殺。
		揚州夢	第三折	曲・韻腳	受用全別快活殺。
		昊天塔	第二折	曲・韻腳	我與你火速的便去爭殺。
		後庭花	第三折	曲・韻腳	枉把村老子就公廳上諕殺。
		兩世姻緣	第三折	曲・韻腳	怎麼。性大。便殺。
		趙禮讓肥	第一折	曲・韻腳	憂愁殺。
		酷寒亭	第一折	曲・韻腳	怎便信殺。
		忍字記	第二折	曲・韻腳	到大來無是無非快活殺。
		紅梨花	第一折	曲・韻腳	可知道劉郎喜殺。
		灰闌記	第三折	曲・韻腳	思量起在前讎恨殺。
		留鞋記	第三折	曲・韻腳	把我這養育的娘親痛哭殺。
		隔江鬬智	楔子	曲・韻腳	這早晚周瑜沒亂殺。
		誤入桃源	第一折	曲・韻腳	敢則是瓦盆邊幾場沈醉殺。
		盆兒鬼	第一折	曲・韻腳	我與你便葫蘆提拚醉殺。
		看錢奴	第一折	曲・韻腳	又不曾將他去劍樹上殺。
		貨郎旦	第四折	曲・韻腳	將李春郎的父親只向那翻滾滾波心水渰殺。

《音釋》作「雙鮓切」者，與《中原音韻》、《中州音韻》相合。釋爲「音晒」者，雖與《中原音韻》不符，卻與《中州音韻》皆來韻去聲相合。其屬唱曲句中字，見於〈還牢末〉第四折：

〔上小樓〕你可便恰纔到來。他便待將咱殺壞。諕的我戰戰兢兢。悠悠蕩蕩。跪在塵埃。猛擡頭。覷覷了。失驚打怪。原來是匾金環

故人猶在。〔註 345〕

「他便待將咱殺壞」按格律爲「十平◇去」〔註 346〕；除去襯字，此句當作「將咱殺壞」，「殺」按律爲「平上不拘」。〈還牢末〉第四折雖押皆來韻，但「殺」並非韻腳字，且按格律而言，當作家麻韻入作上聲讀音爲宜。《音釋》將之釋以皆來韻去聲音讀，不知何故。

（六）噎

見於《音釋》四次，作「衣也切」一次，作「衣者切」一次；作「音以」一次；作「與咽同」一次。《中原音韻》屬車遮韻入作上聲；《中州音韻》作「衣結切」，車遮韻入作上聲〔註 347〕。

被釋字「噎」在《元曲選》出現的情形如下：

被釋字	釋音	出處		位置	劇文
噎	衣也切	昊天塔	第四折	曲・非韻	那裏每噎噎哽哽。
	衣者切	兒女團圓	第三折	曲・韻腳	不由我不喉堵也那氣噎。
	音以	蝴蝶夢	第三折	曲・非韻	你你你胡噎饑。
	與咽同	兒女團圓	第二折	普通賓白	則聽的那裏面噎噎的啼哭。

作「衣者切」、「衣也切」者，與《中原音韻》相合；《中州音韻》「者」、「也」、「結」同屬車遮韻，且「結」以「也」作反切下字，故「衣者切」、「衣也切」亦與之相合。

作「與咽同」者，《廣韻》與之同音，然於「噎」下曰：「又作咽。」且《中原音韻》「咽」僅收平聲音於先天韻，不收入聲音，故視爲「字義可通」，與釋音無關。

作「音以」者，屬齊微韻，與《中原音韻》、《中州音韻》皆不合。見〈蝴蝶夢〉第二折，處唱曲非韻腳字，故與押韻無關。《集韻・霽韻》有「壹計切」一音，《音釋》作「音以」，恐與之有關。

（七）濁

見於《音釋》四次，作「之婆切」二次，作「雖梢切」一次，作「雖稍切」

〔註 345〕明・臧懋循：《元曲選》，頁 6746。

〔註 346〕鄭騫：《北曲新譜》，頁 149。

〔註 347〕明・王文璧：《中州音韻》，頁 63。

一次。《中原音韻》屬蕭豪韻、歌戈韻入作平聲；《中州音韻》作「錐稍切」，蕭豪韻入作平聲〔註348〕；作「之麻切」，歌戈韻入作平聲〔註349〕。

被釋字「濁」在《元曲選》出現的情形如下：

被釋字	釋音	出處		位置	劇文
濁	之娑切	酷寒亭	第三折	曲・韻腳	俺生活不重濁。
		竇娥冤	第三折	曲・非韻	天地也只合把清濁分辨。
	雖梢切	忍字記	第一折	曲・韻腳	我從今後看錢眼辨箇清濁。
	雖稍切	灰闌記	第二折	曲・韻腳	對官司不分個眞假辨個清濁。

《中州音韻》作「之麻切」爲開口音。「濁」爲合口字，故《音釋》作「之娑切」，將反切下字改爲合口。

《中州音韻・蕭豪韻》「稍」歸上聲，「濁」入作平聲，故「錐稍切」反切下字恐誤。《音釋》作「雖梢切」者，改反切下字爲平聲，當是。

此外，《音釋》作「雖稍切」者，見〈灰闌記〉第二折：

〔么篇〕老娘也那收生時我將你悄促促的喚到臥房。你將我慢騰騰的扶上褥草。老娘也那剃頭時堂前香燭是誰燒。你兩個都不爲年紀老。怎麼的便這般沒顛沒倒。對官司不分個眞假辨個清濁。〔註350〕

「對官司不分個眞假辨個清濁」按格律爲「十平十仄仄平平」〔註351〕；除去襯字，此句當作「不分個眞假辨清濁」。「濁」按律爲平聲，故《音釋》將之作「雖稍切」誤，當作「雖梢切」。

聲母部分，《音釋》作「濁」《廣韻》作「直角切」，屬澄母字。「之娑切」屬照母字，澄母仄聲濁音清化後，與照母相混，故無誤。「雖梢切」、「雖稍切」屬心母字，《音釋》恐將舌尖面清塞擦音混作舌尖清擦音〔註352〕。

（八）嚇

見於《音釋》七次，作「亨美切」一次，作「音黑」四次，作「黑平聲」

〔註348〕明・王文璧：《中州音韻》，頁50。

〔註349〕同上註，頁55。

〔註350〕明・臧懋循：《元曲選》，頁4758。

〔註351〕鄭騫：《北曲新譜》，頁23。

〔註352〕《中州音韻》亦有此現象，如「棧」、「綻」聲母當屬舌尖面清塞擦音，卻作「雖訕切」爲舌尖清塞音。

二次。關於「嚇」字的問題，詳參本章第四節。

（九）鐸

見於《音釋》九次，作「在挪切」一次，作「多勞切」三次，作「東何切」一次，「東那切」一次，「東挪切」二次，「馱去聲」。《中原音韻》屬蕭豪、歌戈韻入作平聲；《中州音韻》作「多勞切」，蕭豪韻入作平聲〔註353〕；「東挐切」，歌戈韻入作平聲〔註354〕。

被釋字「鐸」在《元曲選》出現的情形如下：

被釋字	釋音	出處		位置	劇文
鐸	在挪切	魯齋郎	第四折	曲·韻腳	不索你鬧鑊鐸。
	多勞切	梧桐雨	第四折	曲·韻腳	廝琅琅鳴殿鐸。
		後庭花	第一折	曲·非韻	這壁廂鑊鐸殺五臟神。
		范張雞黍	第四折	曲·非韻	我又無尹鐸才怎生保障。
	東何切	賺蒯通	第三折	曲·韻腳	你這些小兒每街上鬧鑊鐸。
	東那切	英氣布	第一折	曲·韻腳	到軍寨裏鬧鑊鐸。
	東挪切	桃花女	第二折	曲·韻腳	則聽的沸滾滾熱鬧鑊鐸。
		貨郎旦	第一折	曲·韻腳	他那裏鬧鑊鐸。
	馱去聲	曲江池	第四折	曲·韻腳	階垓下鬧鑊鐸。

《音釋》作「多勞切」者，與《中原音韻》、《中州音韻》相合。作「東何切」、「東那切」、「東挪切」者，反切下字應自《中州音韻》「東挐切」〔註355〕改之。，「何」、「那」、「挪」均屬歌戈韻字，唯開合口之差異。作「在挪切」者，屬從母字，濁音清化後為不送氣舌尖清塞擦音；被釋字「鐸」屬定母字，濁音清化後為不送氣舌尖清塞音。故《音釋》作「在挪切」者，聲母恐誤。

釋為「馱去聲」者，屬唱曲的韻腳字，見於〈曲江池〉第四折：

> 〔川撥棹〕階垓下鬧鑊鐸。鬧火火為甚麼。則見他髮似絲窩。眼似膠鍋。口似番河。原來是攪肚蛆腸的老虔婆。將瓦罐都打破。〔註356〕

〔註353〕明·王文璧：《中州音韻》，頁50。

〔註354〕同上註，頁55。

〔註355〕「挐」屬家麻韻字，不當作歌戈韻字切語下字，《中州音韻》反切恐誤。

〔註356〕明·臧懋循：《元曲選》，頁1456。

「階垓下鬧鑊鐸」按格律爲「仄平平」〔註357〕；除去襯字，此句當作「鬧鑊鐸」。「鐸」按律爲平聲，《音釋》將「鐸」派入去聲，作「馱去聲」，恐有誤。

（十）摔

見於《音釋》二十七次，作「升擺切」四次，作「音洒」十八次，作「音率」一次，作「音灑」四次。《中原音韻》屬皆來韻入作上聲；《中州音韻》作「升擺切」，皆來韻入作上聲〔註358〕。

被釋字「摔」在《元曲選》出現的情形如下：

被釋字	釋音	出處		位置	劇文
摔	升擺切	爭報恩	第二折	曲・韻腳	可正是拾得孩兒落的摔。
		兒女團圓	第二折	曲・韻腳	你可便休道是拾得一個孩兒落得價摔。
		抱粧盒	第二折	曲・韻腳	你拾的箇孩兒敢可也落的價摔。
		李逵負荊	第二折	普通賓白	滴留撲摔個一字。
	音洒	牆頭馬上	第二折	曲・韻腳	則是拾的孩兒落的摔。
		老生兒	楔子	普通賓白	是你袖兒裏摔出來的。
		玉壺春	第三折	曲・非韻	走將來摔碎瑤琴。
		鐵拐李	第四折	曲・韻腳	你正是拾的孩兒落的摔。
		小尉遲	第二折	無	／
		秋胡戲妻	第二折	曲・非韻	媳婦兒怎敢是敦葫蘆摔馬杓。
		謝金吾	第一折	曲・韻腳	不隄防被他來這一摔。
		蝴蝶夢	第四折	曲・韻腳	空教我哭啼啼自敦自摔。
		倩女離魂	第四折	曲・非韻	吉丁丁璫精磚上摔破菱花鏡。
		黃粱夢	第二折	曲・韻腳	我則見颼颼的枷棒摔。
		揚州夢	第二折	曲・非韻	摔碎了雕籠。
		昊天塔	第四折	曲・非韻	先摔你個滿天星。
		魚樵記	第二折	曲・非韻	摔瑤琴做燒柴。
		范張雞黍	第三折	曲・非韻	恨不的摔碎我袖裏絲鞭。
		金安壽	第三折	曲・非韻	吉丁當摔碎連環玉。
		蕭淑蘭	第三折	曲・非韻	摔碎了瑤琴。
		任風子	第三折	普通賓白	你怎麼把孩兒摔殺了。
		玉鏡臺	第二折	普通賓白	我把這玉鏡臺摔碎了罷。

〔註357〕鄭騫：《北曲新譜》，頁310。

〔註358〕明・王文璧：《中州音韻》，頁31。

	音率	玉壺春	第二折	白・非韻	休撒摔。莫伴群芳亂折。
	音灑	金線池	第一折	曲・非韻	今日箇漾人頭廝摔。
		英氣布	第三折	普通賓白	先摔他一個腳稍天。
		隔江鬬智	第三折	白・非韻	幾時得摔破玉籠飛彩鳳。 頓開金鎖走蛟龍。
		盆兒鬼	第二折	普通賓白	不如摔碎他娘罷。

《音釋》作「升擺切」者，與《中原音韻》、《中州音韻》相合。作「音率」者，位韻語賓白非韻腳字，見〈玉壺春〉第二折：

> 香嬌淡雅天然格。蕊嫩幽奇能艷白。看四季永馨香。遠蓬華豈鄰野陌。惟待客。不許遊人閒摘。玲瓏瑩軟無瑕色。玉潔冰清有潤澤玉壺內插蘭花。壓梅瓣壽陽點額。休撒摔。莫伴群芳亂折。〔註 359〕

《元曲選》於此僅有「詞云」二字，並無詞牌名，故無法由格律推知「摔」字之格律。《中州音韻》「率」與「摔」同音，《中原音韻》歸皆來韻去聲，不知《音釋》所從為何。今按《中原音韻》將之視作入派去聲。

作「音灑」者，《中州音韻》屬皆來韻上聲字，作「篩上聲」〔註 360〕，與「升擺切」同音。又「洒」、「灑」為異體字，故「音灑」、「音洒」同音。

第七節　入讀原調字特殊音注探討

《音釋》入讀原調的韻腳字，或與《廣韻》韻攝不甚相合，卻與《中原音韻》所派入之歸韻一致。本節將《音釋》作入讀原調，被釋字、釋音之間，於《中原音韻》有所出入者，個別提出探討。共計九字。

其歸韻與《中原音韻》相左之原因，除形近而訛、通假之外，於《廣韻》則多屬同音、同攝或雖不同攝但主要元音相近。

一、㢶

見於《音釋》二十八次，為「憋」之異體字。入派上聲作「邦也切」，入讀原調作「音鱉」、「音必」。《中原音韻》車遮入作上聲。《中州音韻》作「邦也切」

〔註 359〕明．臧懋循：《元曲選》，頁 2271。

〔註 360〕明．王文璧：《中州音韻》，頁 30。

〔註361〕，車遮韻入作上聲。《音釋》入派上聲者與《中州音韻》合。

作「音鱉」者，「鱉」字《中原音韻》屬車遮韻入作上聲，於韻相合。

作「音必」者，「必」字《中原音韻》屬齊微韻入作上聲，於韻不合。《元曲選》多作「嘐㦒」、「古㦒」之用，與因聲別義無關。此外，被釋字位置處於普通賓白與唱曲非韻腳字，亦與押韻無關。

「㦒」字《廣韻》見「憋」，「並列切」、「芳滅切」，薛韻三等；「普蔑切」，屑韻四等。「必」字《廣韻》「卑吉切」，質韻三等。「㦒」、「必」同爲開口細音，舌尖塞音韻尾，然「㦒」屬山攝，「必」屬臻攝，其主要元音並不相同。且《音釋》作「音鱉」二十二次，作「音必」僅二次，疑其中恐有誤。

二、撇

見於《音釋》六次，入派上聲作「邦也切」、「偏也切」、「扁也切」，入讀原調作「音鱉」。《中原音韻》屬車遮韻入作上聲。《中州音韻》作「偏也切」〔註362〕，車遮韻入作上聲。

入派上聲的部分，「邦」爲幫母，「偏」爲滂母。「扁」有幫母、滂母二音，若《音釋》取滂母之音，與「偏也切」同，合於《中州音韻》；若取幫母之音，則與「邦也切」同，於《中州音韻》不合，恐誤之。

入讀原調的部分，「鱉」與「撇」同屬車遮韻入作上聲，似無不妥。此條音釋見於〈生金閣〉第二折，然於全劇自楔子至第四折，皆無「撇」字；唯第二折「有些㦒拗」之「㦒」與「撇」形似。且《音釋》多次釋「㦒」爲「音鱉」，故疑此處「撇」恐與「㦒」形近而訛。

三、刷

見於《音釋》九次。入派上聲作「雙寡切」，入讀原調作「數滑切」、「數括切」。《中原音韻》屬家麻韻入作去聲。《中州音韻》作「雙寡切」〔註363〕，家麻韻入作上聲，《音釋》入派上聲者與《中州音韻》合。

作「數滑切」者，「滑」字《中原音韻》屬家麻韻入作平聲，於韻亦無不合。

〔註361〕明・王文璧：《中州音韻》，頁64。

〔註362〕同上註，頁64。

〔註363〕同上註，頁60。

作「數括切」者，「括」字《中原音韻》屬歌戈韻入作上聲，於韻不合。《元曲選》中，作「數滑切」與「數括切」，同位唱曲非韻腳處，均作「刷卷」一詞，故無因聲別義之理。

「刷」字《廣韻》作「數刮切」，鎋韻二等；「所劣切」，薛韻三等。「括」字《廣韻》作「古活切」，末韻一等。「滑」字《廣韻》作「古忽切」、「戶骨切」，沒韻一等；「戶八切」，黠韻三等。「刷」、「括」、「滑」同屬山攝之合口洪音，《音釋》或因此而混。

四、刺

見於《音釋》五次。入派上聲作「倉洗切」，入讀原調作「音七」、「音辣」。《中原音韻》屬支思韻去聲、齊微韻入作上聲。《中州音韻》作「倉四切」，支思韻去聲〔註364〕；「倉洗切」〔註365〕，齊微韻入作上聲。故入派上聲者，於聲韻皆合。

「音七」者，《中原音韻》、《中州音韻》「七」、「刺」屬同音字，故無不妥。

「音辣」者，《中原音韻》「辣」屬家麻韻入作去聲，與「刺」除同屬入聲外，並無聲韻關係。然《中州音韻》「辣」下有同音字「刺」，查《音釋》釋「刺」共二十四次，二十一次作「音辣」，且多是「刺刺」二字疊用。此外，被釋字「刺」見於〈合汗衫〉第二折，刻本作「生刺刺弄的來人離財散」〔註366〕。「生刺刺」恐爲「生刺刺」之誤，「刺」與「刺」形近而訛。

五、搦

見於《音釋》十四次，入派去聲作「囊帶切」，入讀原調作「女卓切」、「女角切」。《中原音韻》屬皆來韻入作去聲。《中州音韻》作「囊帶切」，皆來韻入作去聲〔註367〕。《音釋》入派去聲者，與《中原音韻》、《中州音韻》合。

入讀原調部分，「搦」《廣韻》作「女角切」，覺韻二等；「女戹切」，麥韻二等；「女白切」，陌韻二等。《音釋》作「女角切」者，與《廣韻》同；作「女卓

〔註364〕明・王文璧：《中州音韻》，頁11。

〔註365〕同上註，頁16。

〔註366〕明・臧懋循：《元曲選》，頁859。

〔註367〕同註364，頁31

切」者，見於《玉篇·手部》〔註 368〕。

作「音聶」者，「聶」《中原音韻》屬車遮入作去；《中州音韻》作「尼夜切」〔註 369〕，車遮韻入作去聲；《廣韻》作「尼輒切」，葉韻三等。「搦」分屬江攝、梗攝，「聶」屬咸攝。「搦」、「聶」無論是《廣韻》、《中原音韻》、《中州音韻》均非同韻。

查此條音釋，見〈王粲登樓〉第四折「冰不搦不寒」。此處「搦」有「握」義。而與「聶」同音之「揑」，亦有「握」義；且《集韻》「揑」字下注：「搦也」。故《音釋》注「搦」爲「音聶」，恐將「搦」通「揑」，以「揑」音釋之。

六、嚇

見於《音釋》七次。入派上聲作「亨美切」，入派平聲作「黑平聲」；入讀原調作「音黑」。《中原音韻》屬家麻韻去聲、齊微韻與車遮韻之入作上聲。《中州音韻》作「叶黑平聲」〔註 370〕，齊微韻入作平聲。

入派三聲的部分，已於前節討論。詳見本章第五節。

入讀原調的部分，「黑」於《中原音韻》、《中州音韻》均屬齊微韻入作上聲。「嚇」、「黑」就《中原音韻》而言，於韻不合；就《中州音韻》而言，則屬同韻。

「嚇」字《廣韻》作「呼訝切」，禡韻二等；「呼格切」，陌韻二等。「黑」字《廣韻》作「呼北切」，德韻一等。「嚇」屬梗攝之開口洪音，主要元音爲舌面央舌面央半低低元音，收舌根塞音韻尾。「黑」屬曾攝之開口洪音；主要元音爲舌面央中元音，收舌根塞音韻尾。兩攝主要元音相近，韻尾相同，《音釋》或因此而混。

七、褶

見於《音釋》一次，入讀原調作「音習」。

「褶」字《中原音韻》屬車遮韻入作上，《中州音韻》作「叶者」〔註 371〕，

〔註 368〕梁·顧野王：《玉篇》（元刊本），頁 113。

〔註 369〕明·王文璧：《中州音韻》，頁 65

〔註 370〕同上註，頁 15

〔註 371〕同上註，頁 64

車遮韻入作上聲。「習」字《中原音韻》屬齊微韻入作陽平，《中州音韻》作「星西切」〔註372〕，齊微韻入作平聲。

從《廣韻》來看，「褶」作「徒協切」，帖韻四等；「是執切」、「似入切」，緝韻三等。「習」作「似入切」，緝韻三等。

「褶」、「習」雖於《中原音韻》、《中州音韻》歸韻不同，但在《廣韻》中卻是同音字。故《音釋》將「褶」作「音習」無誤。

八、摑

見於《音釋》十三次。入派上聲作「乖上聲」，入讀原調作「音國」。《中原音韻》屬皆來韻入作上聲。《中州音韻》作「叶乖上聲」〔註373〕，皆來韻入作上聲。《音釋》派入上聲者，與《中原音韻》、《中州音韻》皆合。

「音國」者，「國」《中原音韻》齊微韻入作上聲；《中州音韻》作「叶鬼」〔註374〕，齊微韻入作上聲。「摑」、「國」於《中原音韻》、《中州音韻》歸韻不同。

從《廣韻》來看，「摑」作「古獲切」，麥韻二等；「國」作「古或切」，德韻一等。「摑」屬梗攝之合口洪音。「國」屬曾攝之合口洪音；兩攝同收舌根塞音韻尾，但主要元音不同。現代官話、方言中，梗攝、曾攝多已不分〔註375〕，若再以與上文「嚇，音黑」的例子相互對照，或許可以解釋為，《音釋》中已可見梗、曾兩攝相混的現象。

九、汨

見於《音釋》五次，皆入讀原調，作「音密」、「音谷」。

作「音密」者四次，於《元曲選》中皆作「汨羅」之「汨」。作「音谷」者，見〈李逵負荊〉第二折「汨汨的嚥了」。「汨羅」之「汨」《說文》:「从水冥省聲」;「汨汨」之「汨」《說文》:「從水曰聲」。可知兩者並非同一字。

「汨羅」之「汨」《中原音韻》、《中州音韻》皆未收。然《廣韻》與「覓」

〔註372〕明・王文璧：《中州音韻》，頁14

〔註373〕同上註，頁32。

〔註374〕同上註，頁17。

〔註375〕董同龢：《漢語音韻學》（臺北：文史哲出版社，民94年），頁177。

字同音，《中州音韻》「覓」、「密」二字同音，故於韻應屬相合〔註 376〕。

「汩汩」之「汩」，《中原音韻》未收，《中州音韻》作「叶古」，與「谷」同音，魚模韻入作上聲〔註 377〕。《廣韻》作「古忽切」，與「骨」同音，沒韻一等。「谷」字《廣韻》作「古祿切」，屋韻一等；「余燭切」，燭韻三等。「汩」屬臻攝、「谷」屬通攝，然《中原音韻》「骨」、「谷」同音，《中州音韻》「骨」、「谷」、「汩」三字同音，故《音釋》將「汩」作「音谷」，並無不妥。

第八節 入聲字綜合統計與分析

根據前面七節的討論，本節將《音釋》之入聲被釋字，作一綜合統計分析，並列其特點如下：

一、入聲被釋字之綜合統計分析

《元曲選·音釋》中入聲字共 3339 條，可分爲入派三聲與入讀原調兩大類。入派三聲的有 2911 條，入讀原調的有 428 條。這些入聲字依此分類與在元劇中的位置關係，數量分佈如下表：

	曲·韻腳	曲·非韻	普通賓白	白·韻腳	白·非韻	無	合 計
入派三聲	2421	344	59	70	14	3	2911
入讀原調	2	252	136	5	33	0	428
合 計	2423	596	195	75	47	3	3339

入派三聲中，不見於雜劇的三條音釋，按出現順序依次爲：「捽、音洒」（〈小尉遲〉第二折）、「訖、音豈」（〈魔合羅〉第四折）、「息、喪擠切」（〈盆兒鬼〉第三折）。

除了不見於雜劇的三條音釋外，就上表所呈現的數據，可從兩角度進行討論：

（一）就元劇中各位置而言

1. 唱曲韻腳字

〔註 376〕《中原音韻》「覓」、「密」非同音字，故於《中原音韻》僅能算是同韻，並非完全相合。

〔註 377〕明·王文璧：《中州音韻》，頁 26。

《中原音韻・虞集序》云：

以聲之上下，分韻爲平仄。如入聲直促，難協音調。成韻之入聲，悉派三聲，誌以黑白。使用韻者隨字陰陽，置韻成文，各有所協。則上下中律，而無拘拗之病矣！〔註 378〕

又《中原音韻・周德清自序》云：

夫聲分平仄者，謂無入聲，以入聲派入平上去三聲也。作平者，最爲緊切，施之句中，不可不謹。派入三聲者，廣其韻耳，有才者本韻自足矣。〔註 379〕

由上可知，唱曲之韻腳字，如遇入聲，悉當派讀平上去三聲。

《音釋》中入聲被釋字在唱曲韻腳共 2423 條，入派三聲 2421 條，入讀原調僅 2 條。此外，本文第四章第一節針對入讀原調的 2 條音釋進行討論，發現其中一條很可能是臧懋循注音有誤。因此，唱曲韻腳的入聲被釋字，可說幾乎全部都讀作入派三聲。與《中原音韻》所述並無出入。

2. 唱曲非韻腳字

《音釋》中入聲被釋字在唱曲韻腳共 596 條，入派三聲 344 條，入讀原調僅 252 條。就比例而言，入派三聲與入讀原調，約 1.37：1。入派三聲僅較入讀原調者稍多。

沈寵綏於《度曲須知・四聲批窽》引沈伯時之語云：

按譜填詞，上去不宜相替，而入固可以代平。則以上去高低迥異，而入聲長吟，便肖平聲。讀則有入，唱即非入。如「一」字、「六」字，讀之入聲也；唱之稍長，「一」即爲「衣」，「六」即爲「羅」矣。故入聲爲仄，反可代平。〔註 380〕

似乎唱曲之時，入聲不當作其原調。但沈寵綏針對上述說法，則有不同看法：

然予謂善審音者，又可使入不肖平而還歸入唱。則凡遇入聲字面，毋長吟，毋連腔，出口即須唱斷。至唱緊板之曲，更如丟腔之一

〔註 378〕元・周德清：《中原音韻》，頁 3。

〔註 379〕同上註，頁 9。

〔註 380〕明・沈寵綏：《度曲須知》，(《新編中國古典戲曲論著集成，歷代曲話彙編》，明代編第 2 集，合肥市：黃山書社，2008 年)，頁 619。

吐便放，略無絲毫黏帶，則婉肖入聲字眼，而愈顯過度、顚落之妙。不然，入聲唱長，則似平矣；抑或唱高，則似去；唱低，則似上矣。是惟平出可以不犯去、上，短出可以不犯平聲，乃絕好唱訣也。〔註381〕

如此看來，若於適當之處，將入聲唱作原調，反能收其顚落之妙，營造出特殊的情緒、聲音效果。因此，入聲字在唱曲時，未必不能作其原調；或可視唱曲之需，而決定入派三聲或作入聲原調。

3. 普通賓白字

《音釋》中入聲被釋字在普通賓白腳共195條，入派三聲59條，入讀原調僅136條。入派三聲與入讀原調比例約爲1：2。周德清於《中原音韻・正語作詞起例》云：

入聲派入平上去三聲者，以廣其押韻，爲作詞而設耳。然言語呼吸之間，還有入聲之別。〔註382〕

周德清認爲，入派三聲是爲了唱曲押韻而設，而在平常的言語交談之間，入聲字仍是存在的。這樣的情況也體現在元雜劇的賓白裡，普通賓白的入聲被釋字中，約有三分之二讀作入聲原調，其餘三分之一派讀三聲。

4. 韻語賓白韻腳字

《音釋》中入聲被釋字在韻語賓白韻腳處共有75條。入派三聲70條，入讀原調僅5條。

韻語賓白多爲詩、詞，雖然沒有規定不能押入聲韻，但在元雜劇中，倘若韻腳處同時存在入聲字與非入聲字，則入聲字一律派讀三聲。如〈盆兒鬼〉第四折〔註383〕，韻腳之非入聲字均爲魚模韻上聲，入聲被釋字「出」、「宿」便被派入魚模韻上聲。

遇韻腳字皆爲入聲時，若能派入同一聲調，《音釋》通常會作派讀三聲處理。如〈虎頭牌〉第三折〔註384〕，韻腳字「約」、「酌」、「錯」皆是入聲字，

〔註381〕明・沈寵綏：《度曲須知》，頁619。

〔註382〕元・周德清：《中原音韻》，頁112。

〔註383〕詳細引文討論，見本文第三章第四節。

〔註384〕詳細引文討論，見本文第三章第四節。

於《中州音韻》均爲入作派上聲〔註 385〕，故《音釋》均將之派讀上聲。

同理，韻腳字皆爲入聲時，若不能派入同一聲調，且於入聲原調可協其韻時，《音釋》便會作入讀原調處理。如〈張天師〉第二折〔註 386〕，韻腳字「爍」、「落」，前者《中原音韻》爲蕭豪韻入作上聲，後者爲蕭豪韻入作去聲。無法派入同一聲調，《音釋》便均將之作入讀原調處理。

5. 韻語賓白非韻腳字

《音釋》中入聲被釋字在韻語賓白非韻腳處共 47 條，入派三聲僅有 14 條，入讀原調有 33 條。

入讀原調者 32 條，約占韻語賓白非韻腳入聲被釋字的三分之二。一來，韻語賓白本就屬於「言語呼吸」的範圍，既然唱曲非韻腳字都能作入聲原調，韻語賓白非韻腳字自然也可以讀作入聲原調。二來，詩詞本來就容許入聲爲韻，因此在非入聲處，當然也就容許入聲原調的存在。

必須注意的是，上述所說容許讀爲入聲原調，必須是在格律允許的前提下。若在格律不允許的地方出現入聲字，就必須將之派讀三聲。如〈昊天塔〉第一折「雄鎮三關幾度秋。番兵不敢犯白溝」，「白」字處於格律當作平聲處，《音釋》便將之派讀平聲〔註 387〕。

（二）就整體統計而言

1. 從入聲字音讀類型來看

入派三聲共 2911 條，音釋數目由多至少，依序爲「曲・韻腳」、「曲・非韻」、「白・韻腳」、「普通賓白」、「白・非韻」。數據顯示，入派三聲的被釋字，主要集中在唱曲部分，其次爲韻語賓白的韻腳，再其次是普通賓白，最後才是韻語賓白非韻腳。

必須注意的是，在入派三聲的賓白部分，扣除韻語賓白韻腳字，普通賓白的音釋條數比韻語賓白非韻腳高出許多。但這並不代表《元曲選》中的入聲字在普通賓白處入派三聲的比較多。理由是：

第一，從單一位置來看，普通賓白入讀原調有 136 條，入派三聲僅 59 條。

〔註 385〕於《中原音韻》，「約」爲入作去聲，「酌」、「錯」爲入作上聲。

〔註 386〕詳細引文討論，見本文第四章第四節。

〔註 387〕詳細引文討論，見本文第三章第四節。

故普通賓白讀入派三聲者爲少數。

第二，從整體位置來看，普通賓白的入聲音釋總條數有 195 條，韻語賓白非韻腳僅 47 條；故普通賓白與韻語賓白非韻腳的音釋條數比爲 195：47，比值約爲 4.14。而入派三聲中的普通賓白與韻語賓白非韻腳的音釋條數比爲 59：14，比值約爲 4.21。因此，就其比例上來說，無論從入聲音釋總條數或入派三聲的音釋條數來看，普通賓白對韻語賓白非韻腳，大約都在 4：1。

第三，元雜劇整體的賓白系統是以普通賓白爲主體。普通賓白的數量本來就比韻語賓白數量多上許多。因此，在音釋條數上，普通賓白多於韻語賓白非韻腳，是非常自然的現象。

第四，臧懋循在作《音釋》時，有權選擇一個字是否被注音。因此，我們現在看到的被釋字，都是經過臧懋循選擇的結果。即使經過統計，也僅能看出「被釋字」所呈現的現象，無法代表《元曲選》中所有的入派三聲字。

入讀原調共 428 條，音釋數目由多至少，依序爲「曲・非韻」、「普通賓白」、「白・非韻」、「白・韻腳」、「曲・韻腳」。從數據來看，入讀原調的被釋字，以唱曲非韻腳爲最多，普通賓白次之，接著分別是韻語賓白的非韻腳與韻腳，最後才是唱曲韻腳。

同樣的，在普通賓白與韻語賓白非韻腳的部分，普通賓白的 136 條雖比韻語賓白非韻腳的 33 條高出 103 條。但入讀原調中的普通賓白與韻語賓白非韻腳的音釋條數比爲 136：33，比值爲 4.12。與上述入聲音釋總條數比值爲 4.14 相較，雖略爲減少，但就比例上來說，仍大約爲 4：1。

此外，在數據上，雖以唱曲非韻腳最多，並不代表《元曲選》中的入聲字在唱曲非韻腳處入讀原調的比較多。理由是：

第一，這些被釋字是經過臧懋循選擇的結果。僅能看出「被釋字」所呈現的現象，無法代表《元曲選》中所有的入派三聲字。

第二，從入聲音釋總條數來看，唱曲非韻腳有 596 條，普通賓白僅 195 條，唱曲非韻腳的音釋條數是普通賓白的三倍之多。因此，即使僅就入讀原調而言，唱曲非韻腳的音釋條數多於普通賓白，也是非常自然的。

第三，從唱曲非韻腳來看，入聲音釋總條數爲 596 條。其中，入讀原調的有 252 條，僅占 596 條的 42%。從普通賓白來看，入聲音釋總條數爲 195 條。其中，入讀原調的有 136 條，占 195 條的 70%。因此，站在唱曲非韻腳的角度，入派三聲比入讀原調多；站在普通賓白的角度，入讀原調比入派三聲多。其次，從上述所得百分比來看，普通賓白與唱曲非韻腳入讀原調比爲 70%：42%，比值爲 1.67。故比例上，普通賓白對唱曲非韻腳是 1.67：1。故臧懋循釋入讀原調字，普通賓白入讀原調的機率，並不比唱曲非韻腳字小。

2. 從元劇中的位置類型來看

入聲被釋字共 3339 條，音釋數目由多至少，依序爲「曲・韻腳」、「曲・非韻」、「普通賓白」、「白・韻腳」、「白・非韻」。入聲被釋字主要集中在唱曲部分，尤以唱曲韻腳爲多。其次分別爲普通賓白、韻語賓白韻腳，最後才是韻語賓白非韻腳。

從數據上可以清楚看到，入聲被釋字大量集中在唱曲韻腳，有 2423 條，占入聲音釋總條數的 72.6%。其中，入派三聲有 2421 條，入讀原調僅 2 條。若扣除這些唱曲韻腳字，則入聲音釋總條數降爲 916 條，其中，入派三聲僅剩 490 條，入讀原調爲 426 條。由此可見臧懋循對於唱曲入聲韻腳字的重視。

承上，在扣除唱曲韻腳字後，唱曲非韻腳字 596 條，普通賓白與韻語賓白共 317 條；唱曲非韻腳的入聲音釋仍比所有賓白入聲音釋總合高出將近一倍，可見臧懋循對唱曲的入聲字，即使並非韻腳字，亦相當地重視。

此外，單就賓白部分，普通賓白有 195 條，韻語賓白韻腳與非韻腳共 122 條。前文曾提及賓白系統是以普通賓白爲主體，故普通賓白的數量比韻語賓白數量來得多。但就音釋數量而言，普通賓白僅比韻語賓白多 73 條，顯然與實際狀況不符。因此，臧懋循對於賓白的入聲字的重視程度，韻語賓白應較普通賓白高。

二、入聲被釋字所呈現的特點

（一）入派三聲字

《音釋》中入派三聲的被釋字，所呈現的特點如下：

1. 唱曲處，無論是韻腳字或非韻腳字，入聲字派入之聲調、韻目均受到曲牌格律影響。如「作」字，若雜劇當折押蕭豪韻，則作「音早」入蕭豪韻；若當折押歌戈韻，則作「音左」入歌戈韻。又如「屬」字，本入《中原音韻》魚模韻入作平聲，〈生金閣〉第一折依〔後庭花〕格律「屬」當「宜去可上」，故作「如上聲」派入上聲。

2. 普通賓白處的被釋字，除唱曲韻腳處必入派三聲外，就釋音內容可分為「無論處在何種位置，均入派三聲」與「除入派三聲，亦入讀原調」兩大類。前者如「石」、「吃」、「角」；後者如「杓」、「刷」、「鑡」。

3. 韻語賓白被釋字，無論是否為韻腳字，亦均受韻語之平仄格律影響。如「八」，本入《中原音韻》入作上聲，〈酷寒亭〉第三折於韻語當押平聲韻，故作「音巴」派入平聲。又如「白」字，《中原音韻》皆來韻入作平聲，於韻語中僅能施於格律可平之處。

4. 韻語賓白的被釋字，就釋音內容而言，位非韻腳處者，除「刷」、「鬻」二字之外，其餘被釋字無論處在何種位置，均作入派三聲處理。位韻腳處者，「鑡」、「窄」、「劃」三字除入派三聲外，亦在他處釋作入讀原調。其餘被釋字無論在何種位置，均入派三聲，然就被釋字出現之位置，亦可分為三類：「角」、「屈」、「峪」三字同時見於韻語（含唱曲）、普通賓白；「甲」、「法」、「的」等二十一字，僅見於唱曲與曲韻腳及韻語賓白韻腳；「出」、「八」、「白」等二十一字，僅見於唱曲處、韻語賓白，不見於普通賓白。

（二）入讀原調字

《音釋》中入讀原調的被釋字，所呈現的特點如下：

1. 唱曲處，入聲字讀作原調受到曲牌格律影響，多位於襯字處，或格律可仄之處。如〈張天師〉第一折「你只想鶻鶚起秋風」，本格正字為「起秋風」，被釋字「鶚」則屬襯字，故不受格律限制，可讀原調。

2. 普通賓白處的被釋字，就釋音內容而言，可分為三類。第一，被釋字僅出現在普通賓白，均入讀原調，如「妁」、「咄」、「倜」等字。第二，被釋字除唱曲韻腳外，均入讀原調，如「槅」、「呷」、「俠」等字。第三，被釋字除去唱曲韻腳，其餘位置作入讀原調外，亦入派三聲，如「櫜」、「霎」、「吸」等字。

3. 韻語賓白被釋字，非韻腳處受韻語之平仄格律影響，位於可作仄聲之處。如〈瀟湘雨〉楔子「宋國非強楚。清淮異汨羅」，「汨羅」之「汨」當是仄聲，故可讀作入聲原調。韻腳處則通押入聲韻，各韻腳字原則上於《中原音韻》屬同韻之字。

4. 韻語賓白非韻腳的被釋字，就釋音內容而言，亦可分為三類。第一，被釋字除位於唱曲韻腳外，皆作入聲原調，共計「衲」、「碣」、「擲」、「孽」四字。

第二，被釋字派入三聲或讀原調並無一定規律，如「刷」、「嚇」、「簌」等字。第三，被釋字於唱曲非韻腳字時亦入讀原調，如「刖」、「液」、「橐」等字。

（三）具特殊音注之入聲被釋字

《音釋》中具特殊音注的入聲被釋字，所呈現的特點如下：

1. 入派三聲者共五十五字。究其所派入聲調與《中原音韻》相左之原因，多與曲牌、韻語之平仄格律或雜劇當折押韻有關。可見《中原音韻》雖對入聲字的歸韻與派入聲調有所規範與標準，但在元曲的實際使用上，仍以韻語之平仄格律與押韻爲準。

2. 入讀原調者共計九字。其歸韻與《中原音韻》相左之原因，除形近而訛、通假之外，於《廣韻》則多屬同音、同攝或雖不同攝但主要元音相近。

第五章　結　論

經由前文討論可知，《元曲選‧音釋》對被釋字重複注釋的情況相當頻繁，其釋音內容也具某種程度的規律，但仍有依特殊情況而調整音讀的情形。此外，其入聲字可分為入派三聲與入讀原調兩大系統，並且依據被釋字在劇文中之位置不同，字音讀法亦各有別。雖然如此，但《音釋》之內容，仍不免有矛盾或錯誤。故本章欲就《音釋》之價值與缺失作結，並就《音釋》所遺留之問題，作一反思與敘述，以待後續研究之用。

第一節　《元曲選‧音釋》的價值

甯忌浮在《中國韻書史》中，認為《音釋》完全抄自《中州音韻》，無實際主體價值可言〔註1〕。但經仔細翻檢、分析，可以發現並非如此。關於《元曲選‧音釋》的價值，可歸納為下列五點：

一、入聲字在元雜劇中的使用

雖然周德清在《中原音韻》的序文與〈正語作詞起例〉中一再強調，入派三聲是基於「廣其押韻」的原則，而「言語呼吸之間」仍有入聲的存在。但由於《中原音韻》中入聲字皆派作三聲，而無讀作本調者，故人們對於在元雜劇

〔註1〕　相關內容見　甯忌浮：《漢語韻書史‧明代卷》，頁422。

中，入聲字究竟是全部派讀三聲，抑或仍有讀作原調的現象，眾說紛紜。

《音釋》中的入聲被釋字，在《元曲選》中僅是一隅，但卻眞實呈現了入聲字在元雜劇中，入聲被釋字依位置的不同，而有派讀三聲與入讀原調的差別，從而解決了入聲字在雜劇中使用狀況的疑惑。更可以從《音釋》的注音狀況中，了解某一入聲被釋字，在雜劇中的各種位置，可能產生的音讀差異，從而在韻書之外，爲入聲字的研究提供新的視野。

二、體現元曲用韻的實際情況

周德清作《中原音韻》，乃是根據北曲前輩與「關、鄭、白、馬」作品整理而成，乃「韻共守自然之音，字能通天下之語」。如此一來，《中原音韻》應該與元曲作品完全相合才是。然而事實並非如此。陳新雄老師說：

> 事實上元曲的用韻，不合中原音韻的地方還是不少，我以前綜合各家的說法，認爲原因可能原曲作家並非同一個地方的人，難免不雜揉自己的方言成分，即使同地區的作家，用韻也未必能完全一致。〔註2〕

正因元曲實際用韻，仍有不少地方與《中原音韻》不符。故《音釋》以作品的實際爲基礎，不宥於單一韻書，爲被釋字依實際使用情況作注，反能體現其不同於其他韻書的價值。

如「捉」、「索」二字。「捉」字見於《音釋》三次，均屬唱曲韻腳字。《音釋》作「之卯切」、「之左切」，分別屬蕭豪韻與歌戈韻。作「之卯切」者，被釋字所在之雜劇當折押蕭豪韻；而作「之左切」者，押的則是歌戈韻。

「索」字作爲唱曲韻腳字時，所在雜劇當折押韻，有押蕭豪韻的，也有押皆來韻與歌戈韻的，《音釋》根據其押韻狀況，分別釋爲「音嫂」、「篩上聲」、「思果切」。不因《中原音韻》未收歌戈韻之音而廢之。

三、格律與音讀的配合

無論是唱曲或韻語賓白，都有平仄格律必須遵循，然而雜劇中曲文或詩詞不合格律的現象，卻無法避免。不通音律者，往往面對格律有誤而渾然不知。

〔註2〕 陳新雄：《新編中原音韻概要》，頁10。

針對這些現象，《音釋》往往會加以釋音，使壞律之字易音而讀。如「八」字於《中原音韻》本當入作上聲，〈酷寒亭〉第三折韻語賓白韻腳「誇」、「瓜」、「八」三字，「誇」、「瓜」均爲平聲，爲求合律，《音釋》乃易「八」之上聲音讀爲平聲。

又如「日」字於《中原音韻》本當入作去聲，然〈爭報恩〉第四折、〈黑旋風〉第三折，「日」字所處之格律，均當作平聲。爲求合律，《音釋》乃易「日」之去聲音讀爲平聲。

因此，在《音釋》中，若同一被釋字有不合常理之讀音，其原因除破讀、訛誤之外，往往是由於被釋字在韻語中不合格律，《音釋》爲求其合律，而易其音所致。

四、詳注破讀字

破讀字的破讀，可能見於專名、專語、因聲別義、擬聲詞等。

專名如前文多次用於舉例的「曹大家」之「家」當讀「姑」、「單于」之「單」當讀「禪」、「龍且」之「且」當讀「疽」等。專語如「君子周而不比」之「比」當讀「幣」。其他更有音聲別義者，如「閒言長語」之「長」當讀「丈」、「哽咽」之「咽」當讀「衣也切」、「衣錦榮歸」之「衣」當讀「去聲」等。更有擬聲詞如「戰鼓逢逢」之「逢」當讀「蓬」等。

這些專名、專語，或者因聲別義、擬聲詞等，有別於常讀之音，《音釋》爲其釋音，能使讀劇者知其字之異讀。此外，《中原音韻》收音收字並非全完備，如「衣」字僅收齊微陰平一音，而去聲之音未收，《音釋》所釋去聲音讀，不僅能避免誤讀，亦可補《中原音韻》之所缺。

五、正《中州音韻》之誤

由於《中原音韻》不注切語，故《音釋》取其所需之音切資料，爲被釋字注音。其中，大量的注音內容，與《中州音韻》相同。但也有一部分注音內容，與《中州音韻》相異。其相異之原因，除《音釋》所需音讀不見於《中州音韻》之外，亦有因《中州音韻》標音錯誤而改之者。

如上述的「捉」、「索」二字，即是其例。

「捉」字《音釋》依其押韻，分別作「之卯切」、「之左切」，屬蕭豪韻與歌戈韻。其中，作「之左切」者，《中州音韻》於歌戈韻入作上聲作「之寡切」，但切與下字「寡」屬家麻韻，而非歌戈韻，其反切恐有訛誤。故《音釋》並未按《中州音韻》注音，反而改動切語下字，自創反切爲「之左切」。

「索」字《音釋》依其押韻，分別作「音嫂」、「篩上聲」、「思果切」，屬蕭豪韻、皆來韻與歌戈韻。其中，作「思果切」者，《中州音韻》於歌戈韻入作上聲作「思寡切」，但切與下字「寡」屬家麻韻，而非歌戈韻，其反切恐有訛誤。故《音釋》並未按《中州音韻》注音，反而改動切語下字，自創反切爲「思果切」。

第二節　《元曲選・音釋》的缺失

《元曲選・音釋》既有其價值與貢獻，亦必有其缺失之處。其缺失之處，可就「被釋字」與「釋音內容」兩大方面討論之。

一、選釋被釋字無固定準則

前文曾經提及，現在所看到的被釋字，都是經過臧懋循選擇的結果。因此，必帶有「不全面性」與「主觀性」。

在對入聲被釋字於雜劇中出現的次數、位置、音讀作過統計後，從中可發現，某些入聲被釋字僅出現過一次，如「蚱」、「篋」、「邈」等字。有些則出現多次，並且在不同的位置，有不同的音讀，如「杓」、「刷」、「钀」等。

值得注意的是，在《音釋》中出現多次的入聲被釋字，可被分爲兩類。一類釋音並沒有一定的規律與標準，如「刷」、「钀」、「驀」、「窄」、「劃」等字。另一類則入派三聲或入讀原調，都可見其規律。此外，從統計中也能發現，某些入聲被釋字只出現在特定的位置。例如：出現在韻語賓白韻腳字的入派三聲被釋字，除了釋音無規律的「钀」、「窄」、「劃」三字，以及曾出現在普通賓白的「角」、「屈」、「峪」三字外，其餘則僅出現在韻語中，且音讀一律入派三聲，如「甲」、「法」、「的」等。

但這僅僅是就《音釋》釋音的現象而言，並不能代表入聲字的眞正音讀狀況。舉例來說，僅出現在韻語中，且音讀一律入派三聲的「甲」、「法」、「的」，是僅就其作爲「被釋字」所呈現的位置與音讀而言。「甲」、「法」、「的」均爲常用之字，尤以「的」字更是極爲常見。不過，《音釋》並沒有將每一個在《元曲選》中出現的「的」字注音，而是挑選處於韻腳處的45個來注音。至於其他不在韻腳處之「的」字，其音讀如何？該派入上聲亦或讀作原調？這些在《音釋》中都無法找到解答。此外，這45條音釋，也並非涵蓋所有韻腳處之「的」字。如〈後庭花〉第四折，〔笑和尚〕首句：「是是是這一箇開店的」。「的」字亦爲韻腳字，但此處《音釋》並沒有將「的」提出來作爲被釋字注音。

除「的」字外，類似的例子並不少。又如〈桃花女〉第四折，〔沈醉東風〕第二句：「那裏便埋沒我四德三從」。就〔沈醉東風〕格律而言，「德」當作仄聲。且「德」字在《中原音韻》、《中州音韻》均屬齊微韻入作上聲，即使不讀作入聲原調，也屬於仄聲。但《音釋》並沒有替「德」注音，因此，此處「德」字究竟該讀作上聲還是入聲原調？

由此可見，《音釋》對於被釋字的選取，並沒有一套客觀的標準，而是帶有主觀性，也因此而產生了釋音不全面的問題。

二、內容的矛盾與錯誤

除被釋字的選釋充滿主觀性之外，《音釋》之釋音內容，有時也有矛盾和錯誤存在，而使人詬病。其矛盾與錯誤，可從下列兩方面來看。

（一）被釋字的誤釋

《音釋》雖然沒有將注音直接在《元曲選》劇文中直接以小字標注，但就正常情況而言，都能在《元曲選》劇文中找到與被釋字相應的內容。然而某些被釋字卻無法如此，推究其因，與《音釋》的誤釋有關。

如〈盆兒鬼〉第三折末「息、喪擠切」。就正常情況而言，當可在〈盆兒鬼〉第三折內找到被釋字「息」。但「息」字在第三折卻從來沒有出現過，反倒是同劇的第一、二折有「歇息」一詞，第四折有「息怒」一詞。因此，被釋字「息」可能是第一、二折「歇息」的「息」，也可能是第四折「息怒」的「息」，而《音釋》誤置於第三折。

又如〈東堂老〉第一折末「悄、音俏」。全齣自楔子至第四折，均無「悄」字。唯第一折有「挑踢着美女家生哨」之「哨」，其在《中州音韻》之平仄、讀音皆與「悄」同，且字形與之相似，故「悄」疑爲「哨」之誤。

再如〈竹塢聽琴〉第四折末「轃、蒼救切」。全齣自楔子至第四折，均不見被釋字。若非《音釋》誤以爲〈竹塢聽琴〉中有「轃」字，便即有可能《音釋》誤將其他雜劇的被釋字誤置於〈竹塢聽琴〉第四折。

就上述三個例子來說，〈盆兒鬼〉第三折的被釋字「息」，當置於第一、二或四折，而非第三折。〈東堂老〉第一折的被釋字「悄」，可能是「哨」之誤釋。〈竹塢聽琴〉第四折的被釋字「轃」，根本不該出現在〈竹塢聽琴〉一劇中。類似的例子，《音釋》中共有十三條，詳細情形請參本文第二章第三節。

（二）釋音內容的矛盾與錯誤

《音釋》雖有助於了解被釋字在元雜劇中當有的音讀與使用情況，但若釋音內容產生矛盾或錯誤，則反易使人產生混淆與疑慮。

釋音有誤者，如「得」字，在《音釋》中出現二十一次，十八次作「當美切」，二次作「亨美切」，一次作「烹美切」。「得」、「當」均爲端母字，故作「當美切」無誤。然「亨」爲曉母、「烹」爲滂母，聲母發音部位均與「得」、「當」相差甚遠。不知《音釋》所據爲何，其中恐有誤。

釋音矛盾者，如「迤逗」之「迤」，於「迤逗」一詞中，《音釋》有作「音拖」者，亦有作「音移」者。又如「只」字，《音釋》出現八次，其中兩次見於〔太平令〕一曲中，在同一位置作爲韻腳字使用，均爲語尾助詞。但《音釋》卻一次以入讀原調處理，一次以入派上聲處理。再如「嚇」、「刷」二字。「嚇」於韻與格律仄聲處，《音釋》將之派入平聲；同作「嚇唬」之義使用，《音釋》有時派入上聲，有時入讀原調。「刷」字同作「刷卷」一詞，除唱曲韻腳外，《音釋》有時將之派入上聲，有時又使其讀入聲原調。類似的例子非常多，可見得臧懋循作《音釋》雖能審音知律，但對某些被釋字的音讀，並無一定標準與規範。

此外，《音釋》釋音尚有開合口相混的問題。此問題一部分來自於《中州音韻》，一部分則來自於《音釋》內部之矛盾。

問題來自於《中州音韻》的，多發生在車遮韻。如「雪、須也切」、「訣、居也切」、「闕、區也切」、「缺、區也切」等。這些反切均出自《中州音韻》。按反切的原理來說，「下字與所切之字疊韻」，開合口當屬韻母介音的問題。上述被釋字「雪」、「訣」、「闕」、「缺」均爲合口字，但切語下字「也」卻爲開口字，反而是切語上字「須」、「居」、「區」爲合口。這可能是由於切語上字都爲合口而造成混淆，致使「以開口切合口」的情況發生。

問題來自於《音釋》內部之矛盾的，如「洗」字，同釋「洗剝」一詞，《音釋》一次作「先上聲」，一次作「音選」；前者爲開口音，後者爲合口音。又如「撾」字。《音釋》有作「音查」者，有作「莊瓜切」者；前者爲開口音，後者爲合口音。再如「鐸」字，《音釋》作「東何切」，又作「東挪切」；前者爲開口音，後者爲合口音。同一被釋字，有時釋作開口音，有時又釋爲合口音由此可見，《音釋》釋音並不一致。

第三節　《元曲選・音釋》所遺留之問題與研究反思

經由前節對《元曲選・音釋》之價值與缺失的討論，可以發現語言在實際使用中，並不一定完全與韻書吻合。而這些不合於韻書的現象，除了反應出語言使用者的語音系統與韻書系統的差異外，也能反應出某些語言變遷的現象。故而本節將針對《音釋》之「作者問題」與「異韻互注問題」二大方向提出反思。

一、《音釋》的作者問題

如前節所述，《音釋》中存在若干矛盾的釋音。這些釋音矛盾的問題，除令人混淆而無所適從外，更延伸出對《音釋》眞正作者的懷疑。例如龍莊偉〈《元曲選・音釋》探微〉一文，曾就「迤逗」一詞釋音的矛盾加以分析，並列舉其他字詞釋音矛盾之處，從而斷定《音釋》作者並非僅臧懋循一人。

事實上，這樣的懷疑是非常合理的。但必須注意的是，首先，《音釋》釋音並非完全與《中州音韻》、《中原音韻》相吻合，而在分析之後，也能確定《音釋》參考了《廣韻》、《玉篇》等其他資料的反切，因此同一個被釋字被注爲不同切語，是可以被接受的。其次，《音釋》的入聲字可分爲入派三聲與入讀原調兩大系統，因此，在不同系統中的入聲字，自然會有不同的注音。再者，《音釋》中的非入聲字，往往會因爲押韻、格律或因聲別義之故，而有特殊的音注。

只不過，在上述原因之外，《音釋》的釋音仍有若干矛盾的現象。倘若《音釋》作者僅臧懋循一人，那麼同一被釋字，即使釋音內容不完全相同，經由釋音所讀出來字音亦當相同。爲何在矛盾的釋音中，卻往往出現所釋讀音差異甚大，同一被釋字，在此合於《中原音韻》，不合於《中州音韻》；在彼又悖於《中原音韻》，反與《中州音韻》相合？又或者同一被釋字，既釋開口，又釋合口？

這些矛盾的釋音現象，若能更進一步整理與分析，除了作者問題可望得到初步的釐清，或許亦能釐清《音釋》除了入聲系統的差異外，還存在著其他不同語音系統的問題。

二、《音釋》中的異韻互注現象

本文於第三、四章，均曾針對《音釋》中的特殊音注作探討，發現《音釋》當中存在不少異韻互注的現象。

舉例來說，如：「扃、居翁切」。被釋字「扃」《中原音韻》屬庚青韻陰平聲，切語下字「翁」屬東鍾韻陰平聲。故此切語是以東鍾韻反切釋庚青韻被釋字。此音釋出自〈誤入桃源〉第二折，乃是由於此折通押東鍾韻，而「扃」恰好位於韻腳處，故《音釋》將之歸入東鍾韻。

又如：「摸、音摩」、「摸、音磨」。被釋字「摸」《中原音韻》屬魚模韻陽平聲，直音字「摩」、「磨」屬歌戈韻陽平聲。據前文討論，此這兩條音釋分別出自〈竹葉舟〉第四折、〈黃粱夢〉第四折，均押歌戈韻。而被釋字均位於韻腳處，故《音釋》將之歸入歌戈韻。

但是，從另一個角度來看，庚青韻字與東鍾韻字產生異韻互押的現象，魚模韻字與歌戈韻字產生異韻互押的現象。這些現象可能也代表了語音的演變。陳東有《元曲選音釋研究》一書中，對於「扃、居翁切」的現象，提出語音演變的解釋；並舉出《中原音韻》中，亦有東鍾、庚青韻字互見的情形為理論依據。但陳東有對於「摸、音摩」、「摸、音磨」的現象，並未提出說明。

此外，不可忽略的是，《元曲選》的內容，曾經過臧懋循的刪改。倘若雜劇中這些異韻互押的情形，是經過臧懋循刪改後才產生的，或許可以證明由元代到明代，語音確實產生了演變。倘若這些異韻互押的情形，未經臧懋循刪改，而在《中原音韻》的時代早已存在，其語音之演變，恐怕須上溯《廣韻》、《集韻》時代，或擇取與《中原音韻》同時代的其他材料互作參照，方能推知其因。

主要參考資料

一、古　籍（依時代先後排列）

1. 漢・許慎著、清・段玉裁注：《說文解字注》，臺北：洪葉出版社，1999 年。
2. 梁・顧野王：《玉篇》（元刊本），臺北市：新興書局，1963 年。
3. 宋・陳彭年等：《廣韻》，臺北：洪葉出版社，2001 年。
4. 宋・丁度：《集韻》，臺北市：學海出版社，1986 年。
5. 元・周德清：《中原音韻》（明正統辛酉本），《中華漢語工具書書庫》64 冊，合肥市：安徽教育出版社，2002 年。
6. 元・周德清：《中原音韻》，臺北市：藝文印書館，2008 年 4 月。
7. 元・周德清：《中原音韻》，臺北市：學海出版社，1996 年。
8. 明・臧懋循：《元曲選》，吳興臧氏雕蟲館刊本，明萬曆 43 年（1615 年）。
9. 明・臧懋循：《元曲選》，上海：上海商務印書館，1918 年。
10. 明・臧懋循：《元曲選》，上海：上海中華書局，1936 年。
11. 明・臧懋循：《元曲選》，臺北市：藝文印書館，1973 年。
12. 明・臧懋循：《元曲選》，臺北市：臺灣中華書局，1971 年。
13. 明・臧懋循：《元曲選・音釋》，臺北：正文書局，1999 年 9 月。
14. 明・臧懋循：《元曲選》，《續修四庫全書》，上海：上海古籍出版社，2002 年。
15. 明・臧懋循：《負苞堂集》，臺北：河洛圖書出版社，1975 年。
16. 明・王文璧：《中州音韻》：《曲韻五書》（江經昌校輯），臺北：廣文書局，1979 年 5 月。

17. 明・朱權：《太和正音譜》，臺北：學海出版社，1991 年 10 月。
18. 明・周家棟輯：《洪武正韻彙編》，《中華漢語工具書書庫》62 冊，合肥市：安徽教育出版社，2002 年。
19. 明・樂韶鳳、宋濂等：《洪武正韻》，《中華漢語工具書書庫》64 冊，合肥市：安徽教育出版社，2002 年。
20. 明・樂韶鳳、宋濂等：《洪武正韻》，《四庫全書》239 冊，臺北市：商務印書館，1970 年。
21. 明・王驥德：《曲律》，《新編中國古典戲曲論著集成，歷代曲話彙編》，明代編第 2 集，合肥市：黃山書社，2008 年。
22. 明・沈寵綏：《絃索辨訛》，《新編中國古典戲曲論著集成，歷代曲話彙編》，明代編第 2 集，合肥市：黃山書社，2008 年。
23. 明・沈寵綏：《度曲須知》，《新編中國古典戲曲論著集成，歷代曲話彙編》，明代編第 2 集，合肥市：黃山書社，2008 年。
24. 清・陳澧：《切韻考》，北京：中華書局，1954 年。
25. 清・李玄玉：《北詞廣正譜》，臺北市：臺灣學生書局，1987 年。

二、專　書（首依作者姓氏筆畫排列，次按文章開頭首字筆劃排列）

1. 中國戲劇出版社：《中國古典戲曲論著集成》，北京：中國戲劇出版社，1959 年。
2. 王力：《漢語語音史》，北京：中國社會科學出版社，1998 年。
3. 王國維：《王國維戲曲論文集——〈宋元戲曲考〉及其他》，臺北：里仁書局，1993 年 9 月。
4. 王學奇主編：《元曲選校注》，石家庄市：河北教育出版社，1994 年。
5. 北京大學中國語言文學系語言學教研室編：《漢與方音字匯》，北京：語文出版社，2003 年。
6. 任中敏：《中原音韻作詞十法疏證》，臺北：西南書局，1972 年。
7. 何大安：《聲韻學中的觀念與方法》，臺北市：大安出版社，1996 年。
8. 吳梅：《南北詞簡譜》，臺北市：學海出版社，1997 年。
9. 李昌集：《中國古代散曲史》，上海：華東師範大學出版社，1991 年。
10. 李修生：《元曲大辭典》，江蘇：江蘇古籍出版社，1995 年。
11. 李殿魁校訂：《校訂補正・中原音韻及正語作詞起例》，臺北：學海出版社，1978 年 10 月。
12. 邵榮芬：《中原雅音研究》，山東：山東人民出版社，1981 年。
13. 徐培均、范民聲主編：《中國古典名劇鑑賞詞典》，上海：上海古籍出版社，1990 年。
14. 徐嘉瑞：《金元戲曲方言考》，臺北市：華正書局，1980 年。
15. 張竹梅：《中州音韻研究》，北京：中華書局，2007 年 12 月。

16. 張獻之：《詩詞曲語辭匯釋》，臺北市：華正書局，1981 年。
17. 陳東有：《元曲選・音釋研究》，北京：中國社會科學出版社，2002 年 10 月。
18. 陳新雄：《新編中原音韻概要》，臺北市：學海出版社，2001 年 5 月。
19. 陳新雄：《聲韻學》，臺北：文史哲出版社，2005 年。
20. 甯忌浮：《洪武正韻研究》，上海：上海辭書出版社，2003 年。
21. 甯忌浮：《漢語韻書史・明代卷》，上海：上海人民出版社，2009 年。
22. 楊耐思：《中原音韻音系》，北京：中國社會科學出版社，1985 年。
23. 董同龢：《漢語音韻學》，臺北：文史哲出版社，2005 年 4 月。
24. 劉致中、侯鏡昶：《讀曲常識》，臺北市：萬卷樓圖書股份有限公司，1990 年。
25. 蔡孟珍：《曲學探賾》，臺北市：臺灣學生書局，2003 年 1 月初版。
26. 鄭騫撰：《北曲套式彙錄詳解》，臺北市：藝文印書館，2005 年。
27. 鄭騫撰：《北曲新譜》，臺北市：藝文印書館，2008 年。
28. 盧元駿輯校：《詩詞曲韻總檢》，臺北：正中書局，1968 年。
29. 瞿冕良編著：《中國古籍版刻辭典》，山東濟南：齊魯書社，1999 年 2 月。
30. 羅麗容：《曲學概要》，臺北市：里仁書局，2003 年 9 月 10 日。

三、學位論文（依畢業年份排列）

1. 丁玟聲：《王文璧《中州音韻》研究》，國立高雄師範學院國文研究所碩士論文，民國 78 年 1 月。
2. 郭瑩瑩：《「元曲選・音釋」入聲字研究》，首都師範大學碩士論文，2005 年。
3. 鍾惠堯：《「元曲選・音釋」入聲字探析》，中南大學碩士論文，2007 年。
4. 張迪：《臧懋循「元曲選」的編撰及體制研究》，首都師範大學碩士論文，2008 年。

四、期刊論文（首依作者姓氏筆畫排列，次按文章開頭首字筆劃排列）

1. 李蕊：〈「元曲選」性質芻議〉，《商丘師範學院學報》，2009 年 4 月。
2. 金周生：〈《中原音韻》「鼻」字陽平音的來源與音讀〉，《聲韻論叢》，第八集，1998 年。
3. 金周生：〈「元曲選・音釋」平聲字切語不定被切字之陰陽調說〉，《輔仁學誌文學院之部》，第 14 期，1985 年。
4. 金周生：〈「元曲選・音釋」處理賓白韻語入聲押韻字方法之探討〉，《輔仁國文學報》，第 1 卷，1985 年。
5. 金周生：〈元代北劇入聲字唱唸法研究〉，《輔仁學誌文學院之部》，第 15 期，1986 年。
6. 金周生：〈元代散曲 mn 韻尾字通押現象之探討——以山咸攝字爲例〉，《輔仁學誌文學院之部》，第 19 期，1990 年。

7. 金周生：〈元曲暨《中原音韻》「東鍾」「庚青」二韻互見字研究〉，《輔仁學誌文學院之部》，第 11 期，1982 年。
8. 金周生：〈從臧晉叔「元曲選・音釋」標注某一古入聲字的兩種方法看其對元雜劇入聲字唱唸法的處理方式〉，《輔仁學誌文學院之部》，第 22 期，1993 年。
9. 程有慶：〈明刊《元曲選》版本贅言〉，《文學遺產網絡版》，2013 年第 4 期，http://wxyc.literature.org.cn/journals_article.aspx?id=864
10. 葉桂郴：〈「元曲選」的用韻和「中原音韻」研究〉，《桂林航天工業高等專科學校學報》，1999 年 2 月。
11. 鄭騫：〈元人雜劇的結構〉，《中國古典文學論文精選叢刊：戲劇類一》（曾永義、陳芳英編），臺北：幼獅文化事業公司，1980 年 6 月。
12. 鄭騫：〈元人雜劇的搬演〉，《中國古典文學論文精選叢刊：戲劇類一》（曾永義、陳芳英編），臺北：幼獅文化事業公司，1980 年 6 月。
13. 鄭騫：〈從元曲選說到元刊雜劇三十種〉，《中國古典文學論文精選叢刊：戲劇類一》（曾永義、陳芳英編），臺北：幼獅文化事業公司，民國 69 年 6 月。
14. 羅錦堂：〈現存元人雜劇的分類〉，《中國古典文學論文精選叢刊：戲劇類一》（曾永義、陳芳英編），臺北：幼獅文化事業公司，1980 年 6 月。
15. 龍莊偉：〈「元曲選・音釋」探微〉，《文獻》，1992 年 3 月。
16. 鍾惠堯：〈「元曲選・音釋」清入考〉，《株洲師範高等專科學校學報》，2007 年 3 月。